河岸

蘇童——著

河與岸
——蘇童的《河岸》

王德威

蘇童是當代大陸最重要的小說家之一。從八〇年代中期以來，他以《妻妾成群》、《一九三四年的逃亡》、《紅粉》、《米》、《城北地帶》、《我的帝王生涯》等一系列作品傾倒中國大陸和海外讀者。這些作品多以想像的南方城鎮為背景，回顧歷史人情，狀寫風月滄桑，筆觸細膩精緻，而字裡行間透露的神祕頹廢氣息尤其引人入勝。

作為一個專志的作家，蘇童顯然不希望原地踏步，重複已然叫好的題材。最近十年來他屢屢尋求突破，像《蛇為什麼會飛》(二〇〇三)白描現代都會志怪，《碧奴》(二〇〇七)重寫孟姜女哭倒萬里長城的傳說，都可以看出努力的痕跡。然而這些作品刻意求變，反而事倍功半，不能讓讀者滿意。

《河岸》的出現因此代表蘇童創作的一個重要的轉折點——這部長篇小說應該是他近年最好的作品。《河岸》的故事發生在文化大革命期間一個靠河的小鎮上。狂暴的時代，混沌的河流，一切如此荒涼，只有當漂流河道的船隊靠上岸邊時，才帶來一陣騷動。少年庫東亮生活在船上，對岸上的世界有無限好奇；東亮的父親庫文軒卻以待罪之身寄居船隊，再也不願離開。與此同時，身分曖昧的女孩慧仙一心要上岸出人頭地。庫家父子有什麼不可告人的祕密？女孩慧仙是否能夠成就自己的野心？烘托這些情節的，則是一段神祕的革命歷史，還有眼前鋪天蓋地的革命運動。

熟悉蘇童的讀者會發現《河岸》匯集了不少他此前作品常見的題材：變調的歷史，殘酷的青春，父子的僵局，性的誘惑，難以言說的罪，還有無休止的放逐和逃亡等，共同構成蘇童敘事的語碼。如果我們僅僅專注情節主題的安排，《河岸》也許並沒有太大突破。然而細細讀來，我們發現比起《一九三四年的逃亡》或是《刺青時代》，寫作《河岸》的蘇童畢竟有所不同。他的敘事變得緩慢綿密了，而他對人物情境的鋪排有了以往少見的縱深。更重要的，蘇童所擅長的抒情語氣現在有了更多沉思、反諷的回聲。這些改變不僅標示了一位作家的成長，也同時提醒我們當代中國小說語境的變遷。

《河岸》的故事由庫文軒、庫東亮父子的緊張關係展開。庫文軒號稱是革命烈士之後，藉「烈屬」之名，很有一些得意日子，私生活更是多彩多姿。但有一天他的革命血統突然出了問題，一切急轉直下。庫被貶到居無定所的船隊裡，折磨成一個猥瑣的怪胎。但即使到了最潦倒的地步，庫不能忘情他的背景，以及象徵他的家史的烈士紀念碑。

碑的喻義在此不言可喻。碑銘刻歷史，封存記憶，更以它堅挺的存在成為男性魅力的表徵。庫文軒的歷史血統正確性和他的性能力成正比，良有以也。然而蘇童要寫的恰恰是紀念碑作為一種歷史

「雄偉符號」（sublime figure）的虛構本質，以及這一雄偉符號與（性的）狂歡衝動的消長關係。[1] 庫文軒自命身分不同，竟然真借「勢」而起。但一旦失去了歷史的加持時，他豈能全身而退？他的自我閹割輕易成為身體即政治的寓言。

庫東亮隨父親漂流河上，儼然承襲了父親的罪，但他不能拒絕岸上的誘惑。這一部分蘇童寫來最是得心應手；隱諱不明的家族歷史，青春的躁鬱和悸動，讓東亮輾轉難安，而在一個革命無罪，造反有理的年代裡，他的叛逆似乎一下子找到了出口。透過這個船上少年的眼睛，蘇童寫出了河與岸的相互牽連，河與岸的格格不入，種種暴力因素，一觸即發。而東亮終必明白，所有的事物就算是在光天化日之下，也各有它的陰暗面，無論如何追尋反抗，也難以釐清其中的奧祕——或所謂的奧祕根本是空無所有。革命歷史如此，風花雪月也如此。

蘇童曾是先鋒派作家的一員，一向善於拆解歷史，遐想虛無。不論是《一九三四年的逃亡》、《罌粟之家》架空早期左翼革命歷史，或是《我的帝王生涯》戲擬中國王朝盛衰，都是好的例子。九十年代新現實主義興起，蘇童又證明他也是白描世路人情的好手，尤其是像《刺青時代》這類反映人民共和國治下少年啟蒙的故事。《河岸》基本結合了這兩類敘事的特徵。藉著庫文軒可笑可憐的一生，

---

1 有關雄偉符號和極權主義的關係，參看Ban Wang, *The Sublime Figure of History: Aesthetics and Politics of 20th Century China* (Stanford: Stanford University Press, 1997); Slavoj Žižek, *The Sublime Object of Ideology* (London: Verso, 1989)。

蘇童不斷嘲諷「歷史」的意義到底何在。但蘇童也明白歷史作為一種生存經驗的積累，並不因此就被掏空：文革時期庫東亮的成長如此艱難，實實在在的演義出另一種國家大敘事所不能企及的欲望與惶惑。

蘇童以往以女性角色享譽，《河岸》中的代表人物是慧仙。這個女孩從小流落船隊中，卻不甘於現狀。她上了岸，憑著樣板戲《紅燈記》女英雄李鐵梅的造型崛起。但是慧仙到底是俗骨凡胎，她卑微的出身和她的虛榮任性注定了她的命運。在政治寓意上，慧仙其實是庫文軒的翻版。庫藉著烈屬身分吃香喝辣，慧仙則靠著樣板戲人物風光一時。一塊烈士紀念碑或一盞道具紅燈成了他們歷史身分——角色——的護身符。政治信仰和戀物崇拜在此混為一談，蘇童對意識形態的諷刺莫此為甚。當這兩人所依附的符號物被褫奪，他們立刻被打回原形。

《河岸》的中心是庫家父子的緊張關係，慧仙部分的情節並沒有完整的發揮。但蘇童對這個角色是有感情的。慧仙性格的缺點顯而易見，就像十九世紀自然主義小說裡的女主角們一樣，環境和遺傳是她的宿命。但比起蘇童早期小說裡那些氣體虛浮的女性角色，慧仙輕浮卻又強悍、天真卻又世故，這使她成為一個飽滿可親的人物。慧仙的命運在小說最後懸而未決。想像中文革過後，這樣的女性是要在新時期繼續闖蕩的。

對蘇童而言，《河岸》還有一個要角——河流。蘇童對河流意象的迷戀其來有自。河是連結作家心目中「南方」的動脈，深沉、混沌，神祕，穿鄉過鎮，流淌到不可知的遠方。河不受拘束，有時氾濫，有時枯竭，莫測高深。相對於河的是岸，那律法與文明的所在，限定河流走向的力量。蘇童曾在散文《河流的祕密》寫道，「岸是河流的桎梏。岸對河流的霸權使它不屑於了解或洞悉河流的內心。」然而，「河水的心靈漂浮在水中，無論你編織出什麼樣的網，也無法打撈河水的心靈，這是關於河水最大的祕密。」[2]

這幾乎像是為《河岸》所作的告白了。庫文軒因為傷風敗俗，被逐到船隊上，他恐懼岸上的迫害和蔑視，但又不能忘情聳立岸上的紀念碑。這是他的悲劇根源，他抱著紀念碑自沉的結局，因此並不令人意外。河與岸的糾纏更表現在庫東亮和慧仙的欲望和行動上。在河與岸的交界、文明與欲望的邊緣上，兩人不斷鋌而走險。小說最後，東亮被禁止上岸，慧仙落地生根。但是兩人真能就此打住麼？

再將眼光放大，我們記得這兩個年輕人都出身河上的船隊。船隊隨著河流上下，處處為家；船民們背景複雜，貧困無文，因此被岸上的人視為賤民。經年累月，他們漂流四方，儼然成為一群異類。蘇童寫這樣一群人並不乏浪漫的投射。文革這樣的時代天翻地覆，漂流在河上的船隊反而像是亂世裡的「方舟」了。然而船隊又豈能真正遺世而獨立？恰恰相反，船民藏污納垢，勾心鬥角，而岸上的憧憬——和補給——永遠蠱惑著他們。換句話說，這未嘗不是一隊「愚人船」，庫家父子和慧仙不過是

2 蘇童，《河流的祕密》（北京：作家出版社，二〇〇九）。http://www.taihainet.com/lifeid/culture/dwys/200909/450825.shtml

其中的抽樣而已。

人民共和國的歷史長河緩緩的流到了新的世紀。和共和國一起成長的作家現在也已經人到中年。回首來時之路，他們近年紛紛寫下曾經刻骨銘心的記憶。毫不意外的，文化大革命——作家們的青春時代——成為書寫的重心。但這段歷史在他們筆下何其不同。閻連科的《堅硬如水》暴露革命激情一如色情，余華的《兄弟》寫出從社會主義到後社會主義，從禁欲到縱慾的一體之兩面。王安憶的《啟蒙時代》將文革視為辯證青春與知識的契機，林白的《致一九七五》則致力描繪文革所帶來的性別覺醒和感性律動。畢飛宇的《平原》思考文革時期人不成個人樣的焦慮，曹冠龍的《沉》更進一步，暴露人吃人的恐怖。

蘇童以《河岸》來回應這些同輩作家的文革紀事，行文運事的確獨樹一格。歷史正如他小說中的河流一樣，深沉、混沌、神祕，拒絕岸的桎梏，卻又隨著岸形成不得不然的流向。蘇童的筆觸是抒情的，而他筆下的世界是無情的。擺動在修辭敘事和歷史經驗的落差之間，《河岸》即使在寫作的層次上，已經是一種河與岸、想像與現實的對話關係。這很可以成為蘇童未來創作的走向，岸上河上，持續來回移動。

目次

上篇

下篇

上篇

兒子

1

一切都與我父親有關。

別人都生活在土地上，生活在房屋裡，我和父親卻生活在船上，這是我父親十三年前作出的選擇，他選擇河流，我就只好離開土地，沒什麼可抱怨的。向陽船隊一年四季來往於金雀河上，所以，我和父親的生活方式更加接近魚類，時而順流而下，時而逆流而上，我們的世界是一條奔湧的河流，狹窄而綿長，一滴水機械地孕育另一滴水，一秒鐘沉悶地複製另一秒鐘。河上十三年，我經常在船隊泊岸的時候回到岸上，去做陸地的客人，可是眾所周知，我父親從岸上消失很久了，他以一種草率而固執的姿態，一步一步地逃離岸上的世界，他的逃逸相當成功，河流隱匿了父親，也改變了父親，十三年以後，我從父親未老先衰的身體上發現了魚類的某些特徵。

我最早注意到的是父親眼睛和口腔的變化，或許與衰老有關，或許無關，他的眼珠子萎縮了，愈縮愈小，周邊蒙上了一層濃重的白翳，看上去酷似魚的眼睛。無論白天還是黑夜，他都守在船艙裡，消沉地觀察著岸上的世界，後半夜他偶爾和衣而睡，艙裡會瀰漫起一股淡淡的魚腥味，有時候聞起來像鯉魚的土腥味，有時候那腥味顯得異常濃重，幾乎濃過垂死的白鰱。他的嘴巴用途廣泛，除了悲傷的夢囈，還能一邊發出痛苦的嘆息，一邊快樂地吹出透明的泡泡。我注意過父親的睡姿，側著身子，環抱雙臂，兩隻腳互相交纏，這姿勢也似乎有意模仿著一條魚。我還觀察過他瘦骨嶙峋的脊背，他脊背處的皮膚粗糙多褶，布滿了各種斑痕，少數斑痕是褐色或暗紅色的，大多數則是銀色的，閃閃發亮，這些亮晶晶的斑痕尤其令我憂慮，我懷疑父親的身上遲早會長出一片一片的魚鱗來。

為什麼我總是擔心父親會變成一條魚呢？這不是我的妄想，更不是我的詛咒，我父親的一生不同尋常，我笨嘴拙舌，一時半會兒也說不清楚他與魚類之間曖昧的關係，還是追根溯源，從女烈士鄧少香說起吧。

凡是居住在金雀河邊的人都知道女烈士鄧少香的名字，這個家喻戶曉的響亮的名字，始終是江南地區紅色歷史上最壯麗的一顆音符，我父親的命運，恰好與這個女烈士的亡靈有關。庫文軒，我父親，曾經是鄧少香的兒子——請注意，我說曾經，我必須說曾經——這個文縐縐的極其虛無的詞，恰好是解讀我父親一生的金鑰匙。

鄧少香的光榮事蹟簡明扼要地鐫刻在一塊花崗岩石碑上，石碑豎立在她當年遇難的油坊鎮棋亭，供人瞻仰。每逢清明時節，整個金雀河地區的孩子們會到油坊鎮來祭掃烈士英魂，近的步行，遠的乘船或者搭乘拖拉機。一到碼頭，就看得見路邊臨時豎起的指示牌了，所有路標箭頭都指向碼頭西南方向的六角棋亭，掃墓向前三百米。向前一百米。向前三十米。其實不看路標也行，清明時節棋亭的橫簷會被一幅醒目的大標語包圍：**隆重祭奠鄧少香烈士的革命英魂**。紀念碑豎立在棋亭裡，高兩米，寬一米，正面碑文，與其他烈士陵園的大同小異，孩子們必須把碑文記得滾瓜爛熟，因為回去要引用在作文裡，真正令他們印象深刻的是紀念碑後背的一幅浮雕，浮雕洋溢著一股革命時代特有的尖利而浪漫的風情，一個年輕的女人迎風而立，英姿颯爽，她肩背一只籮筐，側轉臉，凜然地怒視著東南方向。那只籮筐，是浮雕的一個焦點，吸引了大多數瞻仰者的目光，如果看得仔細，你會發現那籮筐裡探出了一個嬰孩的腦袋，圓鼓鼓的一個小腦袋，如果看得再仔細一點，你可以看見嬰孩的眼睛，甚至可以看清那小腦袋上的一綹細柔的頭髮。

每個地方都有自己的傳奇，鄧少香的傳奇撲朔迷離。關於她的身世，一個最流行的說法是其父在鳳凰鎮開棺材鋪，她是家中唯一的女孩子，所以人稱棺材小姐。棺材小姐鄧少香是如何走上革命道路的？說法版本不一。她娘家鳳凰鎮的人說她從小嫉惡如仇，追求進步，鎮上別的女孩嫌貧愛富，她卻是嫌富愛貧，自己相貌出眾，家境也殷實，偏偏愛上一個在學堂門口賣楊梅的泥腿子果農。概括起來，這說法與宣傳資料基本保持一致，她出走鳳凰鎮，是為了愛情，為了理想。而在她婆家九龍坡一帶曾經流傳過某些閒言碎語，內容恰好與娘家的相反，說鄧少香與果農私奔到九龍坡很快就後悔了，不甘心天天伺候幾棵果樹，更不甘心忍受滿腦子漿糊的鄉下人的奚落和白眼，先是跟男人鬧，後來和公婆全家鬧，鬧得不可收拾，一把火燒了自家的房子，跺跺腳就出去革命了。這說法聽上去是家長里短的庸俗，總結起來就有點陰暗了，鄧少香是好高騖遠才去鬧革命的？是放了火才去鬧革命的？這別有用心的說法就像一陣陰風刮過，嚴重玷污了女烈士的光輝形象。有關方面及時在九龍坡鄉派了一個工作組，嚴加追查，將其定性為反革命謠言，開了三次批判會，分別批鬥了鄧少香當年的小姑子，還有一個地主婆和兩個老富農，很快肅清了流毒，後來就連九龍坡的貧農也沒人去散布這種謠言了。

無論是娘家鳳凰鎮，還是婆家九龍坡，鄧少香做出那麼大的事，是兩邊的人都不敢想像的，誰想得到呢？戰爭年代金雀河地區腥風血雨，為金雀河游擊隊運送槍枝彈藥的任務，竟然落在這麼一個弱不禁風的小媳婦的肩上。游擊隊在河兩岸神出鬼沒，鄧少香也必須神出鬼沒，她恰好有這樣的天賦，也有這個資本。鳳凰鎮上娘家的棺材鋪，是一個天造地設的根據地，死人和殯葬的消息總是最先傳到棺材鋪，每當運送任務繁重的時候，鄧少香會設法回到娘家，把槍枝彈藥藏在死人的棺材板裡，自己喬裝成披麻帶孝的哭喪婦，一路哭到荒郊野外的墳地，看著棺材入土，她的任務就完成了，其他的事由游擊隊員來做。所以，有人說鄧少香做出那麼驚天動地的事，主要是靠了三件寶，棺材，死人，還有墳地。

那次到油坊鎮來，鄧少香的任務其實很輕，只要把五枝駁殼槍交給一個綽號棋王的地下黨員。所以，鄧少香有點輕敵了。她沒有事先打聽油坊鎮一帶殯葬的消息，也沒打聽好油坊鎮的墳地在什麼地方，就確認了接頭人和接頭的地點。那是唯一的一次，她運槍沒有依賴娘家的棺材，只動用了嬰孩和籮筐，也許連她自己也沒想到，離開了三件寶，離開棺材死人和墳地保駕護航，她的油坊鎮之行會變成一次不歸路。

鄧少香把五枝駁殼槍縫在嬰孩的襁褓裡，背著籮筐，搭乘一條運煤船來到油坊鎮碼頭。在碼頭上她向人打聽棋亭的方位，別人向西邊的六角亭指了指，說，那是男人下棋的地方，你個婦道人家去幹什麼？難道你也會下棋嗎？她拍拍背上的籮筐，說，我哪兒會下棋？是孩子他爹在那兒看棋王下棋呢，我要去找他。

鄧少香背著籮筐進了棋亭，她不知道在棋亭裡下棋的兩個穿長袍馬褂的男子，一個是換了便衣的憲兵隊長，看上去文質彬彬，貌似棋王，另一個面孔白皙，東張西望，戴著眼鏡，鏡片後的眼神非常犀利，也像一個棋王。她一時猜不出誰是棋王，就對著棋盤說了接頭暗號，天要下雨了，該回家收玉米啦。

下棋的兩個人，一個下意識地看看棋亭外面的天空，另一個很冷靜地打量著鄧少香，拿起一顆棋子放到對方的棋盤上，說，玉米收過了，該將軍了！

暗號對上了，鄧少香並沒有放下背上的籮筐，她注視著石桌上亂七八糟的棋局，突然懷疑他們不會下棋，嘴裡敏感地追問了一句，怎麼將？

憲兵隊長愣了一下，故作鎮靜地瞥一眼對手，問，你說呢，怎麼將？

另一個人斜睨著鄧少香，緊張地思考著什麼，抽車將，跳馬將，炮——炮怎麼將？他嘴裡念念有詞，目光下滑，眼神漸漸猥褻起來，突然他狂笑了一聲，棺材小姐你很聰明嘛，你知道炮怎麼將？炮往你那裡將嘛！

鄧少香的臉色變了，背著籮筐就往棋亭外面走，邊走邊說，好，不管你們了，怪我自己不好，你們男人下棋，我一個婦道人家插什麼嘴？

她走晚了。對面的茶館裡突然站起來好多茶客，如臨大敵地往棋亭奔來。鄧少香走到棋亭的臺階上，看見那麼多男人站在棋亭四周，就站住不動了，她說，真沒出息，你們這麼多男人來對付我一個女人，也不嫌丟人？鄧少香的冷靜令人驚訝，而她愛美的天性差點讓她當場犧牲，憲兵們看她把手往藍布褂子裡伸，都緊張地掏出了槍，不許動，不許動！結果發現鄧少香從懷裡掏出一個粉色的胭脂盒，她打開盒子，盒子蓋上嵌著一面小鏡子，她豎起那面小鏡子照著四周的人群，一個明亮刺眼的光斑在憲兵們的臉上跳躍，憲兵們紛紛躲避著那個光斑，不許照，不許照，放下鏡子！有人慌張地衝上去，用刺刀頂住了她的身體。鄧少香這才把鏡子對準了自己，手指刮著胭脂，朝臉上撲脂粉。都是膽小鬼，一面小鏡子，把你們嚇成這樣！她一邊仔細地撲著粉，一邊嘖著嘴說，可惜呀可惜，才買了這麼好的胭脂盒，都沒機會用，也就能用這一次了。

憲兵隊長不允許她撲粉，派人上去奪下了她的胭脂盒，鄧少香又指著籮筐說筐裡有一把木梳，讓憲兵遞給她，說不讓撲粉就不撲了，她還要梳頭髮。憲兵隊長不允許她梳頭髮，罵罵咧咧地說，你個十三點臭婆娘，死到臨頭還臭美，打扮得那麼好有什麼用？你要去陰間相親嗎？

兩個憲兵過去拖著那只籮筐跑，籮筐裡的嬰孩這時候第一次啼哭起來，那嬰孩的哭聲很奇怪，氣息微弱而有節制，聽起來像一頭小羊的叫聲。鄧少香如夢初醒，她追著籮筐跑，嘴裡說，等等，我的孩子在筐裡呢，你們等等呀，別嚇著我的孩子。她拼命地撞開憲兵們的腿和胳膊，俯下身去在嬰孩的小臉上親了一口，嬰孩的啼哭應聲停止，她還要親第二口，一個憲兵一把揪住她的頭髮，另一個憲兵反架著她的胳膊，把她推到了棋亭裡。

鄧少香面無懼色，她知道這一次在劫難逃，對於劫難的細節，她卻並不清楚。為什麼要到棋亭裡來？她問憲兵隊長，這是男人下棋的地方嘛，你們要讓我在這裡示眾嗎？示眾你還挑地方？輪不到你挑。憲兵隊長說，算你聰明，還知道要示眾。我們是要拿你示眾，拿你的人頭示眾。

不是先要審問的嗎？你們審也不審就槍斃我？嚇唬人嘛，我才不信。審你？那多浪費時間，棺材小姐我告訴你，你還沒有那個資格呢。憲兵隊長陰險地盯著鄧少香的眼睛，他說，今天你是送死來了，抓住棺材小姐格殺勿論，這是上面的命令。你念過書喝過墨水，什麼叫格殺勿論，你不會不知道吧？

一個憲兵緊緊地揪著鄧少香的頭髮，防止她反抗。她的臉被迫地仰起，臉頰上閃爍出一片奇異的紅暈，過了一會兒，她倔強地轉過臉來，將目光投向遠處籮筐裡的嬰孩。不行，要嚇著孩子的！她突然尖聲叫起來，你們要槍斃我，先派人把孩子送走，送到馬橋鎮的育嬰堂去，送走我的孩子，你們再來槍斃我！

嘿，你把我們當你家傭人使喚呢？憲兵隊長冷笑起來，送孩子到馬橋鎮去？你還跟我們談條件？你想死個清爽？死個痛快？你以為我們要槍斃你？槍斃你這個棺材小姐，太便宜你了！他說著朝棋亭外面使個眼色，拍了拍手，有人拿著個曬衣服的杈杆跑過來，朝棋亭的梁上捅了一下，橫梁上灰塵四起，掉下來一截麻繩，繩頭上一個繩圈已經提前套好了，不大不小，正好容納一個女人的頭顱，見此景象，憲兵們先是一片驚呼，緊接著都鼓起掌來，對這個獨特的儀式表示讚賞。

鄧少香驚愕地仰望著棋亭的橫梁，秋風吹動垂落的繩套，繩套左右擺動著，就像索命的鐘擺。只是一瞬間的恐懼，她很快就平靜下來了。不是槍斃，是絞死我呀？她說，絞就絞吧，反正怎樣都是死，我就求你們一件事，你們千萬別讓我的舌頭吐出來，醜死了。她的要求讓憲兵們很犯難，有個憲兵冷酷地叫起來，絞死鬼都要吐舌頭，不吐舌頭叫什麼絞死鬼？還有個憲兵對著鄧少香舉起了那根杈杆，他說，我答應你，這兒不是有個杈杆麼，要是你舌頭吐出來了，我負責把你的舌頭捅回去！人群裡有人發出了哄笑，鄧少香看看杈杆，看看那幾個哄笑的人，她的嘴邊掠過一絲自嘲的微笑，算了，算了，跟你們這些敵人，有什麼好說的？她仰著臉朝繩套下走，邊走邊說，死了還計較什麼呢，再美再醜，都無所謂了。

女烈士遇難後，五枝駁殼槍自然被取走了，嬰孩卻還在籮筐裡，這是一個謎，不知道是哪個憲兵把嬰孩又抱進了籮筐，更不知道是什麼人把籮筐從棋亭搬到了河邊，一定是聽說河上的船民喜歡撿別人遺棄的男嬰，那個人把籮筐連同孩子放到了河邊碼頭的臺階上，船沒來，拾孩子的船民也沒來，是水來了，夜裡河上漲起一大片晚潮，沖走了籮筐。

一只漂流的籮筐延續了鄧少香的傳奇，隨波逐流，順河而下，有人在河邊追逐過那只八成新的籮筐，發現一堆茂密的水草像一個勤勞的縴夫，牽引著籮筐，在水上走走停停，停了又走，看上去躲躲閃閃，行蹤詭祕，似乎對岸邊的打撈者充滿了戒心。最後，籮筐漂到河下游馬橋鎮附近，終於走累了，鑽到漁民封老四的漁網裡去，打了幾個轉轉就不動了，封老四好奇地打撈起那只神奇的籮筐，發現籮筐裡端坐著一個男嬰，嬰孩面如仙子，赤裸的身體披掛著幾叢水草，黃色的皮膚上沾滿了晶瑩的水珠，封老四把嬰孩抱起來，聽見嬰孩的身下發出潑刺刺的水聲，他低頭一看，在籮筐的底部，一條大鯉魚用閃亮的脊背頂開了一堆水葫蘆，跳起來，跳到河裡不見了。

我父親就是那個懷抱水草坐在鯉魚背上的嬰孩。從金雀河裡打撈起籮筐的漁民封老四，解放後活了很多年，是他在馬橋鎮的孤兒院指認了我父親。事隔多年，他無法從面孔上辨認那個神奇的嬰孩，辨認的依據是男孩們屁股上的胎記。當時孤兒院有七個年齡相仿的男孩，育嬰員把他們帶到太陽地裡，讓他們都扒下褲子，撅著屁股，以便封老四明眼察看，封老四懷著高度的責任感，在男孩們的屁股前走來走去，他先淘汰了四個無關的屁股，留下三個，仔細地鑒別那三個小屁股上的青色胎記，他的手始終賣著關子，高舉不落，舉得周圍的旁觀者都緊張起來，育嬰員從各自的感情出發，七嘴八舌地叫起來，左邊，右邊！拍左邊的！拍右邊的！最後封老四的手終於落下來，啪地一聲，不是左邊的，也不是右邊的，他拍了中間一只小屁股，那是最小最瘦也最黑的屁股，封老四說，是這個，胎記最像一條魚，就是他，一定是他！

育嬰員們發出一片失望的噓聲。封老四拍的是我父親的屁股。一拍定音。從此人們都知道了，馬橋鎮孤兒院裡最髒最討人嫌的男孩小軒，其實是烈士鄧少香的兒子。

2

我父親曾經是鄧少香烈士的兒子。

一塊革命烈屬的紅牌子在我家門上掛了很多年，證明著我們一家光榮的血緣和顯赫的門第。但是天有不測風雲，有一年夏天從地區派來了一個神祕的工作組，從夏天工作到秋天，我父親的命運被他們一天一天地改寫。這個工作組來頭不小，他們此行的任務祕而不宣，油坊鎮的領導班子只能配合，不能參與。四個工作組人員輪流與我父親促膝談心，談的都是鄧少香烈士光輝的一生，還有他作為烈士之子的過去和歷史，父親不敢探聽虛實，他想入非非地揣測過他們的任務，考察幹部，提拔幹部，樹標兵，立典型，抓特務，揪階級敵人，他都想到了，獨獨沒有猜到這其實是一個烈士遺孤鑒定小組。

他們駐紮在油坊鎮，徵用了水上巡邏隊的一艘汽艇，來往於金雀河兩岸的城鎮鄉村，其行蹤有時公開有時保密。到了八月，工作組開始頂著炎夏酷暑訪問河兩岸的古稀老人，詳細調查封老四塵封的個人履歷。對於這個死去多年的人，老人們普遍殘存了一個共同的記憶，他們向工作組反映，封老四年輕時做過河匪，後來金盆洗手，在河邊搭了個棚屋捕魚為生，再後來就捕到了那只著名的籮筐，救下了鄧少香烈士的骨肉。這些情況工作組都清楚，所以沒有什麼價值，他們深入到馬橋鎮最偏僻的河灣村，尋訪了封老四老家的族親，河灣村的老人不知道為什麼覺悟都很低，除了炫耀封老四神奇的魚網，誰也不願意提及這個族人不光彩的往事，只有封老四的一個堂弟，小時候被封老四打瘸了一條腿，還記著仇，不給封老四護短，工作組從他嘴裡得到了唯一重要的線索。那個堂弟說封老四風流成性，他的一生都是圍著女人轉，年輕時做河匪是為了女人，有船有槍，好跟金雀河上一個賣蒜頭的風騷船娘廝混，後來他棄船上岸，也是為了女人，他看上了一個在岸邊摘蠶豆的農家姑娘，人家姑娘在蠶豆地裡把身子給了他，事後埋怨她的蠶豆快被人偷光了，他當場發誓看護她的蠶豆，不讓人偷摘，封老四說到做到，他在蠶豆地邊搭了個棚子住下來，沒有人敢來偷摘姑娘的蠶豆了，可是，那姑娘自己也不來了，等到蠶豆掉了莢，他也沒等到那農家姑娘。封老四後來乾脆在河岸邊住下，改行捕魚，整天守著三張魚網，堂弟說他一邊捕魚一邊捕人，他長相英俊性格慓悍，討女人歡心，金雀河兩岸的風騷女人，像魚一樣往他那裡游，他捕到的女人，比魚網裡的魚還多，不知道是哪一個女人，把罕見的花柳病傳染給他，徹底摧毀了封老四風流的褲襠，最終也送了他的命。聽得出來，那個河灣村堂弟對封封老四私生活的描述是添油加醋的，帶著明顯的主觀情緒，工作組裡有女同志，聽得厭惡，急忙打斷他的話，請他揭祕封老四一生最大的疑雲，封老四為什麼會死在精神病院裡？他什麼時候得了精神病？堂弟的回答石破天驚，他哪兒有什麼精神病？怪他得了那髒病，爛臉爛手爛雞巴，見不得人了，他是讓油坊鎮的庫書記關進去的！堂弟手指油坊鎮的方向說，庫書記派了好多民兵來河灣村呀，把他帶到拖拉機上，騙他說去醫院看病的，誰想得到呢，最後把他送進了精神病院！

八月裡金雀河兩岸悄悄流傳著我父親和一個死人之間陰森恐怖的故事。我和母親還蒙在鼓裡，甚至我父親也渾然不覺。直到有一天宣傳科長趙春堂把一份批判稿直接送到了綜合大樓的廣播室裡，我母親拿過稿子一看，紙上雖有工作組的大紅印章，稿子的內容卻讓她產生了疑問，批判封老四呀？為什麼要批判這個人，一個普通群眾，有什麼可批的？人家死了好多年啦。趙春堂嚴肅地告訴我母親，封老四的問題已經水落石出，他是一個階級異己分子！我母親第一次聽說這個深奧的名詞，她問趙春堂，什麼叫階級異己分子？趙春堂語焉不詳，他說，工作組以後會解釋的，反正階級異己分子是社會的毒瘤，人死了，陰魂不散，流毒還在，工作組說要批封老四，不僅要在廣播裡批，以後還要開大會，大張旗鼓地批！我母親是個組織紀律嚴明的人，她不再質疑什麼，當場打開麥克風，用充滿激情的聲音朗讀了批判稿。也就是這一天，我父親聽到了高音喇叭裡蹊蹺的大批判文章，母親的聲音並沒有讓他感到親切，封老四這個久違的名字在油坊鎮上空迴盪，帶著陣陣陰風，**階級異己分子，階級異己分子！**父親在他的辦公室裡坐立不安，一種模糊而不祥的預感終於變得清晰起來，他一路奔跑著來到廣播室，不顧一切地關掉了我母親的麥克風，別念了，別念了，你知道你在批誰呢？我母親說，批封老四呀，工作組說他是階級異己分子，你知道什麼叫階級異己分子嗎？父親臉色煞白，指著母親說，你糊塗透頂，封老四他算什麼階級異己分子？這是隔山打牛，隔山打牛啊！批封老四，就是批我庫文軒，說他是階級異己分子，就等於說我是階級異己分子，他們是衝著我來的！

我父親像一隻熱鍋上的螞蟻，他企圖挽回局面，八月裡他頻頻外出，去縣城和地區找關係，他也向工作組發出過邀請，請他們到我們家來做客，可惜遭到了拒絕。一切都無濟於事了。父親的歷史像一塊布滿荊棘和沼澤的土地，懸疑叢生，工作組在這片土地上挖地三尺，快刀斬亂麻，努力發掘所有的礦藏。進入九月，神祕的鑒定工作告一段落了，儘管鑒定報告屬於機密，不得外傳，但油坊鎮的人們多多少少聽到了一些小道消息。工作組中有一個學歷史的大學生小夏，他對歷史知識活學活用，敢於發揮，敢於想像，他懷疑封老四用狸貓換太子的手段，矇騙組織，讓自己的私生子冒充了女烈士的後代。小夏的推測不免過於大膽，話一出口，其他小組成員都倒吸一口涼氣，誰也不敢輕易反對，也不敢貿貿然地贊同，工作組長老楊出於慎重的考慮，建議小夏保留個人意見。小夏的意見最後是否留在鑒定報告的備註欄裡，不得而知，但那個驚人的觀點還是在油坊鎮悄悄地流傳開了。

向廣大群眾普及宣傳的是關於胎記的科學知識，鑒定工作小組利用街頭的黑板櫥窗，做了一次大規模的科普宣傳，他們從科學的人種遺傳角度，推翻了人們長期以來對魚形胎記的盲目崇拜，淺顯易懂地告知大家，凡是金雀河地區的居民都屬於蒙古人種，每個人兒童時期的屁股上都有青色胎記，如果用唯心主義的角度看待胎記，它也許像一條魚，如果用唯物主義的角度看，那不過是一灘淤血，即使淤血活脫活現酷似一條魚，還是淤血，純屬巧合，沒有任何科學意義。

油坊鎮的居民偏偏熱中於沒有科學意義的事情。那年秋天油坊鎮上忽然流行胎記熱，人們狂熱地探究著親朋好友的胎記，同時也從別人的嘴裡探聽自己胎記的大小形狀，開始那股熱潮局限在四十歲左右的中年男子圈子裡，漸漸地胎記熱蔓延開來，從男孩到老漢，凡是男性幾乎都捲入了這股熱潮。在油坊鎮的公共廁所甚至僻靜的街角，你可以看到這樣的景象，男孩們褪下褲子，撅著屁股，認真地比較各自屁股上的胎記，而熱氣騰騰的公共浴室是胎記熱的天堂，大家一絲不掛，多麼方便，人們的目光都肆無忌憚地追逐著別人的屁股，當場作出公正的評價。胎記是良莠不齊的，顏色深的，形狀大的，人們不吝讚美之詞，而顏色淺的若有若無的胎記，普遍地受到了公眾的輕視。必須承認胎記熱的愚昧和荒唐，但是這次熱潮過後人們還是有所收穫，人的後腦勺是不長眼睛的，原本看不見自己的屁股，幸虧胎記熱，它讓你借助別人的眼睛，認清了隱蔽的生命的徽章。好幾個人活了大半輩子，第一次知道自己屁股上也有魚形胎記，魚形胎記其實品類繁多，有的像嬌貴的金魚，有的像野性的鯉魚，還有的肥大笨拙，像一條海洋裡的鯧鯿魚。胎記熱當然也惹了禍，個別人的屁股一下暴露了問題，或者黧黑或者白淨的屁股渾然天成，不知道是胎記褪了色，還是根本就沒有什麼青色胎記，你可以想像這種異相帶來的後果，有的主人很慌亂，立刻把屁股遮蔽起來，誰也不讓看，有的主人如同遭受天譴，當場面色如土，也有像五癩子這樣的無賴，大家都說他是個沒有胎記的人，他偏不承認，有一次我看見他在家門口痛打他弟弟七癩子，別人怎麼勸他也不肯罷手，原來七癩子不懂家醜不外揚的道理，他跑到哪兒都要告訴別人，我家五癩子的屁股，沒有胎記的！

對於我們一家，那是山雨欲來風滿樓的季節。我在學校裡拒絕了很多同學軟硬兼施的請求，在街上我也擺脫了很多大人無休止的糾纏，他們都為了同一件事，要看我的屁股。他們說，耳聽為虛眼見為實，你爹的屁股我們看不見，我們要驗證你的屁股，看看到底有沒有一條魚。我的屁股又不是展覽館，怎麼能允許他們參觀呢？我記住了父母的警告，束緊皮帶，提高警惕，嚴防偷襲，我成功地保護了我的屁股，但我保得住屁股保不住我家的榮譽，一場醞釀已久的狂風暴雨已經向我們家的門楣襲來了。

很不幸，我母親恰好是那場暴風雨的預報者。有一天，鎮上的高音喇叭裡傳來我母親顫抖的故作鎮靜的聲音，她在連續播放一個緊急通知，催促黨員團員全體幹部去綜合大樓的會議室開會。那天放學回家的路上，我看見很多人朝著綜合大樓的方向急匆匆地奔跑，有人事先知道了會議的內容，在路上就激動地喊叫起來，宣布了，總算宣布了，庫文軒不是鄧少香的兒子啊，庫文軒這個階級異己分子，總算被揪出來啦！

有一天，我父親被揪出來了。我不知道這是怎麼回事。直到現在我還清楚地記得那個特殊的日子，是九月二十七日，恰逢鄧少香烈士的紀念日，這一天我父親本應去棋亭主持一年一度的祭奠儀式，這一天我應該代表少年兒童去棋亭獻花，這一天我母親會在廣播室朗誦紀念鄧少香烈士的詩篇，這一天，是我們一家最榮耀最忙碌的日子，偏偏在這一天，工作組宣布了他們的鑒定結論，我父親不是鄧少香的兒子了，我母親不是鄧少香的兒媳婦了，我也不是鄧少香的孫子了。

我母親失魂落魄。傍晚時分她從綜合大樓的廣播室出來，似乎是僥倖從地獄逃出，一條白絲巾被她臨時改作了口罩，她把自己的臉蒙得嚴嚴實實，騎車穿越熱鬧的人民街，一路搖晃，一路哭泣，街上的路人看見她的白絲巾都被眼淚打濕了。她騎著車撞進工農街，弄得左鄰右舍雞飛狗跳。在朱鐵匠家門口，她跳下了自行車，問鐵匠借了一把鎚子，一個鑿子，朱鐵匠注意到她的兩片嘴唇在白絲巾後面不停地蠕動，分不清她是在咒罵什麼，還是在祈禱什麼，他追問道，喬麗敏你借鎚子鑿子幹什麼？這是男人幹活的工具嘛，你拿去幹什麼？我母親拿了工具就走，邊走邊說，不幹什麼，我要回去打掃衛生。

九月二十七日傍晚，我聽見有人在用什麼利器鑿我家的院門，出去一看，是我母親爬在凳子上，揮動鎚子，叮叮噹噹地鑿門，她很快就把院門上光榮烈屬的紅牌牌鑿下來了。我看見她把紅牌牌拿在手上掂了一下，吹掉灰塵，順手塞到了布袋子裡，不容看熱鬧的鄰居發問，她把自行車推進院子，撞上門，門一關她就癱坐在地上了。

我母親不停地拍著她的胸口，說她的肺氣炸了。這並不誇張，看起來她的模樣像一堆爆炸過後的廢墟，面色灰白如土，額頭和臉頰上卻又髒又黑，是門楣上揚起的灰土落在了她臉上，她的眼角眉梢布滿淚痕，新的眼淚正在撲簌簌地往下墜落。母親對我說，去拿藥箱來，我的肺氣炸了，我要吃點藥。我不知道肺氣炸是怎麼回事，也不知道該拿什麼藥，我問她，你為什麼把烈屬牌牌鑿下來？她不回答。我又問，你到底要吃什麼藥？母親突然叫起來，毒藥，給我去拿毒藥！我被她嚇了一跳。過了一會兒，母親站起來了，她拉下臉上的白絲巾，歪著身子在院子裡來回踱步。我退到牆角，不知該怎麼辦，我沒惹她，是一張小桌子絆了母親的腿，惹惱了她，她瞪著那張小桌子，雙唇氣得不停地哆嗦。小桌上還攤開著象棋棋盤和一堆棋子，那是父親好幾天前和我下過的棋局，一直沒有收拾，剎那間母親的臉上掠過一道憤怒的白光，我看見她疾步上來，端起小桌子，凌空一揚，像是倒垃圾一樣，她把桌子上的棋盤和棋子都揚到了院牆外面。還下什麼棋？從今天開始，我們家不准下棋！她發出了這道命令後，看見窗臺上放著我的口琴和乒乓球拍，乘勝追擊地撲過去，把口琴和乒乓球拍也掃到地上去了，不許吹口琴，也不許打乒乓球，從今天開始，你給我夾著尾巴做人，取消一切娛樂活動！

我聽得見院子外面雜亂的腳步聲，夾雜著鵝群嘎嘎的叫聲，翻上牆頭，一眼看見好多鄰居埋伏在下面，他們下意識地去追逐滿地亂滾的象棋，有人彎腰撿起了馬，有人撿到了兵和卒，傻子扁金不知怎麼也帶著他的鵝群來到了工農街，他傻笑著，黑糊糊的手裡捏著那只「帥」，正炫耀地朝我晃動棋子。彷彿兵臨城下，我家的院牆搖搖欲墜，外面的人們不知出於什麼目的，聚集在牆下不肯散去，他們向我張望，表情有點詭祕，也有點愉快，金家媳婦與我母親素來不睦，一直對我癡癡地笑，笑了一會兒，突然沉下臉厲聲呵斥我，你這個孬孩子，還神氣活現呢，你的好日子到頭了，你知道你是誰的孫子？你是河匪封老四的孫子呀！我朝她吐了一口痰，沒理睬她。我在牆頭上觀察著四周的動靜，搜尋我父親的蹤影。我看不見父親，看見的是整個小鎮嘩變的身影，小鎮上空迴盪著一股歡樂的氣流，從油坊鎮的腹部，從更遠的地方，隱約聽得見男女老少雷鳴般的歡呼，那種勝利的喧囂聲讓我感到異樣的孤單，從小到大，這是第一次，我被油坊鎮的歡樂遺棄了。

我父親庫文軒不是鄧少香的兒子了。他不是，誰是？誰是女烈士的兒子？工作組沒有透露，據說目前宣布的只是第一階段的鑒定成果。誰是鄧少香的兒子？鄧少香的兒子在哪裡？黨員團員幹部們都不知道，群眾更不知道，為此，我們家牆外的居民展開了七嘴八舌的爭論，那場爭論持續了很久，我始終聽不清鄰居們各自心儀的人選，但是傻子扁金亢奮的叫喊聲給我留下了深刻的印象，他一直在向眾人嚷嚷，我是，我是，是我！我是鄧少香的兒子！我的胎記是一條鯉魚呀！

牆外的人們起初一片哄笑，後來不知是誰的提議，他們開始扒傻子扁金的褲子，要當場驗證他屁股上的胎記，扒，扒，扒他褲子！這叫喊聲響成一片。我對傻子扁金的胎記也感到好奇，牆下的人們追著傻子扁金跑，我在牆頭上跑，可惜跑了沒幾步，一根擣衣槌從下面飛到了我的背上。我母親站在下面，人一跳一跳的，她的憤怒已經完全發洩到我身上了，扔完了擣衣槌她又操起了一把火鉗，向著空中不停地揮舞著，你下不下來？你這個沒心沒肺的孩子，你要把我氣死啦！

我不敢再惹母親，跳下院牆，抱著腦袋逃進了屋裡。

所以，那天傍晚很多人參觀了傻子扁金的屁股，我卻什麼也沒看見。

3

第二天我就變成了空屁。

這是一種顯而易見的連鎖反應，我個人的冤屈，開始於我父親的冤屈。我父親不是鄧少香的兒子，我就不是鄧少香的孫子，我父親不是鄧少香的兒子，就什麼也不是，我父親什麼也不是，勢必連累到我，我庫東亮什麼都不是了。我不是白癡，但是我萬萬沒想到這個世界變得這麼快，僅僅是在第二天，我就成了一個空屁。

第二天早晨我仍然像以往一樣去上學。母親沒做早飯，她躺在床上，抱著一個鐵皮餅乾箱，讓我去餅乾箱裡選東西做早餐。我挑了一個用白紙包著的枕頭麵包，咬著麵包出了家門，聽見母親在屋裡對我喊，今天別去招惹別人，記住，以後你要夾著尾巴做人了！

途經朝陽藥店的門口，我遇見了五癩子的弟弟七癩子，還有他的姐姐，他們斜倚在鋪板上，大概在等待藥店開門配藥。七癩子的頭上纏滿了紗布，紗布被不知名的膿瘡玷污了，引來了一群蒼蠅，圍繞著他們姐弟倆飛。我忘了母親的囑咐，夾著尾巴做人，這種囑咐記住也沒用，我沒有尾巴，怎麼夾著尾巴做人呢？所以我停了下來，饒有興致地看七癩子頭上的蒼蠅，我說，七癩子，你頭上開廁所了？為什麼蒼蠅圍著你腦袋飛？他們沒理我，我又問，七癩子，你家五癩子真的沒有胎記嗎？他會不會是雜種呀？這下癩子姐姐不幹了，她對我吐了口唾沫，罵道，你爹都被揪出來了，你還神氣活現呢，你是河匪的孫子，你才是雜種，你們一家都是雜種！

七癩子對口角不感興趣，他瞪著我手裡的那只奶油麵包，嚥下一口口水，突然憤怒地對他姐姐嚷嚷道，你看他，天天吃奶油麵包！為什麼他就天天能吃奶油麵包？癩子姐姐撇了一下嘴，揮手趕走弟弟頭上的蒼蠅，說，什麼奶油麵包，不好吃的，我們不稀罕。七癩子說，你不稀罕我稀罕，我從來沒吃過，沒吃過的東西怎麼不稀罕？癩子姐姐一時無語，目光在我的手上跳來跳去的，嘆了口氣說，稀罕是稀罕，六分錢一只呢，我們家買不起的。七癩子還是梗著脖子嚷嚷，他爹都被揪出來了，他憑什麼還吃麵包？不公平！我要吃，你去跟他要！癩子姐姐被纏得不耐煩了，對她弟弟叫道，我怎麼教育你的？人窮志不短你懂不懂，不吃奶油麵包你會死嗎？七癩子竟然說，會死！你不給我奶油麵包，我就去跳金雀河，去死！這下把癩子姐姐逼上了絕境，我看見她跺了跺腳，拍拍藏青色褲子的口袋，掏出了一個鎳幣。我只有五分錢呀，買不到奶油麵包的。她的聲音已經帶著點哭腔，七癩子你逼死人了，難道要我去搶他的麵包嗎？

搶。這個字像一團火苗點亮了他們的眼睛。那姐弟倆對視了一眼，熾熱的目光很快整齊地射向我手裡的麵包。我預感到了他們的圖謀，搶！我的腦子相信他們會搶，但是我的身體不相信，我僵立在路上，眼睜睜地看著他們衝過來，他們像兩頭凶猛的豹子，朝我衝過來了。我把手裡的麵包高舉著，搶？你們真的搶？敢搶我的麵包，看你們有沒有這個種？我的威脅前言不搭後語，姐弟倆一點也不顧忌，他們無所畏懼，在早晨的街道上合力搶我的麵包。七癩子跳上跳下，攫住了我的手，癩子姐姐雖然是個大姑娘，但是她的勇氣和力道都完全超出了我的想像，她先用牙齒開道，然後用雙手一根根地掰開我的手指，從我的掌心裡掏出了半只捏爛的麵包。

我不相信我被搶了，以為自己在做夢。秋天的陽光明晃晃地照著街道，照著我手上的一塊麵包屑，照著我腳下的一塊骯髒的紗布，那是我唯一的戰利品。那是七癩子頭上的紗布。我看著幾隻蒼蠅飛過來，在紗布上嗡嗡地盤旋，我有點噁心，乾嘔了幾下，什麼也沒有吐出來。有一對男女結伴騎車從我身邊經過，差點撞到了我，我沒怪他們，他們卻責怪起我來了，喂，你這孩子幹什麼呢？怎麼站在路中央，天早亮了，你還夢遊呢？

有人罵我夢遊，我反而清醒過來了。我確實是站在路上，而七癩子和他姐姐轉移到了街角的花壇邊，一個站，一個坐，顯得若無其事，我追過去，看見七癩子狼吞虎嚥吃著麵包，他姐姐做出了一個母雞護小雞的動作，一邊警惕地盯著我，一邊得意地說，你追來也沒用了，已經吃到他肚子裡去了。

我不知道怎麼對付癩子姐姐，就繞過她去收拾七癩子，七癩子，你敢吃我的麵包，馬上讓你吐出來！我準備用拳頭去捅七癩子的肚子，可是我一拳都沒捅到，癩子姐姐奮不顧身地擋住了我，嘴裡焦急地催促七癩子，快吃光，別管我，我不嘗了，你全吃進肚子裡，他就沒證據了。我不知道怎麼搬除癩子姐姐這個障礙，一著急就用腦袋去頂她，恰好頂在她軟綿綿的腹部，她尖叫一聲，雙手捂緊小腹，痛苦地蹲了下來，我以為她被我解決了，正要去抓七癩子，癩子姐姐又發出一聲尖叫，她不顧疼痛，一把抓住了我的衣角，人順勢站起來，一揮手給了我一個耳光，你幹什麼？小小年紀你就要流氓了？她雙目炯炯地怒視著我，你往哪兒撞？你耍流氓，小心我把你送到派出所去！

癩子姐姐的這個耳光把我打懵了，她對我的警告更是致命的一擊，我不知所措，我崩潰了，忍了幾下沒忍住，終於還是哭出來了。

我一哭，七癩子很高興，咧著嘴傻笑，癩子姐姐有點慌，她朝街道上的行人張望著，嘴裡開導著我，你哭什麼哭，不就半個麵包嗎？你也太小氣了，再說這麵包上也沒寫你名字，麵包是麵粉做的，麵粉是麥子磨的，麥子是農民種的，我媽媽就是農民，這麵包也有我媽媽一份吧，為什麼你吃得，我弟弟就吃不得？

我一邊哭一邊對她喊，是我的麵包，你們搶的！

癩子姐姐眨巴著眼睛東張西望，看得出來她在緊張地思索，用什麼理由來平息我的憤怒。我注意到她的目光停留在街角的牆面上，那面牆上有一行石灰水刷的大標語，**無產階級專政萬歲**！她的眼睛一下發亮了，這不叫搶，這叫無產階級專政！她突然叫起來，聲音聽上去義正詞嚴，我們家是革命群眾，你們家是河匪，是反革命，是叛徒走資派，是資產階級修正主義，我們不是搶，是對你無產階級專政！

癩子姐姐說完拉著弟弟往藥店走，我不甘心，抹抹眼淚跟在後面攆他們。街上行人多起來了，很多人側目看著我們這支奇怪的隊伍，我指著那姐弟倆的背影喊，他們搶我的麵包，今天讓他們吃我的麵包，明天請他們吃我的大便！

怪我不擅表達，也怪我年幼無知口無遮攔，路上的行人都忽略了我前面的話，只聽見後面的，他們都厭惡地瞪著我，紛紛批評道，看這孩子給慣成什麼樣了，怎麼說話呢？什麼吃大便吃小便的，這孩子的嘴，比廁所還臭！

七癩子的姐姐得到了群眾的支援，立刻站住了，她回頭凜然地瞪著我，舉起一隻胳膊指向大街，你看看，你聽聽，街上這麼多群眾呢，群眾的眼睛是雪亮的，誰站在你一邊了？她慷慨激昂地說著說著，漸漸有恃無恐了，臉上浮現出一種輕蔑的表情來，你過來呀，小流氓！誰怕你？你是庫文軒的兒子又怎麼樣？庫文軒是階級敵人了，他現在算個屁，你是屁的兒子，連屁也不如，你就是一個空屁！

空屁？

空屁！

癩子姐姐罵我是一個空屁！至今我還記得藥店四周的人們對這個音節的反應，七癩子首先讚賞了他姐姐的機智幽默，他尖聲大笑，笑得喘不過氣來，空屁，空屁，對呀，他現在就是一個空屁！他們姐弟倆的快樂感染了很多路人，在藥店的門口，在早晨人來人往的人民街上，在計畫生育的廣告宣傳欄下，到處都有人以快樂回應快樂，以笑聲回應笑聲，然後我聽見整個油坊鎮的空氣都被一個響亮清脆的音節征服了。

空屁

空屁　空屁　空屁

我是**空屁**。

儘管有失體面，但是我必須承認，我就是空屁，這個伴隨我一生的綽號，當初是癩子姐姐發明的。遠離金雀河的人們不一定懂得空屁這個詞的意思，那是河兩岸流傳了幾百年的土語，聽上去粗俗易懂，其實比較深奧，它有空的意思，也有屁的意思，兩個意思疊加起來，其實比空更虛無，比屁更臭。

隔離

父親在岸上滯留了三個月。

國慶日過後母親收拾了一包日常用品，騎自行車送到春風旅社去。我父親就在春風旅社的閣樓上，接受工作組的隔離審查。那閣樓與旅社之間臨時隔了一道鐵門，鐵門上有三道鎖，兩道鎖在外面，一道鎖在裡面，三把鑰匙都掌握在工作組的手裡，誰也進不去。工作組的幹部三男一女，偶爾會出現在街上的雜貨店和飯館裡，但我父親不得走出那道鐵門。我路過春風旅社的時候，多次偵察過旅社四周的地形，閣樓是沒有窗子的，外面有一個天臺，我在天臺上從來沒見過父親的影子，只有一次，我看見父親的襯衫和短褲在晾衣繩上飄蕩，一件灰襯衫，一條藍色的短褲，像兩隻驚弓之鳥。

據說我父親的問題層出不窮。首先是履歷，他的很多履歷無法得到證明。他提供的學生時代的證明人，一個男同學一個女同學，男的下落不明，女的是個精神病患者，而他工作多年的白狐山林場，曾經起過一場山林大火，證明人蹊蹺地死於火災，他的入黨介紹人更令人生疑，雖然名聲很大，大得不光彩，是省城最臭名昭著的大右派，送到大西北去勞動改造，改造得不三不四，突然神祕失蹤了。

工作組曾經登門家訪，他們向我母親透露，父親的所有履歷都有疑點，這是連我母親也沒有預料到的。他是誰？他到底是誰？當工作組的人這麼一遍遍質問她的時候，她崩潰了，對著工作組的人大聲叫嚷，我不知道！我也不知道他是誰！過了好久母親才冷靜下來，之後她誠懇地詢問工作組，有沒有一種腦科疾病，會導致一個人的記憶全部錯誤？工作組的人拒絕了這次諮詢，他們說，你別把問題推到健康方面，庫文軒的問題腦科醫生治不了，請他們來了也沒用，還是要靠他自己好好反省。工作組走後母親一直坐在黑暗中，痛苦地思考著什麼，我聽見她在黑暗中拍打自己的膝蓋，怪我自己太幼稚，我受騙了，受騙了。母親自怨自艾的聲音加重了室內的黑暗，後來燈打開了，我看見母親的臉上淚痕已乾，她的表情看上去很堅強，決裂！她對我說，決裂，決裂！

油坊鎮上關於我父親偽造身世欺騙組織的傳言已經沸沸揚揚，我們家院牆上出現了很多憤怒的塗鴉，騙子，內奸，工賊，反革命分子，現行反革命分子，歷史反革命分子，最深奧的就是階級異己分子那個標語，我怎麼也琢磨不透，到底怎樣才是階級異己分子。母親眼看著要發瘋，她去綜合大樓找各級領導談心，談心對她似乎很有效，領導都安慰她，夫妻雖然睡一張床，卻可以站在不同的階級立場上，他庫文軒有問題，不代表你喬麗敏也有問題。那段時間我母親喜怒無常，前一秒鐘她還在廚房裡精心地擇菠菜，後一秒鐘她就喪失了耐心，一籃子菠菜一股腦兒都倒進了鍋裡，還擇什麼菠菜？她在廚房裡忿忿地炒菜，鐵鍋鐵鏟乒乒乓乓地響，她說，吃到蟲子才好，吃壞肚子才好，吃死了人，就省心了！

母親這樣來料理我們的生活，讓我很擔心，我不知道她心裡到底是怎麼盤算的，一家人怎麼決裂呢？以後她準備怎麼對待我，怎麼對待我父親，還有她自己，她準備怎麼對待她自己呢？

我瞞著母親，偷偷去了春風旅社，走到鐵門那裡就進不去了。我不停地敲門，一個穿深藍色中山裝的年輕人聞訊出來，我猜他就是小夏，仇人相見分外眼紅，我對著他發出了連珠炮似的質問。你們算什麼工作組？是造謠工作組還是放屁工作組？你們有什麼證據證明庫文軒不是鄧少香的兒子？又有什麼證據說他是河匪封老四的兒子？如果你們拿不出證據，那就證明你們三個男人都是河匪封老四的兒子，還有一個女的，她是封老四的女兒！他被我憤怒的抨擊弄得一頭霧水，誰派你來的？你這個孩子乳臭未乾，居然來跟我們要證據，你懂什麼叫證據？他衝出鐵門，一路攆走我，一直把我攆出了旅館，我聽見他對旅館的人大發雷霆，誰放他進來的？隔離審查的規矩你們到現在還弄不清楚？閒雜人員，嚴禁進入！旅館的服務員委屈地說，我們沒放他進去，他是庫文軒的兒子，不知從哪兒溜進去的。那小夏追出來研究我的背影，恍然大悟道，是庫文軒的兒子？怪不得滿嘴胡言亂語呢，跟他父親一個樣，我看這孩子的思想也有問題，問題很嚴重！

隔離了兩個月後，父親精神方面果然出現了一些紊亂的跡象。有一天工作組的女同志找我母親談了話，承認我母親的推測有點道理，她說父親近來的舉動很反常，他拒絕交代問題，動不動就要褪褲子，讓工作組檢查他屁股上的魚形胎記，不分時間，不分場合，令人難以接受。工作組約請了精神病醫院的醫生對他進行會診，懷疑他染上了突發性的精神疾病，出於人道主義考慮，他們決定提前結束對他的隔離審查，通知家屬去領人回家。

那天我和母親站在旅館的三樓走廊上，等著那扇漆成綠色的鐵門打開，等了很久，父親彎著腰出來了。他一隻手提著個旅行包，另一隻手裡拿著象棋盒子。多日不見陽光，使他的臉有點浮腫，有點蒼白，乍看白白胖胖的，細看一臉倦色。他看了看我母親，目光熱切，母親扭過了臉，那目光馬上就膽怯地一跳，跳到我身上，剎那間，他看我的眼神讓我渾身起了雞皮疙瘩，那麼謙卑，那麼無助，我覺得似乎我是他爹，他是我兒子了，他犯下了嚴重的錯誤，正在討好我，乞求我的原諒。

我不知道如何原諒父親，正像我不知道如何懲罰他一樣。我跟著他往樓下走，看見父親彎著腰下樓梯，步履謹慎，體態笨拙，像一個風燭殘年的老人，這與他兩個月來的閣樓生活有關，他低頭彎腰走路，已經習慣了。我注意到了他身體的這個變化，我提醒他說，爹，你不在閣樓上啦。他狐疑地看我一眼，我知道呀，我出來了。我說，那你為什麼還彎著腰走路？父親說，我彎腰走路了嗎？我說，彎了，彎得像一只大蝦米。他一驚，緊張地昂起頭，挺直腰背，就是這麼一個簡單的動作，瞬間損傷了父親的肢體組織，我聽見他突然啊呀叫了一聲，扔下了旅行包，又扔掉了象棋盒子，父親的身體似乎在剎那間折斷了，他用一隻手托住了後腰，一種極端痛苦的表情掠過他的面孔，疼，疼，怎麼那麼疼？他的目光求援般地望著我母親，嘴裡嘟囔著，我就挺一下腰，背上怎麼會那麼疼？

我母親俯身去提地上的旅行包，似乎沒有聽見父親訴苦的聲音，她說，你往包裡收拾什麼東西了，咣啷咣啷的都是什麼呀，肥皂，茶杯，都該扔的，還帶回家幹什麼？

我上去扶住父親，他瞥了母親一眼，大概是等著母親去扶他，母親提著旅行包站在走廊裡，扭過臉，一動不動，看上去她對父親的身體有點戒備，有點厭惡。父親鎮定下來，他推開我說，不用你扶我，我就是腰出了點問題，還沒殘廢呢。

我在樓梯上撿拾散落的棋子，看見父親的腳上還穿著秋天的塑膠涼鞋，一隻腳上套著尼龍襪子，另一隻腳上是白色的紗襪。他緩緩地把腰背彎下來，一點一點地往下彎，一邊往樓下走，一邊喃喃自語，沒關係，就這樣彎著走，背上不太疼，就彎著走吧。

外面的天空很暗淡，空中飄起了冷雨，雨中夾著小雪。父親站在旅店的篷簷下，看著泥濘的街道，看著街道上倉皇奔走的行人，忽然停住了腳步。

他說，你們有沒有戴口罩來？

沒戴口罩。我說，為什麼戴口罩？你臉上怕冷？

他不是怕冷，是怕見人。母親冷冷地說，口罩沒用，戴不戴口罩，別人都認得你，戴不戴口罩，你都一樣沒臉見人了。

父親苦笑著，他的目光畏葸地落在母親的臉上，麗敏，我對不起你。這個道歉的聲音來得很突兀，一口痰塞住了他喉嚨，他清了清嗓子，麗敏，我對不起你。這句話他重新說了一遍，說完他鬆了一口氣，我母親卻像一簇壓抑的火苗見風燃燒，因為父親不合時宜的道歉，她憤怒得渾身顫抖起來。對不起我算什麼？你是對不起你自己，更對不起組織對你的培養！

我母親的眼淚噴湧而出，為了避免在眾目睽睽下出醜，她提起旅行包獨自衝到了街道上，我沒有料到母親會如此蔑視父親的道歉，她竟然扔下我和父親，自己跑了。

油坊鎮上雨雪霏霏，我陪著父親回家去。我們避開大路，專走僻靜的小道，即使這樣，路上還是遇到了一些別有用心的好事者，好幾個居民涎著臉，假裝過來問候我父親，一律被我連推帶搡地驅逐了，看熱鬧的孩子們，小的被我打跑了，大一點的都被我罵走了。我像一個父親保護兒子一樣，盡心盡職地保護著我父親，一直走到工農街的家裡。

父親被我領回了家。

隔離審查告一段落，審查結果喜憂參半。我父親不承認他偽造身世，不承認他欺騙組織，他堅持自己就是鄧少香烈士的兒子。但是，對父親生活作風問題的調查，進展異常順利，遠遠超出了工作組的預期。也許是出於誠實，也許是一種避重就輕的心理作祟，抵抗和狡辯沒有幾個回合，父親便向工作組坦白了，多年來的坊間傳說確有其事，他亂搞男女關係，他的生活作風有問題。

聽說問題還很嚴重。

生活作風

所謂生活作風問題，就是男女問題，這誰不知道呢？一個男人生活作風出了問題，一定是搞了女人，問題越嚴重，搞的女人越多。我那時候十三歲，性腺半生不熟，我知道父親作為一個大權在握的男人，就要搞女人，但我就是不知道，他到底搞了多少，搞那麼多女人有什麼用呢？這事不好問別人，張不開口，我自己琢磨，琢磨得下身勃起了，就不敢再琢磨了。我不敢勃起，因為我母親不准我勃起，勃起對她是最大的冒犯。她不管我是故意還是無意，一律嚴懲不貸。有一天早晨，我夢見了熟悉的綜合大樓的樓梯，很多年輕貌美的女人像孔雀一樣開著屏，朝父親四樓的辦公室拾級而上，他們在樓梯上咯噔咯噔地走，走到三樓，每個人都轉過身子，對我回眸一笑。我陶醉在一種陌生而美妙的幻覺裡，迷迷糊糊的，我被母親用塑膠拖鞋打醒了，她憤怒地瞪著我支起來的短褲，把我打下了床。她一邊打一邊罵，無恥的孩子，下流的孩子，上梁不正下梁歪啊，你翹得那麼高要幹什麼？我讓你學他的壞樣，讓你無恥，讓你下流！

母親對男性生殖器感到厭惡和憤怒，我的也一樣受牽連。她與父親的決裂從分床開始，他們劃清了界線，但沒有馬上分道揚鑣。起初我以為母親要挽救父親，後來我才知道，那不是挽救，也不是恩賜，是一種債務清理。父親在母親的眼裡已經賤若糞土，沒必要挽救了。她要留下時間做一件事，什麼事？懲罰。她放不下自己的這項特權，她要懲罰父親。母親最初的設想是懲罰父親的精神，可是天有不測風雲，父親的精神，正如他突然彎曲的脊背，已成一堆廢墟，沒有多少懲罰的餘地了，於是，先懲罰父親的精神還是先懲罰他的身體，便成為母親兩難的選擇。

母親早晨出門的時候，父親替她搬過自行車，叮囑道，路上小心，騎慢一點。母親說，你那髒手別碰我的自行車，我騎慢騎快不關你的事，讓拖拉機撞死了才好，乾脆一了百了。父親知趣地離開自行車，說，那你廣播念稿子慢一點，千萬別出錯，現在牆倒眾人推，別給人抓住辮子。母親冷笑一聲，說，多謝你，你還在充善人，現在我還有什麼資格念稿子？誰敢給我開麥克風？你知道我在廣播室幹的什麼事？我天天給張小紅剪報紙呢！母親說到她給同事剪報紙的時候情緒失控了，屈辱使她歇斯底里，她的手突然朝地上一指，庫文軒，都怪你，你死有餘辜，給我跪那兒去，給我跪著！

父親驚愕地看著母親，他說，這是你不講理了，我是好心囑咐你幾句，你怎麼能讓我下跪呢？

母親的手不依不饒地指著院門口的地面，跪下，你這種人不配站著，只配跪！你到底跪不跪？今天你不跪，我就不去上班了！

父親猶豫起來，也許他在心裡評估自己的罪惡，是否必須要以下跪來洗清。我在房間裡窺視著僵持不下的父母親，他們大概對峙了兩三分鐘，父親作出了一個令人震驚的決定。他朝我的房間窗戶觀察了一眼，扯了扯褲腿管，慢慢地跪下了，跪下了。他跪在院門口，對母親故作輕鬆地笑著，跪就跪吧，我死有餘辜，該跪。

母親臉上的憤怒不見了，她的表情風雲變幻，看不出來是滿足還是不滿，也許是一種深深的悲傷而已，她的眼睛著了魔似的，死死地盯著父親的膝蓋，過了一會兒，她突然說，你跪在院門口什麼意思？讓街坊鄰居來參觀嗎？人家一開門就看見你了，你還有臉笑？你不嫌丟臉我嫌丟臉。

父親站起來，嘀咕道，你還記得注意群眾影響，很好，那我跪哪兒合適呢？他朝四周掃視了一圈，物色了大棗樹下面的一塊石鎖，他緩緩地跪在石鎖上，抬頭看著母親，表情有點討好，有點無奈。母親扭過臉去，推了自行車就走，走到院門口，我看見她去拔門閂，拔了幾次都沒有拔下來，母親突然回過頭注視著石鎖上的父親，她的臉上已經淚流滿面，我聽見了她淒厲的尖叫聲，你氣死我了！讓你跪你就跪？庫文軒我告訴你，男兒膝下有黃金你懂不懂？你這種男人，看以後誰會瞧得起你？

父親在石鎖上欠起身子，仰望著母親，看上去他有所觸動，一個膝蓋下意識地抬了起來，另一個膝蓋卻服從向下的慣性，按兵不動。母親出門後他慢慢地站起來，我衝出了房間，父親發現了我，羞慚的表情從臉上一閃而過，他拍著膝蓋，用一種輕描淡寫的語氣說，下不為例，下不為例，就這一次，鬧著玩的，東亮，你最近為什麼不甩石鎖了？

我一時說不出話來，就說出了兩個字，沒用！

什麼有用沒用的？鍛鍊身體嘛。父親彎著腰站在大棗樹下，訕訕地思考著什麼，過了一會兒，他苦笑了一聲，是沒用，東亮你說對了，什麼都沒用了，我們這個家快要散了，你母親，遲早要跟我決裂的。

我不說話。我不知道該說什麼。父親回家後，一種幼稚而紊亂的理性讓我搖擺不定，有時候我同情母親，更多的時候我憐憫父親。我盯著父親襯褲膝蓋處的兩塊黑印，目光小心地向上攀升，我看見他襯褲的褶皺凸顯了一個中年男子陽具的形狀，斜向下垂，垂頭喪氣的，像一個毀壞的農具掛在乾瘦的樹上。我不知道父親勃起時是什麼樣子，我不知道父親搞了多少女人，時間，地點，細節，他們都是什麼樣的女人？一些幽深而複雜的聯想遏制不住，我的目光鬼鬼祟祟，引起了父親的警覺，他低頭看了看自己的襯褲，厲聲問我，東亮你在看什麼？你往哪兒看？

我嚇了一跳，趕緊轉過臉去，說，我看什麼了？我什麼也沒看。

父親惱怒地扯了一下自己的襯褲，撒謊！你告訴我，剛才腦子裡在想什麼？

我躲避著父親的目光，嘴裡申辯道，你又看不見我腦子，怎麼知道我在想什麼？我什麼也沒想。

父親說，還嘴犟？你腦子裡一定在動什麼壞念頭，你騙得了別人，騙不了我。

我被他逼急了，橫下一條心，對著他嚷嚷起來，媽媽說得對，公狗才亂搞母狗！你到底為什麼要亂搞女人？我們家現在這個樣子，都要怪你的——我沒能說出那兩個字來，父親慌張地瞪著我，兩隻手掐住了我的喉嚨，把那兩個字消滅在我喉嚨裡了。即使在憤怒中，他還是保持了冷靜，也許怕我窒息，很快他鬆開了手，在我臉上補充了一個響亮的耳光，他說，沒想到兩個月不見，你這孩子就不學好了，整天在琢磨什麼？下流透頂！

我不知道父親為什麼也罵我下流，與母親相比，他是沒有資格罵我下流的，如果說我下流，那是因為他先下流了。我有滿腹的委屈，可我不願意對父親說，我正要往屋子裡跑，聽見院門被撞開了，鐵匠的兒子光明拿了個鐵箍站在我家門檻上，一聲聲地喊著，空屁，空屁，我來營救你，我們去滾鐵箍吧！

誰要你營救我？我沒好氣地罵了光明，滾什麼鐵箍？滾你媽個頭去！

我父親疑惑地看著光明，光明你過來一下，我問你，你叫我家東亮什麼？

空屁。光明爽快地回答，叫他空屁呀，現在大家都叫他空屁了。

討厭的鐵匠兒子被我趕走了，留下了一個小小的禍害，他洩露了我的綽號。我父親對這個綽號很好奇，你為什麼叫空屁？他皺著眉頭審視著我，以前你沒有綽號的，叫什麼綽號不行，為什麼要起這麼難聽的綽號呢？

你去街上問別人，我不知道。空屁就空屁，我不姓你的姓了，我不姓庫，姓空，我也不叫東亮了，我的名字是屁，我叫空屁。

你給我住嘴，告訴我，這綽號是誰給你起的？

告訴你有什麼用？你沒用了。我忽然感到傷心，朝父親嚷嚷起來，都怨你，你把我也連累了！你以後什麼用也沒有了，我是空屁，你也是空屁！

父親沉默了。他走到門邊，探頭朝門外的街道張望了一眼，馬上就把門閂上了。很好，很好，我也是空屁，你別委屈了，是我先做了空屁，你才變成空屁。他嘟嚷著，突然苦笑一聲，罵了句髒話，媽了個×，回到家，還是隔離審查嘛，我犯了什麼滔天大罪？工作組審查我，老婆審查我，兒子也審查我！他嘴裡發著牢騷，目光幾次與我對接，都閃開了，他不敢看我怨恨的眼睛。

後來父親蹲在橫跨院子的晾衣繩下，打量繩子上的一堆鮮豔的演出服裝。那都是我母親年輕時候穿過的，她悉心保存著那些服裝，每年冬天都要拿出來晾曬。繩子上懸掛的是春天，一派鶯歌燕舞的景象，有維吾爾族的小花帽，鑲嵌金線的黑背心，翠綠色的燈籠裙，有藏族的半截袖，氈靴，彩條圍裙，有朝鮮族婦女的白色長裙和紅色腰帶，還有兩雙芭蕾舞鞋，像四把美麗而柔軟的刀子，耀武揚威地掛在繩子上。

父親仰著頭，不時地眨巴著眼睛，看得出來，他是在借助那些服裝回憶母親風華絕代的舞臺生涯。他撥弄了一下芭蕾舞鞋，摘下小花帽，輕柔地撣著帽子上的灰塵，我聽見他在一聲聲地嘆氣，然後他突然與我談起了母親的藝術才華，表情看起來非常沉重。東亮啊，你母親最可憐，我連累了她，她什麼舞都能跳，什麼歌都能唱，這下哪個文藝團體也調不進去了，可惜了那麼好的藝術才華！我說她不調走才好，要不然我們家誰洗衣服？誰做飯？我父親失望地瞪著我，你這孩子沒出息，光知道吃。我說，不跳舞不唱歌死不了人，不吃飯要餓死人的！父親用驚訝的眼神看著我，這都是誰給你灌輸的庸俗思想？我們平時是怎麼教育你的？大概意識到自己的處境並不適宜談教育，教育的話題突然中止，他站起身朝我走過來。東亮，我跟你談一件很重要的事情，你一定要記在心裡。他拍打著我的肩膀，說，現在我們家是非常時期呀，我告訴你，以後要想吃你母親的飯，要想維持我們這個家庭，都靠你了，你一定要好好表現，要讓她高興，千萬千萬別惹她生氣！

我聽懂了父親的叮囑，非常時期，我知道母親對於我們這個家庭的重要性，可惜這個責任落在我肩上，有點張冠李戴，我沒有什麼信心取悅我母親。說起來悲哀，我只有惹她發怒的訣竅，至於母親的快樂，我對此一無所知。我不瞭解我母親，不瞭解她的心，她在文藝舞臺上的笑臉是伴隨音樂綻放的，家裡沒有舞臺沒有音樂，我從來不知道母親高興起來會是什麼樣子。

還是先說說我母親喬麗敏的藝術才華吧。

她年輕時候是油坊鎮上出名的美人，是群眾文藝活動的明星，人稱油坊王丹鳳。如果不是腰身略長，腿稍短，她就比那個電影明星更加美麗更加出眾了。她鳳眼蔥鼻，鵝蛋臉，能歌善舞，尤其音色善變，可以甜美，可以高亢，除了文藝舞臺之外，最能展示母親才華的其實是高音喇叭。對於油坊鎮居民來說，廣播員喬麗敏字正腔圓的聲音是一個神奇的風向標，中音區代表著國內國際形勢一片大好，次中音區代表工農業戰線捷報頻傳，次高音區代表人民的生活芝麻開花節節高，最令人叫絕的是她的高音區，那音色裡隱藏著稀有的金屬質感，帶有天然的穿透力和震撼力，在一次公審大會上，她呼喊的口號竟然讓歷史反革命分子郁文菉當場小便失禁，還有一次，她的口號還沒喊完，收購站的貪污腐敗分子姚會計就昏倒在臺上了。你如果在現場聽過我母親呼喊口號，就知道這不是笑話，她是用整個生命在呼喊，因此她呼出的口號總是氣貫長虹，響徹雲霄，那聲音像一串華麗流暢的驚雷在油坊鎮上空炸響，惹得街上雞飛鴨跳，貓狗發傻，台下所有人的耳朵被震得嗡嗡作響，而一些天生有耳疾的人，由於耳膜脆弱，經不起刺激，不得不提前用棉球塞住自己的耳朵。

父親曾經說，母親渾身上下透出一種革命浪漫主義的風韻。革命與浪漫，都是她追求來的結果。她的少女時代是在馬橋鎮度過的，她的美貌和文藝才華早就被人注意，但馬橋鎮的世界太小，少女喬麗敏在那裡英雄無用武之地。也不知道是妒忌還是偏見，馬橋鎮人對母親的評價顯得不三不四，他們暗地裡叫她「肉鋪家的王丹鳳」，這綽號暴露了我母親的出身門第，也暴露了我母系的血緣。在馬橋鎮上我有個外祖父，但是我從來沒見過他，為什麼呢，他是屠戶出身，一輩子在宰牲口賣豬肉，這門第不是資產階級，不是地主富農，但也絕對不是無產階級，這不三不四的家庭出身，與母親是不匹配的。傳說外祖父在饑荒年代賣過人肉饅頭，來一次運動，這醜聞就被張揚一次，我母親無法忍受這種屈辱，一個逃離家庭的計畫悄悄醞釀了好幾年，終於在她十八歲那年付諸實現。有一次回家，她打碎了心愛的儲蓄罐，一邊清點儲蓄罐裡的錢，一邊向家裡人隆重地宣布，她與這個家庭劃清界線了。家裡人問她，怎麼劃清？她說，不吃你們的，不穿你們的，我出去獨立生活。家裡人又問，你一個女孩子家，靠儲蓄罐裡這點錢怎麼獨立生活？你到底有沒有對象？你的對象到底是誰？母親對家裡人低估她的未來很惱怒，她說，什麼對象不對象？我的對象，告訴你們你們也不懂，我的對象就是文藝舞臺！你們別怨我狠心，我不跟你們劃清界線，你們就會影響我的前途，你們不要前途，我要前途！

我母親離開馬橋鎮的肉鋪後在很多地方奔波，她報考過北京的歌舞團，裝甲兵的文工團，外省的越劇團，地區的京劇團，甚至還考過一個雜技團，不知為什麼每次都是虎頭蛇尾，最後一關總是過不了，人家不是嫌她腿短，就是嫌她家庭出身不過硬，總之，正規的文藝團體都不收她，她的盤纏用光了，信心也受到了打擊，就放低了要求，轉而把目標鎖定在群眾文藝的舞臺上。退一步海闊天空，她順利地進了豐收氮肥廠，那廠裡有一支金雀河地區著名的文藝宣傳隊。在豐收氮肥廠的文藝宣傳隊裡，我母親得到了應有的重視，她的美麗終於引人矚目了，宣傳隊員白天包裝化肥，利用晚間業餘時間排練節目，我母親不是領舞就是領唱，她走出氮肥廠的大門，藍色工作服上散發著氨水的氣味，但敞開的衣領裡有一個鮮豔動人的舞臺世界。我父親那時候還在林場鍛鍊，他去氮肥廠採購化肥的時候遇見了母親，第一次見到母親，他吃驚地發現她工作服裡的醬紅色的絲綢小襖，原來是跳紅綢舞的舞臺服裝，他不知如何評價她的穿著打扮，更不知如何總結這姑娘身上奇特的魅力，我父親第二次與母親見面，是熟人撮合的約會，地點在化肥廠外的排污渠邊，父親看見母親從後門口嫋嫋婷婷地走出來，身上打扮仍然鮮豔奪目，這次她的內衣是水綠色的，也很眼熟，他想起來那是跳採茶舞的服裝，這次他斟酌過了，第一句話就奉承了母親，也打動了母親，他說，小喬同志，你的身上，散發著革命浪漫主義的氣息呀。

我父母的戀愛，與其說是戀愛，不如說是發現，是一次互相發現，父親發現了母親的美貌和才華，母親發現了父親的血統和前途。父親的身高比母親矮半個頭，他們的婚姻，從前看來就不匹配，不匹配，卻有結合的理由，直到那年九月父親的問題東窗事發。母親不知從哪兒聽說我父親勾引婦女慣用的第一句話，某某某同志，你的身上，散發著革命浪漫主義的氣息呀。母親說她的肺氣炸了，也許是她平時過多使用胸腔共鳴，她的肺部似乎特別敏感。我親耳聽她對醫院的郝醫生描述過肺部古怪的反應，郝醫生，我一看見東亮他爸爸就喘不出氣來，一看見他的人影，我的肺劈劈啪啪地響呀，我的兩片肺葉，至少爆掉一片啦！

憤怒和傷痛使母親再度發現父親，牛糞喬裝成花園，欺騙了鮮花，她一朵鮮花終究還是插到了牛糞上。那年冬天母親對這個家的厭惡之情溢於言表。我父親預感到母親的心離家越來越遙遠，他束手無策，派我去關心母親，可是每次我去對她表示關心的時候，母親總是不領情，你總在我面前晃什麼晃？你拿杯茶來幹什麼？誰告訴你我要喝茶？我知道是誰教你的，沒用，沒用了，我對你們兩個人，都死心了。我一氣之下就當著她的面，把一杯茶都潑在水池裡了，這一下惹惱了母親，她過來揪住了我耳朵，你要死呀，這麼好的茶葉一口沒喝就潑掉？你不會掙錢倒會浪費！

說到底我還是擅長惹惱母親，我就知道會這樣。父親對我的指望落空了，我對自己的表現也很失望，別人都叫我空屁，我就像一個空屁，即使在我母親身邊，我也像一個空屁。我沒有辦法討好母親，我沒有辦法留住母親。

母親開始把洗好的秋裝疊得整整齊齊，放進一只樟木箱裡，而她以前那些珍貴的舞臺服裝，都裝進了一只皮箱。那皮箱也珍貴，是我母親輝煌的文藝生涯的憑證，箱蓋子上印了一圈紅字，豐收氮肥廠，獎給群眾文藝演出積極分子。

我們一家三口最後的家庭生活淒涼不堪，甚至吃喝拉撒都充滿了冰冷的條文和紀律。母親把家務分成了三份，一份歸她自己，主要負責我和她的午餐晚餐，另一份歸我，主要是掃地抹灰倒垃圾，第三份家務繁重得多，早晨為一家人準備早餐，每天兩次打掃廁所，包括我父親自己的所有日常生活料理，他吃什麼，穿什麼，用什麼，都由自己負責。母親在分配這些工作時明確表示，我這是為你們好，我不會給你們做一輩子老媽子，鍛鍊鍛鍊，對你們自己有好處。

也就是那年冬天，我發現了父親和母親之間最後的祕密。我母親仿照了工作組的模式，將他們的臥室臨時開闢成一個隔離室，對父親執行了最後的審查，只不過審查者是我母親，主題便稍有局限，可以想像，主要內容都集中在父親的生活作風問題上。母親的審查通常在夜裡七點過後，有線廣播裡

《社員都是向陽花》的音樂響起來，母親就進了臥室，她打開上鎖的梳妝枱抽屜，拿出她的圓珠筆和工作手冊，對著外面喊，庫文軒，你進來！我父親有一次賴在茅房裡不肯進臥室，母親讓我去敲廁所的門，你去，快去把他拉出來！我不肯去，她自己去了，拿了把掃帚，用掃帚柄捅廁所的門，捅了好久，父親終於被她捅出來了，打開門，彎著腰從掃帚下穿過，他大叫一聲我受不了啦，準備朝院門外逃跑，我母親在後面發出一聲尖利的冷笑，看著他跑，父親跑到門邊站住了，回頭看著母親，我什麼都說了，沒什麼可交代的了，我要出去散散心！母親用掃帚指著他，嚴厲地說，你開門，你出去散心呀，睜開你的眼睛，好好看一看，看看油坊鎮上還有沒有你散心的地盤！

母親擊中了要害，父親果然沒有勇氣出去了，他在院子裡轉了一圈，終於馴順地跟著母親走進了臥室。臥室門窗緊閉，拉上了紅色的窗簾，父母的身影一高一矮，都泛出一種腥紅色的光暈，在燈光下晃動。大家心照不宣，這個生活作風問題，應該是關門審理的，他們採取了嚴密的措施提防我，他們愈是提防我，我偷聽的熱情就愈是高漲。事關人的下半身，好多事是難以啟齒的，父親做那些事很大膽，說這些事卻很害羞，問深了，問細了，他招架不住，開始躲避，他嘗試用閃爍其詞避重就輕的方法回答母親的問題，這都被母親看做消極對抗，她控制不住自己，就把家裡的臥室當成了公審大會的現場，有一次我清楚地聽見母親高亢憤怒的聲音傳到了窗外，餘音嫋嫋，飄蕩在夜空中，**庫文軒，坦白從寬，抗拒從嚴！**

其實他們愈是吵鬧，我愈是不在乎，他們愈是安靜，我愈是害怕。那天夜裡房間裡突然一片死寂，我什麼也聽不見了，那片死寂讓我恐懼。我爬上了院子裡的大棗樹，視線輕易地穿過了房間的氣窗。我看見燈光下的父親和母親，母親拿著她的工作手冊，坐在梳妝枱邊，滿面是淚，而我的父親，正像一條狗似的跪在母親的腳下，他在褪他的褲子，他又在褪褲子了。他撅著屁股，向我母親展示著光榮的魚形胎記，我看見父親蒼白的乾癟的臀部，在暗紅的燈光下閃爍著尖銳的光，母親扭過臉去，她在哭，她哭得喘不過氣來了。父親很固執，褲子一直褪到膝蓋下，他開始在地上爬，母親的臉轉到哪裡，他就往哪裡爬，突然，他一把抓住了母親的腳，嘴裡吼叫起來，快看我呀，你以前喜歡看的，現在為什麼不能再看一眼？看我的胎記，我是鄧少香的兒子，是真的！看啊，看清楚，一條魚呀！我是鄧少香的兒子，你別急著跟我決裂，決裂也別離婚，離了婚，你以後會後悔的！

一瞬間我的眼淚奪眶而出，我的眼淚，說不清楚是為父親而流，還是為母親而流。我說不清楚，我的眼淚是對他們的憐憫之淚，還是恐懼之淚，是傷心過度，還是驚嚇過度。我從大棗樹上下來，看了看我的家，看了看頭頂上暗藍色的夜空，不知道為什麼，我看見天空就止住了眼淚，我抹乾了眼淚，對著天空，惡狠狠地說，離婚就離婚，反正都是空屁！

他們的離婚算是順利的。有一天早晨我開門出去，看見我家門上貼了一張大紅喜報，不知道是什麼人張貼的，**熱烈歡迎庫文軒同志到向陽船隊安家落戶**。落款是**向陽船隊全體船民**。早晨來了喜報，下午我父母親就離婚了。我是他們唯一的問題。跟父親就去向陽船隊，跟母親就留在油坊鎮上，我又想去船上，又怕離開岸上，我對父親說，我半年在船上跟著你，半年在岸上跟著她，行嗎？我父親說，我這兒行，去問你媽媽，她那裡恐怕不行。我去問我母親，母親惱怒地對我喊道，不行，有我沒他，有他沒我，上梁不正下梁歪，他這種人教育過的孩子，讓我怎麼教育？

不選不行，兩堆不幸的禮物擺在我面前，一堆是父親和船，一堆是母親和岸，我只能選一樣，我必須選一樣。我選擇了父親。如今船民們偶爾還會談起我當年的選擇，他們絮叨地假設東亮如果跟著喬麗敏，他會怎樣怎樣，庫文軒會怎樣怎樣，喬麗敏又會如何如何，我不聽，這假設沒有意義，假設都是空屁。就像水跟著水流逝，草連著草生長，其實不是選擇，是命運，正如我父親的命運，與一個女烈士鄧少香有關，我的命運，注定與父親有關。

是臘月裡的事，街上天寒地凍，空氣裡提前飄蕩著為春節熬豬油的香氣，油坊鎮上家家戶戶忙著準備過年，我們家不過年。我在油坊鎮上的家要消失了，怎麼過年呢？我們去船上，母親也要搬家。我不知道母親搬家為什麼那麼倉促，就像急於離開墳墓一樣，她手忙腳亂，不停地催促她請來的兩個碼頭工人，快點，請你們快點。結果她把一只花布包扔在我的床上了，我隨手一翻，從花布包裡翻出了那本工作手冊。母親用畫報紙為工作手冊製作了一個封套，乍一看，工作手冊就像一本隆重出版的書籍，封面是《紅燈記》裡李鐵梅的大半個紅潤的臉，封底可見李鐵梅的一隻手，舉了一盞完整的紅燈。母親搬家的時候父親躲在茅房裡，我只有很短的時間思考，怎麼處置這個特殊的本子，結果我做了一個最大膽的決定，不上交父親，也不歸還母親，我把那本工作手冊藏在了我的被褥下面。

直到現在，我都不知道那是由於母親的疏忽，還是故意的安排，也許離婚終結了一切恩怨，她想把父親的罪證交給他自己處理吧？我不清楚，也不敢問。我不知道我是為誰隱藏這個本子，是為了父親，還是為了母親，也許是為我自己？這個不可聲張的祕密，幾乎影響了我的一生。我對母親的紀錄倒背如流，或者說我對父親的罪狀倒背如流。我記得工作手冊上的每一個字，即使是懷著憤恨，母親的字跡仍然工整，娟秀，憑心而論，手冊上的主題內容並沒有超越我的想像，生活作風就那麼回事，母親記錄了我父親對她的背叛，數量，時間，地點，偶爾地她在空白處留下了一些憤怒的批註，無恥，下流，氣死我了，還有一些紅墨水畫的感嘆號，看上去血淋淋的。最讓我吃驚的是一些姑娘媳婦的名字，竟然有那麼多女人與父親有染，我同學李勝利的母親名字也在上面，還有趙春堂的妹妹趙春美，還有廢品收購站的孫阿姨，還有綜合大樓的小葛阿姨、小傅阿姨，他們平時多麼端莊，多麼正派啊，我想不明白，為什麼她們的名字都在上面？

河流

那年冬天我告別岸上的生活，隨父親奔向船與河流，我沒有意識到這是一次永遠的放逐，上船容易下船難，如今我在船隊已經十三年了，再也沒有回到岸上。

人們都說，我是被父親困在船上了。有時候我贊同這樣的說法，這說法給我乏味苦悶的生活找到了一個藉口，但是對於我父親來說，這藉口是一把鋒利的匕首，閃著寒光，時刻對準著他的良心。有時候我對父親的不滿無可抑制，會用這把匕首對著他，控訴他，傷害他，甚至羞辱他，更多的時候，我不忍心如此對待父親。在船隊航行的日子裡，我低頭看見舷下的河水，會覺得自己被千年流水困住了，我看見岸上的河堤房屋和農田，會覺得自己被河岸困住了，我看見岸上熟人的面孔和陌生人的身影，看見船隊的其他船民，我覺得是那些人把我困在船上了。只有在船隊夜航的時候，河流暗下來，整個世界暗下來了，我點亮船頭的桅燈，看見昏黃的燈光把我的影子投射在船頭，那麼小那麼脆弱的一灘黑影，像一灘水漬，水ㄅ在寬闊的河床中流淌，而我的生命在一條船上流淌，黑暗中的河流給我啟示，我發現了我生命的奧祕，我，是被自己的影子困在船上了。

金雀河兩岸的城鎮鄉村曾經遍布鄧少香烈士的足跡。剛到船隊的那一年，我父親對他的血統還很樂觀，他堅持認為那個烈士遺孤鑒定小組來路不正，對他充滿了敵意和偏見，所謂的鑒定結果，不過是借刀殺人，是一次瘋狂的迫害。在我父親的信念裡，他隨船隊沿河漂流，是在烈士母親鄧少香的懷抱裡漂流，因此他感受到了一種虛幻而巨大的安寧。船過鳳凰鎮，父親指著鎮上高低錯落的木屋告訴我，你看見了嗎？那個祠堂，黑瓦白牆的房子，原來做過你奶奶藏槍的祕密倉庫。我在船上眺望鳳凰鎮，小鎮上空煙霧繚繞，我只看見化肥廠的煙囪和水泥廠的窯塔，怎麼也看不清那間黑瓦白牆的祠堂，我對祠堂不感興趣，向父親打聽鳳凰鎮的棺材鋪在什麼方位，我父親怒聲道，什麼棺材鋪？沒有什麼棺材鋪，你別聽別人污蔑你奶奶，她不是什麼棺材小姐，她用棺材運送槍枝彈藥，是革命需要！他固執地用手指著一個方向，讓我仔細看那祠堂的遺址，就在那排木屋的後面啊，你怎麼看不見？我怎麼也看不見祠堂，我說，沒有棺材鋪，也沒有祠堂，我沒看見祠堂！我父親火了，他打了我一個巴掌，罰我跪在船頭，面向鳳凰鎮，是你奶奶戰鬥過的地方呀，你敢看不見？他說，不怪你眼睛不好，是你的心裡沒有烈士，給我跪著，什麼時候看見了，什麼時候站起來！

我父親對鄧少香漫長的憑弔轉移到了河上，每年的清明和九月二十七日，父親會在我們的駁船上打出標語——鄧少香烈士永遠活在我們心中。春天一次，秋天一次，鄧少香烈士在金雀河上復活兩次。我分別聽見兩個季節的風吹打紅色布幔，給我帶來了不同的幻覺，秋風吹打父親的橫幅，船體會變得很沉重，令人覺得女烈士的英魂正在河上哭泣，她伸出長滿蘚苔的手來，拖曳著我們的船錨，別走，別走，停下來，陪著我。秋風放大了船錨敲打船壁的聲音，那是女烈士留給我們父子的密語，她的英魂在秋風中顯得脆弱而感傷。我喜歡女烈士在春天復活，春風就是春風，它從河上吹來，鬆軟的，小心翼翼的，帶著草木的清香，鄧少香的名字在水上甦醒過來，我會感覺到女烈士的幽魂頻頻造訪我們的駁船，她黎明出水，沐浴著春風，美麗而輕盈，從船尾處嫋嫋地爬上來，坐在船尾，坐在一盞桅燈下面，從後艙的舷窗裡，我多次看見過一個淡藍色的濕潤的身影，端坐不動，充滿溫情，那些四月的早晨，我一醒來就去船尾察看女烈士留下的痕跡，她留下了一灘灘晶瑩的碎珠似的水跡，還有一次，桅燈下竟然出現了一朵神奇的濕漉漉的紅蓮花。

我很迷惘。秋天的時候，我相信別人的說法，我父親不是鄧少香的兒子。可是到了春天，我相信父親了，在我的眼裡，他仍然是鄧少香的兒子。

天堂

關於向陽船隊的來歷，如今已經沒有幾個人說得清了。

先說那艘乳白色的拖輪，拖輪屬於船運公司，是燒柴油的，雙舵，馬力很大。七八個船員，其實是工人編制，一次運輸算一個班次，一個班次結束，他們就下班回家了，他們的家都在岸上，他們其實都是岸上的人。船員們都愛好喝酒，年輕的幾個，愈喝脾氣愈暴躁，好好的談著什麼話題，突然就出手打起來了，上船第二天我親眼看見一個年輕的船員，胸口被人插了一只白酒瓶子，跳到河裡，一邊罵娘一邊向岸邊的醫院游去。那幾個年紀稍長的，平時眉眼溫和一些，喝多了耍酒瘋也耍得溫和一些，有一個落腮鬍子喝多了，就把他的寶貝收音機放在肚子上，平躺在甲板上呼呼大睡，另一個猴臉喜歡在後甲板上沖涼水澡，沖澡就沖澡吧，他總是一絲不掛滿身皂沫，這裡抓抓，那裡撓撓，一邊向駁船上的姑娘媳婦擠眉弄眼，我對這些船員，沒有什麼好印象。

我對誰都沒有好印象。向陽船隊一共十一條駁船，十一條駁船上是十一個家庭，家家來歷不明，歷史都不清白。金雀河邊的人們對這支船隊普遍沒有好感，他們認為向陽船隊的船民低人一等，好好的人家，誰會把家搬到河上去呢？很難說這是不是歧視，由於父親的出身成了懸案，我們也成了來歷不明的人，父親需要贖罪，他帶我到向陽船隊，也許不是下放，不是貶逐，是被歸類了。

船民們自稱祖籍在河上游的梅山，梅山已經從金雀河地區的地圖上消失了，在一次水庫建設中，梅山的一鎮十三村都被沉到了水底，金雀河地區地圖的邊緣，標示了一塊藍色水域，從前確實是梅山，現在是勝利水庫了。我從來不相信他們來自梅山，鬼才相信他們是鄉親，聽他們的口音南腔北調，南腔北調中又有自己的方言，很簡潔，也很莫名奇妙，比如船往馬橋鎮方向去，應該是往上游去，他們卻叫做「下去」，他們一律稱吃飯為「點」，稱解手為「斷」，對於岸上的人們不輕易談論的性愛之事，他們毫不忌諱，他們把這個事情稱為「敲」，男人們在一起，總是滿臉詭祕地說敲，敲，敲，為什麼要說成敲呢？一件複雜的值得研究的事情，讓他們敷衍成了敲敲打打的事。

我對他們的生活習俗也沒有好印象。船民們大多衣冠不整，天氣冷的時候是穿得太多，紅綠黃藍一起套在身上，脖子下有好幾個領子層層疊疊，夏秋之際穿得太少，或者乾脆不穿，男人們打赤腳，光著膀子，遠看黑得像非洲人，他們穿自製的白粗布短褲，布料大多來自豐收牌麵粉袋，襠部寬大，褲腰的尺寸一律放到最大，挽一下，再用褲帶繫上。女人講究些，講究得古怪，已婚女人都梳圓髻，頭上插一朵白蘭花或者梔子花，上身的衣裳五花八門，有人穿最流行的銅盆領小花襯衫，也有人穿著男人的白汗衫，或者祖母式的對襟短衫，但下身都是保守的，統一的，是寬大的長及膝蓋的富春紡褲子，黑色或者藏青色的，更講究的，會在褲腿上繡一朵牡丹花。由於生育和哺乳過於頻繁，又不習慣戴胸罩，船上女人的乳房都很疲憊地垂掛下來，顯得大而無當，我看見他們在船上走，只看見乳房在來回穿梭，似乎抱怨著什麼，也似乎是炫耀著什麼。我對那些乳房的印象也不好，所以，儘管它們對我完全開放，卻從來沒讓我產生過興趣。

船民的孩子們通常是光屁股的，光屁股是節約，也是一種標識，上了岸不怕走丟，走丟了岸上的人會把孩子送回到碼頭上。他們重男輕女，小男孩腦後留一根細細的小辮，手腕上套鐲子，脖子上掛長命鎖，女孩子反而沒有什麼修飾，頭髮是母親用剪刀隨便剪的，長短不均，亂蓬蓬的像一堆草，沒有發育的小女孩，用一條手帕縫製的肚兜遮住私處，發育了的女孩子，穿的不是母親的衣服，就是父親的衣服，看上去都不合身。女孩們不受寵，不影響他們對家庭的責任感，他們整天在船板上跑前跑後，賣力地做事，替母親吆喝年幼頑皮的弟弟妹妹，而船隊唯一漂亮的女孩子櫻桃，她醉心於扮演母親的角色，整天用紅布帶把她弟弟捆綁在背上，走到這家，走到那家，她曾經走到六號船船尾，睜大眼睛，像個哨兵一樣監視著我。我說，你來幹什麼？走開！她說，我在六號船上，又沒上你家的船，你管得著嗎？我說，誰要管你，不准看我！她說，你不看我，怎麼知道我看你？我說，好，那我不看你，你不准跟我說話。她又說，誰跟你說話了？是你先跟我說話的。我鬥嘴鬥不過她，朝她瞪著眼睛，她不怕我瞪眼睛，突然神祕地一笑，說，別那麼神氣，我知道你們家的事情，我給你看看我弟弟的屁股，我弟弟的胎記，也是魚形的！她說著解開紅布帶，把她弟弟的幼小的屁股露給我看，你看，看這個胎記，多像一條魚！她有點得意地說著，懷裡的嬰孩咿呀咿呀鬧開了，櫻桃就叫了一聲，別斷，別斷，等會兒再斷。我知道嬰孩是要拉屎了，趕緊轉過臉去，我沒去看櫻桃弟弟的屁股，對於櫻桃的行為，我很惱火，所以我一邊往船後走，一邊罵罵咧咧起來，我效仿的是船民的話語，敲，敲你媽的魚，敲，敲你媽的胎記。

我在船隊很孤單，這孤單也是我最後的自尊。船隊的男孩子很多，不是太大太傻，就是太小太討厭，我沒有朋友，我怎麼會跟他們交朋友？他們對我倒是充滿了好奇和友善，經常跑到七號船上來看望我，有的還帶了一把霉豆子做貢品，帶一個玩具火車誘惑我，這些東西怎麼能打動我？我把他們都趕走了。

初到船隊，我的日常生活羞於描述。父親不願意我中斷學業，讓我在船上學習，為了培養我的學習興趣，他把自己最喜歡的海棉沙發讓給我坐了。當時油坊鎮上沒幾個人坐過海棉沙發，那張沙發是父親從岸上搬到船上的唯一家具，也是父親地位和權力的見證物，我就天天坐在這麼珍貴的沙發上，一心二用，想入非非。我手裡拿著書裝樣子，屁股下坐著我母親留下來的工作手冊，我迷戀上了這個本子，偷偷研究著所有的紀錄。母親對父親私生活越軌之處的文字，其實筆下留情了，最大膽的用詞是「搞」。我數了，大概有六十多個「搞」字。「搞」的對象，「搞」的時間，地點，次數，是誰主動？有沒有被人撞見？父親的供詞前後並不一致，開頭都是女的主動，開頭一次都沒有被人撞見，後面父親就如實交代了，幾乎都是他主動，被趙春堂撞見過，被打字員小金撞見過。母親的紀錄處處可見她的好惡，時而細膩時而粗放，某些細節部分她厭惡，羞於記錄，就用一串憤怒的省略號替代，同時加上她悲愴的批註，下流，噁心，公狗，母狗，氣死我了，我的肺氣炸了！

我沒什麼可氣的。我看著母親的字跡，努力地捕捉紀錄傳遞的真實場景，我沉迷於這樣的推理和想像，又害怕推理和想像帶來的結果，所有結果都是蹊蹺的化學反應，字，詞，句子，加上想像力，從上而下，輕易地俘虜了我的身體。在閱讀與想像中，我一次又一次地勃起。我的下身在燃燒，一團墮落的骯髒的火焰在船艙裡瘋狂燃燒，燒得我手足無措。我闔上工作手冊，文字之火餘燼未滅，書套上李鐵梅的面孔又來給我添了一把火，不知道怎麼回事，儘管李鐵梅雙目圓睜表現著革命的決心，但她的腮幫子豔若桃花，她的嘴唇那麼薄那麼紅，她的鼻梁那麼修長那麼挺拔，她的耳朵看上去那麼柔軟那麼肉感，這一切都被我誤解成了某種性的挑逗。我也不知道自己是怎麼回事，別人都對李鐵梅舉紅燈的姿勢肅然起敬，我卻總是往歪處想，我覺得自己很墮落，帶著一種自救的良知，我用舊報紙把工作手冊又包裝一遍，李鐵梅的面孔被包起來了，我的下身就平靜下來了。後艙房裡的世界是局促的，我的祕密時刻面臨敗露的危險，為了安全起見，我把工作手冊藏在工具箱裡，抱著工具箱悄悄地來到船尾，當我好不容易打開暗艙的門，我聽見工具箱在騷動，裡面隱隱傳來鎚子扳頭鐵釘螺帽的抗議，還有李鐵梅焦灼的呼喚親人的聲音，奶奶，您聽我說！遠處的河岸也在騷動，我依稀感到岸上有個紅色的人影，是我母親沿著河岸奔跑，追著我們的船，一邊追一邊怒聲高喊，快把本子還給我，還給我呀，東亮，你這個無恥的孩子，你這個下流的孩子，氣死我了，東亮，你把我的肺氣炸了！

初到船隊，我被湍急的河水和紊亂的青春所圍困，陰鬱而消沉，而我父親心情不錯。向陽船隊勉強保留了父親的最後一批崇拜者，父親下放後，他們一直不好意思改口，還是喊父親庫書記，船上的女人們都覺得有責任幫襯我們父子，他們說，喬麗敏夠狠心呢，一揮手就把父子倆攆到船上來了，船上沒女人，這日子怎麼過呢？女人們懷揣著婦道和熱心腸來到七號船，送兩碗麵條，送一壺開水，德盛的女人是最熱心的，她洗衣服的時候，常常端著大木盆，扭秧歌似的來到六號船船頭，對我父親喊，庫書記呀，出來一下，有什麼要洗的？儘管往我盆裡扔。

我不出去，在艙裡悄悄地監視我父親，他空著手出艙去，連一雙襪子也沒帶，但他講究禮數，和德盛女人說話去了。從下往上，我能看見德盛的女人光著腳，繡花褲管下露出黢黑的腳背，腳趾甲則是鮮紅鮮紅的，一看就是染過了鳳仙花汁，船上的女人都這樣，以為別人都要留意他們的腳趾甲。我父親果然注意了她的腳趾甲，發出了及時的讚美，他說，德盛媳婦，你身上有一種革命浪漫主義的風情呢。

德盛的女人不解其意，嘻嘻地傻笑，說，我天天在船上，哪兒浪漫得起來呢？我知道這是危險的讚美，我認為父親對德盛女人有一點意思，我認為他對孫喜明的女人也有意思，以我的揣測，他對很多體態勻稱面孔紅潤的女人都有意思，我的腦袋貼著舷窗，內心充滿憂慮，只要他和一個女人靠得很近，只要他和一個女人單獨說話，我就替他擔心，我就會想到一個字，敲！我甚至以自己的經驗，從心裡對父親發出警告，小心，小心，不准勃起，不准勃起！我緊張地盯著父親的下半身，幾乎屏住呼吸，值得慶幸的是，無論和德盛的女人在一起，還是和孫喜明的女人在一起，我父親的褲襠總是風平浪靜，從來沒出過洋相，我私下猜測，畢竟他做了那麼多年幹部，人前一套，背後一套，什麼都能裝吧。

我裝不了，我管不住自己。有一次他和德盛女人說話，站的位置偏離了我的視線，我忍不住把腦袋探到了外面，歪著頭觀察他們兩個人的身體，這詭祕的舉動被我父親發現了，他撈起一根竹竿在我頭上敲了一下，怒罵道，我和群眾聊天，你鬼鬼祟祟看什麼？讓你看書你打瞌睡，這會兒你的眼珠子瞪得比牛鈴還大！

我縮回了腦袋，一時竟然沒找到藉口。我沒有什麼藉口。不健康的青春期，由無數不健康的細節縫綴起來，我知道自己有多麼令人討厭。我頭腦空洞，卻又心事重重，看上去對什麼都不在乎，其實鬼鬼祟祟。我確實鬼鬼祟祟的。在船上，父親的生活作風沒出什麼問題，我的生活作風卻出了大問題。我面色憔悴情緒低落，所有表現都不符合朝氣蓬勃的標準，我父親敏銳地察覺到我染上了手淫的毛病，他是過來人，對付這事很有經驗，白天他經常突然襲擊檢查我的手，吸緊鼻子聞我手掌上的氣味，夜裡睡覺的時候他規定我的手和下身要嚴格分離，不准我把手放在被子裡面，半夜三更的我多次被父親驚醒，都是一個原因，他發現我的手在被子裡面。怎麼又放在裡面了，給我拿出來！他粗暴地把我的手拉出被子，掖好被頭，威脅我說，我再發現你手在裡面，就把你手吊到梁上去，讓你吊著手睡！

說起來有點冤枉，我從沒追究父親的生活作風問題，父親卻抓住了我的生活作風問題不放手。失去了油坊鎮的領導崗位後，他興趣轉移，如何改造我的思想，如何糾正我的生活作風，成了父親工作的重點。他幹什麼都喜歡大張旗鼓，製造聲勢，為了模仿水上學校的模式，他把我們家的船棚布置成了一間流動教室，小黑板，粉筆擦，還有自製的竹枝教鞭，應有盡有，他還剪了四塊紅紙，分別寫上團結緊張嚴肅活潑八個大字，隆重地貼在板壁上。

四條訓誡，其實有兩條我是遵守的，第一我很緊張，我天天都在提防父親的檢查，怎麼會不緊張？第二我很嚴肅，我每天碰不上一件高興事，天天都繃著臉，覺得整個世界都欠了我的債。至於團結和活潑，我對前者沒興趣，對於活潑，我有一點興趣，可是誰都知道，活潑是要具備條件的，無論是打乒乓球還是滾鐵箍，要活潑至少要在岸上，我在船上，讓我怎麼活潑呢？

我對父親的水上學校不感興趣，除了一個隱私帶來的短暫而尖銳的快樂，我不知道我的快樂在哪裡。

那年我十五歲，像一根青澀的樹枝被大水沖到金雀河上，我隨波逐流，風管轄我，水管轄我，河岸管轄我，父親天天在管我，偏偏我自己管不住自己，包括我自己的祕密。有一天早晨我被驚醒，是被父親打醒的，我迷迷糊糊，下意識地捂緊自己的短褲，怪我做的夢不好，夢見了李鐵梅，短褲裡突起了一座小小的山巒，但這次受罰，不是勃起之罪，是大禍臨頭了。父親不知為什麼打開了船尾的暗艙，發現了我的祕密。他揮舞著那本工作手冊抽我，抽我的臉，我從來沒見過如此暴怒的父親。他頭髮凌亂，眼角上還掛著眼屎，面孔看上去很古怪，一半是蒼白的，另一半因為憤怒，已經漲成了豬肝色。這東西怎麼會在你手上？滾起來，給我滾起來，說呀，你藏著這本子幹什麼？

我迷迷糊糊的站起來，用雙手保護我的臉，嘴裡下意識地申辯，不是我的，是媽媽的，都是媽媽寫的，不關我的事。

我知道是她寫的，是你偷的！我問你，為什麼偷？為什麼偷了不交給我？為什麼藏起來？這是我的黑材料呀，你居心何在？

我居心何在？我說不清楚。說不清楚本可以選擇沉默，但是我不懂得沉默，為了逃避責任，我說了一句不三不四的話，我藏著玩，好玩嘛。

好玩？怎麼個好玩法？這句話徹底激怒了父親，他狂叫起來，拎著我耳朵，一疊聲地追問，什麼好玩？這是你母親整我的黑材料呀，你怎麼玩的？

怎麼玩呢？我還是說不出口，讓我怎麼說得出口呢？我從父親的眼睛裡看見了罕見的怒火，預感到災禍馬上要降臨，提著褲子就往艙外逃，父親追出來踹了我一腳，滾，你這個下流胚，不准你在我的船上了，馬上給我滾，滾到岸上去，去找喬麗敏吧。

船隊正在清晨的金雀河上航行，我逃到船頭，再也無處可逃了。我看著別人的船，別人家的船是安全的避風港，但我不想上去。夜航過後，船隊的人都早早起來了，有的船上已經升起了炊煙，有的孩子正在船尾撅著屁股解手，早起的船民們向七號船上張望著，發現我被父親逼到了船頭，緊緊抱著纜樁。八號船的德盛大聲說，庫書記，你家東亮怎麼啦，惹你生那麼大的氣？別再往前逼他了，再逼就逼到水裡去了。

我父親裝作聽不見，他用一把煤鏟對準我，就像用一桿槍對準敵人，他說，滾，你這個下流胚，你這個小陰謀家，給我滾到岸上去，滾到你母親那裡去！我回頭看著船下的水，心裡有點膽怯，嘴巴不示弱，滾就滾，你讓拖輪停下來，我馬上就滾。父親說，你好大面子，讓拖輪為你這混帳孩子停下來？做夢去，河水淹不死你，你先滾到水裡去，自己游到岸上去！我說，水那麼冷，我才不下水，只要有河灘，我馬上就滾，我才不稀罕這條破船，我上去了就不下來了，你一個人過去吧。

父親有點猶豫，一邊觀察著河岸，手裡緊緊地握著煤鏟，船過養鴨場，他說，好，養鴨場到了，有河灘了，你可以滾了！父親突然用力將煤鏟鏟到我的腳下，這樣，我就像一堆煤渣一樣被他鏟起來了，半堆在船板上掙扎，半堆已經懸在空中。六號船上王六指家的一堆女兒擠在一起看熱鬧，看見我的狼狽樣子，居然都癡癡地笑起來，這讓我感到了極度的羞恥，攆就攆，推就推，驅逐就驅逐，我怎麼也不能諒解父親使用的工具，用什麼不好，為什麼要使用一把煤鏟呢？一氣之下我就對著父親罵了一句髒話，庫文軒，我敲你老娘！

怪我咎由自取，敲父親的老娘，就是要敲鄧少香烈士，父親怎麼能容忍呢？我看見父親臉上閃過一道殘酷的白光，這下他真的把我當作一堆煤炭看待了，他調整了手裡的煤鏟，彎腰蹲馬步，嘴裡怒吼一聲，雙手用力一掀，成功地把我鏟到了養鴨場的河灘上。

字

那是我第一次被父親趕到岸上去。我是在養鴨場那裡上岸的，看不見人，一群鴨子在河灘上搖搖擺擺地站成兩排，代表陸地夾道歡迎我，歡迎我回歸陸地。我朝油坊鎮方向走，覺得腳下的路在波動，鄉間公路像河一樣奔流，反而金雀河的河水文絲不動，彷彿一片發亮的土地，河上船檣，乍看都是土地上的房屋。我走到變電房附近，迎面又跑來幾隻鴨子，傻子扁金扛著一根長長的鴨哨，在路上雄赳赳地走，他看見我就亢奮地喊起來了，你是庫文軒的兒子吧？我告訴你，你去告訴你爹，工作組又要來了，他們就要來宣布了，我才是鄧少香的兒子，我是她的真兒子！

對付一個傻子，我還是有點辦法的，我說，傻子，你癩蛤蟆想吃天鵝肉呢，你也配做烈士的後代？我也告訴你，工作組就要來了，他們就要宣布了，你爹是頭豬，你娘是隻鴨子，你是豬和鴨「敲」出來的！

傻子扁金拿著鴨哨來追我，他明顯知道敲的意思，怒視著我說，你小小年紀就滿嘴髒話，敲？你知道怎麼敲？看我來敲你，敲死你！

我和他在路上賽跑起來，我當然比他跑得快，很快就把他甩掉了。甩掉了傻子扁金，我還在跑，我好久沒這麼奔跑了，像風一樣奔跑，如果不是去了船隊，我絕對不會把奔跑也作為一種享受，我像風一樣跑到油坊鎮中學的紅色校舍外面，風停了，我累了。我站在路上喘氣，看著油坊鎮中學的房舍和操場，突然之間，我感到很難受，腸胃難受，心裡也難受。

我在這所學校的初中部上了三個月的課，就走了。擺脫學校曾經讓我狂喜過，現在時過境遷，我發現自己有點不捨得學校了。我從圍牆外繞到我的教室，從窗戶裡看見一叢叢男孩女孩的腦袋，像一片高粱在裡面起起伏伏，我的座位上，坐了一個穿花棉襖的女孩子，嘴裡念著什麼，一隻手正在掏鼻孔。他們跟隨著一個女教師，七零八落地誦讀著外語，其實是在嚷嚷，我聽不懂他們在嚷什麼，踮起腳看見黑板上的一排字，這才知道他們是在上英語課，千萬不要忘記階級鬥爭，下面配著一排英文字母，我聽了好幾遍，大體上記住了英語的念法，內佛佛蓋特克拉斯斯卻歌，這就是千萬不要忘記階級鬥爭的意思？我下意識地對照了油坊鎮的方言，進行了再翻譯，一個驚喜的發現讓我差點笑出來，綜合油坊鎮方言和向陽船隊的切口，這句英文應該這麼念：那麼不礙事這樣子敲過去！

敲過去。敲過去！這三個響亮而墮落的音節讓我莫名地亢奮起來，我在地上找到一截粉筆頭，先在牆上寫下了千萬不要忘記階級鬥爭這幾個字，然後我準備寫下我自己的翻譯，寫到「礙事」的礙字，我卡殼了，我不會寫這個字，怎麼也回憶不起來，我就先寫了「敲過去」，一個字不會寫，對整個標語的效果很有影響，再念一遍，突然覺得沒意思了，別人看見了不會發笑的。於是我另起爐灶，靈機一動，我把「千萬不要」的「不」擦掉了，擦了一念，千萬要忘記階級鬥爭，我覺得這有點意思，又有點擔心，這樣算不算反動標語呢？我正猶豫著，從窗戶裡探出一個男孩的腦袋，我不認識他，他倒認識我，一見我就瞪大眼睛叫起來，庫東亮，你在幹什麼？

讓他這麼一叫，我扔掉粉筆頭，又跑了。

我又跑起來，這次是慌張地逃逸。我突然想起來那句話是毛主席的語錄，篡改語錄都是反動標語，我知道我惹了禍。我抄近路穿過麻袋廠的廠房，朝工農街上跑，跑到街口，突然意識到工農街上沒有我的家了。於是我返身朝綜合大樓跑，那幢大樓我是最熟悉的，我父親的辦公室在四樓，我母親的廣播室在二樓，我來到綜合大樓的門前，這才想起母親也不在廣播室了，我隱約記得父親說過，母親調動了，但我不記得她是調到糧油加工站，還是糧油管理所了，我在傳達室的窗邊轉悠，看見一群人在傳達室外面等著拿報紙，好多人的臉我認識，好多人以前似乎很喜歡我，現在他們都用驚愕的表情看著我，有個女幹部說，你不是庫文軒和喬麗敏的兒子嗎，還來這裡幹什麼？你媽媽不在廣播室了。

有人告訴我母親在糧油加工站，並且給我指了路。那地方很遠，快到楓楊樹鄉了。我走到加工站天色已經暗了下來，碾米機都停止了工作，空氣裡還殘留著新鮮稻米和菜籽油混雜的香味，幾個女工結伴出來，對我指指戳戳的。我不認識他們，我問，喬麗敏在不在？他們的臉上都浮現出神祕的笑意，說，在，怎麼不在，等著你呢。

我走進碾米車間，看見三個人靜靜地站在碾米機前，像另外三台碾米機一樣靜靜地注視著我，一個是我母親，一個是油坊鎮中學的教導主任，還有一個青年穿著藍色的制服，是派出所的員警小洪。我知道我惹下了大禍，我不該進來，還應該跑，可是我再也跑不了了。

我母親第一個撲過來，她像一頭憤怒的母獅朝我撲過來，啪，啪，啪，打了我三個耳光。她向旁邊的兩個人氣呼呼地解釋了三個巴掌的意義，我記得很清楚，她說，這三巴掌，第一巴掌歸孩子自己，第二巴掌歸我，我喬麗敏一生要爭氣，怎麼偏偏生了這麼個不爭氣的孩子，第三個巴掌，賞給他父親，都是他的教育有方，你們看看，孩子跟著他才幾個月，都會寫反標啦！

碼頭

我在糧食加工站的宿舍裡住了幾天，就決定離開了。

我不得不離開，不知道是我母親，還是我自己敗壞了我的名聲，糧食加工站裡的所有女工都討厭我，提防我。隔壁農具修理廠的男工也受了他們影響，不給我好臉色，只有廠裡的一條癩皮狗對我高看一眼，很熱情地對待我，甚至向我獻媚，牠天天圍著我嗅來嗅去的，尤其喜歡嗅我的褲襠。我不領狗的情，更討厭那畜牲對我褲襠的特別關注，我再怎麼不受歡迎，也不至於要感激一條癩皮狗的友誼，所以我對牠拳打腳踢，癩皮狗竟然也有自尊，頓時與我反目了，如果我不是跑得快，肯定要被牠咬一口。

癩皮狗追到我母親的宿舍門外，在走廊上狂吠，其他的女工嚇得魂飛魄散，我母親知道是我惹了那條狗，她拖著一柄濕漉漉的拖把，勇敢地跑出去轟走了癩皮狗，轟走了狗，她去向受驚的女工們打招呼，一定是聽到了什麼不中聽的話，回到宿舍她的臉是陰沉的，看見我無動於衷地躺在床上摳腳丫，她不由得怒上心頭，轉而用手裡的拖把對我發起了進攻，她忽而用拖把柄捅我的腿，忽而用拖把頭掃我的手臂，嘴裡痛心地喊叫著，你看你這個十惡不赦的孩子，群眾孤立你，畜牲也嫌棄你，連一條癩皮狗都來追你呀，狗是吃屎的，吃屎的狗都不肯原諒你！

我很清醒，沒有與母親頂嘴，她發怒的時候我捏緊鼻子屏住氣，這個動作提醒她注意我耳朵的功能，你罵什麼都沒用，你的話從我的左耳裡進去，馬上從右耳裡出來了，罵什麼都是空屁。我在母親的責罵聲中默默地吃晚飯，腦子裡忽然想起流亡這個詞，或許我已經開始流亡了，糧食加工站不是我的久留之地，我已經認定母親那間狹窄的女工宿舍，不是我的家，是我的一個驛站而已。什麼母親？什麼兒子？空屁而已。我是我母親的客人，一個不受歡迎的客人，她提供我一日三餐，每一粒米粒上都浸泡了她的悲傷，每一片青菜葉上都夾帶了她的絕望。我與母親在一起，不是她滅亡，就是我瘋狂，不是她瘋狂，就是我滅亡，這不僅是我母親的結論，也是我自己的結論。

母親還在岸上，但岸上沒有我的家了。我考慮著自己的出路，權衡再三，向母親低頭認罪是沒用的，她自認為品德高尚，難以原諒我，還是父親那邊好一些，他自己也有罪，沒資格對我吹毛求疵，我決定向我父親低頭，回到船上去。有一天早晨我不辭而別，離開了糧油加工站的女工宿舍。

那天是向陽船隊返航的日子，一個濃霧瀰漫的早晨。我在碼頭等船，等得心神不寧。我說不清是在等我父親的船回來，還是在等一個家回來，我也說不清，是在等我父親的家回來，還是在等我自己的家回來。我拿著一只旅行包站在碼頭上，腦了裡想起農具廠的那條癩皮狗，覺得我還不如那條狗，那狗在岸上還有個窩呢，我卻什麼也沒有。我只能回到河上去，我比狗還低賤一等，只能攀比一條可憐的魚。

早晨大霧不散，大霧把碼頭弄得濕漉漉的，像是下過一場雨。太陽猶猶豫豫地衝出霧靄，但有所保留，碼頭的一部分被陽光照亮了，另一部分躲避著太陽。煤山上貨堆上，還有許多起重機上掛著薄薄的霧，有的地方太亮，刺人眼睛，有的地方卻還暗著，看不清楚，我站在暗處等待。駁岸上人影子很多，但是分不清誰是誰。有人從船運辦公室那邊過來，匆匆忙忙地朝駁岸走，腳上拖曳著一條跳躍的白光，我認定那是船運辦公室的人，對著那人影子大聲地喊，喂，你站住，我問你話呢，向陽船隊什麼時候到？

一開口我就後悔了。我遇見的是綜合大樓的機要員趙春美。趙春美呀，趙春美！是趙春美，她是油坊鎮新領導趙春堂的妹妹。這名字在母親的工作手冊上，起碼出現了十餘次，趙春美和父親亂搞過。我腦子裡立刻浮現出一些零碎的紀錄文字，都是父親親口向母親坦白的，他們搞，搞，她躺在打字臺上，她坐在窗臺上，他們搞，搞，有一處細節比較完整，他們躲在綜合大樓存放拖把掃帚的儲藏室裡，搞，搞，清潔工突然來推門，我父親臨危不亂，用掃帚和拖把擋住自己的下身，用肩膀死死地頂住門，命令清潔工離開此地，他說，今天你回家休息，我們幹部義務勞動！

我記得以前曾經在綜合大樓裡見過這個女人，印象最深的是她的時髦和傲慢，她有一雙油坊鎮上罕見的乳白色的高跟鞋，還有一雙更罕見的紫紅色高跟皮鞋，她一年四季輪流穿著這兩雙高跟鞋，在綜合大樓的樓梯上咯噔咯噔地走。大樓裡的女人都很討厭她，包括我母親，他們覺得她是在用高跟鞋向他們女人示威，向男人們調情，我記得她的眼睛裡曾經風吹楊柳，風情萬種，現在不一樣了，她認出了我，那眼神冷峻的出奇，有點像公安人員對待犯罪分子，她盯著我的臉，然後是我手裡的旅行包，似乎要從我身上找出什麼罪證來。我原先是想轉過臉去的，突然想起父親的義務勞動，忍不住想笑，但她突然渾身一個激靈，這反應讓我震驚，我再也笑不出來了，我注意到她古怪的表情，那表情已經超越了仇恨，比仇恨更尖銳，她浮腫的臉上被一圈寒冷的光芒包裹住了。

殺人了。她啞著嗓子說，我家小唐死了，庫文軒殺死了我家小唐！

我這才注意到趙春美的頭上別了一朵白花，她的鞋子也是白色的，不是高跟鞋，是一雙麻布喪鞋，鞋背和鞋跟上分別綴著一小朵細麻繩繞成的小花。她的腮幫腫得厲害，說話口齒並不很清楚，我知道她說她丈夫死了，但我不知道她為什麼要指稱我父親殺人，我父親在河上來來往往，他怎麼能殺死岸上的小唐呢？對於死人的事，我本來是有點興趣的，我很想問她你家小唐什麼時候死的，到底是自殺還是他殺？但她陰沉絕望的表情讓我害怕，她盯著我，突然咬牙切齒地說，庫文軒，他遲早要償命的！

我被她眼睛裡的凶光嚇著了。一張女人的臉，無論過去如何漂亮，一旦被復仇的欲望煎熬著，便會顯得異常恐怖，趙春美的臉當時就非常恐怖，我下意識地逃離她身邊，跑到了裝卸作業區。我跑過一台吊機下面，抬頭看見裝卸隊的劉師傅高高地坐在駕駛室裡，朝我使著眼色讓我上去，似乎有天大的消息要告訴我。我爬上吊機的駕駛室，等著劉師傅告訴我什麼，結果他什麼消息也沒有，只是管閒事而已，劉師傅指了指趙春美，告誡我說，你千萬別招惹她，她最近神智不清楚，男人前幾天喝農藥死了。

我沒惹她，是她來惹我。我說，她男人喝農藥，是自殺，不關我爹的事！

劉師傅示意我別嚷嚷，他說，怎麼不關你爹的事？是你爹的責任，是你爹讓人家小唐戴了綠帽子嘛，沒有那頂綠帽子壓著，小唐不會走那條絕路的。

少來訛人。我本能地替父親辯解起來，你們沒有調查就沒有發言權，我了解情況，我爹跟她搞了好多年了，她男人綠帽子也戴了好多年了，怎麼現在才想起來喝農藥？我爹敲過的女人多了，怎麼偏偏她家就鬧出了人命？

你個孩子不懂事呢，天下哪兒有男人喜歡戴綠帽子的？都是沒辦法嘛。劉師傅說，小唐他綠帽子是戴了很多年了，可是以前沒多少人知道，別人裝傻他才能裝傻，現在你爹一垮臺，好了，人人都知道這件事，人人都傳這件事，多少人戳小唐的脊梁呀，說他為了往上爬，拿自己老婆給領導送了禮！

我回憶起母親的工作手冊上對趙春美夫妻的紀錄，嘴裡忍不住嘟囔起來，也沒冤枉他，我瞭解情況，小唐調到獸醫站當站長，就是我爹幫的忙。

小唐人都死了，不興這麼說他！劉師傅瞪著我，禁止我說死人的不是，他說，小唐就是讓閒話說掉了一條命。也不怪人家心眼小，背後說閒話，還能裝聾子，他去浴室洗澡，有人過去捏他雞巴，問他能不能硬呀，可憐這白面書生，他在池子裡跟人打了一架，沒傷著人，自己鼻子給打出血了，別人給他紗布棉球他不要，自己穿好衣服去藥店，說買紅藥水去，結果他去買的不是紅藥水，是敵敵畏！我老婆親眼看見的，他從藥店出來，一路走一路就把敵敵畏喝下去啦，好多人看見的，以為他在喝酒呢！

我本來還要和劉師傅爭論下去的，不管小唐是怎麼死的，捏他雞巴的人才是殺人犯，這條人命憑什麼算在我父親頭上呢？我正要說什麼，忽然聽見下面響起了一陣嘶啞而憤怒的叫喊聲，庫文軒家的狗崽子，你給我下來！我朝吊機下面一望，看見趙春美追來了，她仰著臉站在下面，對我虎視眈眈的，我心裡一慌，對劉師傅說，她到底要幹什麼？她男人死了，難道還要我爹償命？我爹不在，她是不是要我償命？

劉師傅皺起眉頭，將腦袋探出吊機的窗了朝下面張望，他對我說，償命你們償不起，人家也沒真要你爹償命，她就是鑽了牛角尖，天天到碼頭來守你爹，要你爹到小唐的墳上披麻帶孝呢。

這是劉師傅透露的唯一有用的消息，這消息讓我覺得下面那女人的身影更恐怖了。我想鑽進吊機的駕駛室裡，可是比較各自的處境，劉師傅也許更同情趙春美，他藉口安全重地閒人免入，把我推出來了。我一跳下地，就看見趙春美朝我跑過來，邊跑邊把手伸到外套口袋裡，拉出了一團白色的孝帶，她的手裡揮著孝帶，嘴裡叫喊著，庫文軒的狗崽子，你別跑，你爹不在，你先替他帶上孝帶啊。

我沒料到遇上了這麼恐怖的事情，趙春美瘋了，竟然要讓我為小唐帶孝帶，我對她說了一句癡心妄想，就撒開腿跑了，一口氣跑到了煤山上。趙春美朝煤山這裡追了幾步，不知是體力不支，還是自知跑步登高的才能無法與我抗衡，她停住了腳，對著我嘟嘟囔囔地說了些什麼，最後她把一團孝帶和黑紗塞到了懷裡，放棄了我，站到駁岸上等船去了。

我知道趙春美在守候父親。那天早晨的油坊鎮碼頭就是如此蹊蹺，我在煤山上守望著向陽船隊，趙春美在駁岸上等船隊歸來，我們各懷心事，都在焦灼地等一個人抵達碼頭，是我父親庫文軒，我們都在等他。

太陽終於大膽地升起來了，碼頭晃動了一下，雜亂的輪廓清晰起來，甚至連空氣都是熱情洋溢的，顯示出抓革命促生產的繁榮景象。遠遠地我聽見了拖輪的汽笛聲，向陽船隊模糊的影子，在河面上漸漸清晰起來，從煤山上遠望，船隊就像一片流動的島嶼，十一條船就像十一座流動的小島，在河上有組織有紀律地漂流。我猜測船是從五福鎮來，從別的碼頭運來的貨物，都可以裸露，都說得上名字，五福鎮的貨物不同，裝船制度不一樣，船從五福來，向陽船隊的駁船便要蒙上綠色的篷布，我猜得出那篷布下面的貨物，多半都是密封的大木箱，木箱上沒有收件地址，只有一些神祕的阿拉伯數字和洋文字母，我知道，這批貨物最後將輾轉運往更神祕的山南戰備基地。

我在高處，一眼就看清了七號船，還有船上的父親。別人的船上都蒙著綠色的油布，看上去是個隱祕而團結的集體，只有我們家的七號船有點特別，光明正大地裸露著。我看見艙裡很多白花花黑乎乎的動物在湧動，起初辨認不出是什麼，後來看清楚了，竟然是一船生豬，我家的船艙裝了三四十頭生豬返航了，父親正彎腰守在艙邊，看管著一船白豬黑豬和花豬。我還不如一頭豬，我被父親驅逐下船，豬群上了我家的船，現在父親伺候著一船生豬，披星戴月地回到油坊鎮來了。

大約是早晨八點鐘，高音喇叭裡正好在播放廣播體操的音樂，一個男人雄壯的聲音在喊，上肢運動，一，二，三，四，二，二，三，四，船隊就在廣播體操明朗激越的節奏裡靠了岸，拖輪上的汽笛尖叫幾聲，與高音喇叭稍作對峙，便草草收場了，十一條駁船遊子歸來，疲憊地撲向油坊鎮的土地，河上水花四濺，船上的船民一片忙亂，鐵錨沉入水底，纜繩拋向駁岸，跳板在舷板上刺耳地滑動，我看見父親在船頭上不知所措的身影，很快德盛過去了，王六指也過去了，他們幫我父親下了錨。

駁岸上的起重機都嗚嗚地發動起來了，裝卸隊的工人已經帶著麻繩槓棒聚集在岸邊，四周一片嘈雜。趙春美在吊機的機械臂下穿行，風風火火地朝船隊走，她像一顆子彈朝我父親射過去了。我知道她帶著喪孝，一時上不了船。船民們迷信，最忌諱死人的家屬登船，果然，我看見一號船的孫喜明夫婦把她攆下了船，王六指全家出來堵著跳板，不讓她過去。她上不了船，改變策略，沿著駁岸向七號船奔跑，船民們都發現了她的喪孝，他們同仇敵愾，所有的船民都在喊，走開，走開！德盛和老錢甚至用長杆在空中揮舞著驅趕她。我看見她跑著，躲著，忽然振臂一呼，庫文軒，你殺了人，快給我滾下船來！也許用盡了全身力氣，她這麼喊了一聲，人就癱坐在七號船邊了。

我預感到會出什麼事，當我從煤山上跑下來時，看見從綜合大樓的方向過來一群人，他們也匆匆地向碼頭奔跑，我趕到駁岸上，那群人也到了，很明顯他們是趙春堂派來的，我看見他們架著趙春美走，趙春美在哭泣，不是號啕大哭，是帶著傾訴的哭泣，我沒瘋，你們拉我幹什麼？我不去殺人，不去放火，你們放心，我不會給我哥丟臉的。我注意到她的身體一會兒被別人所包圍，一會兒露出一條堅強的腿，一會兒露出一隻憤怒的胳膊，在別人的強行拽拉下，她傾斜著身體在駁岸上滑行，頭部固執地擰向船隊的方向。我與他們逆向而行，經過她身邊的時候，她看見了我，身體劇烈地顫動了一下，她用一雙紅腫的淚眼瞪著我，嘶啞的聲音突然高亢起來，聽上去淒厲而狂熱，去告訴你爹，我不要他償命，我就要他帶著孝帶，去小唐墳上磕一個頭！

我拿著旅行包站在駁岸上，看著趙春美被架走，一條白色的孝帶從她懷裡掉出來，在地上飄飄曳曳的。她人一走，我對她的恐懼也消失了，我覺得她可憐了。搞啊，搞啊，敲啊，敲啊，怎麼男的沒事，女的沒事，偏偏死了那個小唐？我努力地回憶死者小唐的模樣，腦子裡依稀浮現出一個戴眼鏡的男人的模樣，長相白淨，面容和善，是鎮上最講文明的人之一，他習慣說對不起對不起。他曾經到我家和父親下過象棋的，吃你的棋，將你的軍，他都要說對不起。我想起父親和他們夫婦之間的關係，忽然覺得這關係充滿欺詐和陰謀，父親大白天和趙春美在綜合大樓的儲藏間裡胡搞，夜裡邀請小唐到家裡來下象棋。這是安慰人家，還是騎在人家頭上拉屎呀？然後我莫名地想起母親喜歡使用的兩個辭彙，主動。被動。誰是主動一方，誰是被動一方？我回憶起母親的工作手冊充滿了此類的紀錄，我不敢認定趙春美有多麼被動，父親有多麼主動，但是我肯定那個小唐，他是完全被動的。如此看來，劉師傅的理論是說得通的，我父親偷偷地給小唐戴了綠帽子，小唐是被那頂綠帽子壓死的。

我心如亂痲地看著七號船，盼望著父親的身影出現，又怕他出來看見我。要卸船了，別的船上都架好了跳板，我們家船上沒有跳板。父親還不出來。我知道他一定躲在艙裡，躲著趙春美。他躲起來有什麼用？躲得了初一躲不了十五。我聽見自己在嘟囔，是不滿的聲音，有種你出來呀，就知道搞女人，敲，敲，敲吧，看你敲出什麼後果來了！

船隊的人都看見我在駁岸上徘徊，他們暫時停下了對趙春美的議論，熱情地朝我打招呼，東亮你回來了？回來就好，父子倆鬧彆扭，做兒子的低一低頭，什麼事都過去了。我沒心情理睬他們，他們便朝七號船喊起來，庫書記，你出來一下，沒什麼好怕的，那女人給拉走了，是你家東亮回來啦。

我父親不出來。他不出來，我也不上船。我站在駁岸上，看見一大群生豬在我家的前艙裡拱啊拱啊，一股臭味直撲鼻孔。我不知道他們為什麼要安排七號船運生豬，這個安排，是信任父親，還是不信任？是照顧我父親，還是為難我父親？我捏緊鼻子，打量起別的船上的貨物，油布篷揭開了，神祕的貨物露出了真面目，有一部分是山南戰備基地的機器，都用大木條箱封著，封條上有很嚴厲的禁止打開的警告。還要一部分是油料，我對那些桶裝的油料很感興趣，那些大鐵皮桶上印著一排洋文，似乎不是英文，我不知道是哪國的文字，也不知道這是什麼毛病，凡是不認識的外文，我都會下意識地念，內佛佛蓋特克拉斯斯卻歌，千萬不要忘記階級鬥爭，連鎖反應，我念著念著，思路就歪了，那麼不礙事這樣子敲過去，我念了一半就捂住了嘴巴，心裡譴責著自己，難道苦頭沒吃夠嗎，我怎麼還能這樣念字呢？

七號船要最後卸，這很正常，牲畜最難對付。裝卸隊在肉聯廠派來的一個職工的指揮下，帶來了碗口粗的竹槓，還有繩子，他們一上船，豬群就嚎叫起來，等到他們把第一頭豬四蹄朝天捆綁到竹槓上，一艙豬都騷動起來，就像遇到大風浪，我家的七號船劇烈地顛簸起來，船顛簸得這麼厲害，我父親還在艙裡，我覺得不對勁，顧不上擺什麼架子了，我從地上撿了塊煤渣，對準緊閉的後艙窗子砸了過去，爹，他們卸船了，你快出來呀。

後艙窗戶打開了，父親的手在艙裡閃了一下，閃一下就不見了。我不知道他躲在艙裡幹什麼，又高喊了一聲，爹，你在艙裡幹什麼？快出來呀。這次艙裡有動靜了，是走動的腳步聲，但父親還是不出來。德盛一邊忙著洗艙，一邊留意著我，他用腳踏了踏八號船的跳板，示意我從他家上船，快上船呀，東亮你傻站在駁岸上幹什麼？還要你爹請你呢？

我搖頭說，上不上船，我無所謂，他讓我上我就上，他不讓上，我就在岸上。

德盛女人在一邊笑起來，捅著德盛，還是要他爹請呢。她拖了根長杆跑到船頭，用杆頭篤篤地捅我家的後艙，庫書記出來一下了，快出來一下。她一邊捅一邊喊，趙春美不在了，你兒子回來了，他要你出來表個態呢，你到底讓不讓他上船？

我父親不出來，但艙裡的動靜大起來了，不知道是什麼東西掉在地板上，之後我清晰地聽見父親拉開舷窗的聲音，父親的腦袋從舷窗裡慢慢浮起來了，他面色如土，一隻手搭在外面，是鮮紅色的，父親的手指上手背上，都是鮮紅的血，他朝我木然地注視著，那隻血手動了動，上船，東亮你快上船，來幫我一個忙。

我起初以為他把自己的手指剁了。我跳到德盛的船上時，還富有經驗地對他喊，快拿紅藥水，快拿紗布！等我鑽進我家的後艙，一下就傻了，我不敢相信自己的眼睛，我不敢相信父親做的事情。艙裡瀰漫著一股血腥味兒，地板上的血在流淌，一把剪刀掉在那張海棉沙發上。父親的下身拖曳著一條黑紅色的血線，他剪了他的陰莖！剪的是陰莖！他的褲子褪到了膝蓋上，整個陰莖被血覆蓋著，看上去還是完整的，但是下半部分隨時都會落下來，他的身體已經開始搖晃，慢慢地朝我這邊倒過來。幫我個忙，拿剪刀來，剪光它。他一邊呻吟一邊對我說，它把我毀了，我要消滅它。

我被父親嚇傻了，渾身發抖。聞聲趕來的德盛的女人一聲聲尖叫起來，德盛大聲喝住了她，你別在這裡尖叫，女人家給我出去，快出去。幸虧有德盛在一邊，他平時殺豬宰羊有經驗，此時毫無懼色，冷靜地蹲下來察看我父親血淋淋的陰莖，沒剪乾淨，沒事！很快他狂喜地喊起來，老庫算你命大，掉不下來就好，快去醫院，去接上它！

我聽從德盛夫婦的指揮，用一條毯子裹住了父親的下身。後來德盛背著我父親在駁岸上跑，船隊的人都從船上向駁岸湧來，裝卸隊的工人也追著我跑，他們問，這是怎麼啦？誰把你爹捅了，這麼多血呀！德盛女人在旁邊，一邊幫襯德盛，一邊驅趕那些看熱鬧的人，她說，血有什麼好看的，不是演電影，你們別堵著路給我們添亂了。有人問德盛女人，是東亮捅了他老子嗎？德盛女人說，你們是豬腦子嗎，兒子怎麼忍心捅老子？沒看見今天霧這麼大？霧大鬼出籠，他今天是鬼上身啦，都怪那個趙春美呀，她就是個活鬼！

德盛背著父親在駁岸上狂奔，我跟著他跑。碼頭的水泥路面上白花花的，到處反射著強烈的白光，我有一種奇怪的感覺，我們父子似乎聽從了趙春美的召喚，正在趙春美為我們鋪設的白色喪帶上奔跑。我的手一直扶著父親痙攣的臀部，除了黏濕的滲血，我感覺不到父親下半身的重量，他的下半身像一片羽毛一樣輕。這一天，確實是一個鬼氣森森的日子，所有針對父親的詛咒應驗了，男人的詛咒，女人的詛咒，親人的詛咒和仇人的詛咒，都應驗了。透過沾血的毯子，我似乎看見了父親橫行多年的陰莖，它的氣焰過去多麼囂張啊，現在它終於投降了，我父親快刀斬亂麻，親手鎮壓了他最大的敵人。

到達油坊鎮醫院門口時，父親陷入了昏迷，我記得他在昏迷之前對德盛說的兩句話。他說，德盛，我不是怕趙春美，長痛不如短痛，這下，我可以徹底改正錯誤了。他還說，這下我可以保證了，以後一輩子都不會辜負我母親的英名了。

船民

1

遺忘是容易的。

後來我到油坊鎮上去，有些孩子已經不知道我的名字了，他們跟著大人喊我的綽號，空屁。如果別的孩子不知道誰是空屁，他們就加一句，向陽船隊的空屁。如果還不清楚，他們就再加一個注解，就是半個雞巴的兒子！這事說不出口也得說，不是祕密了，我父親已經成為金雀河地區最可笑也最神祕的人物，我的父親，只有半個雞巴。

河上第三年，我突然發現我的走路姿態不正常了。我每次上岸都小心地避開駁岸上所有暗紅色的痕跡，唯恐那是父親留下來的羞恥的血痕，我不敢看地上所有白色的垃圾，唯恐那是一條趙春美遺留的喪帶。我要麼低著頭盯著腳走路，要麼昂著腦袋看著天走路。有一次上岸去，午後的陽光打到我身上，我留意了自己的身影，看見自己的影子投射在石子路上，有點像鴨子，起初我以為是光線造成的誤會，我糾正了步態，側臉觀察自己的影子，我發現那影子痛苦地晃動著，顯得更難看了，像一頭鵝了。我突然意識到我和德盛春生他們一樣，是「外八字」腳啦。我很詫異，我跟德盛春生他們是不一樣的，他們習慣光腳上岸，我穿著皮鞋走路，他們從小在船上長大，腳步時刻受到船舷的限制，在船上走久了，把自己的腳走成了外八字，我在岸上自由行走了十三年，為什麼我也變成了外八字呢？我脫下了皮鞋，拿出了鞋墊，抖乾淨皮鞋裡的細沙，鞋底鞋洞細細地搜查，沒看見鞋子有什麼名堂，我坐在路邊研究自己的腳，我的腳雖然有點髒，但雙腳沒有任何異常，這讓我非常迷惑，好好的腳，走了十幾年的路，為什麼一下就忘了自己走路的方法呢？為什麼不是像鴨一樣走就是像鵝一樣走路呢？

外八字真難看啊，走路外八字的婦女，你憑空多了一條侮辱她的理由，一個婦道人家，把腿腳叉得那麼開是什麼意思，是歡迎歡迎的意思嗎？男人走路外八字，也容易誤導別人，顯得你的陰莖睪丸很大很沉重，要靠腿腳的力量才能勉強支撐。我坐在路邊，利用在醫院外科病房學到的醫學知識，分析比較自己的外八字和德盛春生他們的異同，認定我是一種急性外八字症狀，並非是受其他船民的影響，是父親影響了我。這是一種神祕的併發綜合症，自從父親的陰莖再接手術勉強成功，我總是覺得那一半接到了我的身上，我所有的內褲都嫌小了，我的下半身一天比一天沉重。我的大腦也受到了一定程度的感染，所謂的外八字腳，一定是由外八字的大腦決定的，我的大腦或許也被父親偷偷剪了一刀，我得了外八字大腦綜合症啦，連傻子都清楚河流與土地的區別，我的外八字大腦卻把河流與土地混為一談，它向我的雙腳發出小心謹慎的指令，小心小心，雙腳用力，踩穩土地，提防土地搖晃，提防道路波動，提防暗流，提防漩渦。我聽從了那道指令，小心地在岸上走，依稀看見我頭部的陰影裡，有一個神祕的外八字閃閃發亮，從此以後，岸上的每一條道路，不是我的左舷板，就是我的右舷板，我要小心地走，從此以後，油坊鎮就是一片偽裝過的水面，我要小心，我要格外小心地走。

遺忘是容易的。後來，我成了一個外八字腳。我的健康未受父親的影響，但我的五官系統被父親身上神祕的細菌感染了，很奇怪，站在我的角度打量河上的世界，總是打量出一個荒唐的結果，我的世界，只剩下半個了。岸上到處鶯歌燕舞，流水潺潺，我發現我身邊沒有鶯歌燕舞，只有流水潺潺，流水煩死我了。我在河上來來往往，拖輪高速行駛，瘋狂地牽拉著我的駁船，風，速度和神祕的細菌聯合起來，與我的耳朵作對，與我的眼睛作對，岸上高音喇叭裡的歌聲無論怎樣激昂，我聽見前半句，後半句就被河風吹掉了。我在船頭看河兩岸的風景，看了左邊的麥田就忘了右邊的集鎮，分不清船隊剛剛經過了什麼地方。河兩岸的景色日新月異，可我的目光過於倉促，我的思維失之於片面，這注定我對岸上的社會主義建設成就是一知半解的，船過養鴨場，遠遠可見一群工人在河灘上打樁挖掘，我不知道那是勝利水電站的雛形，以為養鴨場要擴建鴨棚呢，我心裡還嘀咕，連我在岸上都沒個家，怎麼鴨子就那麼受重視呢？水裡是牠們的家，岸上還要給牠們起房子。船過鳳凰鎮，我看見鎮東頭的河邊豎起了一個高高的水泥墩子，我想怎麼養鴨場那裡剛剛建設了水電站，鳳凰鎮又要建一個新的呢，兩個地方是在鬥氣嗎？我根本就沒注意到河那邊也豎起了一個水泥墩子，人家鳳凰鎮不是在建設什麼水電站，是在建設一座公路大橋。

岸上的人們都在談論一件大事，我的故鄉油坊鎮麻雀變鳳凰了，這個小鎮即將發生翻天覆地的變化，成為金雀河地區的樣板城鎮。除了改造碼頭，拆房開路，據傳油坊鎮還要修建一個戰備設施，涉及國家機密，沒人說得清到底是什麼設施，從岸上到船上，人們為此爭辯不休，有人說是一個巨大的防空洞，有人說是一個導彈基地，也有人說是山南軍事基地的配套設施，一個輸油管道樞紐罷了。我聽了很多遍，才知道別人說的樣板城鎮是什麼意思，種種傳聞，我不知道誰的說法可靠，如果父親還在臺上，我就可以掌握第一手資料了，可惜，三十年河東，三十年河西，我和父親，已經成為金雀河地區消息最閉塞的人。

有一天我走上碼頭，發現油坊鎮的天空果然比往日藍了一點，空氣清爽了幾分，裝卸碼頭在整頓生產，煤山瘦了一圈，貨物貯放從粗放走向了有序，裝卸工人一律穿著藍色的粗布工裝，脖子上繫著白毛巾，還有碼頭上的公共廁所，廁所也乾淨了，消毒藥水的氣味濃烈了許多，而遠處的綜合大樓樓頂上嵌滿了五顏六色的彩燈，很多紅底黃字的宣傳條幅在風中獵獵舞動。我走出廁所，路過一間從前堆放化學品的倉庫，發現倉庫的牆壁粉刷一新，門窗漆成了紅色，門前掛了塊木牌子，**油坊鎮碼頭治安小組**。這個突然冒出來的機構讓我很好奇，我朝門內張望了一下，看見幾張熟悉的臉，五癩子，陳禿子，王小改，他們每人的袖子上都套了一塊紅袖章，袖章上印著「油治」，這兩個字乍看費解，一琢磨就明白了，是油坊鎮治安小組的簡稱，「油治」後面還拖著個括弧，括弧裡是個阿拉伯數字，應該是他們各自的代號吧。我的心裡升起一股莫名其妙的妒意，故意把腦袋探進去，大聲問他們，你們三個人是油脂呀？油脂要下鍋熬油的。

他們聽出了我的惡意，王小改和五癩子只是倨傲地瞪我一眼，沒搭理我，那陳禿子虛榮心作怪，非要對我解釋清楚，空屁就是空屁，你狗屁不懂，什麼油脂什麼熬油的？連治安的治字都不認識？我們是治安小組！我說，你們這治安小組是幹什麼的，誰讓你們成立的？陳禿子受辱似的朝我翻了翻眼睛，說，你豬腦子啊，這都要問？治安小組管治安，當然是綜合大樓批准成立的！我又問，就你們這三個人，守著一間破倉庫，就算治安小組了？陳禿子說，暫時是我們三個人，以後我們的隊伍要慢慢壯大的，你別看我們辦公室不大，我們的權力很大的！我鄙夷地說，就這麼個破碼頭，貨不歸你們管，裝卸工人不歸你們管，你們的權力能有多大？陳禿子還有對我解釋什麼，被旁邊的五癩子推了一把。那個五癩子是七癩子的哥哥，比七癩子更討厭，他橫眉立目地衝出來，對我做了個上手銬的動作，嘴裡說，空屁你再在這裡胡攪蠻纏，我就把你拷起來，今天我們會讓你開開眼的，看看我們的權力有多大！

五癩子一出來我就走了，我倒不是怕他，一看見五癩子我就會想起七癩子，還有癩子姐姐，想起那半只麵包，想起我的綽號，看見這一家人我心裡就充滿仇恨和屈辱，嘴裡會冒泡泡似的冒出一串串髒話，我有自知之明，論打架我不是他對手，所以不能當他面罵，我轉過身朝鎮上走，一邊走一邊低聲罵，可是我走出去沒幾步遠，罵了沒幾句，突然聽見後面響起王小改的聲音，怎麼讓他走了？你們什麼記性，他現在不能走的！與此同時，五癩子和陳禿子都對我喊起來，空屁，你站住，你回來，現在你不能到鎮上去！

我莫名其妙，站在那裡，看著王小改他們朝我圍過來，我說，我為什麼不能到鎮上去？你們治安小組管治安，還管我的腿呀？

你眼珠子瞪那麼大幹什麼？我們就是管你的腿，誰不老實，就管住誰的腿。王小改整理著他袖子上的袖章，提醒我注意他的袖章，我看他的袖章比陳禿子五癩子的明顯要大一號，代號卻小一些，是

「油治2號」。看我在研究王小改的袖章，陳禿子對我介紹說，王小改是我們治安小組的副組長，他不讓你走，你就走不了。

我說，什麼副組長？正組長也管不了我的腿，我願意去哪兒就去哪兒，他憑什麼管我？憑上面的指示！王小改聲色俱厲，他推著我走，被我掙脫了，結果五癩子和陳禿子都湧上來一起推我，把我推到了一堆柴油桶邊，王小改說，好了，就讓他在這裡等，等他們船隊的人到齊了，讓他們一起上岸去。

我終於知道他們葫蘆裡面賣什麼藥了，這個治安小組把我氣瘋了，我一腳踢飛了一只柴油桶，嘴裡大叫起來，我們是船隊，又不是軍隊，為什麼要集體行動？

你跟我吵什麼？跟我吵沒用。王小改說，我們是貫徹上級的精神，非常時期採取非常措施，從今天開始，向陽船隊靠岸，必須集體登記上岸，任何個人都不得在鎮上亂走瞎逛，馬上要出公告的！

看上去王小改是在執行什麼上級指示，我猜想這個非常時期與建設樣板城鎮是有關係的，我忿忿地眺望著油坊鎮，遠處的街路上很多人在自由走動，他們似乎置身於非常時期之外，這個發現讓我找到了理由，王小改你把我當傻瓜騙呢？我用手指著那些人影，質問王小改道，為什麼船隊的人要集體行動，鎮上的人可以隨便行動呢？

王小改順著我的視線瞟了一眼遠處的行人，忽然陰險地一笑，那你也告訴我，為什麼別人都住在岸上，你們要住在船上住在河上呢？

我被王小改戳到了痛處，一氣之下對著他破口大罵，王小改我敲你媽個×！

王小改惱了，從腰間拔出一根紅白相間的木棍，指著我說，你要敲誰的媽？你爹敲啊敲啊，把雞巴敲掉了半截，你還不吸取教訓？我這治安棍才是敲人的，你嘴巴再逞能，我把你的小雞巴也敲成兩半！

我和治安小組的人正對峙著拉扯著，駁岸上亂了起來，是向陽船隊的人成群結隊上岸來了。隨著陳禿子的一聲叫喊，他們來了！三個人迅速地放開了我，他們一邊朝駁岸上的船民們張望，一邊朝舊倉庫那邊跑，我看見王小改從口袋裡掏出一個哨子，嚯地一聲，五癩子和陳禿子聽聞哨聲越跑越快，王小改還用標準的普通話喊道，各就各位，準備行動！

起初我不知道他們的行動到底是什麼。他們從倉庫出來時，王小改脖子上多了一架望遠鏡，五癩子一個人手裡拿著兩根治安棍，而陳禿子嘴裡銜著一枝圓珠筆，腋下還夾著一個登記夾。我不知道他們這套古怪的裝備有何用途，後來我才驚訝地發現他們有備而來，他們的行動是跟蹤船民，望遠鏡用於瞭望，登記夾用於記錄，而治安棍的作用不用我作什麼介紹了，它是敲人的。我尾隨著向陽船隊雜亂的鬧哄哄的隊伍往鎮上去，他們三個人尾隨著我，像三條陰森森的獵狗，我回頭觀察著他們，看見王小改在後面指指戳戳的，很明顯他在清點上岸船民的人數，嘴裡念念有詞，陳禿子一邊走一邊在登記夾上記錄著什麼，而五癩子眼露凶光，一路走一路對空中揮舞手裡的治安棍，我懷疑他是在練習敲人的動作。

2

起初船民們不知道他們被跟蹤了。這一隊混亂的人馬穿過碼頭，男女老少衣冠不整，邁著大大小小的外八字步，帶著各種各樣的容器，籮筐籃子塑膠桶，雖然吵吵嚷嚷，看上去是一支歡天喜地的隊伍。我尾隨著他們，隊伍就多了一條陰鬱的尾巴。他們都回頭疑惑地看我，咦，今天東亮心情好，跟著我們走呢，你不嫌棄我們了？德盛說，東亮你不是早上岸了嗎？怎麼還在這兒？我豎起大拇指，朝後面揮了揮，讓他們不要注意我，注意我身後的動靜，他們就朝我身後看，看了幾眼，男女老少終於都發現了那三條更大的尾巴，咦，五癩子！陳禿子！還有王小改！他們跟著我們幹什麼？船民就是船民，做賊心虛，不做賊也心虛，好像是王六指先驚叫了一聲，快跑，要抓人啦！船民的隊形立刻散了，女人下意識地拉起孩子往貨堆後跑，男人們的慌亂則表現各異，有的人彎腰握拳地站住，有的人拼命衝到牆壁那裡貼牆而立，膽小的春生一下子蹲在了地上，用雙手抱住了腦袋。

船民一亂，治安小組也有點亂，王小改慌忙中拿起哨子吹了好幾下，吹出來的都是放屁一樣的啞哨，他用兩個手掌做了合攏的手勢，對船民們大聲喊起來，保持隊形，快保持隊形，不要聽信王六指造謠，我們不抓人，我們是監督你們，不抓你們！

船民們面面相覷之後，試探著回到碼頭中央，是誰惹的事？他們到底要監督誰？他們低聲議論著，人群中響起春生的嘟囔聲，肯定是東亮，他在岸上糊塗亂寫的，沒準兒寫了反標。船民們聞聲都盯著我，那種眼神讓我很生氣，你們看著我幹什麼？我上岸就撒了一泡尿，什麼都沒幹！他們不敢看我了，都回頭看著王小改他們。王小改還是做兩手併攏的手勢，說，靠近，靠近，保持隊形，你們該去哪裡去哪裡，我們保證不抓人。孫喜明厲聲說，你不抓人還要我們感謝你？到底出什麼事了，你們搞什麼名堂？王小改從懷裡掏出一張油印的通知單，說，搞什麼名堂？自己過來看，綜合大樓發下來的通知！孫喜明過去拿通知單，王小改不讓他拿，只允許他看，孫喜明是半文盲，無關緊要的字都認得，偏偏「整頓」和「監督」兩個詞不認識，對著王小改手裡的通知看了一會兒，喊我過去了，東亮你過來，看看這通知單上到底寫的什麼？

我走過去看那張粉紅色的通知，果然看見了王小改所說的新規定：**即日起整頓油坊鎮的社會秩序，非本鎮居民及外來閒雜人員需自覺接受治安小組的監督**。

我把通知念了一遍，船民們都擠上來聽，聽著聽著吵成一團，德盛先對王小改嚷起來，我們船民不是居民？我們是閒雜人員？沒有我們搞運輸，你們岸上人吃什麼穿什麼？沒有我們，你們連擦屁股的草紙都沒有，憑什麼要我們接受你們監督？

李德盛你少來這一套，我們吃飯穿衣用草紙，靠黨靠社會主義，不靠你們船上人！王小改反應敏捷，義正詞嚴地駁斥了德盛，他把德盛推到了一邊，對孫喜明抖著手裡的通知，孫喜明你是隊長不是？這會兒你要起帶頭作用呀，趕緊讓他們排好隊，排好隊才有秩序，你們有秩序，我們保證不會為難你們的。

又是德盛先喊起來，我們不是小學生，不是犯人，排什麼狗屁隊？

五癩子舞弄著治安棍朝德盛走過去，德盛瞟了眼他手裡的治安棍，奚落道，你拿個棍子我不怕，你拿槍來我就怕你了。五癩子冷笑一聲，別以為我們拿不出槍，還沒到時候，你要是敢破壞治安，看我拿什麼對付你！五癩子一句話犯了眾怒，船民們都驚叫起來，這到底是怎麼了，我們上岸一趟犯了什麼罪，五癩子你要拿槍打人呀？沒見過你這種狼心狗肺的東西，你五癩子不是爹媽人養的？船民們和治安小組在碼頭上吵成一團，夾雜著婦女們的尖叫，引得四周的裝卸工人都朝我們這邊奔來，王小改見狀掏出哨子，嚯嚯嚯地連吹好幾下，大家別吵，目前還是人民內部矛盾，我們不會用槍，請放心，你們排好隊，快排好隊！

德盛說，你拿槍來，我們就排隊！

王小改也不示弱了，指著德盛鼻子說，李德盛我告訴你，你這個態度發展下去，就不是人民內部矛盾了，是敵我矛盾！

陳禿子在人群裡穿來穿去，抓住了兩個孩子，兩個孩子倒是不討厭排隊，一前一後順從地站在那裡，咧著嘴笑，陳禿子有點得意，向德盛翻著白眼，就你李德盛脾氣大，啊？看看你，還不如小孩子覺悟高，排個隊會怎麼樣？讓你們接受一下監督會怎麼樣呢？會得痔瘡還是會得癌症呀？

德盛沒來得及說什麼，王六指搶在前面喊，不會得痔瘡不會得癌症，會禿頭，頭上連根草也長不出來！

船民們都看著陳禿子的腦袋，發出一片哄笑。孫喜明笑不出來，他總算出來表態了，沉著臉對王小改說，你也都看見了，船上人就是船上人，他們在河上自由慣的，不服我管也不服你們管，要不這樣吧，我們配合你們工作，你也配合一下我們。王小改也許是真心要孫喜明配合，表情馬上變得和藹起來，他掏了一支前門牌香菸給孫喜明，孫隊長你什麼意思？我怎麼配合你們？孫喜明接過香菸，猶豫了一下，說，也不是什麼難事，你爹不是管菜場嗎，待會兒我們去菜場，你讓他們把新鮮豬肉拿給我們，我們船民一年四季吃不上新鮮豬肉呀！還有你姐姐不是雜貨店主任嗎，我們去買個菜籽油紅糖什麼的，就讓她別跟我們要券了。王小改一定沒有料到孫喜明提出這樣的條件，他眨巴著眼睛斟酌了一會兒，最後竟然說，只要你們配合我們，這些事可以考慮。

這麼一來，兩邊人馬對立的情緒緩和了許多，船民們嘴上還吵吵嚷嚷地堅持尊嚴，腳步卻妥協了，默默地配合治安小組排好了隊，誰也不敢造次，都怕失去購買新鮮豬肉和免券菜籽油的機會。德盛面子上抹不開，不肯排隊，被他女人硬是拉到隊伍裡去了。一場虛驚過後，這支奇怪的人馬總算離開了油坊鎮的碼頭，尾巴還是那三條尾巴，船民們原來鬆散的隊伍則排成一條長龍，男女老少現在是以家庭為單位，緊密地走在這條長龍裡，大人拘謹，孩子好奇，大人都緊緊地拽住自己家孩子的手。

只有我形單影隻，一個人走在德盛夫婦的後面。船民們如此貪圖小利，我對他們很反感，可惜我沒資格教訓他們，我也是船民，只能排在他們的隊伍裡。王小改引領船民的隊伍往鎮上去，他選擇的路線捨近求遠，不走小道專走大路，這樣船民的隊伍繞過了綜合大樓前的花壇，一條長龍在花壇前意外地擱淺了。灰水泥的綜合大樓現在五彩繽紛，花團錦簇，船民們被這幢建築美麗而雄偉的裝扮吸引了，嘴裡發出此起彼伏的驚歎聲，大樓頂上紅旗飛舞，彩燈閃爍，無數巨大的橫幅像紅色瀑布飛流直下三十尺，船民們仰起了臉癡癡地望著紅色瀑布，無論是老人愚昧的黝黑的臉，還是孩子天真的求知的臉，都被一片巨大的紅光映紅了，幾個識字的船民開始高聲地朗誦橫幅上的標語，**全鎮人民動員**

起來，打好關鍵之戰，迎接東風八號工程！苦幹加巧幹，為把油坊鎮建設成社會主義樣板城鎮努力奮鬥！加強治安管理，營造文明環境！優生優育，杜絕二胎！快馬加鞭，大力發展碼頭建設！嚴厲打擊投機倒把活動，割掉資產階級尾巴！祝賀本鎮黨組織獲得三優五好稱號！向趙小妹同志學習，向趙小妹同志致敬！歡迎上級領導蒞臨指導工作！

這麼多的橫幅內容讓船民們眼花撩亂，也對每個人的政治水準和文化素質提出了嚴峻的考驗。孫喜明對很多標語一知半解，但他打腫臉充胖子，一定要分清哪一個最重要。孫喜明去探聽王小改的意見，王小改你說說看，哪條標語最重要？王小改打官腔說，都是上級精神，哪個都重要。這話等於放屁，孫喜明很固執，又去問五癩子，五癩子沒好氣地說，治安管理最重要，你們排好隊最重要！還是陳禿子稍微厚道一點，他給孫喜明點破了看橫幅的竅門，他說，你看哪個橫幅掛在中間嘛，領導開會你見過吧，最大的領導坐中間，橫幅也一樣，哪條在中間，哪條就最重要嘛。

孫喜明恍然大悟，嘴裡叫起來，喏，就是這個東風八號工程，東風八號最重要！

船民們不知道東風八號是什麼工程。春生他爹沒文化，以為那也是一條駁船，他問春生，那東風八號肯定能裝三百噸吧？春生紅著臉呵斥他，爹呀，你不懂就別說話，沒人把你當啞巴賣！春生他爹打了兒子一巴掌，你懂你告訴我呀，到底多少噸？陳禿子過去拉開了鬥氣的父子倆，他滿臉神祕，嘴巴湊到春生他爹耳邊說，東風八號不是船，是軍事機密，到底是什麼模樣，你們下次返航就看見啦。

王小改不允許船民們在綜合大樓前久留，吹起哨子催促隊伍前進。於是長龍般的船民隊伍朝著油坊鎮腹地挺進，一步三回頭。這樣走到人民街的公共廁所那裡，王六指提出來要進去解手，春生也捂著小腹附和，王小改批准了他們兩個人進廁所，要求其他船民原地不動。我們就原地站著，等王六指和春生。也就是幾秒鐘的功夫，廁所裡突然傳來了王六指驚喜的叫喊聲，有水龍頭了，四個水龍頭，都擰得出水啊！然後春生也提著褲子從廁所裡跑出來了，他報告了大家另一個喜訊，快來看，廁所現代化了，裡面掛了個抽水機，拉一拉繩子，大便全沖走啦！

一石激起千層浪，王小改條件反射似的撲向廁所門口，五癩子和陳禿子抬起手去抓腰裡的治安棍，可惜來不及了，一眨眼，船民們爭先恐後地湧進了公共廁所，王小改一個人也沒擋住，自己反而被撞得東倒西歪。五癩子揮著治安棍，瞄準了幾個人的腦袋，一個也不敢敲，結果破口大罵起來，你們這幫臭船佬，活該在水上，廁所裝個自來水也大驚小怪，你們參觀什麼不好，擠破腦袋去參觀廁所呀？王小改堅強地守在廁所門口，一把揪住了孫喜明，老孫啊，你還算領導呢，你怎麼也來湊這個熱鬧？孫喜明情急之下推開了王小改，他說，領導也要拉屎撒尿，他們能上廁所，我怎麼不能上廁所？

船民們在廁所裡圍著四個水龍頭和一個自動沖洗機歡呼，治安小組在門口商量對策，王小改這時候顯示了他隨機應變的能力，禁止如廁是不可行的，也缺乏政策依據，他提出要對船民們因勢利導，乾脆壞事變好事，利用這個機會，對愚昧落後的船民進行一次樹文明立新風的現場教育。五癩子和陳禿子雖然認為船民的思想教育不歸他們管，但還是勉強同意了，王小改當場作出分工，讓五癩子去監督四個水龍頭，陳禿子分管自動沖洗機，他自己監督小便池和大便池，至於女廁所那邊，人手所限，只好放任自流了。

後來我們的耳朵邊就響起了王小改悠揚的普通話腔調的聲音，節約用水，水是珍貴的資源，注意節約用水！小便向前一步走，小便請入池，入池你們懂不懂？不要滴滴答答尿在外面，要尿在池子裡。我告訴你們，這個廁所是樣板廁所，上面經常派人來檢查的，你們大小便一定要注意文明衛生！那個小孩是誰家的？白瓷磚好好貼在牆上，礙你什麼事？為什麼要去敲？你知道一塊白瓷磚多少錢，八分錢，敲壞了按價賠償！王六指你吐痰也要注意了，吐痰也要入池，不要亂吐，你別跟我翻眼珠子啊，我告訴你，這個廁所已經拿過兩面流動紅旗了，要是下次拿不到流動紅旗，你們向陽船隊要負政治責任的，我不是嚇唬你們！

王小改其實很狡詐，他軟中帶硬的方法對船民們是適用的，尤其最後的警告是殺手鐧，船民們儘管沒文化，政治責任是什麼責任，心裡都是清楚的。他們在人民街公共廁所的狂歡戛然而止，一條長龍由孫喜明帶頭，依依不捨地盤出了廁所。男人們在廁所門口與婦女匯合，很快恢復了隊形，男女老少都帶著一種欣慰之情，朝著菜市場走去。

走過人民街的三岔路口，我一眼看見油坊鎮郵局的綠色門窗，那個高腳郵筒立在大門邊，器宇軒昂，張大了嘴巴，似乎在等待我的到來。我與郵筒是有約會的，每次上岸我的塑膠旅行包裡都藏著父親的信，每次上岸，我都要去郵局為父親寄信，這次不一樣，我被困在船民的隊伍裡了，船民們從不寫信，他們不進郵局，我就無法往郵局跑。父親關照過我，他的信，連信封也別讓人看見。我很為難，不知道尋找什麼藉口擺脫這支隊伍。我拉開了旅行包，手伸進去摸到父親的三封信，那三封信的收信人，地位一個比一個高，地址一個比一個威嚴，分別是縣委的張書記，地委的劉主任，省委的江部長，我像愛護自己的眼珠子一樣愛護父親的信，不愛護不行，我知道父親的希望都在他的信裡。三個信封是溫熱的，似乎是被父親火一樣的文字烤熱的，那個郵筒張大了嘴巴，等著吞下我父親的冤屈，可是我不敢輕舉妄動，我的腦子裡響起了父親的叮嚀，油坊鎮是趙春堂的天下，你要提高警惕。我摸著父親的信左顧右盼，猛然發現五癩子盯著我的手，盯著我的旅行包，他的眼睛閃閃發亮，空屁，你包裡藏了什麼鬼東西？我要檢查一下。我慌忙放下三封信，從包裡拿出一只醬油瓶子，舉起來對五癩子晃盪著，你來檢查呀，看看我的醬油瓶子裡有沒有雷管炸藥？五癩子說，誰問你雷管炸藥了，你不是寫過反標嗎，我問你，那包裡有沒有藏反標？我舉著醬油瓶子，一時不知怎麼辦，幸虧德盛女人打抱不平，她高聲罵起了五癩子，什麼反標正標的，五癩子你狗仗人勢呢，東亮他還是個孩子，犯過錯誤不能改正了？你那麼大個人為難一個孩子，算什麼本事？

五癩子沒再糾纏我，我緊緊跟住德盛夫婦，排隊去了菜場。

王小改先前的許諾決定了船民們的隊伍必定解散，一進菜場，隊伍轟地一下散了，大家都先跑到豬肉櫃檯邊，在豬肉櫃邊擠著鬧著。新鮮豬肉最重要，船上的很多孩子生下來就沒吃過新鮮豬肉，吃的都是鹹豬頭和豬油，這也不是孫喜明的謊言。王小改匆匆往辦公室去協調，賣豬肉的營業員嘴裡驚叫著，你們造反了？櫃檯擠散架啦，誰告訴你們有新鮮豬肉？連冷凍肉也賣光了，沒有豬肉賣給你們呀！陳禿子接過他的哨子拼命吹，向陽船隊注意了，隊形不要亂，走路排了隊，買豬肉更要排隊，菜場也有檢查團來檢查，千萬注意秩序，不要哄搶。船民不聽他的，兀自擠成一團，婦女都在給男人和孩子分配任務，德盛女人瞅著菜場辦公室，對德盛說，王小改怎麼還不出來，不會是騙我們的吧？不能一棵樹上吊死啊，德盛你去排隊打菜油，他們要是跟你要菜油券，千萬別給，讓他們跟王小改要。

正吵著王小改領著他爹老王頭出來了，那老王頭白白胖胖，肥頭大耳的，嘴上叼著一根香菸，手裡拖著半頭肥豬，那半頭豬看上去是新宰殺的，新鮮光潔，似乎還冒著熱氣，人和豬肉一出來，船民們騷動起來，木質的櫃檯被擠得吱吱嘎嘎地尖叫起來，營業員也在櫃檯裡尖叫，別擠別擠，要擠死人了！船民們也在互相指責，別擠我，我排在你前面呀！別擠了，都是一個船隊的，別見了豬肉就忘了人情了！孫喜明不好意思擠進去，在隊伍外面一次次地跳起來，跳起來對王小改喊，我們船隊這麼多人，半頭豬怎麼夠割？再去拉一頭出來嘛。王小改對孫喜明的貪婪很生氣，他翻著白眼，指指豬指指他爹，孫喜明你氣死我了，我幫你們這麼大的忙，你還不知足？就這半頭豬，我跟我爹磨破了嘴皮子！

櫃檯終於被擠散架了，不知道是賣豬肉的營業員發脾氣，還是船民們亂搶亂奪的緣故，一把鋥亮的割肉刀竟然從船民們頭上飛過去了，像一道流星，船民們對此渾然不覺，菜場裡的其他人嚇得驚叫起來，快把豬肉拖回去，不能賣，不能賣給他們，再賣要出人命啦。船民們已經不聽指揮，王小改一聲怒吼，把豬肉拖回去，他們敬酒不吃吃罰酒，鎮壓！治安小組的三個人開始揮舞著治安棍敲人，人群中響起一片罵聲和呼救聲，然後就打起來了。德盛和五癩子先抱到了一起，王六指和王小改扭打在一起，膽小的春生也在用腦袋撞陳禿子，婦女也加入了，孫喜明的女人和一個女營業員互相撕扯著頭髮，而德盛女人在幫襯德盛，揮著塑膠桶，一下一下地打五癩子的屁股。

我趁亂過去踹了五癩子一腳，然後就跑走了。不怪我不仗義，這是一個機會，必須跑了，我還有更要緊的事情去做。

我跑到菜場外面，大街上仍然陽光燦爛人來人往，很多路人聽見了從菜場裡傳來的騷亂聲，有人拉著我問，菜場裡怎麼啦，怎麼那麼吵啊，是打架嗎？我甩掉那些討厭的手，說菜場裡賣新鮮豬肉呢，你們趕緊都去排隊吧。我在街上拼命地奔跑，像一隻自由的鳥。我一口氣跑到郵局，把父親的三封信塞進郵筒的嘴巴裡，很奇怪，少了三封信，我的旅行包一下變輕了。我定下神來，打量著四周，沒有人留意我，陽光照著油坊鎮的街道，還是那幾條街，那麼幾排房子，還是那些鎮上人，穿著藍色灰色或者黑色服裝在街上來來往往，可是我的腳有異樣的感覺，三岔路口的街道居然在微微顫簸，路上的石子和水泥都在粗野地衝撞我的腳，石子和水泥似乎在竊竊私語，讓他走，讓他走開。我不相信我的耳朵，我的腳卻告訴我，石子和水泥是在密談，油坊鎮的土地在驅逐我，我不知道這是怎麼回事，是不是我的腳成了外八字，油坊鎮的土地認不出我的腳了呢？我在這塊土地上跑跑跳跳了十三年呀，土地竟然遺忘了我的腳，它把我的腳視若仇敵，不停地發出一種不耐煩的充滿敵意的聲音，走開，快走開，回到你的船上去。

我還不想回去，我繫緊了解放鞋的鞋帶。寄掉父親的信之後該做什麼呢，其實我很猶豫，有很多地方可去，有很多重要的事可做，只是我不知道先做哪一件事。我邊跑邊想，我一直在街道的催促聲中奔跑，快點，快點跑。我朝糧油加工站的方向跑，根據我的腳步判斷，我要去找我母親，我是想念我母親了，喬麗敏那麼討厭，我為什麼要去想念她，為什麼？我不知道，這是我的腳告訴我的，要去問我的腳。

我把旅行包背在身上，跑了很久，才跑到了糧油加工站。碾米車間裡機器轟鳴，空氣裡懸浮著各種糧食的粉末，糧食的清香混雜著柴油的氣味。我在白色的粉塵裡穿來穿去，看見幾個渾身發白的穿工裝的女人在裡面忙碌，他們的身材不是太高就是太矮，不是太胖就是太瘦，他們不是我母親。有個女工發現了我，問我，你找誰？這裡太吵，找誰就大聲喊。我就是不肯喊，喊不出口，我找喬麗敏，但我沒有勇氣大聲喊出母親的名字。

我退出碾米車間，來到女工宿舍的窗外。扒開一團枯萎的爬山虎藤蔓，我看見屬於母親的床和桌子，床已經空了，床板裸露著，上面扔了幾張報紙，我的心一下沉了下去，她走了？果然走了！這印證了我父親的猜測。他說她有追求，她一定會離開這個是非之地，她去追求什麼呢？我這樣想著，嘴裡蹦出一句話，空屁。我憤怒地觀察著我母親的桌子，桌子上有一只半舊的搪瓷茶缸，裡面的茶水長了白色的黴毛，茶缸上照例印上了我母親的光榮，獎給業餘調演女聲小組唱優秀獎。我在窗外說，都長黴毛了，還優秀個屁。我的臉貼著窗戶，發現桌子的抽屜半開著，裡面什麼東西在幽幽地閃著光亮，我用力晃那窗戶，窗戶被我晃開了，我的身體探進去，打開母親的抽屜，裡面跳出來一隻蟑螂，嚇了我一跳，我拿出了那個鏡框，是一張全家福照片，父親，母親，還有我，每個人的面孔都經過人工描色，描得健康紅潤，看上去像是化了濃妝。我不記得那是什麼時候照的，反正照片上的父母還年輕，我很天真，在相框裡，我們一家三口緊緊地依偎在一起。

母親把全家福留在抽屜裡了，這是什麼意思？我的手猶豫起來，我想把鏡框拿走，可是我記得我的右手想拿，想帶走它，左手反對，左手想砸，想破壞它，結果我用左手拿出鏡框，換到右手，我怒吼了一聲，把全家福照片狠狠地砸在了宿舍的地上，玻璃粉碎，濺到了我身上，我對著那些玻璃碎片說，空屁，空屁。

我做的事情，其實不止這麼多，當我跑出糧油加工站的大門時，突然聽見高音喇叭裡響起一段《社員都是向陽花》的旋律，社員——都是——向陽花啊啊，我記得母親曾經在家裡排練這個節目，她扮成農民大嫂，頭戴花巾，腰束圍裙，手拿一朵向日葵，在院子裡扭著腰肢，臉躲進向日葵裡，社員——都是——臉突然露出來，對我莞爾一笑，都是——向陽花。那是我記憶中母親不多的笑臉。我想起這張笑臉，眼睛突然一酸，淚水不聽話地流了出來，這滴淚水提醒我，我不能饒了我母親。我要罵她，她聽不見，我不知道怎樣發洩心裡對母親的怨恨。對面農具廠的那條癩皮狗又跑來看望我，見我對牠不熱情，牠在加工站門口的電線桿下撒了一泡尿，灑完就走了，後來我也朝那根電線桿走過去，拿起半塊紅磚在電線桿上寫了一個標語。

打倒喬麗敏！

東風八號

我至今記得東風八號開工的盛大場面，成千上萬的勞動大軍彙集到油坊鎮來，他們把整個油坊鎮的土地都剖開了，打開一個巨大的沉睡的腹腔，清理出污穢雜物，人們在臨時指揮部的領導下，給這個小鎮重新鋪設瀝青食道，水泥腸子，金屬胃，還有自動化的心臟，我後來弄清楚了，流傳在綜合大樓周邊的預測是最準確的，東風八號不是什麼防空洞，是金雀河地區有史以來最大的輸油管道樞紐工程，是保密的戰備工程。

那年秋天正逢百年不遇的洪水，看起來河上的天空被誰捅了一個大窟窿，貯存了幾個世紀的雨水都泄下來了，水位不斷升高，土地急劇下沉，金雀河上游山洪爆發，波及中下游，沿岸的鄉鎮幾乎都被淹了，陸路交通完全中斷，幾乎所有的運輸都走水路，滄海橫流，方顯示英雄本色，金雀河氾濫，我們的駁船也顯示了英雄本色。我從來沒有在金雀河上見過那麼多船隊，所有的駁船都去油坊鎮，那麼多船把寬闊的河面堵住了，帆檣林立，遠遠地一看，河面上憑空多了一個浮動的集鎮。

向陽船隊滯留在河面上，一共兩天兩夜，第一天我對這種特殊的水上集鎮很有興趣。我在船頭東張西望，注意到別的船隊大多插有「光榮運輸船隊」的紅旗，我們向陽船隊沒有，別的駁船運貨，也運解放軍戰士，運民兵，我們向陽船隊只負責運送來自農村的民工，我把這個區別告訴我父親，我父親說，你懂什麼，我們船隊，政治成分是很複雜的，讓我們運民工，就算是組織的信任了。

第二天我意外地發現河上來了一支流動宣傳隊，他們把一艘駁船的艙頂改造成臨時舞臺，一群業餘女演員穿紅戴綠，分別代表工農兵學商，在雨中表演女聲朗誦《戰鬥之歌》，我驚訝地發現了臨時舞臺上母親的身影，她是其中最老的女演員，扮演年輕的女工，一身藍色勞動服，脖子上繫了一條白毛巾，雨水洗掉了她臉上的脂粉和眉線，暴露出一張憔悴的皺紋密布的臉，她渾然不覺，神情很投入，演得很賣力，別人大聲一呼，與天鬥啊——她舉起手臂，揮動拳頭，以更高亢的聲音呼應，我們其樂無窮！

在岸上我看不見母親，倒是在河上看見她了。她說老就老了，說難看就難看了，沒有自知之明，非要扎在一群年輕姑娘堆裡，我懷疑別人都在笑話她，她還臭美呢。這種相遇讓我悶悶不樂，我回到船上，看見父親俯在舷窗上，正朝遠處的流動舞臺張望。

父親說，是你母親的聲音，她的聲音隔多遠我都聽得出來。你母親，她怎麼樣了？

我反問父親，什麼怎麼樣？

父親遲疑了一下，說，各方面，不，她精神面貌怎麼樣？

我差點想說，她很噁心，但是說不出口，沒怎麼樣，我說，精神面貌還那樣。

我好久沒看見她了。父親說，船擋著船，聽得見她的聲音，就是看不見她的人。

你看了她幹什麼？有什麼用？你要看她，她不要看你。

我父親低下頭，不滿地說，你就會說有什麼用，有什麼用，這是虛無主義，要批判的。他從牆上摘下一頂草帽，突然問我，我要是帶個草帽出去，別人能認出我來嗎？

我知道他的意思，我說，認出來又怎麼樣？你整天躲在艙裡也不是件事，要出去就出去，要看她就看她去，誰能把你吃了？

父親把草帽放下了，他把手搭在前額上，瞭望著金雀河上百舸待發的風景，突然亢奮起來，激動人心，激動人心呀，我不出去了，我來做一首詩吧，題目已經有了，就叫激動人心的秋天！

這當然是一個激動人心的秋天，幾百條駁船竟然把金雀河阻塞了兩天兩夜。向陽船隊從來沒與別的船隊如此緊密地比鄰而居，原先我一直以為世界上所有的駁船上都是一個家，但那次我發現一支奇怪的船隊被擠在河中央，六條駁船上竟然是清一色的年輕姑娘，拖輪上的船員也是女的，船頭飄揚著一面醒目的紅旗，上書鐵姑娘船隊五個大字，船尾則垂掛著姑娘們五彩繽紛的襯衫和內衣，像一排排萬國旗。這支稀奇的船隊不知從哪兒來，我父親非常緊張，時刻監視著我的一舉一動，白天他不准我到右舷板去，夜裡把一塊小黑板掛在艙房的右窗上，他不讓我看船上的鐵姑娘。德盛女人也禁止德盛朝船上的鐵姑娘張望，看一眼，德盛的背上就會挨女人一竹竿，德盛被打急眼了，強迫女人用竹竿去捅開人家的船，他說，你有本事去弄走他們的船，你戳呀，你捅呀，你沒本事弄走他們的船，就別管我眼睛往哪兒看！為了旁邊的鐵姑娘船隊，我和父親嘔氣嘔了兩天兩夜，德盛夫婦也差點反目。幸好第三天，船開始動了，堵塞的航道一點點地打通，一群武裝民兵跳上船來，左肩背槍，右肩背喇叭，他們臨時制定了特殊的航運秩序，所有船隻都不准靠岸，只能東行，光榮運輸船排在前面，其他船隊在後面，這規定果然奏效了，河道強行疏通，所有船隊都啟航了，大約三百條駁船像一股洪流，穿雨過霧，順流而下，終於在一場滂沱大雨中抵達油坊鎮碼頭。

我不認識油坊鎮了，一別多日，這個地方終於迎來了傳說中的輝煌。我擅長糊塗亂抹，不善於抒情，我不知道怎麼形容那年秋天激動人心的油坊鎮。請允許我借用父親精心創作的詩句，來吧，來吧，洪水算什麼，洪水為我們鋪開前進的道路。在這激動人心的秋天，紅旗飄揚，凱歌高奏，我們前進，前進，奔赴勞動的天堂，就是奔赴革命的前哨！

好不容易，我們奔赴到了前哨，但向陽船隊被安排在最後登岸。碼頭上鑼鼓喧天，遠遠地可以看見少先隊員冒雨等候，男孩子夾道站立，高舉著手臂行少先隊隊禮，女孩子們燕子般衝向船板，給光榮船上下來的人戴上一朵朵大紅花。歡迎儀式在碼頭進行，而會戰早已經在油坊鎮各個角落打響，油坊鎮上到處都是扛鍬荷鎬的勞動大軍，雨聲激濺，淹沒了來自工地的勞動號子，船民們在等待靠岸的時間裡，傾聽著碼頭上的高音喇叭，那喇叭裡傳來一個男人焦慮的聲音，紅旗船隊，開始登岸，東方紅船隊，抓緊時間，開始登岸了。船民們都準備好了，但那喇叭突然歌唱起來，放了一段高亢嘹喨的音樂，等到音樂停頓，喇叭裡沙沙地發出一點噪音，突然，又響起那個男人焦慮的聲音，某某某同志，請火速趕到工地指揮部去，有重要事情商量！

向陽船隊的船民都站在了船頭上，等候高音喇叭的召喚。但看起來我們的運輸是最不重要的，負責運送豬肉蔬菜大米的長城船隊都被叫到了，我們還在等。孫喜明跑到岸上去了，對著岸上一個穿雨衣的負責人抱怨，我們是運人的，怎麼排在豬肉船後面呢？那負責人大聲嚷嚷起來，現在是什麼時候，你們還爭什麼名次？現在人貨上岸都要登記，這還不明白，物品登記快，人員登記慢，我們就這幾個人，當然先登記豬肉！這下大家都恍然大悟了，我聽見德盛的女人在問德盛，我們也一樣辛苦，給不給我們戴大紅花呢？德盛說，革命不是請客吃飯，你要戴花，自己去水裡撈一朵水葫蘆花戴。

雨小了一些，艙裡有人在叫，悶死了，快讓我們透透氣。我把前艙的篷布揭開了，一股汗酸味兒混雜了煙臭尿臊和嘔吐物的臭味冒出來，很多民工的腦袋也從艙裡升了起來，男多女少，大多數是青壯年，每個人的背上都綁著一個包裹捲，迫不及待地推搡別人，要搶先看見傳說中的勞動者天堂。他們張大了嘴巴，一邊呼吸，一邊看著碼頭上勞動的風景，有個女人叫了一聲，哎呀，這不是把地兜底翻一遍嗎，要累死人囉。她叫得不合時宜，被人呵斥住了，你以為讓你來偷懶磨洋工的？吃不了苦的，就不該來油坊鎮！很快艙裡嘈雜的吵鬧聲停住了，隨船的一個復員軍人模樣的人，拿著一個花名冊，開始清點人數，清點了幾個人，岸上的高音喇叭突然喊到了向陽船隊，復員軍人就一下跳到船板上來了，揮舞著花名冊開始發布命令，三號突擊隊，站到這裡來，四號突擊隊，在那裡，高莊突擊隊，李家渡突擊隊，都站到後面去！

原來都是突擊隊員。那麼一船亂哄哄的突擊隊員，說走就走了，偌大的前艙一下空了，只有七八個糞桶分成兩排，仍然駐守船艙，每個桶裡都滿盈盈的，向我散發著熱情的臭氣。糞桶一定打翻過，泛黃的污水在艙底板上流，看上去很噁心，聞起來令人反胃。我去換了長筒膠鞋，拿了竹條掃帚下去掃艙，突然發現突擊隊員們留下了一堆奇怪的東西，用軍用雨衣包裹著，扔在角落裡，我過去用掃帚掃了一下，包裹居然動了起來，一隻孩子的小腳飛出來，踢了我一腳，嚇了我一跳，雨衣裡隨即鑽出一個小女孩亂蓬蓬的腦袋，我聽見了一聲脆生生的抗議，你這人，怎麼掃我的腳呢？

是兩個人藏在那件軍用雨衣裡。一個三十多歲的女人摟著一個小女孩，看上去是一對母女，他們的身體蜷縮著，兩雙相似的大眼睛，一雙木然，一雙明亮，都半夢半醒地瞪著我。

我用掃帚敲艙板，起來，起來，我要掃艙了。

他們站起來了，我注意到女人的樣子很疲憊，白皙的面孔似有病容，那件軍用雨衣裡藏了很多東西，女人匆忙地把軍用雨衣攤開了，她很聰明，因陋就簡地把雨衣當了包裹布，一只鼓鼓囊囊的挎包和一條捆紮過的毯子，還有一只裝著臉盆飯盒的網線袋，一股腦都被她包到了雨衣裡，然後她把雨衣的帽子和兩個袖管收攏到一起，打了個結，一只碩大的包裹就這樣被她提在手上了。那小女孩做事也不含糊，懷裡抱著一個布娃娃，脖子上掛了個綠色的軍用水壺，手上還提著一塊小黑板。我看見黑板上有幾個筆跡稚嫩的粉筆字，東風八號。慧仙。媽媽。

你們怎麼回事？我惡聲惡氣地數落那個女人，別人都上岸了，你們還在船上睡大覺，你們是什麼人？

我們是什麼人，偏不告訴你。小女孩示威似的瞪著我，她搶在母親之前說話，不允許她回答我的疑問，媽媽，這個人很凶，我們偏不理他。

這是突擊隊的船，你們怎麼混上來的？我說。

我們沒有混上來。小女孩挑釁地對我嚷，我們是飛上來的，就是不讓你看見！

女人用手指梳理著蓬亂的頭髮，她的目光已經急切地投到了岸上，嘴裡訓斥孩子道，慧仙，不准這樣，沒有禮貌！她自己是講禮貌的，很快把目光從岸上收回來，對我笑了一下，似乎是表示歉意。那個女人帶著孩子上岸的情景，我記得很清楚，她提著那件雨衣特製的包裹，領著孩子往艙外爬，看上去有點遲疑，有點疲倦，一邊爬一邊對我解釋，我也是突擊隊員，怪我睡得太死了，夜裡我不敢闔眼，白天才睡，我太睏了。

母女倆出了艙，很久沒有動靜，我以為他們上岸了，一抬頭，看見那女人正摟著小女孩站在艙板上，打量著岸上史無前例的建設畫卷，我清晰地聽見了女人的喃喃自語，這就是油坊鎮啊？太亂了。

尋人

不知為什麼，從第一眼看見慧仙和她母親，我就懷疑他們來歷不明。

我對來歷不明的人，有著天生的敏感。慧仙的母親如果是突擊隊員，大家儘管把我庫東亮的名字倒著寫。我不知道他們從哪兒上的船，也不清楚她們母女倆是靠什麼手段通過了檢查。事前各條駁船都接到過嚴厲的通知，規定嚴禁身分不明者和老弱病殘者登船到油坊鎮去，突擊隊員在馬橋鎮碼頭登船的時候，我沒見過任何孩子上船，或許是在河上堵船的那兩天兩夜，那母女倆趁亂上了我的七號船？如果是這樣，那復員軍人為什麼睜一眼閉一眼？那一艙突擊隊員又是怎麼被那女人說服的？他們竟然讓慧仙和她母親成功地藏在軍用雨衣裡，一藏就是兩天兩夜。

母女倆肯定不是來勞動的，他們應該是來油坊鎮尋人的。尋人啟事每天都會播放幾則，確有其人的，播放一次就結束，重複播放的，都是沒找到人的。母女倆要找的人，一定重複播過好幾次，什麼名字，什麼人，我卻對不上號。茫茫人海，尋人不遇，這不算什麼不幸。我一直認為，比起我們家的遭遇，別人的不幸都只是幾滴眼淚罷了。

我密切注意慧仙和她母親，對他們的來歷展開了無窮的想像。細細觀察，那女人的眉眼和我母親非常相像，這是我想像中的一條線索，莫名其妙的，我懷疑他們是從馬橋鎮來，我對母女倆的身分暗中作出了安排，一個是我從未謀面的馬橋鎮的姨媽，一個是我唯一的小表妹。一連三天，向陽船隊都在靠岸待命，別人都很忙，我卻清閒，我要做的所有事，都要上岸做，上不了岸，就什麼也做不了，所以我扠個腰站在船頭，像一個大幹部，在船上冷靜地視察著碼頭上的工程建設。很多時候我豎起耳朵聽著高音喇叭裡的尋人啟事，那母女倆會不會尋找我母親喬麗敏呢，找不到喬麗敏，他們會不會找喬麗敏的兒子？喇叭裡會不會響起我庫東亮的名字呢？高音喇叭不聽我的指揮，我從來沒有在高音喇叭裡聽見我的名字，從來沒有人尋找我，沒有姨媽尋找我，沒有表妹尋找我，我的想像最終也成了空屁一場。

天破了，雨聲不斷。碼頭上豎起了無數的簡易帳篷，帳篷裡住滿來自周邊地區的男女民工，經常有民工跑到我家船邊，借幾根柴火，或者借一只水桶，借一只碗，我說沒有，我父親說有，我只好拿給他們，借呀借呀，有借無還，最後，我們自己只剩一只碗了，害得我們父子倆要合用一只碗吃飯。我向父親抱怨，反而遭到了父親的批評，幾只碗算什麼？合用一個碗，就算我們為東風八號做點貢獻了。你年紀輕輕的，還可以多做點貢獻呀，為什麼天天扠著腰站在船上看？事不關己高高掛起？你這種思想，要批判的！

我習慣把父親的批判當耳旁風了，父親以為我喜歡看熱鬧，殊不知我關注的恰好是岸上最孤單的人。我的目光搜尋著那對母女。慧仙的母親穿著那件肥大的綠色軍用雨衣，遠看不知是男是女，離得近了，你才知道，是個一臉病容的女人。她不是在趕路，是在碼頭上徘徊。那滿臉倦色，掩不住紅顏清秀，她眼睛裡有一半的嫵媚，很溫暖，又藏著一半的怨恨，索債似的，讓人有點心驚，她比我母親多情，又比我母親深沉。每次她靠近駁岸，我很想問她，是不是從馬橋鎮來，家裡是不是開肉鋪的，是不是姓喬？但她的目光投射過來，是一縷怨恨的冰冷的光，讓人下意識地躲避她，不敢搭訕了。我注意到她的雨衣不僅是防雨的，還有多重功能，那雨衣幾乎是一個屋頂，庇護著一個流動的家，雨衣下藏著所有的行李，還有她的孩子——慧仙，那個瘦精精的小女孩，抱著一個被泥水弄髒的洋娃娃，突然從雨衣裡鑽出來，一眨眼，又躲進雨衣裡去了。

看起來油坊鎮上沒有他們的容身之地。以我之見，他們其實可以混進帳篷去，婦女們的帳篷都搭在學校的操場上，清清楚楚寫著一個「女」字，凡是婦女都可以進去住，進去住了就能吃免費的大鍋飯。也許因為帶著個小女孩，也許是膽小的緣故，那女人帶著孩子往學校走，從東門進去，又從西門出來了。我隔水觀望著母女倆在碼頭上躑躅的身影，幾乎肯定他們是在找人。他們是在找一個人，可是油坊鎮上千軍萬馬，究竟誰是他們要找的人呢？

最後一天雨勢大得嚇人，我看見女人用雨衣兜著孩子，在碼頭上徘徊了很久，一直沿著水邊走，像是散步，也像是察看地形。我不知道他們要幹什麼。天黑以後雨勢緩和了，碼頭上的人們開始挑燈夜戰，那母女倆就被燈影人海淹沒了。我在船頭做好飯，端到後艙給父親，我問他，馬橋鎮的那個姨媽，你有沒有見過？父親納悶地看著我，你這個孩子好奇怪，從沒見你念叨過媽媽，怎麼反倒念叨起姨媽來了？我說我沒念叨姨媽，只是隨便問問，她叫什麼名字？父親皺著眉頭想了半天，是喬麗華還是喬麗萍？記不清了，還是和你母親結婚時見過一面，後來想見也見不到了，他們姊妹之間，也決裂啦。我有點遺憾，母親跟什麼人都決裂了，如此看來，他們不會是來投奔我母親的，他們不是我的姨媽和表妹，我帶著一種說不出的悵惘，結束了一次蕪雜而古怪的想像。

事情發生在第二天早晨。碼頭上雨過天晴。向陽船隊的十一條駁船裝滿了殘磚廢瓦，正要起錨往下游去，一個女孩子尖利的哭叫聲在駁岸上炸響了，那聲音清脆稚嫩，卻是歇斯底里的，蓋過了高音喇叭裡雄壯的歌聲。船民們看見那個小女孩一手抱著個洋娃娃，一手拖著軍用雨衣，在駁岸上跑來跑去，她沒有方向，只是發狂似地奔跑，一邊跑一邊哭，那哭聲引起了周圍所有人的注意。

碼頭上幾個女民工追著小女孩跑，嘴裡喊，別跑，別跑，你媽媽會回來的。旁邊有人認得慧仙，介紹說這小女孩昨天夜裡就大哭大鬧的，學校裡的每一個帳篷她都闖過，要找她媽媽。小女孩的母親不見了。起初大家不以為意，猜想做母親的是臨時有事，等到早晨，小女孩還是一個人，他們就認真起來，那穿軍用雨衣的城裡女人，確實是失蹤了。幾個女民工手裡分別拿著玩具，饅頭，還有一朵塑膠花，踴躍地去向慧仙表達他們的母愛。可是慧仙反抗著所有人的憐憫和同情，拼命地往船上跑，她在一個女民工的手上咬了一口，又朝另一個臉上啐了一口，像一個靈巧的小動物穿過大人的腿縫。她跑到了一號船的跳板上，一上跳板就晃了一下，她站定了，對著跳板嚷，你別晃我呀，我找媽媽！她展開雙臂，像走平衡木似的繼續往船上跑，女民工們跟在她身後喊，你上船幹什麼？你媽媽不在船上。這船不運人走，只運人來的，千萬別到船上去！

孫喜明一家看見那小女孩在船舷上跌跌撞撞地走，瞪著驚恐的眼睛朝前艙裡張望，嘴裡尖聲叫喊著媽媽。孫喜明見狀連忙跑到艙頂，對著拖輪搖動一面白旗，拖輪的輪機剛剛隆隆地發動起來，又熄火了。孫喜明女人扔下手裡的活，衝過去抱著慧仙，你是誰家的女孩？怎麼在船上亂跑？儘管小女孩換了一件新衣服，紅格子娃娃衫，頭上的辮子也是新梳的，紮了蝴蝶結，孫喜明的兒子二福還是一眼認出了慧仙，他比他母親了解慧仙，奔過來介紹道，是她媽媽不見了，她把什麼都弄丟了，她脖子上原來有個軍用水壺，丟了，她手上原來還有一塊小黑板，也給她弄丟了！

我聞聲趕往一號船時，好多船民都已經走在我前面。有人一邊走，一邊隔岸與碼頭上的民工討論那城裡女人的去向。船上岸上，形成兩種不同的觀點。岸上的民工大多從農村來，從育女無用的邏輯出發，猜測小女孩是被母親故意拋棄了，有個民工還特意指出碼頭來往人多，好心人也多，他們家鄉的人丟女兒，最喜歡丟在碼頭上。船上的人也重男輕女，但他們普遍不贊成這猜測，也許是長年在水上，見多了溺死者，見多了投河輕生的人，所有船民對失蹤者的第一反應都不吉祥，任何東西消失不見了，他們都習慣從河面開始尋找，人也一樣。我看見春生和他父親，一個在船東，一個在船西，都蹲著朝船底下的水縫裡看，看什麼，大家心知肚明。整個向陽船隊都被驚動了，拖輪上的船員也爬到了機房頂上，手搭前額，開始搜尋周圍的河面。我匆匆走過五條駁船，五條駁船上都有人自覺自願瞭望著河面上的漂浮物，船民在這件事情上意見一致，小女孩看來找不到媽媽了，那做母親的，一定是投了金雀河，尋了短見。

死人之事，永遠都是船家的忌諱，但是向陽船隊的船民們從來沒遇到過這麼特殊的事件，對於一個六七歲的小女孩，忌諱是無用的，也沒有辦法與她說理。小女孩有她的邏輯，她認定母親帶她坐船來到油坊鎮，離開一定也是坐船的。船民們告訴她，孩子，我們的船，只能運人來，不能運人走的，你媽媽不在我們船上。慧仙不聽，小小年紀就懂得去抓大人的破綻，她哭著叫道，你們騙人，船能運人來，也能運人走。

我看見慧仙在孫喜明家的內艙蓋上跺腳，她認為母親躲在那艙下，要把她跺出來。二福過來阻止她，你別跺腳呀，看你把我們家的艙蓋都跺壞了，要你賠的。孫喜明女人把兒子搡開了，乾脆把前後兩個內艙蓋都打開，光明正大地讓慧仙自己看，孩子，你自己看，艙裡哪兒有人，都是磚頭呀。慧仙跪在船板上，腦袋沉下去，朝黑漆漆的底艙裡張望，媽媽你在不在下面？媽媽你出來，快點出來！

小女孩呼喚母親的聲音聲聲悽愴，船民們聽不下去了，他們面面相覷，這可怎麼辦好？這麼小的孩子，什麼話都聽不進去，什麼話都說不得呀！德盛的女人抹開了眼淚，側臉去看德盛，德盛說，你看我有什麼用？我又不是水龍王，變不出落水鬼來。德盛女人嚇得去捂德盛的嘴，不讓他說話，她自己低頭看著金雀河奔湧的河水，看得很感慨，忽然說，都怪今年的雨，都怪今年的水，水怎麼就這麼大？這大水害人呢，你們都試試，往這兒一站，離水近了，看看水這麼大，人這麼小，是容易想不開呢，也就是跳一下呀，什麼都不煩心了。

拖輪的汽笛發出幾聲短促的鳴叫，他們在催促船民們趕緊解決小女孩的問題。可是誰也解決不了這個問題。幾乎所有人都聚攏到了孫喜明的船上。王六指打量著河面上飛奔而下的枯枝敗葉，馬上對河水的流速進行了判斷，他突然說，人已經過五福鎮了，一定過五福鎮了。眾人起初不解其意，很快明白過來，王六指是說如果那女人投了水，屍首一定被沖到河下游五福以外了，他們都不點破，只是扭頭，痛心地看著五福的方向。孫喜明女人一隻手緊緊地拽著女孩，嘴裡憤憤地喊起來，天下哪裡有這麼狠心的母親，這麼小的孩子，扔下她就走了？地上有幹部，水裡有龍王，該來管管這樣的人，不管她往哪裡跑了，都要把她綁回來。她沒想到自己的譴責惹怒了女孩，女孩掙脫她的手，小手啪啪地打著孫喜明女人的胳膊，怒聲叫道，綁你，綁你！

慧仙起初沒有注意到我。船上的女人都在爭相討好她，她誰也不要，那麼多女人湊上去，熱情地張開雙臂，慧仙一個都不要，她似乎看出了孫喜明的地位，怯怯地站到了孫喜明的身邊。孫喜明有點受寵若驚，示意眾人說話小心說漏嘴，讓女人去拿糖果來給慧仙。孫喜明女人平時吝嗇慣的，對慧仙倒大方，塞了一顆糖果到慧仙的嘴裡，慧仙順從地張大嘴，吮了幾下，眼睛突然發亮了，她認出了我，指著我大聲喊叫起來，就是他，就是他啊，我媽媽在他的船上！

我來不及申辯，倉皇地逃跑了。慧仙追了上來，我知道她為什麼追我，卻不知道自己為什麼要逃跑。我的過度反應導致了一個荒唐的場面，整個船隊像一個搖晃的跑道，大家都在舷道上互相追逐，大家都在喊，別跑別跑，但大家都在跑。我一邊跑一邊回頭，怕那小女孩會掉到水裡，但是她的平衡能力讓我吃驚，她像一個復仇的精靈追逐我，在陌生的船舷上步履如飛。

人群一下就轉移到我家的船頭上了。我家船頭站不了那麼多人，有人就站在櫻桃家的船尾上。船民們看著我跳到艙裡，把亂磚一塊塊地往甲板上扔，我一邊扔一邊對慧仙說，你自己看，都是瓦片磚頭，看哪一片瓦片是你媽媽，哪一塊磚頭是你媽媽。女孩在上面躲閃著亂磚，一邊跺著腳說，我媽媽不是瓦片不是磚頭，你媽媽才是瓦片才是磚頭！孫喜明對我喊，東亮，你就別跟她鬥嘴了，你們到底是怎麼回事？她好像認得你呀。我正要對船民們解釋，一回頭發現我父親從艙房裡探出頭來，用憤怒而絕望的眼神盯著我，東亮你幹什麼了？讓這麼多群眾圍著你？這下我就算長三張嘴也說不清我的委屈了，我遷怒於船民，對著他們吼起來，你們這麼多人跑到我家船上幹什麼，都給我滾開！

我沒了耐心，前面的拖輪也沒了耐心，汽笛突然狂鳴一聲，拖輪上的船員擅自起航了。船隊的十一條駁船像一條冬眠的大蟒蛇忽聞春風，向著河面竄了出去，所有人都猝不及防，蹲下了馬步。德盛女人上來抱住慧仙，側臥在船頭，孫喜明朝拖輪那邊叫了起來，別開，別開船，小姑娘還在船上呢！船員們似乎都進了駕駛艙，從電喇叭裡傳來了他們七嘴八舌商量的聲音，不知是誰拿起了電喇叭，吹了口氣，朝著我們喊起來，吵什麼？後面別吵了，為一個小女孩，你們吵了半個小時了，都是白癡呀？你們不知道誰耽誤運輸就是破壞生產，破壞生產就是反革命，要抓起來槍斃的！

沙發

1

慧仙坐在我家的艙裡，坐在我父親的海棉沙發上。這個小女孩煩躁，任性，貪嘴，吃掉了我家所有能吃的零食，還不甘休，賴在海棉沙發上，誰來拉她也不肯起來。這是我對慧仙最初的印象，不言而喻，這個印象是比較惡劣的。

說說那只海棉沙發吧。那沙發面料是燈芯絨的，藍色的底，灑著黃色的向日葵花瓣，如果細細地察看，留有明顯的公物痕跡，沙發的木質扶手明顯被很多人的煙頭燙過，背面材料是用的細帆布，帆布上「革命委員會好」的字樣還清晰可見。向陽船隊的船民，通常連一把椅子都沒有，我家的沙發很久以來一直是船隊最奢侈的物品，它像磁鐵吸鐵一樣吸引著孩子們的屁股。因此，我維護這張沙發的主權，維護得非常辛苦。船隊的孩子為了沙發闖到七號船上來，他們或者婉轉或者直接地向我提出要求，讓我坐一次沙發，就坐一次，行不行？我一律堅決地搖頭，不行，你要坐，交兩毛錢來。

慧仙一上七號船，我對沙發的嚴格管理亂了套，我怎麼能向這個可憐的小女孩開口要兩毛錢呢？

所有的規矩都被她打破了。我記得那天她的小臉和鼻子緊貼著後艙的窗玻璃，在七號船上固執地搜尋著她母親的蹤影。我們家的後艙，是所有駁船上最凌亂也最神祕的後艙，艙壁上有一幅女烈士鄧少香的遺像，是從報紙上剪切下來的，鄧少香的面容模糊，因為模糊，她的形象顯得神祕而古老。慧仙隔窗研究著女烈士的遺像，突然說，那是死人！她信口開河，別的孩子嚇了一跳，觀察我的反應，我說，你們看著我幹什麼？她說的也沒錯，烈士都是死人，不死怎麼叫烈士呢。然後慧仙發現了我家的沙發，她說，那是沙發，海棉沙發！我父親正坐在沙發上，膝蓋上放著一本書，他抬頭朝小女孩笑了一下，表示禮貌。外面好多孩子替慧仙表達她的要求，她要坐沙發，她要坐你家的沙發！我父親站起來，慷慨地指了指沙發，你喜歡坐沙發？來呀，來坐。這邀請來得及時，慧仙抹抹眼淚，就朝後艙裡衝下去了，大家都聽見她的嚷嚷聲，沙發，沙發，我爸爸的沙發！

我不知道慧仙是怎麼回事，我們船上的沙發，為什麼是她爸爸的沙發呢？那麼小的小女孩，說話可以不負責任，我不跟她計較，心裡暗自思忖，那女孩的爸爸，大概也是坐沙發的，不是幹部，就是大城市的居民。我看見女孩像一隻小鳥撲向鳥巢，輕盈地一躍，人就佔領了沙發。外面的船民們不知為何鼓起掌來，他們竊竊私語，觀察著我們父子的表現，父親的表現早在他們的預計之中，他垂手站在一邊，似乎一個年邁昏庸的國王，把寶座向一個小女孩拱手相讓，船民們關注的是我的態度，慧仙堪比一塊試金石，孩子們要考驗我的公正，大人們則是要藉此測試我的仁慈和善良。

起初我很公正，惡狠狠地去拉扯慧仙，手在空中抓了一下，差點抓到她的小辮子，不知怎麼手一軟，我頭一次被仁慈和善良所俘虜，放棄了我的職責。我眼睜睜看著她跳到沙發上，一隻腳翹在扶手上，身體非常熟練地沉下去，她的小臉上掠過滿足和欣慰之色，這一瞬間，她一定忘記了母親，我聽見她用一種老婦女的口氣說，累死我啦。過了一會兒，她瞄著櫃子上的餅乾盒說，餓死我了。我父親趕緊把餅乾盒遞給她，她風捲殘雲般消滅了盒子裡的所有零食，吃光了把盒子還給我父親，餅乾怎麼是軟的？不好吃。她朝我看看，閉上眼睛，又看看我，再閉上眼睛，幾秒鐘的功夫，一陣濃重的睡意就把她的眼睛黏住了。

我站在一邊說，你把腳放下來，要坐就好好坐，別把沙發弄髒了，快把腳放下來呀。

她已經睜不開眼了，毫不理會我的要求，腳在扶手上踢了一下。我注意到她穿著一雙紅色的布鞋，布鞋上沾滿了泥漿，我還注意到她穿了襪子，一隻襪子在腳踝上，另一隻滑到鞋底裡了。我看了看旁邊的父親，父親說，這小孩累壞了，就讓她在沙發上睡吧。

我沒有反對，回頭看看舷窗外面，二福和大勇他們的臉正擠在玻璃上，一個在扮鬼臉，另一個還在嘸口水，表情看上去憤憤不平。

小女孩慧仙像一個神祕的禮物從天而降，落在河上，落在向陽船隊，落在我家的七號船上。這禮物來得突然，不知是好是壞，它是贈與向陽船隊全體船民的，船民們對這件禮物充滿了興趣，只是一時不知如何分享。船隊的很多女人和孩子想起有個禮物在船上，都莫名地興奮，魚一樣在七號船上來回穿梭，很多腦袋聚集在我家的艙窗口，爭先恐後的，就像參觀一個稀奇的小動物。慧仙四仰八叉躺在我父親的沙發上，看上去睡得很香。我要去給她脫鞋，父親示意我別去驚動她，他從櫃子上拿了一件毛線衫，輕手輕腳地給她蓋上了，男人的毛線衫蓋在她的身上，正好像一條被子，遮住了小女孩的身體。我走到艙門口，聽見外面的女人交頭接耳，正在表揚我父親，看不出來，庫書記還很會照顧人呢。見我鑽出了艙房，他們又表揚我，說東亮表現也不錯，這孩子外表凶巴巴的，心腸其實很軟的。只有孩子們不懂事，都來與我較勁，男孩子鄙夷地看著我，想說什麼難聽的話，笨嘴拙舌的不會說，只有六號船上的櫻桃，那會兒人還沒有一條扁擔高，嫉妒心已經很強，她把腦袋伸進艙裡，用譴責的目光盯著我，劈頭蓋臉批評我，庫東亮你搞不正之風，我們要坐你家的沙發，坐一下都不行，她就能在沙發上睡，你怎麼不讓她交兩毛錢呢？

我守在艙門口，顧不上和櫻桃鬥嘴，我注意到父親在沙發邊轉悠著，像熱鍋上的螞蟻，離開了沙發，他看上去無處可去。他注視著沙發上的小女孩，目光有點焦灼，有點窘迫，還有點莫名的靦腆。我看見他在我的行軍床上坐了一會兒，在地上站了一會兒，局促不安，突然，他對我揮揮手，東亮，我們都出去，乾脆把艙房讓給她吧。

2

父親終於走出了船艙，他從艙裡出來的時候，手裡還拿著一本《反杜林論》。

船民們很久沒見我父親出來了，終日不見陽光的艙內生活，使他的臉色日益蒼白，與船上男人黝黑的面孔形成天壤之別。他一出來，船民們條件反射，一大堆人群退潮般的往後退。我父親知道他們為什麼往後退，他嘴裡向船民們打著招呼，表情窘迫，眼睛裡充滿了歉意。父親對王六指說，老王，今天天氣不錯啊。王六指斜著眼睛看看河上灰暗的天空，還不錯呢，沒看見河上游都黑下來了，馬上要下雨的。父親看了看河上游的天空，眼睛裡的歉意更深了，是呀，我眼神不好了，那邊的天已經黑下來了，恐怕是要下雨的。他對大人表示了熱情和禮貌，怕冷落了孩子們，又去拍二福的腦袋，二福呀，好久沒見，你又長高了嘛。二福縮起脖子從我父親的手掌下躲開，忿忿地說，我根本沒長高，吃不上肉，怎麼長得高？父親滿臉尷尬，站在艙棚裡，等著船民們開口向他問好，孫喜明總算對我父親說了句關心的話語，庫書記出來了？你是該出來透透氣的，天天悶在艙下面，對身體不好。德盛女人的話聽起來也受用，她說，庫書記呀，都快不認識你了，外面放鞭炮也沒法把你引出來，還是艙裡的小可憐把你攆出來啦。

我在旁邊明察秋毫。船民畢竟是船民，他們不會掩飾自己的眼神，眼神洩漏了天機。無論男女老少，目光都像一枚尖利的指南針，直指我父親的褲襠部位，無論是好奇還是猥褻，所有人的目光都無情地探究著我父親的褲襠。我覺得父親像一個裸身的小丑，站在舞臺的燈光裡。父親穿著一條灰色維尼綸的長褲，褲洞的鈕扣扣得一絲不苟，周圍褶皺自然熨貼，看上去一切正常。船民們什麼也看不見，看不見不甘心，很多人的眼珠子瞪得比銅鈴還大，目光似乎要穿越維尼綸布料，親眼見證我父親半個陰莖的祕密。他們還是看不見，看不見刺激了他們的想像，想像撕掉了一層遮羞布，我注意到王六指和春生互相對視一眼，兩個人忽然擠眉弄眼起來。幾個女人的目光含蓄一些，是跳躍式的，那些目光從父親的下身一掠而過，跳到別處，跳到岸上，很快又熱切地返回原處，我看見櫻桃的母親摟著櫻桃做掩護，一隻手捂著嘴笑，櫻桃不解，扯她母親的衣袖，你笑什麼？櫻桃的母親就虎起臉打了女兒一下，你胡說什麼，誰在笑？我哪兒笑了？

父親臉色灰白，迎著眾人亂箭般的目光，我看見他弓了弓腰，弓腰是沒用的，他的羞恥無處可藏。我看見他的手慌亂地垂下，用《反杜林論》遮擋著褲襠，《反杜林論》也是沒用的，一本書遮不住父親的恥辱。我憤怒了。我的憤怒不僅針對船民的粗野，也針對我父親的怯懦。我過去拼命把父親往後艙門口推，你下去，快下去！我像父親命令兒子一樣對他喊，下去，看你的書去。父親一定知道我的用意，他退到艙門口，尷尬地站到船棚的陰影裡，我又去攆其他人，先推大勇，滾，滾開，別在我家船上，你們為什麼非要賴在我家船上？推了大勇我又推他妹妹，滾，滾回你們五號船去。我這麼大發雷霆，孫喜明他們知趣了，紛紛離開我家舷板，我們是該走，都走吧，艙裡還有個小可憐呢，讓她好好睡一會兒。櫻桃的母親也帶著兒女走了，但是她對我的態度有意見，嘴上一定要報仇，臨走丟下一句陰陽怪氣的話，這父子倆，把人家小女孩子藏在艙裡，還要攆人走，準備幹什麼啊？櫻桃母親說出這麼惡毒的話，我都不知道如何還擊了，德盛女人在一邊聽不下去，高聲道，櫻桃她媽，你說這種話要小心中風啊，明天落個歪嘴病可怎麼辦？

一場風波連著一場風波，七號船總算靜下來了。一個神祕的禮物在寂靜中向我打開，我家船艙裡的沙發像船中之船，載著一個陌生的小女孩往下游去。船隊已過養鴨場，河面變寬了，來往的船隻少了，船尾的浪聲反襯著船上死一般的寂靜，後艙裡的小女孩在睡夢中忽然驚叫了一聲，媽媽，媽媽在哪裡？那響亮的夢囈把我和父親都嚇了一跳，幸好她是在夢裡，她在沙發上焦躁地翻了個身，又睡著了。我注意到她的一隻襪子脫落了，小腳丫子正對著我，微微晃動著，閃著一圈模糊的白光。

我和父親守在艙門口，像兩個警衛員守護著一個沉睡的小女孩。父親沉默著，看上去滿腹心事，我不知道他是沉浸在自己的羞恥中，還是在為沙發上的小女孩犯愁。每逢這樣的場合，我先說話是不利的，說什麼都錯，我等著父親先說。果然，父親自己打破了沉默，他問我，這孩子的媽媽死了嗎？我說，多半是死了，投河自殺了吧。父親沉吟了一會兒，說，自殺就是逃避呀，她自己倒是解脫了，這小女孩以後要受苦了。

船過鹿橋村，德盛夫婦來了，來打探孩子的動靜。不知為什麼，那夫婦倆看上去一個喜不自禁，另一個鬼鬼祟祟。德盛女人問我，那孩子乖不乖？我說，還沒醒呢，睡得那麼死，我怎麼知道她乖不乖？德盛看看我，又看看我父親，臉上突然露出一種詭譎的神情，他推了推女人，你不是有話要跟庫書記說嗎？趁著現在沒閒人，快說呀！德盛女人瞪了男人一眼，說，我開玩笑的話，你倒當真了，我說了庫書記肯定要見笑的。我父親不解其意，看著德盛夫婦，你們有什麼話儘管說，我們船挨船的，是鄰居，千萬別見外。德盛女人扭捏起來，指著艙裡掩嘴一笑，也沒什麼，我看著這小女孩，不知怎麼就想起我自己來了，我小時候也是讓爹媽扔在碼頭上，我婆婆把我撿到船上養起來的，養大了就讓我嫁了德盛，誰不說我婆婆精明？積了德行了善，還順便攢下個兒媳婦。德盛在一邊催促女人，有話快說有屁快放，你繞什麼圈子？德盛女人打了德盛一下，不繞圈子，道理說不清！她對我父親說，庫書記你別嫌我多嘴，我看這孩子跟你們七號船是有緣分的，看看你們老少三個，其實都是一個命，庫書記，你的革命媽媽不是犧牲的嗎，東亮雖然有媽媽，可惜跑啦，這小可憐的媽媽呢，乾脆投水自盡啦，都是可憐人，你們三個有緣分呀！德盛聽得不耐煩，瞪著他女人說，天都黑了，你還繞圈子？有緣分怎麼的，你倒是快說呀。德盛女人被催得亂了方寸，終於說了，庫書記你別嫌我多嘴，你們船上沒女人呀，沒女人不行，要是把這小女孩留在船上，以後長大了就攢下——德盛女人沒有說下去，因為我父親慌張地打斷了她的話，不行不行，我們不養童養媳。父親不停地朝德盛夫婦擺手，苦笑著說，我知道你們是好意，可是你們不懂規章制度啊，撿一個孩子不是撿一隻小貓一隻小狗，很麻煩的，要登記要調查，誰家也不能隨便留的，別說這孩子這麼小，就是個現成的小媳婦大姑娘，也不能留！

我被德盛女人弄了個大紅臉，不知她怎麼想出來這個錦囊妙計。德盛女人對德盛翻著白眼，你看你看，我跟你說過庫書記不會同意的，你非要自討沒趣！說著她瞥了我一眼，表示遺憾，你們男人不會看女孩子呀，這孩子長大了一定會出落成個大美人的。她嘆了口氣，又朝後艙探出腦袋，集中精力去聽女孩甜蜜的呼聲，聽了一會兒她大發感慨，說，這孩子命很旺的，沒有爹媽照樣活，你們聽，她打呼打得多響，跟一頭小豬似的。

德盛夫婦給小女孩留下幾個玉米，怏怏地走了。河上的天空突然一暗，夜色慢慢垂下來，覆蓋了漫天的雨雲，岸變黑了，我家的後艙也黑了。小女孩還在睡。我和父親之間，突然被一種很古怪的氣氛包圍了，我父親想解釋什麼，不知從何說起，而我想表白什麼，卻羞於做任何表白。父親把油燈掛在艙房的梁上，擰了一小簇火苗，艙房裡亮了一圈，我看見了父親臉上焦灼不安的神情，他彎腰俯視著後艙裡的小女孩，突然說，不行，不行，這樣下去不行，要防微杜漸！

我疑惑地看著父親，你說什麼，什麼防微杜漸？

父親說，天黑了，要過夜了，這小女孩，不能在我們船上。

我猜到了父親的心思，一下打了個寒顫。父親的臉在油燈的光線裡顯得深謀遠慮，你瞪著我幹什麼？他注意到我不滿的表情了，揮揮手說，有些事情你不懂的，這麼小的女孩，也是女的！是女的就不能在我們船上過夜，我們得把她送走！

把她送哪兒去？我問父親。

送給組織。父親脫口而出，話一出口他醒悟到向陽船隊是沒有什麼組織，便說，送到孫喜明船上去，他是隊長嘛。

我知道凡事牽扯到男女關係，都是大問題，必須聽父親的安排。我下到艙裡，替慧仙把襪子穿好，拍著她的腳說，醒醒，我們走。小女孩醒了，踢了我一腳，咕噥道，別煩我，我要睡。她的腦袋側過去，還要睡。我說，不能睡了，天黑了，我們家有老虎，夜裡出來咬你。她一骨碌坐起來，瞪著我，騙人？老虎在哪裡？你騙人的。她還要往沙發上躺，我像是扛箱子似的，反扣住她柔軟的小小的身體，一下把她扛到後背上去了。我感覺到她在我背上掙扎了幾下，平靜下來了，一覺醒來她又想起媽媽，對我命令道，那你快點，你背我去找媽媽。我說，你不懂事，你媽媽躲著你呢，我不知道你媽媽躲哪兒去了，領導知道，我把你交給領導，讓組織上替你找媽媽去。

夜色中我背著慧仙往孫喜明家的船上去。駁船上的桅燈都亮了，我背著慧仙走過了六條船，六條船上的人都攔住我，問我要把小女孩背到哪裡去。我說，天黑了，我把她交給孫喜明去。王六指的幾個女兒試圖攔截慧仙，幾個女孩子嘰嘰喳喳地說她可愛，央求我把慧仙留在他們船上，她們要陪慧仙過夜。我說，不行，你們船比鳥窩還吵，你們這些黃毛丫頭也不算個組織，我要把她交給孫喜明去。

一號船上的孫家人剛剛吃了晚飯，孫喜明女人在暗淡的桅燈下刷刷地洗著碗筷，看見我背著女孩上了她家的船，驚叫起來，你怎麼把她背來了？黑咕隆咚地走這麼多船，多危險！她喜歡睡你家的沙發，就讓她睡嘛。你別小氣，那麼好的沙發，睡不壞的。

不是我不讓她睡沙發，是我爹不讓。我一時不知怎麼解釋，就把父親的話抬出來了，我爹說了，她是女的，不能在我們船上過夜！

孫喜明女人笑起來，笑得彎下腰，這庫書記也是的，什麼女的女的，這孩子多大一點呀？櫻桃她媽亂嚼舌頭的話，他也往心裡去了？我看你爹是一朝被蛇咬十年怕井繩，再小心，再提防，也不至於這個孬樣呀。

我笑不出來，氣呼呼地把慧仙往她懷裡塞。孫喜明一家人都圍過來了，看起來他們是樂意接收慧仙的，孩子們七嘴八舌地說話，研究著慧仙的辮子和衣服，孫喜明攆走了兒女，對我說，送過來也好，你們船上沒個婆娘，也伺候不了這孩子。

慧仙從我的背上下來時，含糊地哭了幾聲，她仍然睡眼朦朧。孫喜明女人用力把她抱了起來，慧仙犟著，小臉上有明顯的嫌棄之色，是女人耳朵上的一對金耳環吸引了她，她瞪著女人的耳朵，先抓了左耳，又去抓右耳，孫喜明女人歡喜地握住了她的小手，對她說，喜歡我的金耳環呀？長大給我做兒媳婦，兩個金耳環，都歸你！

是我把慧仙背到一號船上去了。我記得我從孫喜明家往回走，光腳走過六條船冰涼的舷板，越走腳下越涼，一條船涼過一條船。烏雲被夜色覆蓋了，雨沒有落下來，金雀河的盡頭早早地升起半個月亮。河上夜色初降，兩岸蛙鳴喧天。夜航的船隊在河上突突地前進，河水在我腳下洶湧奔流。我的脖子那兒有異樣的感覺，一摸，是小女孩辮子上的牛皮筋黏在我脖子上了。我記得很清楚，走過王六指家的舷板時，我還把牛皮筋搭成一把弓箭，朝王六指的小女兒射了過去。我不高興，也沒有什麼不高興。我很正常。反常的是我的後背，一去一回，我的背上已經空空蕩蕩，一個小女孩帶給我的溫暖的體溫蕩然無存，我的後背竟然還保持著慣性，微微弓起來，承接一個不存在的小小的柔軟的身體。我的後背有點卑賤，卑賤得很反常，分別不到兩分鐘，我的後背就開始思念起一個小女孩了。

我弓著背走到我家的船上，看見一盞孤燈在艙棚裡搖晃，父親已經在艙下整理床鋪。船上一片淒清，似乎沒有人煙，那是第一次，我打量著舷板上一條薄薄的哀傷的影子，發現了自己內心的孤獨，還有愛意，它比夜色中的河水更加深不可測。

慧仙

1

船民們當年是準備把慧仙送到岸上去的，撿到一分錢，也應該繳公，何況是個孩子。船到五福，船隊的一群女人簇擁著孫喜明，牽著慧仙去找五福鎮的政府。五福鎮上那時也很亂，街上到處都是受災的災民，隨地搭了窩棚吃喝拉撒，星羅棋布的窩棚把政府的辦公用房淹沒了。他們好不容易在一個舊土地廟裡找到了民政科，人家一句話就打了回票，說，孩子哪兒撿的，送到哪兒去處理，我們這兒也很忙，管不了油坊鎮的事。他們只好抱著慧仙離開舊土地廟，邊走邊嘀咕，要是交個皮夾子給他們，他們就不計較是哪兒撿的了，哪兒撿的他們都收，一條人命不如一個皮夾子嘛。

幾天後向陽船隊返航，船隊還沒有靠上油坊鎮碼頭，孫喜明女人就跑到船尾，用衣襟蒙著臉嗚嗚地哭起來。春生的母親問她為什麼哭，她指了指岸上，指了指慧仙的身影，說，捨不得，捨不得呀，孩子跟我睡了這麼多天，夜裡天天摟著我叫媽媽呀，我不哭一下，胸口堵得慌！這次與小女孩的告別要隆重許多，船民們紛紛往她的口袋裡塞東西，塞一只雞蛋，塞一塊手絹，或者塞一把瓜子，這是表示他們的一點心意。孫喜明的女人給慧仙頭上戴了朵紅花，胸口也別了一朵，德盛女人給慧仙面頰上塗了紅紅的胭脂，嘴唇上抹了口紅，看上去她們不是送她去岸上，像是送她去參加一場盛大的演出。

第一次送孩子沒送成功，這次孫喜明謹慎了，他來到七號船上，隔著舷窗說服我父親一起去送孩子。庫書記你做過那麼多年的幹部，懂政策，說話有水準，你一定要上去一趟。孫喜明說，不是我麻煩你，怪這孩子來得不明不白，怎麼說也說不清，我怕說錯話遭冤枉，岸上的人嫌我們船上孩子多，污蔑我們拐孩子呢。

那是謠言。我父親說，凡是有人的地方，都有謠言的。

這次讓他們抓了把柄，就不是謠言了。孫喜明說，庫書記你一定要出面，幫我們把事情說清楚。孩子我們抱著，我們出力你出嘴，你只管反映情況，行不行？

不行，我早已不是書記了，說什麼也沒人聽。我父親堅定地搖頭，他說，不是我不幫你忙，孫隊長你知道我的苦衷的，我發過誓的，這輩子再也不上岸啦。

我就是不明白，你發這個誓幹什麼？孫喜明嘟囔著，眼睛下意識朝我父親的褲襠部位瞄了一眼，隔著舷窗，兩個人的目光相撞在一起，孫喜明知道自己犯忌了，目光慌忙跳起來，熱切地看著我父親的臉，老庫你這是賭的什麼氣？跟誰賭的氣？我看你是跟自己賭氣！他說，賭那麼大一口氣，自己吃苦頭嘛，你就算是一條魚，漲水還要跳到岸上去呢，你就算是船上的一根纜繩，靠岸還要拴在岸上呢，庫書記你是一個大活人呀，當真一輩子不上岸了？

父親說，老孫呀，我不是魚，也不是纜繩，我也不是賭氣。老孫你不理解我的，我現在習慣了船上，一上岸頭就暈，我不能上岸啦。

那是暈岸！孫喜明立刻叫起來，庫書記，那是你自找的麻煩呀，誰讓你一年四季不肯下船呢？人在岸上住慣了，上船要暈，人要是老窩在船上不上岸，一樣要暈岸的。

父親說，是啊，老孫，我暈岸暈得厲害，上不了岸啦。

暈岸要治的，多上岸幾次就不暈了。孫喜明眨巴著眼睛與我父親周旋，軟磨不行，他心生一計，語氣強硬起來，庫書記你也是船隊的人嘛，這小女孩的事是集體的事，你是我們船隊的秀才，集體的事情你不能不管，一點小毛病不能克服一下？你要是暈岸了，我來背你行不行？

父親突然板起了面孔，畢竟當過多年的領導，面對一個原則問題，他一下摘掉了謙虛謹慎的面具，啪地一聲，他怒衝衝地拉上了舷窗，對著窗外喊道，孫喜明你算老幾？指揮起我來了？你當我死了，我一輩子不上岸！

我對父親的態度很意外。孫喜明也愣怔在舷板上了，過了一會兒，他訕訕地對我說，怪我言語怠慢了他，你爹丟了烏紗帽，官架子還在呢，上船這麼多年，我第一次看他發脾氣，有意思。我哪裡敢指揮他呢？看來讓他上一次岸，非要毛主席他老人家下最高指示呢。孫喜明是聰明人，沒有再糾纏我父親，他的思路很固執，退而求其次，瞄上了我，要不東亮你跟著去吧，雖說你說話不中聽，文化水準倒還不錯的，找政府少不了要填寫材料，興許你能派上什麼用場呢。

我消極地瞥了他一眼，說，我能派什麼用場？你沒聽見岸上的人都叫我空屁？你們信任我，岸上的人不信任我。

孫喜明說，什麼信任不信任的？我們又不是讓你去說話，是讓你去寫字的。

我有點猶豫，指著舨窗對孫喜明使了個眼色，你問他，讓不讓我去？

孫喜明敲了敲窗子，庫書記你不去我也不強求了，讓東亮陪著去一趟，行不行？

艙裡靜了一會兒，傳來我父親的聲音，他那文化水準，你們相信他？又靜了一下，父親說，他去不去，隨便他。

孫喜明疑惑地追問道，隨便是讓你去，還是不讓你去？

我說，隨便的意思你不懂？隨便就是讓我去了。

那天我在襯衣的口袋上插了一枝鋼筆，怕鋼筆漏水，耽誤大事，我還額外準備了一枝圓珠筆。船民們在駁岸上集合以後，一支浩浩蕩蕩的隊伍又回流到油坊鎮碼頭。我看見慧仙騎坐在德盛的肩上，小臉被婦女們畫得濃妝豔抹，她興高采烈，嘴裡吸溜著一根棒棒糖。我知道她為什麼這樣高興，都怪王六指的女人非要跟著我們的隊伍，跟就跟了，她還非要拍著慧仙的腳，嘴裡好大喜功地歡呼，我們上岸去囉，找媽媽去囉。

大水退去過後，油坊鎮的每一寸土地原形畢露，到處是廢墟和土堆，到處是紅旗和人群，在一種忙亂的熱火朝天的氣氛裡，東風八號顯示了一項大工程特有的宏偉氣魄，你怎麼也看不清楚，這工程到底是幹什麼的。我們一上岸就迷路了。駁岸上看不見路，整個碼頭都被挖開了，遠看很像一塊塊水田，近看像電影裡的一條條戰壕，有人在地下戰鬥，有人在地上戰鬥。各支突擊隊的旗幟插在四面八方，船民的隊伍卻在漫天紅旗下寸步難行。孫喜明讓我去問路，我拉著一個推爛泥車的小伙子問哪裡有路，他反問我是哪一個突擊隊的，我說我們不是突擊隊，我們要到鎮上去送一個孩子。他打量了一下船民的隊伍，臉上露出不加掩飾的輕蔑表情，馬上要大會戰了，你們還送什麼孩子？他說，沒有路到鎮上去了，你們要去鎮上，願意怎麼走就怎麼走，走不了就飛過去吧。地上地下都是人，我就是問不到路。我的身邊有一面旗幟迎風飄揚，旗幟上「向陽花突擊隊」幾個大字讓我思想開了一會兒小差，向陽花總是讓我想起母親，她會不會參加了這個突擊隊？我爬到高處向地溝裡瞭望，沒看見母親的身影，她不在溝裡。高音喇叭裡有個女聲在讀一封表揚信，表揚一個昏倒在工地上的民工，說他昏倒了爬起來，挖，又昏倒，又爬起來，挖。我站在駁岸上聽，不是聽內容，是聽那女聲，是不是母親的聲音呢？不是的，那聲音比我母親年輕脆亮，卻不及我母親飽含深情。我母親不在喇叭裡，三十年河東三十年河西，她權威性的革命的聲音，已經被一個陌生的年輕姑娘替代了。

治安小組的人從一堆廢墟後面冒出來了，他們熟練地爬過廢墟，朝我們風風火火地跑來，每個人嘴裡都緊張地喊叫著，站住，站住，不准上岸，不准上岸！

王小改的人馬一來，船民的隊伍更加慌亂，大家聚攏在一堆水泥管道前，茫然地看著治安小組，那支威武的人馬中出現了一個綽號臘梅花的女人，大概是治安小組補充來的新鮮血液，她也英姿颯爽地拿著一根治安棍，跟著男同事嚷嚷，你們船民來湊什麼熱鬧？也不看看是什麼時候，現在不准上岸的！

船民們不知所以然，一個個都看著孫喜明，跟他要主意。孫喜明拍著大腿說，大白天活見鬼啦，上次讓我們排隊上岸，今天可好，連岸也不許上了，這次又是什麼通知？我才不信，你們幹你們的工程，我們趕我們的路，井水不犯河水，怎麼不准我們上岸呢？

誰說井水不犯河水的？井水都歸河水管！臘梅花說，你自己長著眼睛，看看四周圍有沒有路給你走？碼頭是工程重地，馬上大會戰了，你們不是突擊隊員，不得隨便出入。

好，我們是井水你們是河水，我們歸你管，你個臘梅花算老幾？孫喜明不願意跟臘梅花說話，忿忿地瞪她一眼，轉向王小改，你是領導，我也算個領導吧，你說我會不會故意帶人來破壞大會戰？不會。今天我們有急事啊，我們要去鎮上找領導，不走碼頭怎麼去，你讓我們飛過去呀？

王小改冷言道，你們船上能有什麼急事？再急的事，急得過大會戰？

孫喜明被他一句話噎住了，看看德盛女人懷裡的慧仙，正要說什麼，德盛對他使了個眼色，搶在他前面說，我們有階級鬥爭新動向，要向領導彙報，王小改我告訴你，你不讓我們上岸可以，到時候要你負責你別賴帳。

王小改不理睬德盛，轉過頭去觀察著孫喜明的表情，孫喜明順水推舟，臉上擠出一絲高深莫測的微笑，看起來德盛的威脅是有效的，小改對德盛的話半信半疑，你們船隊有什麼階級鬥爭新動向？在河上撈到臺灣特務的降落傘了？他嘀咕著，語氣從強硬變得謹慎，特殊情況特殊處理，你們非要上岸也可以，一定要登記，你們的人數姓名，上岸時間離岸時間，都要登記。

陳禿子從腋下抽出一個貨物登記簿，封面上「貨物」兩個字被貼掉了，改成了「人口」，陳禿子打開他的人口登記簿說，好，一個一個來，來呀，你們買豬肉搶得頭破血流的，人口登記怎麼都縮在後面？來呀，孫喜明，你先來帶個頭。

臨時性的人口登記從孫喜明開始，到我結束，獨獨遺漏了慧仙。慧仙靠在德盛女人的懷裡，眼睛盯著陳禿子手裡的登記簿，她炫耀似的念了兩個字出來，人，口，其他字念不出來，就睏倦地打了個呵欠。沒有人注意到那個打呵欠的陌生小女孩，偏偏臘梅花注意到了，女治安就是不一樣，眼睛尖一些，比起男人細心很多，臘梅花湊近了慧仙打量著，還吸緊鼻子聞了聞她的脖子，突然驚叫起來，等一等，這不是德盛家的孩子！看這孩子呀，她不是船上的，我一看就不是船上的孩子，皮膚那麼白，身上也不臭，洗過澡的！要問清楚這小女孩的來歷，她來歷不明！

王小改和五癩子他們一下都撲過去了，他們湊近了研究慧仙，研究了一番，得出了統一的結論，臘梅花說得對，這小女孩，肯定不是船上的孩子。他們的眼睛炯炯發亮起來，盯著孫喜明，一疊聲地追問，哪兒來的小女孩？怪不得有階級鬥爭新動向呢，拐孩子了？是誰家拐的孩子？

孫喜明說，你們會冤枉人呢，我們拐孩子幹什麼，自己的孩子都吃不飽，拐個別人的孩子上船，讓她天天喝河水呀？

不准借題發揮，我們不管肚子的問題！王小改打斷孫喜明的辯解，尖銳地說，我們負責登記人口，你向我們說清楚，這是誰家的孩子？

要知道是誰家的孩子就好辦了。孫喜明撓著腦袋說，是她自己跑到船上去的，她媽媽——那個什麼，一時找不見了，我們要把她送給政府。

王小改不耐煩地瞪著孫喜明，你還是船隊隊長呢，話也說不清，她媽媽到底怎麼啦，說清楚呀。

小女孩這時候插嘴道，我媽媽不見了。她失松（蹤）了。

什麼叫失松？王小改沒聽懂，轉過頭對孫喜明說，說呀，她媽媽到底去哪兒了？

孫喜明瞅瞅小女孩，嚥了口唾沫，還是不肯說清楚，王小改正要發作，孫喜明對他做了個稍安勿躁的手勢，把王小改拉到一邊，湊到他耳朵邊說了幾句話。

治安小組終於明白小女孩的來歷了，看起來他們沒有處理這件事情的經驗，三男一女面露難色，圍在一起商量著，臘梅花搶在同事的前面，先下了結論，說，不管可憐不可憐，反正這孩子身分不明。陳禿子攤開那個上岸人口登記簿，犯難地問小改，身分不明的小孩子，要不要登記呢？小改也拿不定主意，拿過登記簿，翻看著封底的登記條例，沒有發現適用的條例，他思考了一會兒，最後說，小孩子也是人口，怎麼不登？要登！

我記得是在駁岸上，治安小組的人和一群船民圍著慧仙，他們各盡所能，齊心協力，啟發，聯想，加上創造，艱難地登記了慧仙的第一份檔案。我帶著一枝鋼筆，一枝圓珠筆，但是哪一枝筆都沒有派上用場，我沒有機會參與任何登記工作。

小孩子，你叫什麼名字？

QIANG慧仙。

一個含糊的聲音，帶著小孩子常見的口齒不清，聽起來難以分辨，陳禿子沒有聽清，你姓張，弓長張？還是姓立早章？要不然你姓槍？你姓一把槍的槍？

你才姓一把槍的槍，我會寫，我寫給你們看。慧仙蹲在地上，抓起一塊煤渣寫了個字，原來是個「江」。旁邊的治安隊員都異口同聲地念出來，江，原來她姓江青的江呀。

小孩子，你記不記得你的出生年月呢？

什麼年月？

出生年月聽不懂？好，你告訴我們你幾歲，我們就知道你是哪一年生了。

我七歲。去年六歲，明年就八歲了。

我知道你是個聰明孩子，不用說那麼多，說今年幾歲就行了。爸爸媽媽的名字知道吧？他們都是幹什麼的？

我爸爸叫江永生，我媽媽叫崔霞，他們都失松（蹤）了。

怎麼都失松了呢？你爸爸是怎麼失蹤的？

我不知道呀，我媽媽說帶我來找爸爸，結果她自己也失松了。

都失蹤了？爸爸媽媽都失蹤，這孩子的家庭出身肯定有問題。治安小組的人互相交換了一下眼色，王小改指著登記簿對陳禿子說，記下來，爸爸失蹤，媽媽失蹤，都記下來，這孩子的話，一字一句，統統要記下來。

孩子對紀錄不知深淺，船民們有點惱了，孫喜明對王小改嚷，你們治安小組拿了雞毛當令箭呢，一個小女孩，你們查她祖宗八代幹什麼？德盛女人上去拉過慧仙，不登了不登了，這些人人心不是肉長的，我們走，到鎮上找領導去。

船民們七嘴八舌的抗議沒用了，王小改和五癩子都把治安棍橫在手上，冷冷地盯著船民。王小改問孫喜明，你還算個領導？什麼叫登記你都不懂！光有個名字就行了？沒有家庭成分，沒有家庭住址，沒有政治面貌，叫個什麼登記？臘梅花在一邊幫腔，你們這幫船上人，覺悟就是低，還不如人家一個小女孩，人家還知道配合我們工作，你們就會在一邊瞎吵吵！

慧仙很為難，她是要站到船民那邊去的，幾次要往德盛女人懷裡鑽，都被臘梅花親熱地摟住了，臘梅花指著自己的紅袖章說，孩子，看看這是什麼？你聽我們的話，不會犯錯誤的。慧仙沒有辦法掙脫，就催促陳禿子說，你快點呀，快點問，我要去鎮上找媽媽呢。

陳禿子清清嗓子，儘量地做出循循善誘的樣子，孩子，你回答問題口齒要清楚，你的口齒清楚了，我們登記不就快了嗎？他說，下一個問題是家庭住址，你的家庭住址呢？又不懂了？我是問你家住哪兒？

我家在鐵路旁邊，兩層樓。我家住樓上。樓下有一棵桃樹，結很多桃子的。

這不叫住址，住址就是城鎮區縣，什麼區，什麼街道，什麼公社，什麼大隊。

都不是。我家門前有一條石子路，路口有個電線桿。我媽媽天天去電線桿那裡的。

你媽媽天天去電線桿那裡？陳禿子眼睛亮了，嘴裡發出嘖地一聲，告訴叔叔，電線桿上有什麼？你媽媽去那兒幹什麼，是去等人？她去等誰呀？

德盛這時候忍不住了，衝過去一巴掌打掉了陳禿子的登記簿，等誰？等美國特務，等臺灣間諜，等你媽了個×！你們算是個什麼鳥治安？吃飽了沒事做，這麼小的孩子還提防她是階級敵人？你們讓她上岸能變天呀？她才七歲呀！

德盛帶了頭，船民們的憤怒風起雲湧，大家的嘴裡紛紛罵起了髒話，德盛女人過去把慧仙拉到自己懷裡，大叫一聲，欺人太甚，不給他們登了，他們問什麼，只當他們拉肚子放屁！孫喜明沒有罵人，他指揮王六指和德盛，三個男人組成一堵人牆，護住了德盛女人和慧仙。治安小組的人過來搶人，推不動三個船民的人牆，五癩子就揮起治安棍對著王六指的臉打了一下，嘴裡大叫起來，你們這幫爛船佬，今天吃了豹子膽，要造反呀？

我本來是站在遠處的，船民們跟別人吵嘴，我從來只看不插嘴，可是這一次我也成了當事人，不知道為什麼，德盛女人把慧仙朝我這邊推過來了。慧仙被嚇得不輕，無所適從，嘴裡一聲聲驚叫著，我看見慧仙的手向我探過來，那隻求援的小手使我熱血沸騰，我順勢拉住慧仙的手，把她從人堆裡拽出來，說，跑，跑，我們跑！

跑，這是我最擅長的。碼頭上雖然找不到路了，但是我急中生智，幾乎在一瞬間發現了一條逃跑之路。一條路從駁岸的垃圾堆上蜿蜒過去，越過一堆水泥預製板，通往遠處的煤山。我對碼頭四周的地形再熟悉不過，所以我的逃跑路線設計得天衣無縫，我決定帶著慧仙從西邊的煤山上翻過去，翻過煤山就是棉花倉庫，到了棉花倉庫就有路了。

我拉拽著慧仙跑了幾步，發現碼頭工地上所有突擊隊員都停止了突擊，支起身子往駁岸上張望，我回頭一看，駁岸上已經亂成一團，女人們也加入了孫喜明他們的人牆，場面變熱鬧了，也變得慘烈了。五癩子率先舞起了治安棍，陳禿子也學五癩子，拿著治安棍對船民們胡亂揮舞著，這麼一來，兩隊人馬短兵相接，廝打起來了，連德盛女人和孫喜明女人都勇敢地投入了戰鬥，不知道是誰去抓了陳禿子的要害，我看見陳禿子捂著褲襠，在那裡一跳一跳的，嘴裡發出了淒厲的慘叫。我還聽見王小改驚惶的哨子聲，暴亂，暴亂，他一邊吹哨子，嘴裡不停地驚呼著，這是反革命暴亂，快去報告趙書記！

我已經帶著慧仙跑到了煤山下，小女孩被身後的場景嚇著了，她問我，他們為什麼打起來了？我說，你是傻子呀，還不是為你？她還是不明白，我沒讓他們打架呀，打架不好，破壞紀律的。我顧不上跟她解釋什麼，拉著她往煤山上爬，她蹩頭蹩腦的，怎麼也不肯上煤山，嘴裡還不停地抗議，為什麼要爬煤山？都是黑煤，看把我的新衣服都弄髒了。關鍵時刻她不知好歹，我又氣又急，強行把她馱到了背上，朝著煤山頂上攀登。她伏在我的背上，起初又打又踢的，很快，她大概感受到了一種新穎的刺激，尖叫幾聲，又嘎嘎地笑起來，把我當一匹馬了，我感覺到她的小手努力地拍著我的屁股，嘴裡叫道，駕，駕，駕！

我背著慧仙走到棉花倉庫那裡，聽見後面的煤山響起一片碎煤塊嘩嘩的瀉落聲，船隊的人馬歡呼著，就像一支翻身鬧革命的隊伍，揚眉吐氣地衝下了煤山。煤山的那一側，隱隱可以聽見臘梅花尖利的女聲，讓你們跑，我們秋後算帳，你們跑得了和尚跑不了廟！

2

綜合大樓就在碼頭的最北端，看著近在咫尺，偏偏到處都是禁區，到處都掛著「此路不通，請繞行」的牌子，我們離開棉花倉庫，在碼頭工地旁邊繞來繞去，好不容易走到那幢灰白色的四層樓樓房下，船民們面面相覷，互相取笑起來，每個人的臉上都沾了黑煤灰，褲管凝結了一層黃泥漿，看上去像一群逃難而來的難民。

陽光照耀著大樓前的花壇，花壇裡偉大領袖的漢白玉塑像沐浴著一層燦爛的金光，偉大領袖戴一頂軍帽穿一件大衣，微笑著朝向陽船隊的船民揮手。突然之間，吵吵嚷嚷的送孩子的隊伍安靜下來了，一股神祕而嚴峻的力量震懾了船民們躁動的心，邁向大樓的臺階就在腳下，但船民們看上去有所畏懼，腳步遲疑起來，大家都不願意走在前面，德盛兀自衝上臺階，被德盛女人拽下來了，她說，你急什麼？這大樓不是菜市場，是你隨便進的？我們怎麼進去，進去說什麼做什麼，要先商量一下嘛。王六指踮足朝樓上的窗子仰望，嘴裡說，王小改他們恐怕在樓裡了，他們肯定搶先一步，惡人先告狀了。大家都看著孫喜明，孫喜明沉默著，點了根香菸兇猛地抽了幾口，說，我們也有人受傷的，告就告嘛，為了個孩子，有什麼大不了的事情？他看看慧仙，又看看我，用香菸指著大樓說，東亮，你是這樓裡長大的，熟悉情況，你先進樓裡打探一下行不行？送孩子也不能亂送的，進去找到幹部，千萬說清楚了，我們是撿到了一個孩子，千萬打聽清楚了，我們到底該往哪兒送孩子？

我毫不遲疑地接受了這個任務。為了避免和傳達室的顧瘸子糾纏，我讓孫喜明他們帶著慧仙在大門口等候，自己從一樓廁所的窗子裡跳進去了。這樓裡的每間辦公室，我都熟門熟路，我從一樓跑到四樓，很快發現我們來得不巧，偏偏遇上了幹部義務勞動日，綜合大樓幾乎是一座空樓，婦聯，計畫生育辦公室，民政科，所有辦公室都是鐵將軍把門。我知道應該馬上去通知樓下的人，但一到四樓我鬼使神差，忘了肩上的重任。猶如夢遊童年仙境，我在走廊裡奔跑起來。我跑到趙春堂的辦公室門前，抓住門上的圓形把手，向左轉動一圈，還是那個把手，還是向左轉動，但那扇門打不開了。這裡曾經是我父親的辦公室，那扇鑲著毛玻璃的門，我再熟悉不過了，過去那門上貼了一張「閒人免進」的紙條，是父親的筆跡，現在是一塊有機玻璃的牌子釘在門梁上，還是「閒人免進」，是四個規整的印刷字體了。我不知道我為什麼要去推門，推了好幾下，門推不開，門鎖發出一種金屬尖利的震顫聲，那討厭的聲音使我有點慌亂。我走到四樓的樓梯口，聽見樓下隱隱傳來了船民們的吵嚷聲，應該往下走了，可是我鬼使神差地站在樓梯口，不捨得這樣離開四樓，我不知道自己要幹什麼。起初我腦子裡有個簡單的想法，要不要在走廊上撒一泡尿，給那些耀武揚威的幹部作個紀念？轉念一想，我又不是小孩子，不該幹這種幼稚的事情了。一抬頭，我看見了樓梯口的大黑板，黑板上寫著幹部下工地勞動的緊急通知，那些粉筆字給了我靈感，還是寫好，寫比較有意義。我從板沿上拿了一截粉筆頭，寫什麼比較有意義呢？愈是焦急我的腦子愈是一片空白，我急出了一身汗，突然想起當年有人批判我父親的標語，庫文軒是階級異己分子——那是什麼意思？我始終不清楚階級異己是什麼罪名，但我斷定那批判是尖銳的，深刻的，富有意義的，於是我匆匆地在四樓的走廊上寫了那行字，趙春堂是階級異己分子！

寫標語是一件令人緊張的事，我扔掉粉筆跑到二樓樓梯上，站在那裡平緩自己的情緒。我有點害怕，樓下門廳早就亂哄哄的了，一男一女兩個民兵，正端著步槍守在傳達室的窗子裡，密切監視著船民的動向，傳達室的顧瘸子反而在外面，他揮舞著雙手，一瘸一拐的推搡船民，嘴裡不停地數落他們，你們船上人覺悟就是低，也不看看現在是什麼時候，弄個孩子來添亂，東風八號要大會戰了，誰還守在辦公室裡看報紙？誰顧得上接收一個孩子？你們再在這裡鬧，我不管了，讓他們民兵來處理你們。

我一下去孫喜明就朝我衝過來了，他說，你這孩子，樓裡沒幹部呀，你在樓上這麼長時間，幹什麼呢？我沒法跟孫喜明解釋什麼，朝著船民們揮了揮手，幹部都在工地上，我們趕緊走，把孩子送到工地上去。

撿孩子容易送孩子難，沒想到這麼難。孫喜明女人抱著慧仙，船民們簇擁著他們走下綜合大樓的臺階，看起來每個人的表情都很委屈。隊伍又走過了花壇，走過了偉大領袖的塑像，慧仙大聲叫起來，那是毛主席，毛主席揮手我前進！孫喜明摸了摸她的腦袋，嘆口氣說，你這孩子倒是覺悟高，我們都要前進，就是你麻煩呀，你往哪兒前進呢？德盛女人要替換孫喜明女人，準備把小女孩接過來，孫喜明女人不肯，說，我不累，我要抱她，抱一會兒是一會兒了。她這一句話讓船民們都感傷起來，大家一邊走，一邊扭頭看著慧仙，女人都去摸慧仙的辮子，摸她的小腳，王六指女人的嘴裡又唱起了不負責任的高調，我們去工地，去找幹部，去找媽媽囉。

碼頭工地上人山人海，我有經驗，尋人先要尋紅旗，我尋到了一面「人民公僕突擊隊」的旗幟，領著孫喜明他們湧到坑邊，往下一看，果然發現了趙春堂高大魁梧的身影。趙春堂戴著安全帽，穿了長筒膠鞋，正領著一群幹部挖土。

孫喜明和幾個女人互相交換了眼色，德盛女人立刻彎下腰，朝著坑裡先發制人地喊起來，趙書記，總算把你找到了，我們船隊撿了個孩子，給你送孩子來了！

土坑裡的幹部們有的抬眼朝上面看了一眼，有的只顧挖土，沒人理睬我們。孫喜明怪德盛女人嗓門小，示意女人們放開嗓門，這次德盛女人拉上孫喜明女人，還有王六指女人，三個女人此起彼伏地喊起來，趙書記，我們給你送孩子來了。

辦公室幹部張四旺首先回應了船民，吵什麼吵什麼？知道你們船隊撿了個孩子，怎麼鬧得跟天塌似的？治安小組已經向趙書記彙報過了。另一個幹部在坑裡憤憤地說，我們國家這麼多人口，丟個把孩子有什麼了不起的？這個節骨眼上，他們撿一個孩子來給趙書記添亂，他們向陽船隊的人無法無天，為了那孩子，把陳禿子的下身都捏壞了。

船民們七嘴八舌地反駁那個幹部，一致否認襲擊過陳禿子的下身，王六指站到坑邊，指著自己的臉說，請各位幹部別聽治安小組一面之詞，你們看看我的臉，我的臉不也腫成饅頭了？是誰打的？五癩子打的！我們送孩子有什麼錯，他們治安小組憑什麼打人？

趙春堂沒有說話，甚至沒抬起過眼皮。但我注意到趙春堂在下面的兩個動作，第一次是甩手，那意思是讓幹部們把船民攆走，幹部們都過來攆人，船民們怎麼肯走呢？德盛站在坑邊說，攆我們沒用，你們幹部先上來，接下這孩子，我們馬上就走。趙春堂的第二個動作有點惱怒，啪地把鐵鏟插在土裡，這下張四旺忙不迭地跑到他身邊去了，兩個人耳語了一番，張四旺頻頻點頭，突然喊起來，孫喜明，你下來，下來談。

孫喜明帶著孩子要下去，旁邊的女人們搶下孩子，你下去就行了，孩子不下去。

你們婦女安靜一點，不要亂插嘴。張四旺在坑裡仰著頭喊，讓孩子一起下來，趙書記要看看孩子是怎麼回事。

孫喜明又去牽慧仙的手，這次是慧仙不肯下去了。我媽媽又不在下面，她噘著小嘴說，讓我下去幹什麼呀？孫喜明說，你下去見一下幹部，幹部能耐大，他們才能幫你找到媽媽。她探出腦袋朝坑裡望了一眼，大驚小怪地說，坑裡都是黃泥巴，我的衣服弄髒了怎麼辦？王六指這時湊上去了，悄聲哄騙她說，坑裡的人都是幹部，他們又有權又有錢，弄髒了衣服不怕，讓他們替你買新的。

慧仙被孫喜明馱在肩上，晃晃悠悠地下到了坑裡，她端坐在孫喜明的肩膀上打量著坑裡的人，頗有大將風度，忽然，她的眼睛被婦聯幹部冷秋雲的花褂子吸引住了，阿姨，你穿的是我媽媽的褂子嗎？你看見我媽媽了？

大家都去看冷秋雲的花褂子，是藍底灑著金色葵花的布料，圓領子，琵琶式鈕扣，很明顯，小女孩的母親也有這樣一件褂子。幹部們都拖著鐵鏟朝孫喜明湧過去了，好奇地注視著他肩膀上的小女孩，孫喜明你把孩子放下來嘛，讓我們好好看看這小機靈。孫喜明放下了慧仙，幾個女幹部把慧仙圍在中間，研究著她的容貌，他們一致認為這個小女孩很漂亮，尤其是女幹部冷秋雲，她不計前嫌，拽著慧仙不鬆手，嘴裡嘖嘖地讚歎著，好俊俏的小姑娘，好機靈的小姑娘，我要是有這麼個女兒，夢裡都笑醒了。

我看見趙春堂的鐵鏟還插在泥裡，他的一隻腳踏在鏟子上，抖著，抖著。他也在端詳慧仙，就像一個富有經驗的郵政人員打量來歷不明的包裹，微微皺緊了眉頭，表情卻是鎮定自若的，問問這小孩，會不會背誦毛主席語錄？大家看趙春堂的樣子半真半假，猜不出他說這話的意圖，冷秋雲抓住慧仙的辮子，輕輕地揪了一下，我們書記問你呢，會不會背誦毛主席語錄？慧仙眨巴著眼睛思考了一下，我會！千萬不要忘記鬥爭鬥爭！眾人先都笑，笑過了紛紛去糾正她，不是鬥爭鬥爭，是階級鬥爭，你知道什麼叫階級鬥爭嗎？慧仙沒心思應付幹部們的糾纏，她忽然撒腿朝趙春堂跑去，踮起足尖，要抓趙春堂上衣口袋裡的鋼筆，我爸爸的口袋裡也有三枝鋼筆！她這麼喊著，一隻手開始拔趙春堂的鋼筆了。孫喜明連忙跑過去拽走她，不能拿書記的筆，快叫人，快叫趙書記。

趙春堂拔了一枝鋼筆下來，放到慧仙的手上，說，這鋼筆送給你，拿回去好好學習。孫喜明說，你看看，趙書記送你一枝鋼筆呀，趙書記也喜歡你的。上面的船民先是替慧仙高興，他們等著趙春堂作出進一步的表態，趙春堂卻又抓起了鐵鐽。船民交頭接耳一番，看看孫喜明像個沒頭蒼蠅在坑裡轉悠，德盛就在上面喊了，趙書記，給她鋼筆她沒用，你要給她一只飯盒一張小床才有用嘛。

這話是在催促趙春堂了。土坑上下的人都靜下來，等著趙春堂表態，趙春堂沒事人似的，只顧幹起活來，他的腳在鐵鐽上用力一蹬，鐽起一大堆泥，輕鬆地撂到了德盛的腳下，德盛閃了一下，嘴裡大叫起來，趙書記你怎麼故意把泥往我身上鐽呢？趙書記你葫蘆裡到底賣的什麼藥？快給個說法嘛，這孩子，我們到底該送到哪裡去？趙春堂根本不搭理德盛，對孫喜明招招手，孫喜明一過去，他劈頭蓋臉地訓起孫喜明來，你們向陽船隊還有沒有一點革命人道主義精神？這麼可愛的小孩子，你們非要急吼吼地往政府送？也不看看現在什麼形勢，這邊東風八號大會戰，你們抱著個小孩子到處送，搞的什麼名堂？這孩子，哪兒都不准送了，就「掛」在你們向陽船隊。

船民們普遍不知道「掛」的意思，這個表態太含糊了。孫喜明求援似的望著上面，船民們都看著我，東亮，你知道「掛」是怎麼回事？我琢磨了一下，說，「掛」就是等著吧，今天他們不收孩子，要以後再說了。德盛腦子聰明，很快反應過來，說，什麼掛呀放呀，不就是踢皮球麼，他把孩子踢還給我們啦。德盛女人附和道，這皮球踢不得呀，東亮他爹說的，撿個孩子養，不比養貓養狗，很不容易的，要口糧，要戶口，還要一大堆手續！

孫喜明綜合了船民的意見，走到趙春堂面前說，趙書記呀，我知道東風八號比孩子重要，我們船隊可以替你們領導分憂，孩子留船上可以，但不是這個留法，這麼把她帶回船上，孩子算「黑」人，對不起她，別人冤枉我們拐孩子，我們對不起自己，你趙書記要給我們個說法，要立個字據什麼的吧？

趙春堂的臉已經是鐵青色的了，他朝張四旺使了個眼色，張四旺扔掉了手裡的鐵鏟，上去一把揪住了孫喜明衣領，孫喜明你知道你為什麼一輩子入不了黨嗎？你就是個豬腦子嘛，你領導的什麼船隊，一幫落後群眾，沒覺悟，沒修養，還沒規矩！來了這麼多人，都是豬腦子，趙書記的說法那麼明確了，「掛」起來！「掛」起來都聽不懂，你們還要什麼說法？沒看見趙書記忙得焦頭爛額，你們跟他要孩子的說法，上面跟他要東風八號的說法，哪個說法重要？你自己說呀！

孫喜明張口結舌，慧仙瞪大眼睛觀察著坑裡大人們的表情，拽著孫喜明的袖子問，你們到底在吵什麼？我又不是一件衣服，怎麼掛起來呢？幹部和船民都難以回答小女孩的問題，德盛的女人在上面怯怯地說，掛起來不是長久之計吧，以後會有麻煩的，現在你們那麼多幹部在下面，就不能上來一個把孩子安頓了？難道一個孩子還不如一鏟土重要？張四旺朝德盛女人瞪了一眼，德盛家的別以為你伶牙俐齒，我告訴你，非常時期，一切都要給東風八號讓路，一鏟革命的土方，就是比一個孩子重要！

船民們不知如何反駁張四旺，一時間大家都沒了主張，眼睜睜地看著孫喜明把慧仙帶到了上面。孫喜明女人把慧仙接到懷裡，船民們不甘心就此罷休，在坑上面站成一個圈，向坑裡的幹部們施加壓力，幹部們也在交頭接耳，張四旺一邊在趙春堂耳邊嘀咕什麼，一邊向船民們揮手示意，趕緊離開，趕緊滾開！船民們都不肯走，偷聽著坑下面幹部們各抒己見的聲音，他們都用眼睛盯著趙春堂，趙春堂掏出鋼筆在一張信箋上寫著什麼，他們不知道他在寫什麼。終於，張四旺拿著趙春堂的便條跑到了坑邊，揮著便條對孫喜明喊，拿著這條子，去找糧站姚站長領五斤大米！現在糧食緊張，這五斤大米是給孩子的口糧，吃完了再來批條子，我提醒你們，千萬別貪了孩子的口糧！

孫喜明接過條子愣了半天，面孔漲得通紅。五斤大米？趙書記你把我們當叫花子呢？孫喜明一跺腳，拿了坨泥塊啪地壓著那便條，我們要貪這五斤大米？你們真把船上人看扁啦！孫喜明臉紅脖子粗，對著坑裡的幹部大聲宣告，氣死人了，我要再為這孩子的事找你們，我就不姓孫，我就不是人×的，這孩子你們幹部不管我們管！拿那五斤大米餵雞去，餵鴨去，我們不稀罕，我們向陽船隊十一條船，還養得起一個孩子！

抓鬮

如果說向陽船隊養育了慧仙，必須承認，十幾年充滿恩情的養育始於一場賭氣。向陽船隊派了那麼多人上岸，走了那麼多冤枉路，費了那麼大的周折，磨嘴皮子沒用，罵娘動拳頭沒用，我的筆桿子也派不上用場，大家齊心協力，還是送不走一個小女孩。最後是德盛把慧仙馱回了肩上，送孩子的隊伍鎩羽而歸，我觀察著船民們的表情，大多是沮喪中夾雜著欣喜，欣喜中帶著點惘然，孫喜明女人嘴裡一邊罵著幹部，一邊抓住慧仙的小手啪啪地親，他們不收才好，我還不捨得送你去呢，乖乖呀，他們把你掛起來咯，這一掛，不知掛到哪個猴年馬月了，你要跟著我們做船上人了。

我記得王六指的兩個女兒在船頭洗毛線，他們第一個發現了德盛肩頭的小女孩，丟下毛線盆就在各條船上東奔西竄的，嘴裡喊著，沒送走，沒送走，慧仙回來了！整個船隊的人都跑到了外面，七嘴八舌地打聽詳情，上岸的船民們都學會了使用一個新鮮的辭彙，掛。他們說，這小女孩，「掛」到我們船上啦！

這次回來不同以往，船民們對慧仙的態度也有了微妙的變化。她被「掛」在向陽船隊，船隊便承擔了養育和監管的義務，這義務到底由誰承擔，多少人承擔，都還沒商量，只是大家圍觀小女孩的時候，不再像圍著一個可憐的小動物，善良和熱情都有了節制，各自的心裡都揣著一把小算盤。

被改變的也包括慧仙，兩次送上岸去，兩次返回船隊，她大概知道是岸在拒絕她，岸上的人們不歡迎她，她只能投靠駁船了。小女孩天性中的聰慧迸發出來，指引她順從船隊，順從船民，幾乎是一夜之間，她對船民粗暴任性的的態度得到了充分的改善，從鎮上回來的那天下午，我看見她手指上纏著一手彩色的絲線，在一號船的船尾東張西望，她在物色綳線線的搭擋，後來她物色了櫻桃，嫋嫋地走到櫻桃家的船上去，主動邀請櫻桃，姐姐，來，我來教你綳線線吧。

櫻桃受寵若驚，扭捏了幾下就把手舉起來了。兩個小女孩在船上綳線線，櫻桃的哥哥大勇鑽過來，傻乎乎地看他們手上翻轉的絲線，一隻手伺機侵入絲線，櫻桃叫起來，快走開，這是女孩子玩的東西，你瞎摻乎什麼？大勇死皮賴臉地不肯走，櫻桃向她母親告狀，櫻桃母親走過來攆走了大勇，自己留了下來，她一邊研究著慧仙的臉，心有旁騖，開始不三不四地給兒子「說親」了，我家大勇喜歡你呢，乾脆留在我們家，給我家做小媳婦吧。

慧仙看看櫻桃的母親，看看大勇，搖頭說，喜歡我的人多著呢，要是誰喜歡我我就做誰的媳婦，我要做多少人家的媳婦呀？不行的。

沒讓你做大家的媳婦嘛，一女嫁一夫，誰最喜歡你，你就做誰家媳婦。櫻桃母親癡癡地笑著說，大勇最喜歡你，你就跟他配個娃娃親吧，做我家媳婦好，我們家船好，生活條件也好，以後船是你的，船上的家當也是你的。

她打量了一下櫻桃家的艙棚，說，你們家沙發也沒有，怎麼好呢？我才不做你家媳婦，誰的媳婦都不做，我是岸上的人，等我媽媽找到我，我要跟她回家的。

大勇不知什麼時候又湊過來，在旁邊插嘴道，你還回什麼家？你媽媽的家就在金雀河裡呀，你媽媽是落水鬼，落水鬼要找到你，你就倒楣啦。大勇嘴裡威脅著慧仙，眼睛瞟著她的腿，你要小心你的腿，落水鬼拉人下水先拉腿，要是讓你媽媽抱住你的腿，你就完了，你也成了落水鬼，身上會長青苔的。

櫻桃的母親來不及制止自己的兒子。慧仙在絲線中翻騰的十指停住了，目光驚恐地瞪著大勇，很明顯，她知道落水鬼的意思。櫻桃的母親知道兒子惹禍了，孩子你別聽我家大勇胡說，他屬狗的，狗嘴吐不出象牙。她把大勇往船那邊推，已經來不及了，慧仙揮舞著一團絲線，憤怒地追趕大勇，誰是落水鬼？你才是落水鬼！你身上才長青苔！她嘴裡叫喊著，用一團絲線抽打著大勇，她的尖叫聲聽上去不像一個孩子的聲音，一聲比一聲尖利，一聲比一聲狂暴，有點歇斯底里，更讓人意外的是她學會了船民的髒話，一罵就是一大家，我敲，我敲你，她說，我敲你媽，敲你們一家！

船隊的人都被櫻桃家船上的動靜驚動了，孫喜明女人聞訊跑過來，一來就護住慧仙，也不問青紅皂白，指著櫻桃的母親就數落，我說你這人不厚道，你就是不厚道。孩子不懂事，你大人也不懂？欺負這個孩子，老天要報應的。

櫻桃的母親說，你沒有調查就沒有發言權，誰敢欺負她呀？是她追著大勇打，我家大勇沒還一次手呀，這孩子也不是省油的燈呀，你沒聽她咒我們全家都是落水鬼？你沒聽她罵髒話，她個小丫頭片子，要敲我們全家呢！

孫喜明女人朝櫻桃全家人翻著白眼，選擇著措辭，一時選不出來，就忿然地擺擺手，不說了不說了，跟你們六號船，說什麼也白搭。她用這麼一種特殊的口氣表示最大的鄙視，拉著慧仙往一號船那邊走，一路走一路叮嚀，我關照你別亂跑，你偏亂跑。你怎麼就記不住我的話呢，人分好人壞人，駁船也分好船壞船，你別看有的船外表漂亮，其實是壞船，壞船上不得的。

櫻桃的母親受不了了，氣得在後面追他們，你給我把話說清楚，什麼叫好船什麼叫壞船？這麼小一點孩子，你跟她說什麼狗屁閒話呢？她在你家住了幾夜，你就是她媽媽了？你不看看你那模樣，狐臭熏死人，大字不識三個，你配做人家小孩的媽媽嗎？

孫喜明的女人回頭說，我狐臭專熏你不熏別人，熏死你我償命，我大字不識三個，你認識幾個？我不配做她媽媽，你連做她老媽子也不配，別以為我不知道你們夫妻的底細，你們家怎麼發配到船隊來的？偷宰公社的耕牛醃牛肉吃啊！要不是政府寬大處理，你們就——孫喜明女人沒有把話說完，一把凌空飛來的掃帚打在她小腿肚子上，她誇張地叫了一聲，回頭一看，扔掃帚的居然是櫻桃，櫻桃扠著腰替她母親出氣，順便也把氣撒到慧仙頭上了，你們兩個都是狐狸精，一個老狐狸精，一個小狐狸精，你們兩個人要好去吧。

櫻桃的母親追到王六指家船上，一口氣接不上來，臉色煞白，用兩隻手捂住了胸口，嘴裡嘶嘶地響著，好不容易朝著前方啐了一口唾沫，二福他媽你站住，把話說清楚再走，我們倆比胳肢窩臭，我比不過你，要是比舌頭毒，你比不過我！你有什麼臉說我們家那點事？你們家的污點才叫大呢，孫喜明睡過你親妹妹，睡大肚子去打胎，這醜事誰不知道？你爹是惡霸地主，被政府槍斃的！你以為自己是誰？你男人混上個隊長，你就是指導員了？我告訴你，這船隊十一條船，哪條船都不乾淨，再怎麼瞧不起人，也輪不到我們家墊底，以後你嘴裡再敢嚼蛆，看我不撕爛你的嘴！

我不知道這是怎麼回事。照理說婦女們吵嘴是平常事，吵得火藥味這麼濃，就有點不平常了。以前這是船民們心照不宣的禁區，向陽船隊家家有污點，家家的歷史都不清白。大家無論怎麼吵，都不去戳人傷疤，這是平等，也算規矩，為什麼慧仙一來，這規矩就守不住了呢？我不知道那些婦女是怎麼回事，更說不清慧仙身上有什麼神奇的魔力，她似乎用小手揭開了船隊最神祕的一口黑鍋，船民的慈愛與憐憫從鍋裡飛出來，各自的心計從鍋裡飛出來，互相的怨恨也從鍋裡飛出來了。

兩個婦女的罵仗甚至驚動了我父親，他在艙裡問我，是誰在吵架？他們為什麼罵得這麼難聽？我說，櫻桃她媽，還有二福他媽，他們都想做慧仙的媽媽。父親在艙裡說，那很好啊，慧仙很可憐，媽媽愈多愈好麼。我說，媽媽多了才吵架的，其實他們兩個人，誰都不配做慧仙的媽媽。父親在艙裡沉默了一會兒，突然問，東亮，你覺得誰有資格做她媽媽呢？我思考了半天說，德盛女人嘛，她做媽媽好。我父親問我為什麼選德盛女人，我說她聰明，講衛生，船隊的婦女中間，只有她堅持天天刷牙。我不知道父親為什麼那麼敏感，他聽了我的理由竟然怪笑起來，什麼聰明，什麼講衛生？我知道你為什麼選她家，是她家跟我們船靠船吧，你不是給德盛家要女兒，是給你自己要個小妹妹！

我被父親猜到了一件隱祕的心事，感到莫名的緊張，一聲沒吭走到船尾去煮飯了。

德盛夫婦也都在船頭聽吵架，女的偏袒孫喜明女人，男的採取各打五十大板的態度，吵翻天也是瞎吵，都是潑婦，該說的話不會說，不該說的亂說，他們都沒資格做孩子的母親，小孩子跟著他們，長大了也是潑婦。我對德盛說，你們為什麼不去領她？你們家條件最好。那夫婦倆對視了一眼，德盛女人說，條件好有什麼用？我們要領她好幾次了，孫喜明不讓呀。德盛打斷女人的話，也不是不讓你領，孩子現在是正式掛到船隊了，怎麼個養法，要大家商量拿主意呢。這叫民主集中制，先民主後集中，依我看，這孩子到底上哪條船，最後恐怕要抓鬮的。

大約是傍晚時分，二福一條船一條船地跑，扯著嗓子喊，每條船派個代表去一號船抓鬮，大家都得去抓鬮，去抓孩子囉！

果然要抓鬮了。我父親聽見了二福的聲音，他問我二福到底在喊什麼，我告訴他，是去抓鬮，決定那個小女孩的事情。父親說，這不是亂彈琴嗎？那小女孩也是個人，又不是一個獎品，怎麼能抓鬮呢？我試探他的態度，我們家去不去抓？父親猶豫了一會兒，說，去還是要去，這是集體的事情，不能逃避，不過，他們知道我們的情況，抓到我們七號船，抓了也白抓，你去走個過場吧。

一眨眼功夫，大家都聚集到孫喜明船上來了。很多船民都顯得緊張，坐立不安，緊張的原因各不一樣，孫喜明家和德盛家是怕自己手氣不好，抓不到人，王六指則相反，他是怕自己手氣太好，事先向眾人打了預防針，我們家孩子多，沒口糧，要是我們抓到了，這孩子可是要吃百家飯的。他自私的言論馬上遭到了孫喜明女人的搶白，她說王六指你放心，吃不窮你們家的，不管誰抓到，養這孩子都是集體的事。

孫喜明準備了一只硬紙板的鞋盒，盒蓋上掏了個洞，周圍還隆重地蒙了塊紅布，做票箱用。鞋盒放在船頭，孫喜明第一個示範，伸手進去認真掏著，掏出來了，是一張白紙。二福驚叫起來，爹，你真沒用！孫喜明失望地看著兒子和女人，說，讓你們抓你們不敢抓，女人手氣好，孩子手氣也好，應該你們來抓的。

從一號船到六號船，他們都抓了張白紙出來。輪到我了，眾人看著我，都去提醒孫喜明，七號船也抓嗎？萬一讓東亮抓到了怎麼辦？他們父子倆，養不了這孩子的。我對他們的這種態度很厭惡，我說，你們是我肚子裡的蛔蟲嗎，你們怎麼知道七號船養不了她？不讓我抓我偏抓。孫喜明出來打圓場道，東亮，你這是狗咬呂洞賓不識好人心呢，大家這是為你們父子考慮呢。我問他要是我抓到了算不算數，孫喜明很為難，眼睛盯著那鞋盒說，反正也不會那麼巧，你爹不是讓你來走過場嗎，你就走個過場吧。

我撩起袖子把手伸進鞋盒，結果你們是知道的，一張紙條溫情地貼住了我的手心，我抓了一張彩色的紙條出來，艙裡頓時響起一片驚呼。我打開紙條，看見一個稚拙的小女孩的畫像，烏溜溜的大眼睛，紮了兩根羊角辮，辮梢上畫了兩個碩大的蝴蝶結，紙上有一個歪歪扭扭的落款，慧仙。

我抓到鬮了。

這個結果讓我莫名地興奮，我舉著那紙條，示威似的瞪著孫喜明，算不算？到底算不算？眾人陷入了尷尬之中，一陣沉默過後，德盛先嚷了一聲，不算，東亮你趕緊把那紙條放回去，讓我們剩下的人再抓。我怎麼也不肯把紙條放回去。船民們都狐疑地瞪著我，說，東亮，你不會是認真的吧？抓了鬮要領人回去，你真的要領她回去？我一時不知說什麼好，臉上不知為什麼燙得厲害，我舉著那紙條，不甘心退讓，也沒有勇氣前進，聽見男人們發出了各種怪笑的聲音，女人們七嘴八舌地開始表態，東亮是走過場的，不算數，誰抓去都好商量，七號船不能算數，東亮敢領這孩子，我們還不敢放呢。

船民們在一號船上吵成一團。孫喜明捂著耳朵說，不要吵了，你們吵得我腦子炸了。他有點心虛地看著我，動手來搶我手裡的紙條，我一下把他的手摞了回去，孫喜明一個踉蹌，臉上有點掛不住，嘴裡罵起來了，東亮，你他媽的以為這是十塊人民幣呢，抓著死不鬆手？這事責任重大，沒看見群眾都反對你抓這個鬮？再說了，你家船上連個女人也沒有，人家小孩子願意上你家的船嗎？

這繡球拋到小女孩那裡去了。我記得非常清楚，慧仙當時在跟王六指的小女兒綳線線，看見眾人一起瞪著她，她沒有停下手，兩隻小手靈巧地一翻，手上的絲線展示出一個美麗而複雜的圖形。孫喜明女人上去親了她一口，孩子，你親口告訴東亮，他抓的鬮不算數，你不願意去七號船。

我隨便。她突然表態了，那語氣顯出的老練和心智與她的年齡極不相稱。她的目光仍然投射在絲線上，嘴裡丟出的三個字卻像晴天霹靂在船民頭上炸響。所有人都愣住了，包括我，其實我也沒有思想準備。

孫喜明女人先清醒過來，她跳起來去抱著慧仙，我的小祖宗，不能隨便，這事，隨便不得呀！德盛女人也焦急地湊到慧仙身邊，她在自己鼻子前豎起食指，轉動眼珠子，給小女孩表演了一個對眼，別急著表態呀，小祖宗，我會扮小孩的，德盛也會，我們會跟你玩的。櫻桃的母親在一邊發出了幸災樂禍的笑聲，這是報復的好機會，她挑釁地逼視著孫喜明女人，說，哪條船是好船，誰家的船是壞船，現在明白了？啊，還以為人家小孩子喜歡你？以為自己是好船？人家瞧不上你家的船，你家也是壞船！

一號船上吵得人聲鼎沸，我舉著紙條與所有人僵持著，聽見了我心裡的吶喊，求求你們別吵了，我要帶她走，我要一個妹妹！這句話說出來並不難，偏偏我怎麼也說不出口。船民們看出了我的猶豫，孫喜明女人第一個採取激將法，東亮你不肯放下鬮兒，那你帶著她走，走呀，人家小女孩長身體，要吃要喝要穿，還要洗澡，看你們父子怎麼伺候她？孫喜明對我好言好語勸告著，那勸告類似揭短，東亮我知道你是想要個妹妹呢，可是養孩子要女人嘛，要妹妹先要有媽媽，你們船上哪來的媽媽？連個姊姊都沒有呀，你自己替我想想，我怎麼能把孩子給你們七號船？春生說，東亮你要冷靜呀，你不是會下象棋的嗎，落子無悔，輸了怨不得別人。王六指表情詭祕，故作親熱地過來拍我的肩膀，東亮你現在帶她上船，不嫌太早了？她才七歲嘛，再過十年你帶她上船，我們肯定支持你。

有人應聲而笑。我惱了，一下就把王六指的手摺開了，揮著紙條說，你們自己定的規矩，誰抓到了鬮，誰就可以帶她走，我現在就帶她上船。

慧仙站在我的對面，迅速把手藏到了身後，她這麼做的時候，小臉上掠過了一絲驕矜的笑意。我察覺到小女孩的目光裡充滿了對我的鼓勵。那種鼓勵的目光，小心翼翼的，帶著一點試探的意味，然後我發現她挪動了一下腳，是朝我這裡挪動，她的腳暴露了她的內心，她要我帶她走，她要上七號船去做我的妹妹。

我勇氣陡生，命令慧仙道，走，上七號船，坐沙發去！她點點頭，迅速和我做出一次默契的配合，一貓腰衝到了舷板上。她衝在前面，我在後面掩護，這樣，女人們就沒法拉扯她了。慧仙熟練地穿越一號船的舷板，像一隻從籠子裡脫逃的小鳥，船民們大多愕然，孫喜明女人呼天搶地追上來，嘴裡喊著，乖孩子別去，千萬別去七號船。我在前面堵著她，她拉我拉不走，推我推不動，就朝孫喜明大吼起來，孫喜明你是死人呀，還不快來幫幫我？孫喜明很冷靜，反而在後面奚落他女人，你有勁兒跟孩子去比賽跑船，就去跑呀，我才不管，你也不動腦子想想，這兩個孩子能做什麼主？我告訴你，七號船是庫書記做主，這孩子歸誰都歸不了七號船，就隨他們去瞎跑吧。

事情的結果，被德盛不幸言中了。慧仙跑到六號船的船尾，就不敢再往七號船跑了。我父親聞聲出了後艙，他一反常態站在船頭上，彎著腰，努力對小女孩擠出一張慈祥的笑臉，但是他笑得比哭還難看，慧仙被他的笑臉嚇得不知所措。

小同志，千萬要聽大人的話。千萬別上我們家的船，我們家的船上有老虎。

你騙人，船上哪裡來的老虎？

別的船上沒有老虎，我們家船上有老虎的，老虎夜裡才出來，專門吃小孩的。

我父親並不擅長和孩子開玩笑。為了渲染謊話的效果，他居然模仿起老虎撲人的動作，雙目圓睜，鼻孔裡噗噗地發出一聲虎嘯，兩隻手交纏著在小女孩頭頂上撓了一下，又撓了一下。父親的動作醜陋而可笑，慧仙哇地驚叫起來，我看見她慌慌張張往回退，退到六號船船尾的桅杆邊，她抱住桅杆，勇敢地站定了，你這糟老頭，這把年紀還扮老虎呢，討厭死了。她厭惡地端詳著我父親的面孔，什麼老虎獅子大象的？我知道你騙人，你是不歡迎我，不歡迎拉倒，反正別人都喜歡我的，我還不稀罕你們家呢。說著她一扭身，滿臉自尊地往回跑，跑到我面前，她把氣撒到我身上了，跺腳道，你也討厭，誰讓你把我抓出來了？你們家是壞船，我才不稀罕去你家呢。

我堵住了舷板，她推我推不動，一貓腰，竟然從我雙腿之間穿過去，一下撲到孫喜明女人的懷抱裡了。後面趕來的船民發出了欣慰的歡呼，我看了看父親，父親對我怒目而視，他眼睛裡的怒火讓我不知所措，我回頭，看見慧仙已經從孫喜明女人的懷抱轉移到德盛女人的懷裡，他們眾星捧月般地護著慧仙往一號船上走，我聽不見慧仙的哭鬧聲，隱隱聽見船民們哄騙她的七嘴八舌的聲音，七號船上是有老虎呀，七號船上有老虎，孩子你去不得。

我與父親隔船對視，我與父親的憤怒也在對視，老虎，老虎，我們船上有老虎。我依稀看見父親的身後蹲伏著一隻老虎龐大而斑駁的身影，這個翩然而至的幻象讓我感到一陣羞愧，深深的羞愧壓著我的心，我快要窒息了。我低頭走上船，心裡充滿了仇恨，偏偏父親對我興師問罪的口氣，居然與王六指如出一轍，東亮你搞的什麼鬼名堂？你心裡有鬼呢！你多大，她多大？現在把她帶上船，你不嫌早了一點？

我從來沒有如此厭惡過父親，過度的厭惡使我口不擇言，你心裡才有鬼！半根雞巴，為什麼不躲在後艙裡了？你出來幹什麼？一出來就丟人現眼！

說完我逕直朝船棚逃去，我雙手抱頭提防身後竹竿或其他東西的襲擊，但是逃到船棚裡，身後還是沒有動靜，我小心地回過頭，看見父親正癱坐在船頭的纜樁上，渾身顫抖著。喧鬧的人群都已經散去，金雀河上殘陽如血，父親沐浴著血光般的夕照，獨自坐在纜樁上，他渾身顫抖，像是被閃雷擊中了。

我用最惡毒的言辭羞辱了自己的父親，這使我很內疚，也讓我有點擔憂，等到父親緩過神來，不知會用什麼方法懲罰我呢。我知道我錯了，我心裡有鬼，但是我父親難道就沒有錯嗎，我父親心裡就沒有鬼嗎？我認為他心裡的鬼更加猙獰。我來到船尾，朝河裡撒了一泡尿，然後我把抓鬮的紙條攤開了，打量著紙上慧仙稚拙的自畫像，我不停地折疊那張紙，直到把它折成一個紙箭，最後我朝紙箭哈了口氣，用力擲出去，紙箭在河面上勉強飛了一會兒，無聲地浮在水上，一眨眼就被一排浪頭淹沒了。金雀河上夕陽如血，我無法抒發心中的悲憤，忍不住朝著暗紅色的河水怒吼了一聲：

空屁

母親

初到向陽船隊，慧仙就認了孫喜明夫婦做乾爹乾媽。她豐衣足食，穿得比大福二福好，吃得比大福二福精細，十一條船的船民都盯著一號船，孫家人哪裡敢怠慢？一家人都把慧仙當金枝玉葉供著，是負擔，同時也是光榮。這小女孩受著萬千寵愛，水汪汪的一對大眼睛，一半明亮燦爛，另一半卻是烏雲密布的，三寸幸福不能頂替百丈憂愁，誰都能看懂女孩子守望碼頭的眼神，她一直在等自己的母親呢。

無論是在金雀河上航行，還是在油坊鎮或者五福鳳凰馬橋三鎮，岸上人海茫茫，獨獨遺失了慧仙母親的身影。船隊靠岸，偶爾會有陌生的女人上船來，兜售舊衣物舊炊具和南瓜蒜頭，甚至有過一個年輕的鄉下婦女，背著一個裝滿玉米的籮筐上了德盛家的船，也許是受到了鄧少香烈士運棺傳說的啟發，她也在籮筐裡做文章，玉米下面藏了個女嬰，賣了玉米，她把籮筐抖了抖，抖出一個女嬰的腦袋，對德盛夫婦說，聽說你們家要一個女孩子沒要到？我這兒有，我不稀罕女孩兒，三十塊錢你拿去。德盛夫婦嚇壞了，立刻把她趕下了船，德盛的女人蒙著臉不敢看那女嬰，嘴裡罵著那女人，天底下哪有你這種狠心的女人，你不配做母親呀，賣個玉米你跟我們討價還價，賣自己的骨肉，你倒是那麼痛快！

很明顯，天底下什麼樣的母親都有，什麼樣的母親都不屬於慧仙了，慧仙永遠等不到她的母親。船隊的男女老少都知道這件事，偏偏不能說。孩子們因為嘴快，每天都被警告，不准談論母親，不准洩露機密，尤其是孫喜明一家，他們小心翼翼地伺候著慧仙，連吃飯都是餵的。孫喜明夫婦對慧仙寵愛得過分了，不免傷了自己孩子的心，二福有一天抹著淚跑到我家船上，向我大聲地宣布了一個沒頭沒腦的消息，告訴你，我不是我媽生的，我哥也不是我媽生的，慧仙才是我媽生的，是從她胳肢窩裡掉出來的！

要讓慧仙忘記母親，就要消滅那母親留給女兒的所有痕跡。孫喜明女人沒有什麼心計，她負責慧仙的日常起居，前怕狼後怕虎，如何藏匿那件軍用雨衣成為了她一塊心病。慧仙算得上乖巧，就是有個不良習慣，睡覺必須要蓋軍用雨衣，凡事皆有緣由，大家都猜測小女孩是離不開雨衣上母親留下的氣味兒，孫喜明女人為這件事傷透腦筋，每次她把那件綠色的軍用雨衣收起來，給她換上棉被，慧仙都要鬧，孫喜明女人特意去買了一條漂亮的牡丹花圖案的毛毯，給她鋪床，慧仙又不捨得放棄毛毯，要求雨衣和毛毯一起蓋，孫喜明女人叫起苦來，小祖宗呀，就是女皇帝也沒你難伺候，你非要蓋雨衣，讓別人說我閒話呀，人家說就是舊社會的小孩也有破棉被，你祖國的花朵怎麼蓋雨衣？你非要雨衣毛毯一起蓋，把這新毯子熏臭了我不在乎，人家會說乾媽存心要焐死你呢。

另一方面，慧仙的驕橫和世故讓孫喜明一家有點擔驚受怕。也怪向陽船隊定下了不成文的規矩，無論大人還是孩子，和慧仙在一起，必須保證打不還手，罵不還口，大人孩子都爭相對慧仙說假話，假裝她母親還活著，假裝她母親有一天會上船來把慧仙帶走，慧仙認為她有退路，稍不如意就會使出殺手鐧，對著孫喜明夫婦嚷嚷，你們不喜歡我就算，我不要在船上了，帶我上岸去找媽媽！

他們發過誓，再也不帶慧仙去找趙春堂了。他們也發過誓，要帶慧仙上岸找媽媽，這是個無法完成的任務，偏偏推託不得。每次上岸之前，孫喜明都帶一堆舊報紙來七號船，央求我父親寫《尋母啟事》。他們一家人帶著慧仙去沿街張貼《尋母啟事》，孫喜明夫婦輪流抱孩子，大福提漿糊桶，二福抱著一堆舊報紙。貼完啟事，他們還要到各個相關部門走走，不去不行，慧仙會提醒他們，政府還沒去，你們怎麼回去了？說不定我媽媽在辦公室等我呢。

假戲不好演，演起來累死人，中斷又不行，怕孩子跑上岸自己去找媽媽，鬧出什麼事來，孫喜明不知怎麼算計到我頭上，把慧仙領到七號船上，說，讓東亮哥哥陪你去找媽媽吧，他有文化，識文斷字，什麼辦公室負責什麼事，他最清楚，我們找不到你媽媽，興許他能找到呢。孫喜明說這話自己臉紅了，還向我使眼色，讓我對這套說辭不要當真。

船民們私下裡都罵我是白眼狼，不講情面，不好對付，其實他們哪裡懂得我的心？我願意為慧仙做貢獻，只是不願意當傻瓜做蠢事，孫喜明派我去岸上把一個鬼魂找出來，這不僅荒誕，也傷我自尊了，我正要張嘴罵人，看見慧仙已經主動把她的小手伸了過來，搭在我的胳膊上。是一隻肉呼呼的粉紅的小手，指甲被女人們染了鳳仙花汁，看上去就像一朵花搭在我的胳膊上。她烏黑的眼睛注視著我，並非是求助，那眼神看上去帶著一點恩賜，一點傲慢，走吧，你就別客氣了。她學了大人的腔調，知書達理地說，慢慢找，一時找不到，我也不會怪你的。

我拒絕不了那隻花一般的小手，帶著小女孩上了油坊鎮。這種無可奈何的旅程對我是一次鍛鍊，我必須在腦海裡不停地溫習一個善意的謊言，我必須學習照顧一個小女孩，她比我小，比我刁蠻，比我任性，也比我可憐，這是我照顧她的所有理由。從船上到岸上，路上充滿各種小小的煩惱，首先我要設法躲避小女孩的手，她習慣被別人牽著手了，非要拉住我的手，你們替我想想，我怎麼能夠讓一個小女孩牽著手在岸上走呢？開始時我走在前面，讓她跟在我身後，後來考慮到父親對我的再三叮囑，助人為樂。安全第一。碼頭上貨多人雜，怕她腿快走丟了，我就走到小女孩後面去了。向左轉，直走，稍息，我用軍訓的口號指揮著女孩的行走路線，她一開始搞不懂什麼是左什麼是右，但畢竟是聰明孩子，說幾遍就明白了，一明白就喜歡上了，一到路口她就稍息，回頭問我，向左轉還是向右轉？

油坊鎮的天是晴朗的天了，我們的頭頂上飄揚著醒目的紅色橫幅：**慶祝東風八號工程勝利竣工**。碼頭西側的宣傳櫥窗裡張貼了很多五顏六色的海報，其中有一張海報與向陽船隊密切相關：

喜訊

為了慶祝東風八號工程勝利竣工，今決定向向陽船隊船民開放碼頭，即日起從上午七點半至下午七點半，船民可在油坊鎮各地自由進出。

我的心情不錯，油坊鎮看起來也是歡天喜地的。東風八號神祕的面紗揭去後，開膛破肚的地面全部合攏了，曾經堆積如山的各種管道深深地掩埋在地下，各種祕密埋下去了，種種傳說也埋下去了。油坊鎮碼頭舊貌換新顏，這個熟悉的小鎮沉浸在一片繁榮的景象裡，隱隱地彰顯出一股威武之氣。我看見碼頭的中心豎起了一座圓形的金屬鐵塔，彷彿青灰色的鋼鐵巨人，守護著天空，高塔四周圍著綠色的鐵柵欄，剛剛刷過漆，空氣裡散發著瀝青和油漆苦澀的氣味，我不知道那座高塔的用途是用於儲油還是用於戰備，反正它一定是東風八號的核心，高塔的重要性首先體現在安全戒備的級別上，民兵不再在學校的操場練習拼刺刀，治安小組也疏於管理船民的行蹤，他們都來保衛這鐵塔了。我看見王小改和五癩子面色凝重，一左一右鎮守著鐵塔的一扇側門，像兩頭忠誠的石獅。他們的身後，一左一右豎著兩塊醒目的標語牌，**提高警惕，保衛祖國**。

我領著慧仙往鎮上走。鎮上好多熱鬧的地點還留著那則《尋母啟事》，看上去與周圍的環境不太合拍。**江慧仙小朋友尋找母親，知情者請在此留下聯絡方式，或速與向陽船隊聯繫**。那是我父親的筆跡，有的寫在宣傳紙上，有的寫在報紙上，那些啟事張貼的具體地點，慧仙比我清楚，後來她就指揮起我來了，快來，這邊有一張的！那邊也有一張，你快去看看！她一會兒往這兒躥，一會兒往那兒奔，我只好緊緊攆著她，像一只愚蠢的陀螺。在綜合大樓門口的宣傳櫥窗邊，她突然大叫起來，咦，這張怎麼不見了，一定讓我媽媽揭走了！我發現玻璃上確實留下一圈漿糊的痕跡，正要告訴她上次的《尋母啟事》貼錯了地方，傳達室的顧瘸子跑出來了，他對慧仙說，小孩子到別處玩去，這裡是辦公樓，幹部辦公要安靜，不能鬧的。慧仙說，我的報紙讓媽媽揭走了，你天天坐在這裡的，你看見我媽媽了嗎？顧瘸子說，你的報紙不是你媽媽揭走的，是我揭走了，玻璃上不能亂貼東西，你在玻璃上亂貼，裡面什麼也看不見，再好的宣傳也白宣傳了。慧仙抓著櫥窗上的小鎖說，你沒見這窗子有鎖，打不開呀，你有鑰匙開鎖嗎？顧瘸子說，小姑娘，我有鑰匙也不能給你開鎖，這是宣傳櫥窗，宣傳社會主義建設的，不是宣傳你媽媽失蹤的。慧仙對顧瘸子說，那我媽媽不見了怎麼辦？顧瘸子沉吟了一下，臉上是感慨萬千的表情，小姑娘你聽爺爺一句話呀，以後再別找什麼媽媽了。他說，我五歲就沒了媽媽，不是一樣活下來了？我都活到五十歲了，沒有媽媽怕什麼，有黨就行啦！

我站在一邊注視著顧瘸子蒼老乾瘦的臉，我的表情惹惱了他，他突然對我喊起來，我說得不對？你在那裡對我翻什麼白眼？別以為我不知道你幹的好事，上次你在四樓上寫的什麼玩意？你惡毒攻擊趙書記，攻擊趙書記就是攻擊黨的領導，你懂不懂？要不是看在你媽媽的面子上，我早把你移交司法機關啦。

綜合大樓不可久留，《尋母啟事》也確實貼錯了地方，我不便和顧瘸子理論，就對慧仙下命令說，轉移，起步走！她不懂轉移的意思，勉強起步走了，一步三回頭。我說，加速前進啊，你在看什麼？還有那麼多《尋母啟事》呢，你走那麼慢，怎麼來得及檢查？慧仙噘著嘴加快腳步，說，我氣死了，氣死我了，這老頭子為什麼這麼凶嘛？我正要向她介紹顧瘸子的生平，她的思緒又跳開了，突然拋過來一個棘手的問題，老頭說你也有媽媽？他們說你有媽媽，我還不相信呢，東亮哥哥你到底有沒有媽媽？我很生氣，質問小女孩，我為什麼沒有媽媽，難道我是石頭縫裡蹦出來的？她竟然嘻嘻地笑，孫悟空才是從石頭縫裡蹦出來的，你是孫悟空啊？我忍不住罵了她一句，放屁，你才是石頭縫裡蹦出來的！看我勃然大怒，慧仙知道自己說錯話了，她委屈地瞟我一眼，我沒說你是石頭縫裡蹦出來的，是你自己不好，媽媽不見了，為什麼你不去找呢？

看得出來，慧仙人雖小，卻是記仇的。我對她的態度一粗暴，她執行我的口令馬上就打折扣，我讓她前進她偏要稍息，我讓她加速她故意減速，這樣，我們彆彆扭扭地走到了人民街街口，查看雜貨店門口的那張《尋母啟事》。這個地方算是油坊鎮的中心了，來往人多，《尋母啟事》的瀏覽量也大，不知道誰手賤，一張報紙被撕掉了半頁，剩下的半頁上塗滿了路人留下的資訊，都與尋人無關，是他們自己的心聲。有人寫了革命委員會好，有人寫了李彩霞是大破鞋，有人寫了打倒劉少奇，又有人在劉少奇後面加上了五癩子的名字，所有這些塗鴉不足為怪，蹊蹺的是有人在報紙下方用紅筆劃了一條魚，畫得活靈活現的。慧仙惶惑地瞪著那條魚，東亮哥哥這是什麼意思？為什麼要畫一條魚？我輕描淡寫地說，是哪個孩子畫著玩的，沒什麼意思。她說，騙人，一定有意思的，這是說我媽媽變成一條魚啦！

慧仙的聰慧超出了我的預料，讓她這麼一分析，我真的懷疑畫魚的人別有用心，那至少是個暗示，暗示了她媽媽與河水的關係。紙包不住火。我隱隱感到一種危險在逼近，船民們集體掩藏的真相，也許會提前敗露了。我注視著舊報紙上那條紅色的魚，靈機一動，決定動用我修改文字和圖形的特長化險為夷，我從我的旅行包裡拿出一枝圓珠筆，伏在牆上修改那條魚的圖形，也就三下兩下，我很順利地把一條魚改成了一朵向日葵。

向日葵？慧仙在我身後叫，你畫一朵向日葵是什麼意思？

我隨口說了一句，向日葵，代表幸福嘛。

沒想到慧仙會追問我幸福是什麼意思，這問題一時把我難住了。什麼是幸福？幸福是什麼？我不是小學老師，也不是一本《新華字典》，我不知道怎麼描述幸福這個詞，就胡亂搪塞道，幸福就是等待嘛，你等啊等啊，等你找到媽媽，你就幸福了。我說完這句話，發現女孩子的眼睛先是一亮，馬上就暗淡下去了。我躲開了女孩子茫然的目光，暗自後悔給她編織了一個如此殘酷的知識，什麼等待，什麼媽媽，什麼幸福，我這不是在說謊嗎？關於母親和幸福的知識，不屬於我，更不適宜她，我知道我犯忌了，我破壞了向陽船隊不成文的規矩。

雜貨店周圍突然嘈雜起來，有人騎車從我們身後經過，哧溜一聲把自行車停下來了，還有人站在街對面，朝我和慧仙指指點點的，我本能地去拉慧仙的手，一回頭，發現我母親喬麗敏正站在雜貨店的臺階上呢。那天的事情就是這麼奇怪，我帶著慧仙尋找她母親，我們正談論著母親談論著幸福，結果我和我母親在街頭相遇了。

很久不見，母親的面容日益憔悴，穿著打扮卻愈來愈像個姑娘。她戴一頂軍帽，梳齊肩的辮子，圍一條紅色的拉毛圍巾，穿一件黑呢子大衣，遠看她的身影，散發著父親所說的革命浪漫主義的氣息，等她走近了，你會發現那風姿已經空洞，已經虛弱，她就是喬麗敏而已，一個被事業和容貌一併冷落的業餘演員，身上帶著一股雪花膏濃重的香氣。

我對慧仙說，快跑，快跑！

她的腿向前跨一步，站住了，瞪大眼睛問，為什麼要跑？

我一時編造不出什麼理由，隨口說，老虎來了。

她茫然四顧，跺著腳說，氣死我了，你又騙人！這裡只有人，沒有老虎。

慧仙不聽我命令，怪不得我，我四下看了看地形，丟下她就往人民街的公共廁所跑。其實不怪我沒出息，我是慌張，是不知所措，當母親不知去向的時候我慌張，一慌張我就四處去找她，現在她來了，離我那麼近，用她焦灼的恨鐵不成鋼的眼睛注視著我，我還是慌張，所以我還是跑，我一看見她就想逃，我要逃到一個她無法進入的地方去。男廁所，那是我想像的最恰當的藏身之地。

看起來母親一直在暗中跟蹤我們。她手裡拿著一份報紙，胳膊上挎著一個尼龍袋子，那模樣很像一個職業女間諜。我不知道她跟蹤我們多久了，我一跑，她也行動起來，把報紙放進尼龍袋子，雙膝一蹲，從雜貨店的臺階上跳下來了。她缺乏跑步鍛鍊，一跑起來就錯把街道當舞臺，習慣性地扭動腰肢，搖擺雙臂，手上的尼龍袋子就像一團紅色的火焰。我邊跑邊回頭觀察，覺得母親是在後面跳著紅綢舞追趕我，有點滑稽，有點悽楚。她從慧仙面前經過的時候，紅綢停止舞動，人站住了，我看見她俯下身，用一根手指托起慧仙的小臉，仔細地審查了一下，她說了句什麼，也許是誇她漂亮，也許是在盤問她，我聽不見，這會兒我顧不上慧仙了，我追著風聲一路狂奔，跑進了人民街的公共廁所。

起先我是在小便池那裡站著，廁所也作怪，小便池邊的白色瓷磚牆原來很高，現在突然變矮了，擋不住我的腦袋了，我正琢磨這堵牆怎麼回事呢，聽見洗手池邊的水龍頭嘩嘩地濺起水來，探頭一看，是七癩子站在那兒洗手。七癩子一手提著褲子，一手潑弄著自來水，嘴裡快樂地嘟囔著，節約用水，水是生命之源！幾年不見，七癩子的個子竄得好快，褲子接了三層褲管，看側影像個大人了，我這才意識到面前的瓷磚牆沒有問題，是我長高了，我自己的個子也長高了。七癩子發現了我，一副冤家路窄的樣子，空屁，你慌慌張張的幹什麼？是不是到廁所裡來寫反標的？我不理他，也跑到洗手池邊去洗手，七癩子跟過來，翹起食指在我的褲兜處戳了一下，帶粉筆了吧？你不是來洗手的，也不是來拉屎的，我看你是來畫黃色東西的。我說，我專門畫你爹的雞巴，還畫你媽的×，馬上畫給你看？七癩子指著我說，你嘴凶好了，這牆上亂七八糟的東西，一定是你畫的，你在這裡等著，我讓治安小組來收拾你。他往外走了一步，不甘心，又回來挑釁，嬉笑著說，你拉屎不解褲子的，解下來讓我參觀一下，你爹只有半截雞巴，你的雞巴全不全？我啪地搧了七癩子一個響亮的巴掌，然後一把抓住了七癩子的胳膊，他也不肯示弱，腦袋頂著我的肚子，我們像兩個摔跤運動員在廁所裡東突西撞，結果我略勝一籌，我把他推到廁所的臺階上去了，我說，七癩子，今天我沒心思收拾你，你快滾開，下次再惹我，看我不把你塞到糞坑裡去。

我在廁所裡全力對付七癩子，外面響起了我母親的聲音，不准打架，東亮，你在跟誰打架？誰呀，誰在跟東亮打架？你們再打，我去叫派出所啦。

母親已經追過來了，隔牆傳來她的一聲聲警告，一聲比一聲嚴厲。七癩子跑出去對她說，我沒打架，是空屁在裡面打架。我母親反應很敏捷，說，你這小孩子，說話不實事求是嘛，沒有你，東亮一個人怎麼打架呢？七癩子愣了一下，忽然咯咯笑起來，你兒子是空屁嘛，空屁打空屁，一個人也能打架的。

我聽見母親在喊我出去，她說，東亮你看你有沒有出息？連小孩子也瞧不起你。你最近一定又犯錯誤了，否則那麼怕我幹什麼？犯了錯誤躲到廁所裡去，這都是受了庫文軒的壞影響呀，你跟你爹一個樣，逃避，逃避，就會逃避。

我要小便，你別說話。我對著外面喊，你一說話我就小不出來！

母親偏偏不肯放棄她說話的機會，我說話影響你小便？什麼鬼話！這一套也是跟你爹學的，凡事不找主觀原因，盡找客觀原因！她說，我囑咐過你的，跟你爹在一起，你要有原則，他的優點你要學，他還是有點刻苦鑽研精神的，文采不錯，毛筆字也可以，他的思想品德千萬不要學，他是個騙子，欺騙組織，也欺騙了我，他的生活作風更要引以為鑒，千萬千萬學不得。我的話你怎麼一句也沒聽進去呢？

我說，你的話我一句也不想聽，我聽你的話，不如自己去看報紙，聽廣播。

母親說，我不怕你諷刺挖苦，我經歷了這麼大的風浪，很堅強的。不管你什麼態度，你是我十月懷胎生下來的，我不關心你關心誰，我不教育你教育誰？本來以為來日方長的，沒想到我調動工作那麼順利，今天多說幾句，以後要說你，還不知道是哪一天呢？

很突然的，母親喉嚨裡發出了一聲哽噎，她來訪的主題暴露了。我安靜下來，外面也安靜了。廁所外的苦楝樹上掉下一粒苦楝果，正好落在我的腳下，我用腳碾著那顆果子，內心的煩躁變成了一種恐懼，你要去哪裡？去哪裡？好幾次我快問出口，又忍住了。我屏息傾聽著外面的動靜，母親不說話了，是慧仙在喊，東亮哥哥你快出來，快點出來吧。

我拉肚子，不能出去！我隨口喊了一聲，等待著母親把她的去處說出來，母親卻在外面保持著沉默。有個中年男人進了廁所，風風火火地撒了泡尿，撒完問我，外面是你媽媽和妹妹吧？你們家怎麼回事，你在廁所裡玩，你媽媽在廁所外面哭呢。

其實我隱隱地聽見了母親的飲泣，只是我不習慣她的哭泣，她鄙視眼淚，從小就教育我眼淚是軟弱的標誌，我不敢相信，我的母親喬麗敏竟然在男廁所外面哭泣。她越哭越響，越哭越暢快，似乎顧不上體面了。讓她這麼一哭，我的方寸亂了，躲在廁所裡不知所措，我踮起腳從廁所的窗子裡朝外看，看見母親和慧仙在一起，母親蹲在地上，慧仙一邊吃著一塊餅乾，一邊乖巧地抬起手，替我母親擦臉上的淚。

那個中年男人好管閒事，繫好褲子還不走，眼睛瞟瞟外面說，你媽媽好面熟，你妹妹也招人喜歡，你們到底怎麼啦？一家人有什麼矛盾不能回家解決，非要隔著個廁所鬧？你要算個男子漢，趕緊出去，跟他們回家去吧。

回什麼家？哪來的家？我對那男人冷笑了一聲，誰告訴你我們是一家人？我們三個橋歸橋路歸路，誰也不關誰的事！

那男人以為我說的是氣話，快快地出去了，一出去就在外面大聲教唆我母親，這種聾頭聾腦的孩子，你女人家對付不了，要讓當爹的來收拾他，別忘了無產階級專政呀！

我母親沒接他的話茬。過了一會兒，我聽不見她的哭泣了，她終於戰勝了悲傷情緒，清了清嗓子，又開始對著廁所說話。東亮，我知道你記恨我，你不出來就算了，記住我新單位就行，我要去西山煤礦工作，還是做文藝宣傳工作，負責宣傳隊排練。說到西山煤礦她的嗓音突然變得喑啞不堪，聽起來是一個老婦人的聲音了，西山煤礦很遠的，交通也不方便，這一去，我真的管不到你了，以後你只能自己管自己了。

我的心往下一沉，嘴裡卻喊，走吧，走得愈遠愈好，誰要你管？好，我不管你了，真的不管了。我母親說，你就在廁所裡蹲著吧，蹲出痔瘡來，害的是你自己。

我是在人民街的公共廁所裡得知了母親去西山煤礦的消息，這已經很奇怪了，告訴大家一件更奇怪的事情，我一聽到母親的腳步漸漸離去，馬上感到小腹一陣脹痛，然後我真的腹瀉了，突然就腹瀉了，我蹲了下來，聞見一股臭氣包圍著我，一種難聽的聲音從我屁股下面劈劈啪啪地炸響，就像不合時宜的鞭炮，我很難受，說不出口的難受，我一邊呻吟一邊說，去吧，去吧，反正是空屁，都是空屁！

然後我聽見了慧仙在外面嚎啕大哭的聲音，她的尖叫聲聽上去很憤怒，東亮哥哥你快出來，你不出來我就走了，我要是走丟了，我乾爹乾媽饒不了你！

我走出廁所的時候，母親已經不見了蹤影。慧仙拿著母親的紅色尼龍袋，站在街對面等我，看見我出來，她還想責怪我，一時沒有理想的辭彙，就拎起紅色尼龍袋對我晃著，你不知好歹，你媽媽給你禮物了，你還躲著她，你還跟她吵嘴！她從袋子裡拿出一雙布鞋，說，給你的。又掏出一盒動物餅乾搖了搖，這是動物餅乾呀，老虎和獅子歸你，兔子和長頸鹿歸我，是你媽媽說的。

河水之聲

河水是會說話的。我告訴別人這個祕密，別人都認為我說夢話。我剛上船的時候還保留著一個少年探索世界的熱情，河上所有的漂浮物中，我對白鐵皮罐頭特別感興趣，看見河面上漂浮的白鐵皮罐頭，我都要設法撈上來。我不僅蒐集罐頭，還利用它捕撈別的東西。我在白鐵皮罐頭上戳了兩個眼，繫上一根鐵絲，把鐵絲拴在船舷上，罐頭沉入水中，像一張暗網隨船而行，等到一個航程結束，等到船泊碼頭，我像漁民收網一樣去收鐵皮罐頭，結果令人沮喪，我從來沒有捕撈到任何驚喜。

有一次我捕到了一只田螺，有一次我收獲了半根胡蘿蔔，還有一次最倒楣，我在罐頭裡發現了一只別人用過的避孕套。我一無所獲，但是當我偶爾晃動罐頭裡的河水，我聽見罐頭貯存了河水的聲音，那聲音酷似我的口頭禪，只是聽上去比我的口頭禪更加平淡更加絕望，空屁。空屁。空屁。

我捧著那罐冰涼的河水，懷疑河水是在隨口附和我，那麼寬闊深邃的河流，怎麼能用一句空屁來敷衍我呢。我不相信那是河水的聲音。我想聽到別的聲音，於是我對十幾個鐵皮罐頭做出了調整和重組，三個一組，五個一捆，分置於船舷兩側，結果那些罐頭在航行途中就貯滿河水的聲音，那聲音滿了，滿了就溢出來了，我聽見它們在水裡一路嘟囔，跑到左舷去聽，罐頭裡的河水說，進來，進來，進來。這是河水新的聲音，但是進來是什麼意思呢？讓誰進來？讓我鑽進白鐵皮罐頭裡嗎？我不相信那是河水的聲音，轉到右側船舷，結果我聽見五個白鐵皮罐頭在水裡抱成一團，發出一種低沉而威嚴的河水之聲，下來，下來，下來！

下來——也許這個聲音足夠威嚴足夠冷峻，我信任了這個聲音。下來，下來，此後很長一段時間，我認定那是河水深處發出的最真實的聲音。

我父親認為我已經長大成人，他見不得我做這些孩子氣的事情，我把白鐵皮罐頭藏起來，他一只只地找到，憤慨地扔進河裡，東亮你多大了？我十六歲都參加革命工作了，你倒好，還玩罐頭！他說，船上是寂寞，寂寞你就學習，你要是實在不愛學習，就多勞動，沒事做，就洗船板去。

我在船頭洗船板，看見慧仙和櫻桃在王六指家的船上跳繩，王六指的女兒起勁地為他們數數，做裁判，突然櫻桃就叫起來，不公平，你們為什麼要偏袒她，明明我跳了一百，你非說九十五，明明她是九十五，你偏要說一百。王六指女兒去哄騙櫻桃，哄不動，反而遭到一頓搶白，你們都是白癡呀？你們這麼寵她，不是為她好，是害她！櫻桃搬出她母親的話，氣鼓鼓地走了。櫻桃一撂挑子，慧仙就用眼睛瞄我家的七號船，這幾乎是規律，她和櫻桃鬧了又好，好了又鬧，他們一鬧，她就退而求其次，跑到我家的七號船來玩了。

她上了我家的船，並不一定搭理我，把繩子搭在肩上，像一個主人一樣，沿著船舷走到後艙那裡，朝後艙裡張望，她是看那張沙發，她喜歡坐沙發，可是我父親正坐在沙發上，她就吐吐舌頭，失望地繞一圈，從船舷另一側走過來了。

也許聽多了大人們對我們船的議論，她開始管我們家的閒事，一張嘴就是一個沉重的問題，你們家，到底是不是烈士？

誰跟你說的這事？你懂什麼叫烈士？我說，我們家的人都活著，怎麼是烈士？

誰也沒跟我說，我有耳朵，不會偷聽呀？她得意地說著，指著我們家後艙，鄧——鄧香香，是說那照片上的人呢，她是不是烈士？

不叫鄧香香，是鄧少香。我說，她是烈士，我不是。

她說，你傻呀，她不是你奶奶嗎，她是烈士你就是烈士，烈士很光榮的。

我是烈屬，不是烈士。我說，我奶奶光榮，我不光榮。

她眨巴著眼睛，還是不懂得烈士和烈屬之間有什麼區別，不懂她就不裝懂了，朝我抖抖繩子，說，洗船沒意思，我們來比賽跳繩吧。

我說我不是小女孩，我從來不跳繩。

她小心地觀察著我的臉色，放棄了邀請我跳繩的念頭，眼神閃閃爍爍的，突然問，你媽媽最近給你寄禮物了嗎？

沒有，我不稀罕她的禮物。

她失望地看著我，撇著嘴說，她是你媽媽，關心你才給你寄禮物呢，動物餅乾很好吃的，長頸鹿的好吃，大象的也好吃。

我知道她是饞嘴了，我說，要是她寄吃的來了，都歸你。

她被我一下說破了心思，臉頓時紅了，絞著手裡的繩子說，我可沒有這麼說，她是你媽媽，又不是我媽媽，你要是想跟我搞好團結，給我一半就行了。

說到媽媽就說到禁忌了，我不願談論我母親，更不能提及她的母親。我嘗試著與她談論河水的奧祕，我問她，你在船上這麼多日子了，有沒有聽過河水說話？

她說，你又來騙人，河水又沒有嘴巴，怎麼說話呢？

我說，河水不說話，是你不給它嘴巴，你給它一個嘴巴，它就說話了。

她愣然地瞪著我，你是白癡呀？河水是水呀，不是人，你怎麼給河水安上嘴巴呢？

我開始在河面上尋覓河水的嘴巴，我看見一個來自棉紡廠的木質紗錠正順流而下，朝我們船隊慢慢漂來，紗錠兩頭是空的，肚子渾圓，是我想像中比較理想的嘴巴。看見沒有？這東西，就可以做河水的嘴巴。我用網杆把紗錠打撈了上來，鄭重其事地告訴慧仙，你看著，我要讓河水說話了。

我把紗錠擦乾淨了，拿著紗錠走到船的右側，匍匐在舷板上。慧仙跟過來，問我，你到底搞什麼鬼？為什麼要到這邊來聽呢？那邊的河水不說話嗎？我告訴她河水說什麼話與陽光有關，這邊的河水背陰，陽光照不到，河水敢開口說話，那邊太亮太吵，河水不肯說話，即使說了，也是假話。慧仙半信半疑地瞪著我，她模仿我把紗錠扣在耳朵上，伏在舷板上傾聽河水的聲音，聽了一會兒她說，你騙人，河水就是在流，根本沒說話。她要爬起來，被我按下去了，我說，你聽河水說話，不能三心二意的，你要屏住氣，耐心地聽，慢慢地聽，就聽得見了。她安靜地聽了一會兒，突然說，聽見了，我聽見了。我說，好，你聽見了什麼？她抬起頭，神情有點猶豫，還有點害羞，她說，說的話不一樣嘛，一會兒說吃吧，吃吧，一會兒又說不吃，不吃。

她還是惦記著吃。神聖的河水之聲被她褻瀆了。我對這個饞嘴女孩失望透頂。你就知道吃，吃！我搶下了慧仙手裡的紗錠，把她的繩子還給她，別聽了別聽了，你還是去跳繩吧，我看你除了跳繩，就知道個吃！

她噘著嘴，怨恨地看著我，那你聽見了什麼？你為什麼不告訴我？

我說，不告訴你，你是聾子，你是白癡，告訴你你也不懂。

她發怒了，用繩子朝我身上胡亂抽了幾下，抽完了就跑，邊跑邊嚷，我是聾子？我是白癡？庫東亮你才是騙子，你們七號船是騙子船，我乾媽讓我別上你家船，以後我再也不上你家這破船了。

河祭

這一年秋天金雀河風平浪靜，河床收縮了，兩岸憑空漫起來一些沼澤，長滿了蘆葦和野草，偶爾會有白鷺飛臨，或是野狗在沼澤地裡徘徊，對著河上來往的船隻熱情地吠叫。岸上風景，繁榮中透出一點淒涼。金雀河邊人煙稠密，大大小小的村鎮星羅棋布，我曾經熟記沿岸所有村鎮的名字，但是一場洪水過後，上游的花各莊消失了，八座染坊搬遷了，你在船上再也看不見花各莊藍白色的印花土布迎風飄蕩，河下游的仙女橋沉在水裡，像一個垂暮的老人被歲月淹沒，再也抬不起頭來，而在李村附近，我追尋鐵塔和高壓線的軌跡極目遠眺，發現一個新興的集鎮正在河邊瘋狂地鋪展，大片大片簡易房屋以驚人的速度建成，紅色磚牆，白色石棉瓦，遠看就像一叢叢蘑菇蓬勃生長。他們告訴我，那個地方叫東風八號新村，安頓了所有不願回鄉的東風八號的建設者。

是一個多事之秋。進入秋天，我的腹股溝長滿了討厭的癍癬，奇癢難忍，整天撓啊撓啊，這不雅的動作引起了我父親的注意，他找出了一瓶紫藥水，強迫我脫下褲子，這樣我的癍癬暴露了，我的生殖器也被迫暴露在父親的視線裡。那個瞬間，我怎麼也忘不了父親震驚的眼神，不是針對我的癍癬，他說我不愛洗澡不肯洗腳不講衛生，長癍癬是自作自受，他的震驚緣於我發育蛻變的生殖器官，那頂該死的「鋼盔」啊，它新鮮紅潤，卻充滿了不祥的邪惡之光，聽著我父親的一聲驚叫，我羞愧得無地自容。父親手拿一瓶紫藥水，因為手在顫抖，藥水也在瓶子裡波動，他的眼神像波動的紫藥水一樣暴躁而陰鬱，僵持了一會兒，他開始厲聲質問我，你這個地方是怎麼回事？東亮，你夜裡究竟在幹什麼勾當？我慌忙護住了下身，我說我什麼也沒幹，是它自己變成這樣的。父親說，撒謊！栽什麼樹苗結什麼果，這都是你幹下流事造成的惡果！我無法證明自己的清白，又羞又惱，無奈之下採取轉守為攻的戰術，爹，你嚷嚷什麼？你天天窩在艙裡，什麼都不懂！自己去澡堂看看就知道了，大家都這樣，六癩子也這樣，春生也這樣，德盛也這樣，這有什麼大驚小怪的？我父親怒吼起來，你還在強詞奪理？我不懂你懂？你還要跟別人比？六癩子是個小流氓，人家春生年齡比你大，人家德盛娶了親結了婚，你才多大？人家可以，你不可以！我警告你，你再這樣墮落下去，遲早要走上犯罪道路！

我父親一氣之下，把紫藥水瓶子丟進了河裡。我帶著極度的羞恥感把自己關在前艙裡，內心默默地懺悔著，有的事情我不能向父親坦白，一坦白他就有理了，他對我的管束會變本加厲。那天夜裡，我又一次夢見父親來到我的床邊，他手持一把尖利的剪刀，剪刀上帶著血跡，雙翼凌厲地張開，在月光下閃著凜冽的寒光，我在夢中和父親爭奪那把剪刀，奪下剪刀夢也醒了。我有點後怕，不知為什麼我喜歡吸取夢的教訓，我半夜起來翻箱倒櫃，把三條內褲都套到了身上。

好在是一個多事之秋，煩惱接踵而至，大煩惱來了，小煩惱就隱蔽起來了。臨近九月二十七日，臨近鄧少香烈士的忌日，父親忙碌起來，我也跟著忙起來。父親要在船上掛紀念橫幅，還要準備河祭的蠟燭和紙花。採購是我的事情，我要到鎮上買彩色的絹紙，還要買一罎黃酒。絹紙是用來做紙花的，一罈黃酒則有兩個用途，父親讓我灑一半到棋亭的烈士碑下，另一半帶到船上給他飲用。我父親平時滴酒不沾，但九月二十七日是一個例外，他要陪鄧少香烈士的幽魂飲酒，而我也破例可以喝上幾口。

我先去油坊鎮的文具店買絹紙。女店員從貨架上抱下一堆絹紙，突然多了心眼，你不是學校的吧？你也不是綜合大樓的？為什麼買絹紙呢？我說，絹紙敞開供應的，你管我是哪兒的，我要買，你就得賣。她狐疑地盯著我說，要是你買去寫反標呢？也要賣給你？你別跟我翻眼睛，我認識你的，你不是那庫文軒的兒子嗎？我說，是庫文軒的兒子怎麼啦，不讓買絹紙？女店員斜著眼睛看我，鼻孔裡突然哼了一聲，你爹還欠著我們店裡的錢呢，他做領導那會兒拿了多少紙去呀，白紙，信箋，絹紙，他還盡拿上好的宣紙練毛筆字，光拿不付錢！我說，那是你們自己的責任，為什麼不跟他要錢？女店員說，你說的輕巧，他那會兒是土皇帝，說記在綜合大樓的帳上，誰敢不記？還有你媽媽呢，喬麗敏買東西也不愛掏錢，書包，鋼筆，鉛筆盒，工作手冊，都說是公用，都記帳！記呀記呀，這倒好，現在庫文軒垮臺了，趙春堂不認他的帳目，害了我們文具店，我們每年盤點都軋不了帳！

那女店員翻出父母親貪圖小利的老帳，讓我斯文掃地，我敲著櫃檯說，不關我的事，你別跟我說他們的事，我只管買絹紙，你不賣我就自己來拿了。女店員說，你敢！父債子還，你們家欠了我們錢，你還這麼凶？現在誰還怕你？憑什麼怕你？我偏不賣你！她注意到我在向櫃檯逼近，啪地一下關上了小門，嘴裡尖聲警告我，我諒你也不敢動手搶，派出所就在不遠的地方，我一喊他們就聽到了！

恰好此時外面傳來一陣雜音，一輛三輪車裝滿了大大小小的紙箱，停在門口。進來一個人，抱著一個大紙箱，紙箱後面露出一個肥頭大耳的男人的腦袋，是文具店的主任老尹來了，救星來了。老尹以前經常到我家和父親下棋，每次來都給我帶一樣小禮物，好在老尹沒有翻臉不認人，他跟我打了個招呼，東亮你來買什麼？怎麼虎著個臉呢，是要買刀殺人嗎？

女店員搶在我前面說，他是要殺人呢，我讓他回去提醒他爹一下，欠錢還錢，他就擺出這殺人臉來了，你看他臉掛得多長，別人不知道，以為是我欠他家一百塊錢呢。

老尹說，你別盡說人家孩子的不是，你肯定也有不周到的地方，孩子也是顧客，對待顧客要像春風，你這樣子哪兒像什麼春風呢？像霜降嘛。老尹打了圓場，女店員不便對我耍態度了，換了一種猜疑的語氣說，這孩子買這麼多絹紙到船上去，你說他是要派什麼用場？老尹看看牆上的日曆，朝她擺擺手，你就別瞎猜疑了，是給他爹買的，明天是鄧少香烈士的祭日，庫文軒要做絹花啦。

總算油坊鎮上還有人尊重我父親，為此我很感激老尹。老尹把絹紙按顏色一疊疊地分開了，讓我挑選。我說，我不會配顏色，你替我配。老尹就低頭開始配絹紙了，一邊配紙一邊嘀咕，你爹這個人，我一輩子也琢磨不透呀。自己落到這個地步，還年年惦著九月二十七日呢，他一年四季賴在船上，兩隻腳都踩不上一塊土坷垃，怎麼祭奠鄧少香烈士呢？我說，他沒有地，還有水呢，他就在船上祭奠，說是水祭。老尹饒有興趣地問我，水祭？水祭是怎麼個祭法？我說，也沒什麼特別的，我爹面朝鳳凰鎮三鞠躬，紙花最後都扔在鳳凰鎮的碼頭下。老尹這時抬起頭，曖昧地注視著我，你爹還朝鳳凰鎮三鞠躬？你們在船上真的什麼都不知道了？我茫然摸不著頭腦，瞪著他說，他不朝鳳凰鎮三鞠躬，朝哪兒三鞠躬呢？老尹瞥了我一眼，他的樣子看上去變得冷酷了，冷酷中帶著一點賣弄，你爹這個人是怎麼回事，我一輩子都琢磨不透呀，他天天在學習，別人愈學愈進步，他愈學愈退步！回去告訴你爹，別守著他那本老黃曆了，我親眼看到的內部資料，鄧少香烈士生平有新發現，她不是鳳凰鎮人，不是我們這地方的人，她是逃難到鳳凰鎮的孤兒，三歲才讓棺材店領養的，領養的，東亮你懂我的意思嗎？

我愣在櫃檯邊看著老尹，過了好半天才緩過神來，我懂了。我說，她是孤兒，是領養的，那她究竟是哪兒人呢？

籍貫待考，內部資料上說的！老尹大聲地回答道，不管鄧少香是哪兒的人，反正鳳凰鎮不是她故鄉，回去告訴你爹，今年不用向鳳凰鎮三鞠躬了，別讓人笑話。

我點了點頭，對老尹說，我懂了，她也是來歷不明，那我爹該朝哪個方向鞠躬呢？

你這孩子不會說話，鄧少香是烈士，怎麼能說來歷不明？老尹說，回去告訴你爹，以後不用祭奠鄧少香烈士了，不用他三鞠躬，哪個方向都不用他鞠躬了。歷史是個謎你懂不懂？鄧少香烈士是個謎，你爹他自己也是個謎嘛，你聽不懂我的話就算，你爹有文化，他會知道我老尹的意思！

走出文具店時我多了一樁沉重的心事。我腋下夾著一卷絹紙，在油坊鎮上失魂落魄地走，老尹透露的消息令我陷入了深深的迷惘之中。鄧少香烈士的生平履歷為什麼像季節一樣變幻無常呢？鄧少香，我光榮的祖母，我神聖的奶奶，你到底是怎麼回事，你像一朵祥雲在我頭上飄來飄去，到底是什麼風把你愈吹愈遠了呢？我想像著孤女鄧少香的兒童時代，依稀看見一個滿面塵埃的小女孩，衣衫襤褸，頭髮像一堆亂草，她光著腳在年代久遠的油坊鎮碼頭上奔跑，嘴裡叫喊著媽媽。我看不清小女孩塵土遮蓋的面孔，是美麗俊俏的還是愚笨醜陋的，一個孤女可以做另一個孤女的樣板，我腦子裡漸漸浮現出慧仙的小臉，那個舊時代孤女的形象便清晰了，我看見她躺在鳳凰鎮棺材鋪的一口棺材裡，淚痕未乾，目光已然流轉，她好奇地打量棺材外面的世界，一邊向我招手，進來，進來，你快進來呀！我不知道那棺材裡的小女孩究竟是誰，是我們船隊的孤女慧仙，還是那個傳奇的孤女鄧少香。

我仰臉朝天，看著遠處棋亭方向的天空，街上的路人看我仰臉朝天走路，都好奇地瞪著我，不知誰推了我一下，空屁你怎麼走路的？你得精神病了？你到底在看什麼？我說我在看歷史。棋亭上方的天空灰濛濛的，什麼也看不清，我看不見什麼歷史。我仰著臉走到雜貨店附近時，身體被一堵人牆擋住了，又有人粗暴地推我，空屁你在夢遊呢，怎麼走路都忘了？走路還要撞人！天上沒有歷史，是地上熱鬧的人聲使我冷靜下來，我低頭一看，雜貨店的臺階上站滿了婦女和孩子，手裡拿著籃子，他們在排隊買白糖，雜貨店門上貼著一張喜洋洋的通知，國慶日特供的白糖到貨，每張糖票供應三兩白糖。

我記起來還要買一罎黃酒，擠到雜貨店的臺階上，馬上被人擠出來了。我聲明不買白糖買黃酒，沒有用，他們說不管買什麼都要排隊。有個婦女用胳膊頂著我，提防我插隊，嘴裡鄙夷地說，你們船上人呀，就是不講文明，讓你們排隊就像要你們的命，好好排個隊會怎樣，會掉兩斤肉還是會掉一塊錢？她說著還去徵求別人的意見，啊？我沒冤枉他們船上人吧，我說得對不對？眾人都點頭稱是，一片厭惡的目光整齊地投在我臉上。我有理說不出，都是老人女人和孩子，他們買白糖我買黃酒，互不影響的事情，偏偏攪和在一起了，我不願意和他們一起排隊，又沒人允許我插隊，只好從臺階上忿忿地退出來了。

我站在一邊看著雜貨店門口的隊伍，心裡焦躁不安，突然記起對面街角應該貼著慧仙的《尋母啟事》，過去一看，那半張報紙不知是被風雨侵蝕了，還是被清潔工人撕的，只剩下一片殘骸，牆上新刷了層白漿，那一片紙骸被白漿覆蓋著，頑強地翹起了一個角，接受我的哀悼。國慶日臨近，大街小巷都在搞衛生刷白牆，乾乾淨淨迎接節日，那張《尋母啟事》壽終正寢了，我看不見我父親的筆跡，找不到慧仙的名字，不甘心，用指甲耐心地刮除牆粉，刮著刮著，一個小小的奇蹟出現了，我清晰地看見我去年重筆描繪的向日葵死而復生，在我的手指下一點點地開放出來。

是那朵向日葵賦予了我莫名的喜悅，我守在街角，耐心等著雜貨店門口的隊伍漸漸地散去。當我抱著一罎黃酒從雜貨店出來時，聽見雜貨店的會計馬四眼在後面對我喊，這黃酒勁道很大，回去讓你爹少喝點，就說是馬會計說的，借酒澆愁愁更愁啊！

不管他有沒有弦外之音，還是酸文假醋，我裝作沒聽見。馬四眼以前也常常和我父親下棋，善於讓父親險勝，他們算是有交情的，交情再深最後也是空屁，我不相信馬四眼的勸告出於善意，也許他是用這文縐縐的話來博得櫃檯裡女同事對他的崇敬呢。我不相信別人對父親的問候，除了我，除了他兒子，油坊鎮上還有誰會把庫文軒放在眼裡呢？

按照父親的要求，我抱著那罎黃酒去棋亭。棋亭那裡很嘈雜，幾隻鵝嘎嘎尖叫著跑來跑去，好多人影子聚在那裡晃悠，把烈士碑都擋住了。走近了我才知道人們在看傻子扁金的熱鬧，鵝在保衛主人，傻子扁金喝醉了酒，正在烈士碑前耍酒瘋。他朝著烈士碑上鄧少香的浮雕畫像喊媽媽，喊了很久了，他說媽媽媽媽你去跟趙春堂說，讓他給我的大白鵝蓋個房子。他說媽媽媽媽你去跟雜貨店的小王說，讓她嫁給我做老婆，他說媽媽媽媽你給我五塊錢，我要去買一瓶好酒，他們狗眼看人低，差五分錢都不賣給我。

旁人去攔他，攔不住，有人上去對傻子扁金拳打腳踢，你個傻子也知道混水摸魚，認鄧少香做媽媽吃香的喝辣的？我們也想認呢，憑什麼讓你個傻子認她做媽媽？傻子扁金說，憑什麼？我屁股上有一條魚！有人警告他，傻子你小心點，冒充鄧少香的兒子該當何罪，你再耍酒瘋，派出所就來抓你了。傻子扁金說，我是鄧少香的兒子，怕什麼派出所？我是烈屬，派出所怕我！又有人在一邊起哄，空口無憑啊，傻子你乾脆把你的屁股亮出來，給大家看一眼你的胎記，到底是不是一條魚？

我擠進人群的時候，正好看見傻子扁金褪下褲子，把他的屁股大方地展示給眾人。轟地一聲，棋亭邊響起一片喝彩聲，男女老少都瞪大眼睛盯著傻子的屁股。一條魚，是一條魚，活靈活現的一條魚！有人驚叫起來，說不定傻子真是鄧少香兒子呀！那驚叫聲刺激了傻子，他更加主動地配合著眾人的要求，撅著屁股繞烈士碑轉了一圈，然後人們爆發出一陣更快樂的笑聲，有人上去踢了那屁股一腳，傻子，快把褲子穿起來，鄧少香要真是你媽媽，她就不是被敵人絞死的，一定是被你羞死的。

棋亭離碼頭近，派出所沒有來人，是治安小組的五癩子和陳禿子來了。他們一來，傻子扁金的酒醒了一半，倉皇地繫好褲子，拔腿從人群中逃出來，他帶領著幾隻鵝朝河邊逃去，邊跑邊向路人喊叫，工作組馬上就要下來宣布真相了，誰是鄧少香的兒子，你們等著瞧吧，欺負過我的人，都給我當心點！

一場鬧劇結束之後，終於有人注意到了我，我覺得自己就像一隻野兔撲到獵人的槍口上，人們盯著我懷裡的黃酒罈子，互相擠眉弄眼，耳語不休，儘管壓低了聲音，我還是聽到陳四眼在人群中對事態刺耳而經典的評價，他說，傻子走了，騙子又來了，鄧少香烈士今天不得安生啊！

照理說我不該饒了那個惡毒的陳四眼，蹊蹺的是「騙子」這個稱號讓我感到莫名的心虛，我很想從棋亭逃走，但傻子扁金能逃，我卻不能逃，該輪到我表演了。我知道我帶著父親的重託，藉這半罈酒告訴大家，庫文軒是鄧少香的兒子，庫東亮是鄧少香的孫子，我們庫家仍然是光榮的烈屬。我抱著黃酒罈走到烈士碑前，正要打開罈子，五癩了餓虎撲食般地衝過來了，一腳踩住了酒罈蓋子，空屁，你要幹什麼？

我說，我給烈士灑酒，紀念烈士，不行嗎？

不行。五癩子蠻橫地說，趕緊抱著酒罈子，滾出去。

我不理睬五癩子，兀自用手掌劈打著酒罈蓋上的封泥，可是我的胳膊又被陳禿子拽住了，陳禿子指著棋亭廊柱上的告示牌說，空屁同志請你往那邊看，你不長眼睛的？沒看見那兒掛著告示牌？有新規定了，不准藉紀念烈士的名義在此地大搞封建迷信活動，所有封建迷信活動，統統禁止！

我湊到那塊告示牌下，果然看見了《關於紀念鄧少香烈士的幾點新規定》，新規定移風易俗，明確禁止油坊鎮百姓對棋亭的頂禮膜拜，不准燒紙，不准焚香，丟小孩的人家不准到棋亭來為孩子叫魂，辦喪事的人家不准到棋亭來摔碗，辦喜事的居民不准到棋亭來放鞭炮，被婆家欺凌的婦女也不准來棋亭向烈士的英魂哭訴，依我所見新規定沒什麼不好，但無論我怎麼逐字逐句，都沒有發現不許灑酒祭掃的規定，我說，這規定是禁止封建迷信，哪兒寫著禁止灑酒祭掃？

陳禿子說，空屁你的書念哪兒去了，文化水準這麼低，灑酒屬於封建迷信你不知道？

五癩子嫌陳禿子說話沒分量，把他往旁邊一推，自己湊過來盯著我的臉，突然，他發出一聲輕蔑的冷笑，庫文軒的狗崽子，你有什麼狗屁資格到這兒來祭掃烈士碑？你要喜歡灑酒，抱著這罎子過河去，到楓楊樹鄉去，灑到河匪封老四的墳上去！

五癩子這一句話氣得我七竅生煙，我撲上去和他廝打在一起了。我們從棋亭裡扭打到棋亭外，可惜無論年齡經驗還是體力，雙方實力相差懸殊，我打架不是五癩子的對手，明明是他羞辱了我，我卻像一個可恥的罪犯被他當場抓獲了。五癩子把我死死地按在地上，他帶著蒜頭味道的鼻息噴到了我的脖子上，你雞巴毛還沒長齊呢，想跟我較量？五癩子狡詐地讓我保持一種嘴啃泥的姿勢，我一時找不到反抗的方法，只能蹬腿，不停地蹬腿，砰地一聲悶響，我蹬到了酒罎子。黃泥封的酒罎蓋子碎了，酒香溢了出來。我趴伏在地上，聞見一股陳年黃酒特有的醇香瀰漫四周，傾瀉的黃酒流到了我的臉上。起初我不記得是否哭了，只記得我的嘴角邊有點鹹，有點辣，有點甜，還有點酸澀。五癩子意識到我放棄了抵抗，鬆開了手，他鬆開我，我還是趴在地上，我趴在地上轉圈，這是一個非常古怪的姿勢，比嘴啃泥還要古怪，我那麼轉圈的時候淚水終於奔湧而出。我的臉離開破碎的酒罎子越來越近，半罎黃酒在我眼前咕咚咕咚地晃盪開了，我的面孔也在酒中晃動，越晃越模糊，最奇怪的是我的臉，就像一個垂死的遊子投向故鄉的懷抱，我的臉，最後投向了那只破碎的酒罎子。

後來我就做了那件不可饒恕的事情，眾目睽睽之下，我先是趴在地上，一邊流淚一邊舔著那半罎黃酒，後來我不流淚了，抱著那半罈酒站了起來，我走到棋亭外面去喝了。在鄧少香烈士祭日的前夕，我用一堆絹紙墊在屁股下，坐在棋亭外面喝酒，我一個人，竟然喝光了半罈子黃酒。

孫喜明和德盛他們聞訊來到棋亭的時候，我腦子還是清醒的，他們拉拽著我往河邊碼頭走，我還吩咐德盛帶上那個破碎的酒罈子，交給我父親。我不記得自己是怎麼回到船上的，只記得父親用拖鞋打我的臉，還舀起一勺勺河水潑我的腦袋，他對我一聲聲地吼叫著，我聽不清他在叫什麼，也不記得我是怎麼為自己辯解的，我清醒的時候也不善於辯解，何況喝得爛醉呢，我只會說空屁空屁空屁，除了空屁，我不知道還能用什麼字眼來為自己辯解。

別人醉酒睡得像一頭死豬，我卻亂夢顛倒。半夜裡，一個綿延不絕的噩夢驚醒了我，突然之間，我發現河水快速凝固，然後瘋狂地隆起，一眨眼河面上出現了高山峻嶺，層層疊疊地封堵著我的去路，拖輪轟隆隆在水上開路，別的駁船繞過了水上的山峰，我們的船卻被船隊拋出了佇列，在金雀河的河心打轉轉。我聽見船尾那裡發出了奇怪的水聲，是船尾的鐵錨被一隻手死死地拉住了，那手來自水中，不大，也不小，五指關節錯落有致，手背的一半是美麗而蒼白的，另一半看上去可怕極了，長滿了古老的墨綠色的青苔。剎那間，黑暗的河流翻了個身，船下幽暗的水面變得亮閃閃的，絢爛的水花開放之處，一個女人的美麗的面孔升起來了，圓臉，大眼睛，鼻梁略有塌陷，我看見她留著舊時代知識婦女的齊耳短髮，那烏黑的頭髮交織著幾叢腐爛的水草，閃著晶瑩的水光，然後她的肩膀升起來，肩膀升起來後她背上的籮筐也升起來了，我清晰地看見籮筐裡的水，那部分水是銀色的，裡面漂浮著一叢水草，水草晃動，下面露出了一個嬰孩模糊的濕漉漉的腦袋。

我有幸看見了鄧少香烈士的英魂，看見了她的嬰孩。女烈士從水底升起來，用洞察一切的目光凝視著我，那目光告訴我，我所做的一切事情，她都看見了，我所說的每一句話，她都聽見了。她就是歷史。我在夢裡瑟瑟發抖，等待著審判，等待歷史透露所有的祕密，女烈士卻保持沉默，她不談自己，不談自己的子孫。我等待她教育我，可是她不寬恕我，也不批評我，只是威嚴地舉起一隻長滿青苔的手，拍著她的籮筐，說，下來，下來，給我下來！

我不敢下去，我怎麼敢跳進她的籮筐呢？所以，我被嚇醒了。我醒來的時候看見艙裡的油燈還亮著，父親在沙發上睡著了。已是半夜時分，他蒼老浮腫的半邊臉上還殘留著憤怒的烙印，另半邊臉被燈光所映照，看上去肅穆而莊嚴，那半邊臉上的每一條皺紋都在等待明天，每一塊老人斑都在等待明天。明天是鄧少香烈士的祭日，也是父親在河上唯一的節日。父親挑燈做了好多紙花，他做的紙花很大，很鮮豔，一朵朵地散落在他的膝蓋上，地板上。

我不敢驚動父親，撿起幾朵紙花出了船艙。藉著月光走到船尾，我看見鐵錨依然垂掛在船壁上，閃著微冷的金屬之光，鐵錨與船壁輕輕地碰撞著，發出了安寧祥和的聲音。我醒了，河流卻睡著了，金雀河上夜色正酣。月光下的水面波紋乍起，我能看見風過河面的痕跡，是一條銀色的鱗片綴成的小徑，在水上時隱時現。我能看見岸邊垂柳的倒影，偶爾有夜鳥發現自己棲錯了枝頭，噗嚕嚕地驚飛起來，消失在遠處的田野上。我注意到一堆水葫蘆從岔河口開始隨船漂浮，像一小片水上的草原追逐夜航的船隊，它們應該來自鄉間的池塘，我聽得見水葫蘆在船縫間衝撞的聲音，滿懷鄉愁。我看見了河流的睡姿，聽見了河流的鼾聲，唯獨女烈士鄧少香的魂靈，她來過就消失了，除了船尾幾滴神祕的水跡，她什麼也沒有給我留下。

我做了一個噩夢，也是一個好夢。

夢醒之後，我真正長大了。

下篇

少女

我盼望慧仙快點長大，這是我心裡的第一個祕密。

另一方面，我又害怕慧仙成長發育得太快，這是我心裡的第二個祕密。

我青春期的孤僻易怒都與這兩個祕密的衝突有關。很多人有日記本，別人的日記主要記錄自己的生活，我不一樣，大家都叫我是空屁，空屁的生活不值得記錄，浪費紙浪費墨水，浪費時間而已，我有自知之明，所以我的日記只記錄慧仙的生活。我用的本子，與我父親的一樣，也與我母親的一樣，是那種牛皮紙封面的工作手冊，雜貨店有售，文具店有售，四分錢一本，堅固耐用，字寫小一點，遣詞造句精鍊一點，可以用很久。

起初我的紀錄小心翼翼，按照檔案登記的風格，實事求是的原則，主要記錄慧仙的身高體重，認識了多少字，學會了什麼歌曲。漸漸地我放開手腳，加入了一些生活上的內容，她和誰吵架了，只要我聽見，就記下了。她吃了誰家的雞湯麵，好吃不好吃，雞湯濃不濃，只要她作過評價，我都記錄。誰家給她做了新棉襖納了新鞋子，好看不好看，合腳不合腳，我也都記錄。再後來，別人誇獎慧仙或者說慧仙的閒話，只要讓我聽到，我一律都記錄下來，最後我自己也用筆發言了，我發表了很多案亂的詞不達意的感想，還營造了一些暗號式的句子和辭彙，別人不懂，只有我懂，比如我稱慧仙為向陽花，稱自己為水葫蘆，稱我父親為木板，岸上的人基本上以匪兵甲匪兵乙之類稱呼，而其他的船民多以雞鴨牛羊替代。這是預防我父親偷窺的措施。我在工作手冊上寫寫畫畫的時候，總能感覺到父親關注而多疑的目光，他問我，你到底在寫什麼？為什麼不肯給我看一眼？寫日記本來是個好習慣，要是你胡寫亂寫就是個禍害了，你記得油坊鎮小學的朱老師嗎？他就是對黨不滿，對社會不滿，在日記本上發洩，結果被抓起來了。我說，爹你放心，我對黨很滿意，對社會也很滿意，我就是對自己不滿意，你沒聽見人人喊我空屁，你就把我的日記當空屁好了。

那其實是謊話。我可以是空屁，我的工作手冊不是空屁，那是我最大的祕密，也是我排遣孤獨最好的工具。我翻開工作手冊，文字幫助我親近了一個驕矜的少女，我用文字呼喚慧仙，她會衝破黑暗鑽進我家的船艙，她會坐在我的身邊，我能聞見她頭髮上陽光的氣味以及一個少女身體特有的淡淡的清香。我有一個甜蜜而苦惱的矛盾，始終解決不了，我的頭腦仍然把慧仙當作一個楚楚可憐的小女孩，我的身體卻背叛了我的頭腦，從上至下，對一個少女充滿了難言的愛意，麻煩事主要來自下身，從下往上，我的體內貯存了一種無法克制的情欲，是這情欲讓我苦惱不堪。我翻看工作手冊時充滿了憂慮，很多時候我抗拒慧仙的成長，她成長，一對渾圓的白饅頭般的膝蓋就成長，她成長，紅襯衫下噴薄欲出的乳峰就成長，她成長，那一雙黃玉石般的胳膊下就會長出黑色的腋毛，她成長，一顰一笑對我都是不經意的誘惑，她成長了，目光裡風情萬種，即使她看一塊石頭我也容易產生嫉妒。我難免夜夢頻繁，夢是安全的，勃起卻是危險的，我的勃起比夢還頻繁，不分時機場合，這是一個最棘手的麻煩事。我解決不了這個麻煩事，我用頭腦與自己的下身進行了殘酷的鬥爭，有時候我戰勝了勃起，但是很遺憾，大多數時候我無能為力，是任性的生殖器戰勝了理智的頭腦。

在我的印象裡，夏天是最危險的季節。自從慧仙進入青春期，金雀河地區的氣候也迎合了少女的心思，為她穿裙子提供方便，氣溫一年高過一年，夏天一年長過一年，危險的夏天更危險了。船隊停靠碼頭，也就是停靠在毒辣的陽光裡，鐵殼駁船常常燙如火爐。船上的男人和男孩都脫光了跳到河裡，只有我和父親不下水，不是我們耐熱，是我們對裸體有共同的忌諱。我在船頭看，不是看水裡光屁股的船民，是看那一群去岸上的女孩子，女孩們排著隊走過一號船的跳板，每個人都挽著籃子和臉盆，他們要去駁岸的臺階上洗衣裳，船家女孩都是綠葉，只有慧仙是一朵醒目的向陽花。我看見慧仙腰上架著個木盆，一個人走到了臺階的角落上。我不知道她為什麼要跑到角落裡去，她把一桶水倒進木盆裡，一件小褂子欲蓋彌彰地沉在盆底，那條碎花布短褲還是浮起來了，盆裡的水是鮮紅的。我突然就明白了。為什麼水是紅的？別以為我不懂。我少年時期已經偷偷通讀過《赤腳醫生手冊》，懂得女孩子的生理特徵，她月經初潮了。這是一件大事，我自然要記錄下來，可是當我鑽到艙裡去拿工作手冊時，差點撞到了我父親的身上，父親正在艙門口監視我。

我監視慧仙，父親監視我，這就是我夏日生活的基本寫照。從早晨到黃昏，父親幽靈一般的目光追逐著我，從後艙追到前艙，從船棚追到船頭，他像一條老練的獵犬，善於精確無誤地聞到我情欲的氣味兒。我的生理反應愈是強烈，表情就愈是僵硬，我的手愈是遮遮掩掩，我父親的目光愈是尖銳愈是無情，他說，東亮，你鬼頭鬼腦在看什麼？我說，沒看什麼，春生他們光著屁股在水裡呢。父親冷笑一聲，春生他們光屁股？我看是你光著屁股！他毫不掩飾地逼視著我的下身，突然用一種暴躁的聲音對我喊，我知道你在看什麼，東亮，你給我小心一點！

我被父親的目光逼得無處可藏。駁船上的世界如此逼仄，我本能地求助奔騰的河水，父親不允許我看慧仙，我就跑到船尾去看河水。我看見船下的河水半明半暗，一叢水草神祕地打了個圈圈，河面上冒出一串渾濁的水泡，我聽見了河水之聲。河水之聲在夏季顯得熱情奔放，充滿了善意，下來，下來，快下來。我順從了河水的指令，果斷地扒下身上的白色背心，縱身一跳，跳到河裡去了。

我選擇了一個最隱蔽的位置，遊到了七號船和八號船的船縫之間。為了便於長時間的停留，我抓住了船尾的鐵錨，那支鐵錨冰冷冰冷的，浸泡在水中的部分結滿了青苔，我想女烈士的幽魂在我家的鐵錨上來來往往，這鐵錨容易長青苔也是正常的。我躲在水中朝四周瞭望，這個安全之地使我萬分欣喜，我看得見河岸，河岸看不見我，我看得見岸上的人，岸上的人看不見我。我聽見了父親在船上焦灼的腳步聲，東亮，東亮，你躲到哪兒去了？快出來，給我出來。我保持沉默，內心充滿了報復的快感。在兩條船的船體交織的陰影下，借助了河水的掩護，我放任自己勃起，然後順利地平息了來自下身的騷亂。我的身體沉在水裡，沉在一片幽暗裡，也許水裡的魚看見了我的醜行，可是魚不說話，我對魚很放心。春生他們在水裡也許會注意到我，他們能看見我的腦袋和肩膀藏在船縫裡，我不怕他們看見我的腦袋和肩膀，他們腦子很笨，打死他們也猜不到我在水下幹了什麼事情。

駁岸那邊很喧鬧，女孩子們在臺階上蹲成一排，一板一眼地洗著衣裳，他們是一排綠葉，襯托著一朵金黃色的向日葵。我不看綠葉只看向日葵。我看著慧仙，看她揮著棒槌敲打一堆衣服，我嘴裡會模擬那堆衣服的聲音，噗，噗，噗。看慧仙偏過腦袋躲閃四處飛濺的水珠，我嘴裡會替她抗議，討厭，討厭，該死，該死！

這麼無所顧忌地觀察慧仙，對我還是第一次，我心裡的快樂可想而之。這女孩子已經到了最愛美的年齡，她胸前佩帶了一朵白蘭花，穿著一條綠色的裙子，怕裙角沾到水，把裙子撩到膝蓋，兩個膝蓋便裸露在外面，是乳白色的，像兩只新鮮可愛的饅頭——不，不是饅頭，我不能用饅頭這樣尋常的食物來形容慧仙，那麼，像兩只香甜誘人的水果？什麼水果像膝蓋呢？我正在苦思冥想，突然發現頭頂上的一束光線閃了一下，在兩隻船的縫隙裡，在一片狹窄的天空裡，出現了我父親的半張臉和一雙眼睛。我嚇了一跳，心往下一沉，猛然聽見父親在上面發出一聲怒吼，原來你躲在水裡！你躲在水裡幹什麼？上來，快給我上來！

我慌忙扎了個猛子，鑽到水中，河水嗡嗡地衝擊著我的耳朵，河水之聲變得空洞而模糊，帶著一種愛莫能助的歉意。我試圖從河水深處分辨出什麼新的密令，但是什麼也聽不清。我努力地憋氣，想像自己是一條魚，輕盈地游到別處去，可惜我不是魚類，水性也不好，很快我感到呼吸困難，憋不住氣了。我無奈地鑽出水面，心裡暗暗抱怨水的構造不公平，連珠穆朗瑪峰頂上都有空氣，為什麼水裡就沒有空氣呢？好不容易發現了一個完美的天堂，偏偏那裡只收留魚類，不收留我。

天這麼熱，我下水涼快一下都不行？我對頭頂上的父親大聲抗議，別人都在水裡，我為什麼不能在水裡？

別人在水裡消暑，你在水裡幹什麼？別以為我不知道，你一撅屁股，我就知道你是要放屁還是要拉屎。

我什麼也沒幹！爹，你為什麼天天盯著我，我又不是罪犯，難道我沒有自由嗎？

你這樣發展下去，離罪犯也不遠了。父親冷冷地說，你還好意思跟我談自由？我知道你拿自由做什麼事，你這孩子，不配有自由！

我仍然是父親的俘虜。我從水裡爬到舵板上，突然感到自己是那麼疲倦，那麼骯髒。我坐在船舷上一動不動，感到自己像一個上岸的水鬼，帶著一股濕潤而陰森的氣息。我身上五彩斑斕，手掌和胳膊遍布暗紅的鏽斑，大腿上留有一片墨綠的青苔，我的頭髮上黏住一根腐爛的菜葉，還有半截金色的稻桿，我的白色田徑短褲最蹊蹺，它不僅藉著水痕無情地勾勒出我的羞處，褲腰上還莫名其妙吸附了一隻田螺，我摘下田螺往水裡扔，回頭看見我父親正站在舵板上，皺緊眉頭厭惡地瞪著我，他拿過一只小吊桶扔給我，還粗暴地推了我一把，站船頭上去好好洗，洗三遍，洗不乾淨不准進艙！

其實我對自己也很厭惡。我帶著一種負罪感認真沖洗我的身體，目光偷偷地投向駁岸的方向。女孩子已經把洗好的衣物晾在欄干上了，五顏六色的棉布滌綸和人造絲在陽光下放射出鮮豔的光芒，他們一邊看護自家的衣物，一邊在駁岸上跳房子，岸上傳來了女孩子們鳥鳴般的吵嚷聲。我父親拿著一塊肥皂在船頭監視我，嘴裡哀嘆道，可惜啊可惜，洗三遍又有什麼用？你的身體能洗乾淨，腦子沒法洗乾淨呀。

父親的監視永遠那麼嚴密，我不敢看慧仙，就偏過腦袋去看駁岸上的欄干，我一眼看見了慧仙最愛穿的那件碎花襯衫，一小片金色的向日葵花開在桃紅柳綠中，分外妖嬈。

紅燈

1

除了我，沒有人研究慧仙與向日葵的關係，油坊鎮的人們都喊她小鐵梅。

先從跳房子說起吧。向陽船隊的女孩子熱中於跳房子遊戲，航行的時候他們在駁船上跳，船靠了岸就到碼頭上跳。有一次好像是櫻桃發起的比賽，很多船家女孩都去了油坊鎮碼頭，有的做裁判，有的做選手。他們圍著地上石灰畫的方格子，嘰嘰喳喳地跳著競爭著，跳到的都是五分錢一角錢，哪怕跳到了一百塊，都是騙人的遊戲而已，只有慧仙一跳定終身，一下跳到了一間命運的好房子裡。中午慧仙上岸時還是寄人籬下的孤女，等到下午她從碼頭歸來，孫家的一號船已經留不住她了，岸上的世界為慧仙鋪好了錦繡前程。

女孩子們遇見了地區文藝宣傳隊的宋老師。那宋老師為了國慶花車遊行，一直在各個鄉鎮尋找《紅燈記》裡李鐵梅的扮演者。領導的要求很難辦，扮演李鐵梅，首先人要淳樸健康，她的年齡不可太大，也不能太小，不僅要形似還要神似，不僅思想要進步，而且身體素質要好。扮演李鐵梅要站在花車上手舉紅燈，一舉好幾個小時，地區縣城裡那些美麗而嬌氣的少女是無法勝任的。宋老師便下了基層物色人選，他沿金雀河的河岸一路尋覓過來，原本是準備渡河去楓楊樹鄉下的，也是天賜機緣，一上油坊鎮的碼頭，他看見了那群跳房子的船家女孩，就不捨得走了。

在碼頭上宋老師發現了他想像中最淳樸最健康的少女。船家少女皮膚都黑裡透紅，腿部粗壯，略顯八字形，但八字腳在舞臺或者花車上反而是優勢，站得穩當，尤其是船家女孩普遍有一雙無知無畏的亮眼睛，嗓門大，身體素質好，適合大規模群眾文藝活動。當然，宋老師對面孔格外挑剔，像春生的妹妹春花那樣長得尖嘴猴腮的，他看都沒看一眼。最初宋老師對慧仙和櫻桃都一樣感興趣，目光在兩個女孩子身上跳來跳去，舉棋不定，可兩個船家女孩對一個陌生男人的態度截然不同。宋老師從旅行包裡拿了一盞紅紙糊的燈出來，先讓櫻桃舉，櫻桃長得俊俏，就是小家子氣，遇到這個陌生的城裡男人，她下意識地提高警惕保衛自己，扭扭捏捏的怎麼也不肯舉，不舉就不舉了，嘴裡還審問人家，你究竟是什麼人？憑什麼讓我舉這玩意兒？神經病嘛，大白天的舉什麼燈？慧仙的態度不一樣，她對宋老師身上洋溢的文藝氣息有好感，落落大方地觀察著他的衣著打扮，她還悄悄地拉了一下宋老師米色風衣的腰帶，對春花耳語道，這是風衣，穿風衣的不是演員，就是領導！也許是天生的聰慧幫她判斷了宋老師的身分，預先掌握了機會，她整了整衣服，還用口水抿好了蓬亂的頭髮，一板一眼地舉起紅燈，對著宋老師笑，同志，是擺一個李鐵梅的姿勢吧？那宋老師的眼睛頓時亮了，他說，聰明，還是你聰明！你姿勢也擺得很好，活脫脫一個小鐵梅呀。

後來櫻桃後悔也來不及了，一台嶄新的海鷗牌相機洩露了宋老師不一般的身分，他用那台相機對著慧仙咔咔地拍照，拍了好多照，慧仙舉紅燈換了很多姿勢，宋老師都說好，他說好啊好啊，眼神也像，身段也很像，氣質最像，你就是領導要的小鐵梅呀。

慧仙十四歲那年風風光光地上了岸。我詳細記錄了她臨行前一天的食譜，早飯是在王六指家，三個水潽雞蛋，一碗麵條。午飯被德盛家攬下，德盛女人給她燉了雞湯，還炒了她最愛吃的肉絲雪裡蕻。晚飯最關鍵，一號船當仁不讓，孫喜明女人蒸了半隻鹹豬頭，大福二福嫌她小氣，偷偷摘了另一半往鍋裡放，孫喜明女人及時發現，硬是把另半隻鹹豬頭從鍋裡撈出來了，她對兒子們發怒，本來也讓你們夾幾筷子的，你們破壞我的計畫，現在一筷子也不准夾！這半隻送慧仙走，她一個人吃，那半隻留給她回來吃，也是她一個人吃，你們誰也別動那半隻的念頭！

我記得那年花車遊行萬人空巷的盛況。八部樣板戲濃縮在八台花車上，八個袖珍舞臺在湧動的人潮中流動巡迴，所到之處歡聲雷動。樣板戲裡的英雄們都擺出最具代表性的造形，濃妝豔抹地站在花車上，慧仙所在的《紅燈記》排在首位。首演就在油坊鎮，遊行路線是從綜合大樓開始，繞油坊鎮一周，最後回到綜合大樓。慧仙出場的時候船民們的鼓掌聲比爆竹還要響亮。我記得慧仙上身穿一件紅底白花棉襖，下身是一條藍色打過補丁的棉褲，紮一條長辮子，畫了眉毛塗了胭脂。初上花車，她的表情看上去有點緊張，身體姿勢不很協調，宋老師在下面扯著嗓子喊，小鐵梅注意眼神，注意眼神！要瞪大眼睛，表示李鐵梅繼承革命的決心！慧仙眨巴了幾下眼睛，眼睛立刻瞪得像個銅鈴那麼圓那麼大了，她注意了眼神就忽略了手，她的手一鬆勁兒，紅燈就架到了肩上，宋老師便又焦急地喊起來，注意紅燈，注意紅燈，你不要扛著燈呀，舉起來，要舉起來！

我在人群裡替她示範了幾次正確的姿勢，也不知她看見了沒有。慧仙在花車上頑強地舉著紅燈，花車在油坊鎮的街路上滾了大半天，她舉紅燈也舉了大半天，一動都不能動。我擔心她的胳膊第二天再也抬不起來。第二天我趕到化肥廠去看花車遊行，還是慧仙舉紅燈，扮演李玉和的男人手裡只提著盞小馬燈，扮演李奶奶的婦女腰間圍了塊粗布圍裙，乾脆空著手，輕輕鬆鬆地站在花車上。我覺得這不公平。不公平也沒辦法，誰讓樣板戲是這樣安排的呢。我注意到群眾都盯著《紅燈記》裡的小鐵梅指手畫腳，所幸慧仙聰明，第二天眼神和手勢都突飛猛進，造型看上去和宣傳畫上的李鐵梅差不多了。別人都為慧仙喝彩，我也為她拍紅了巴掌，但我注意到她的嘴角上起了個很大的火疱，油彩也遮不住。我想這可能是急出來的，也可能是累出來的。我有點擔心領導容不得李鐵梅嘴上長火疱，會不會把她換了？我在混亂的人群中高聲叫喊慧仙的名字，指著嘴角提醒她要解決這個火疱問題，她哪裡聽得見我的聲音？也許她不需要我的提醒，一夜過後，看上去她已經適應了這種熱鬧的大場面，人在高處，目光偶爾悄悄瞥向群眾，一絲熟悉的微笑從她嘴角一掠而過，越發驕矜自傲了。第三天花車遊行移師馬橋鎮，走的是水路，三艘嶄新的小火輪專程從縣城駛來迎接花車和演員。那天早晨，向陽船隊近水樓臺先得月，船民們都爬到了艙房頂上，看著花車演員穿過碼頭，千姿百態地向小火輪上走，男男女女都畫了濃妝，穿著英雄人物的戲裝，令人頓生敬意。船民們一眼認出那個最瘦小的身影是小鐵梅，大家都激動地叫喊慧仙的名字，慧仙！慧仙！她不答應，邊走邊專心地拴著長辮子上的紅頭繩，拖輪上的船員也湊熱鬧，他們動用了電喇叭，慧仙——小鐵梅——小鐵梅——慧仙——電喇叭裡的歡呼驚著了那群演員，也把慧仙嚇得跳了起來，她朝船隊瞥一眼，跺跺腳，很快一貓腰鑽到李玉和和李奶奶的身後去了。

這是屬於慧仙的季節。金雀河兩岸成千上萬的群眾都是見證人，見證了一個少女突然綻放的榮耀之花。慧仙成了名人。沿河的人們都在談論花車上的小鐵梅，說雞窩裡飛出了金鳳凰，誰能相信呢，那個人見人愛的小鐵梅，竟然是靠向陽船隊的百家飯餵大的。人們向向陽船隊的船民們求證這個消息，絕大多數船民都自豪不已，露出了功臣一般的笑臉，櫻桃一家則忌諱這件事情，櫻桃母親告訴岸上的人，你們只知其一不知其二呀，本來是我家櫻桃演小鐵梅的，怪她太老實，沒心眼，這麼好的機會，眼睜睜讓別人搶去囉！

屬於慧仙的季節，也是我忙亂而焦慮的季節。我忙著奔赴花車遊行的路線地點，忙於記錄這段特殊的日子，腿腳很忙，筆頭很忙，只有嘴巴保持沉默。儘管沒有和任何人討論過慧仙的未來，但我似乎預見了慧仙將一去不返，心裡有一種說不出來的焦慮。

國慶日之後運輸任務繁重，船隊在沿河的碼頭上靠岸裝卸，常常與盛大的花車遊行擦肩而過。我跑到岸上，看見的是花車遊行留下的歡樂的殘骸。臨時懸掛的橫幅標語已經從半空降落，街上滿地垃圾，鞭炮紙屑玉米棒子中混雜著觀眾被踩掉的鞋子，路人的臉上還遺留著狂歡的痕跡。我追蹤著慧仙的足跡，一次次地錯過，我只感受到了她的浮華和榮耀。大風乍起，我站在陌生的小鎮街頭思念慧仙，思念得心痛，一種幻滅感從天而降，我覺得我的向日葵被風吹走了。

我的日記記得很辛苦，向日葵被風吹走了，我看不見她，看不見她，所謂的紀錄不得不依靠大量的想像。偏偏我的想像力並不豐富，我只好借鑒露天電影的新聞簡報格式，努力地想像慧仙的風采。

有一天我靈感飛揚，大膽寫下了一個最光榮最壯觀的場面：今天，天空晴朗，紅日高照，油坊鎮碼頭人山人海，**群情振奮，毛主席他老人家來到了油坊鎮的群眾中間，親切地接見了向日葵，慈祥地問她**——問她什麼，我想像不出來了，也不敢隨便往下寫，涉及到偉大領袖，怕寫不好寫成一個反動標語，所以我翻過一頁另起一行，寫下了我最關心的一個問題：**向日葵啊向日葵，你什麼時候回到船隊呢？**

我記住了慧仙離開船隊的日子，但我沒辦法估算她的歸期。

2

大約到了臘月，花車遊行總算偃旗息鼓了。扮演李玉和和李奶奶的人都回到了原來的工作崗位，一個回農具廠去修拖拉機，一個回雜貨店去賣醬油，慧仙沒有回來。關於慧仙的消息從綜合大樓傳到了碼頭，又從碼頭傳到了向陽船隊，概括起來說，她像一塊璞玉被發現了，很多領導幹部欣賞這個來自船隊的小鐵梅，表示要把這璞玉打磨成珠寶。宋老師接受了這項任務，他做了慧仙的老師，一心要把她培養成一個全能的文藝標兵。

慧仙先是在地區的金雀戲劇團培訓，跟著大名鼎鼎的郝麗萍學戲。郝麗萍是劇團的當家演員，什麼都會唱，什麼都能跳，樣板戲裡的女英雄，她個個會演，有人說她沾上一把假鬍子，竟然還能演《白毛女》裡的楊白勞。偏偏這個郝麗萍對慧仙有偏見，她對慧仙的評價與宋老師截然相反，說她刁鑽虛榮愛耍小聰明，不肯好好練功，就想著一步登天。勉強培訓了一段時間，郝麗萍把慧仙領到宋老師那裡，退給他了，說這女孩子站花車是不錯，上舞臺不行，宋老師你挑錯人啦，我看這女孩沒有一點藝術細胞，倒是有膽量，有野心，她要是派到前線去，說不定是個女英雄！宋老師懷疑郝麗萍的結論有欠公正，慎重地召集一些地區文藝界的權威人士，對慧仙的藝術才能作了一次綜合測試，測試結果也不理想，只有造型一項，慧仙似有天賦，通俗地說她就是擅長站立，擅長做出各種姿勢，唱起來，動起來就不行了。宋老師不甘心，很快又把慧仙調到文化館下屬的流動宣傳隊，那是他直接分管的。他以為這是自己的地盤，慧仙在宣傳隊會一帆風順，結果卻更糟糕。宣傳隊的那些女孩子是從小在一起練藝的，團隊意識很強，他們在一起跳舞，若是扮一排白楊樹，一個眼色大家就站成一排挺拔的白楊了，演一個百花園，梅花一開，杏花桃花月季玫瑰，其他花朵漸次開放，絕不爭搶。慧仙不行，她一上臺，別人是白楊，她是一棵軟綿綿的垂柳，她演一朵荷花，卻要搶在梅花前開放。還是在船隊寵出來的老毛病，她不管幹什麼都很有主見，習慣別人對她眾星捧月。導演知道她基本功不行，跳群舞故意把她安排在不顯眼的位置，慧仙偏偏不滿這個安排，一賭氣就衝到前面去了，向台下觀眾顯示她的角色也很重要。宣傳隊的其他演員對慧仙忍無可忍，說她什麼也不會，影響了集體的榮譽，她一上臺，別人怎麼演都是白費功夫，什麼評比都拿不到獎項，她不就會舉個紅燈嗎？你們領導都喜歡培養她，就等到花車遊行的時候，再讓她舉紅燈去出風頭吧。

慧仙去向宋老師告狀，宋老師很為難，偏袒了她一個，得罪的是一個集體，他權衡再三，決定把矛盾上交，親自用自行車把慧仙馱到了地委大院門口。慧仙去向德高望重的柳部長哭訴，哭訴她在宣傳隊受到的排擠，柳部長聽了好半天才明白她的委屈，他沒法干預宣傳隊女孩子的矛盾，就引用了一段毛主席語錄關照慧仙：堅持就是勝利。慧仙似有所悟，回到宣傳隊堅持了一段時間，可是，畢竟一花難敵群芳妒，她雖然堅持了，最終沒有等到勝利。有一次彩排《百花舞》的時候，梅花桃花和玫瑰花共同向導演發難，我們不要荷花，有荷花沒百花，有百花沒荷花！梅花一腳把慧仙的荷花道具踢飛了，更加可氣的是桃花和玫瑰花，他們竟然衝過來要把慧仙推下舞臺，慧仙臨危不懼，她說怕你們是小狗，我就站在這兒，讓你們推，看你們兩個嬌小姐能不能把我推下去。桃花和玫瑰花一起用力，果然推不動慧仙。慧仙朝後面怒喝一聲，用力推呀，你們現在推不倒我，待會兒我就來推你們，誰跑誰是小狗！慧仙的囂張激起了公憤，梅花上來了，杏花月季花也上來了，五個女孩齊心協力，慧仙支持不住，終於被推下了舞臺。她跌坐在樂池裡，隨手把樂譜架子和鼓槌銅鑼都扔到了舞臺上，最後沒東西扔了，就跪在樂池裡號啕大哭起來。

第三年的春節下了雪，節後雪還不化，河上的淺灣結了層薄薄的冰，駁船上很冷，岸上到處是雪堆，岸上也冷。恰好趕上這麼個大冷天，慧仙回來了。趙春堂動用了鎮上新購置的一輛吉普車，驅車八十里，親自把她接回了油坊鎮。慧仙回鄉的風光掩蓋了傳說中的失意，她是從那輛嶄新的吉普車上下來的，帶著兩只皮箱，還有一盞紅燈。女大十八變，鎮上的人們都認不出小鐵梅了。她的頭髮像城裡的舞蹈演員一樣，挽成一個圓髻，用黑色緞帶纏著，一件海軍藍軍大衣罩著她豐滿勻稱的身體，因為寬鬆而別具一格，裡面的紅毛衣和白色圍巾則是這套服飾要強調的主題。有人盯著慧仙的穿著打扮嘖嘖稱奇，也有人盯著那堆行李為她犯愁，說，向陽船隊正在河上跑運輸呢，她今天回來，回不了家呀。這種不必要的擔憂馬上遭到了知情者的譏笑，雞窩裡飛出的金鳳凰會回到雞窩裡去？告訴你，她上面有靠山了，領導打招呼要培養她的，向陽船隊不是她家了，她的宿舍在綜合大樓裡，早就安排好啦！

正月十五掛紅燈，向陽船隊掛著紅燈回到油坊鎮，岸上果然有喜事，船民們都聽說慧仙回來了。孫喜明女人和德盛女人歡天喜地結伴上岸去，去了半個時辰回來了。兩個女人都沉著個臉，船民問他們話，誰也沒精神搭茬。孫喜明女人一回船就逕直下了船艙，孫喜明跟下艙去，看女人已經在乒乒乓乓地拆慧仙的床，孫喜明急忙扯住她胳膊說，你急著拆她床幹什麼？萬一她還要回來住呢？孫喜明女人說，拆，拆，拆，她不會回來了。孫喜明說，誰說要拆她床的？是慧仙自己說的？孫喜明女人扔下鎚子，哭起來了，還用她自己說？我就求她回來住一夜，說破了嘴皮子也不肯呀，推三推四的，我又不是傻子看不透她心思，她是翅膀硬了，嫌棄我們了。孫喜明勸不住她，讓德盛女人下去勸，德盛女人走到艙門口，看孫喜明女人坐在半個床架上落淚，自己眼圈也紅了，對孫喜明說，我怎麼勸她？我自己也灰心灰意的，請她回來吃頓飯也不肯呀，畢竟不是自己的骨肉，養不乖的，養來養去也是一場空！

我去綜合大樓守過慧仙。守了一上午，壯了幾次膽，還是不敢進去問。正逢春節假期，綜合大樓有點清淨，顧瘸子回鄉探親了，傳達室裡坐著一個男青年，始終拿著一份報紙，看完一份又看一份。他不認識我，這讓我感到安全。我注意到那輛吉普車停在花壇邊，吉普車在樓前，說明慧仙在樓裡，我決心等。中午的時候我聽見食堂的小包間裡傳來熱鬧的聲音，悄悄走到窗前，隔著窗子我一眼看見了慧仙。她坐在一群幹部模樣的人中間，像一隻孔雀開屏，不是開給我看，是開給幹部們看。她穿著李鐵梅的紅底碎花對襟棉襖，頭上的髻子放下來，一條烏黑的大辮子垂搭在肩上，也許座位不舒服，她的身體斜著，一會兒偏東一會兒偏西，姿勢有點散漫，她的臉上卻笑得很開心，是那種受了寵愛的笑容。很久不見，她看上去是個大姑娘了，是大姑娘了，我就覺得她有點陌生。他們在喝酒，我在外面看他們喝。慧仙的前後左右，我觀察得很仔細，突然發現了一個令人震驚的現象，趙春堂坐在慧仙的旁邊，她那條大辮子的辮梢被他抓在手裡，趙春堂突然拉一下辮梢，慧仙就站起來了，站起來，舉著一只裝了橘子水的杯子，與這個碰杯與那個碰杯，碰了這個碰那個，一桌人都碰過杯，趙春堂又拉一拉慧仙的辮梢，慧仙就坐下了。我驚愕地發現，回鄉數日，慧仙已經成了趙春堂的木偶，而她那條令人驕傲的大辮子，竟然成了趙春堂手裡的木偶牽線！

幾乎是在一瞬間，我胸中的怒火燃燒起來了。我從地上找到了一塊碎紅磚，在窗外瞄了半天，我先瞄準了趙春堂，轉念一想，雖然是他拽了慧仙的辮梢，可辮子是長在慧仙頭上的，她為什麼不甩掉他的手呢？她甘心做他的木偶，我就應該瞄著她。我舉起碎磚瞄準了慧仙，我看見我的向日葵在小餐廳裡熱情地綻放，她把餐廳裡的所有幹部都當作太陽了，一會兒向這個太陽微笑，一會兒向那個太陽鞠躬，她的臉上起了紅暈，眼波流轉，我瞄準了她的臉，卻怎麼也下不了手，那是我祕密的向日葵啊，縱有千錯萬錯，我不忍心砸她。我不知道自己該怎麼辦，最終我瞄準了餐廳氣窗上那塊明亮的玻璃，砰地一聲脆響，一餐廳的人都回頭看著氣窗，趁著他們沒醒過神來，我撒腿跑了。

我已經很久沒這樣跑了，砸了玻璃就逃跑，這是孩子幹的事。事先我自己也預料不到，我在綜合大樓守了半天，竟然幹了這麼一件沒出息的事情。我一邊跑一邊痛罵自己，沒出息，沒出息，怪不得你叫空屁，你就是空屁，你沒出息！我一口氣跑到了碼頭上，看看後面無人追逐，便停下了腳步。春節期間的碼頭空空蕩蕩的，起重機和煤山都在陽光下打盹，沒有人看見我的醜行，我還是感到深深的羞愧。我為什麼這麼沒出息呢？是被趙春堂氣出來的？是被慧仙氣出來的？我悶悶不樂地走到駁岸上，無意間朝船隊打量一眼，又發現了另一個怪現象，我看見向陽船隊十一條船家家晾出了衣服，別人家的衣服都安靜地享受著冬日的陽光，只有我和父親的兩件棉毛衫，像兩隻驚弓之鳥在船棚裡東奔西竄。那兩件棉毛衫令我睹物傷情，我突然就想明白了，我幹的事情和誰都沒關係，怪我自己，我是膽小鬼，世界上所有的膽小鬼都一樣，只敢發洩自己的恨，不敢公開自己的愛，他們敢於發洩自己的恨，只因為要掩藏自己的愛。我就是這樣一個膽小鬼，我對慧仙的愛是水葫蘆對向日葵的愛，這樣的愛，比恨更深奧，比恨更離奇，這樣的愛，我已經無法公開了。

名人

1

少女慧仙帶著一盞鐵皮紅燈在油坊鎮落了戶。

剛回來那兩年，慧仙還精心保留著李鐵梅式的長辮子，隨時準備登上花車。那條又粗又黑的長辮子是她的資產，她平時把辮子盤成髻，一舉兩得，為了美觀，也為了保護這份資產。綜合大樓裡幾個與慧仙接近的女幹部說，慧仙夜裡經常做噩夢，夢見有人拿著剪刀追她，要剪她的辮子，問她夢見了誰，她也不懂得掩飾，坦然相告，不是一個人，好多人呀！金雀劇團的，宣傳隊的，還有船隊的女孩子，我怎麼這麼招人恨呢？他們一人一把剪刀，都來追我，都要來剪我辮子，嚇死我了！

後來金雀河地區又舉行過花車遊行，由於國際國內形勢都在變化，花車主題推陳出新，遊行規模縮小了，造型也精簡了。是工農兵學商的大團結主題，一共五輛花車，十來個演員，分別拿鎚子，抱麥穗，扛步槍，捧書本，打算盤。宋老師帶著文化館的幾個年輕導演，又到油坊鎮來，他們選角要求男的濃眉大眼，女的英姿颯爽，無論是代表哪個階層，形象都要清新健康，慧仙自然是天生的人選。

宋老師原本安排慧仙在第五輛花車，代表風華正茂的青年女學生，還專門給她配了一副平光眼鏡，但排練了幾次，她身在曹營心在漢，嫌棄學生花車做的是配角，一心要上第一輛花車。宋老師說，第一輛是工人階級呀，那青年女工要拿鎚子的，你拿鎚子不像那麼回事，不是那個氣質。慧仙說，我什麼氣質都行！我力氣那麼大，你還怕我拿不好一把鎚子？要麼讓我上第一輛花車，要麼哪輛都不上。宋老師了解她是虛榮心作怪，他堅持原則，還嚴厲地批評了她幾句，沒想到慧仙受不了批評，她把宋老師的知遇之恩都拋到了腦後，一味地要脾氣，最後竟然真的撂挑子不幹了。

照理說，她應該去油坊鎮中學上學，她也去過一陣，人坐在課堂上，心思不在那兒。學校裡的老師和同學，最初是對她寵愛有加的，幾天下來新鮮勁兒過了，大家發現她對學習一點兒興趣也沒有，而且不懂裝懂。她不適應學生的生活，還是沉浸在舞臺的氣氛裡，覺得別人都是她小鐵梅的觀眾，一旦感受不到別人的熱情，就不肯去學校了。她不去，要找理由，理由與那條辮子有關，說她每天要花很長時間梳那條辮子，來不及上學，又說學校一些女孩也在嫉妒她，書包裡藏了剪刀，自己不敢下手，慫恿男孩子來剪她的辮子。這種猜忌沒有證據，但大家覺得她愛護辮子是應該的，李鐵梅不能沒有那條寶貴的辮子。幹部們對她特殊的身分達成了某種默契，不去上學也好，否則上面來人，要小鐵梅陪同參觀陪同吃飯，總去學校叫人，也不合適。

她是油坊鎮的名人，也是個招牌。一旦上面來了人，她便很忙碌，穿上李鐵梅的舞臺服裝，抓著那條大辮子，跟在一大群幹部身後，在吉普車裡出出進進的，吃飯的時候她站在小餐廳裡，高歌一曲《都有一顆紅亮的心》，那是她的例行節目，千錘百鍊之後幾可亂真了。更多的時候慧仙無事可做，一是她不主動，二是別人不放心她做事情。她的身影出現在各個辦公室裡，哪裡熱鬧去哪裡。熱鬧的時候，她眨巴著眼睛聽別人說話，說到某個領導的名字，她會神祕地一笑，在一邊插嘴道，是李爺爺吧，是黃叔叔吧，我認識的，他們的家，我都去過的。

畢竟是吃百家飯長大的，她跟誰都不見外，也沒規矩。她的手很好動，綜合大樓裡所有推不開的門，她都要去推一下，別人的櫃子抽屜無論是否上了鎖，她一個都不放過，要去拉一下。尤其是幾個女幹部的抽屜，都讓慧仙翻了個底朝天，她拿別人的零食吃，拿別人的小鏡子照，還擦別人的雪花膏，女幹部們心眼畢竟小，紛紛把抽屜上了鎖，慧仙打不開抽屜，就忿忿地搖晃人家的桌子，小氣，小氣鬼，誰稀罕偷你們的東西？

趙春堂肩負重任，對慧仙的衣食住行有嚴格要求。一日三餐吃食堂，她愛吃的可以多吃一點，不愛吃的，卻不能不吃，食堂有個胖師傅專管她的飯盒，最反感她往泔水桶裡傾倒吃剩的食物，慧仙每次往泔水桶邊跑，胖師傅就用勺子敲飯盆，浪費啊浪費，小鐵梅你別忘了，你是從船上來的，不能忘本啊。飲食受管制，是為她好，衣著打扮受管制，更是為她好。除了夏天，慧仙穿的都是李鐵梅的衣服，紅底白花的燈芯絨對襟夾襖，深藍色的新褲子上打了一塊灰色補丁，趙春堂要求她這麼穿。起初她也願意這麼穿，漸漸的她意識到光榮的花車生活結束了，望穿秋水，宋老師不來，通知不來，喜訊不來，她失去了等待的耐心，有點鬧情緒，又不知道該跟誰鬧，就拿褲子上那塊補丁撒氣，拿服裝撒氣。她向女幹部們抱怨，真正的李鐵梅也該有一兩件漂亮衣服換的，為什麼天天這麼寒酸？好好的褲子，非要打兩塊補丁，不是像個傻子嘛。女幹部們不宜表態支持她，都曖昧地審視她戲裝裡的身體。

這個少女的身體像一朵碩大的花朵含苞待放，那幾件舞臺專用的對襟夾襖，有的地方綻了線，掉了鈕扣，穿在她身上，確實也顯得緊了，女幹部們建議她去宣傳科問問，有沒有大號的李鐵梅戲裝。她說，什麼大號小號的，反正不搞花車遊行了，我大號小號都不穿。

有一天她抱著那堆服裝往宣傳科的桌上一扔，扔了就要走，宣傳科的幹部慌忙攔住她，小鐵梅你怎麼啦，你是小鐵梅呀，不穿這個穿什麼？她帶著一腔怨氣叫起來，誰喜歡這衣服誰穿去！《紅燈記》早不吃香了，我還做什麼小鐵梅？我又不是沒衣服穿，非要穿這身累贅，我衣服多呢。她一邊說一邊翻弄著身上粉紅色襯衫的領子，向幹部們炫耀，這件看見沒有？領子上繡的是梅花，的確涼的料子，上海貨，是地區劉奶奶送給我的。她展覽了她的新襯衫後，又把腳踩到椅子上，讓大家注意她的皮鞋，這叫什麼知道嗎？丁字形皮鞋，油坊鎮還沒有賣的呢。你們猜猜是誰給我的？柳爺爺呀，是柳爺爺的禮物！

她得罪過向陽船隊的船民，但她不是那種無情無義的女孩子，得罪以後知道修復關係，只是修復的方式很獨特，讓人接受不了。她對孫喜明女人和德盛女人最有感情，偶爾出現在碼頭上，必然要給他們兩個人帶禮物來，有時候是兩塊零頭布，花色老氣一點的給孫喜明女人，鮮豔一點的給德盛女人，有時候她拎兩包點心來碼頭，甜的給孫喜明女人，鹹的給德盛女人，不管是零頭布還是點心，都放在兩條船的跳板上。別的船她偶有顧及，主要是朝每一條船上扔水果糖，手裡的糖扔完了，扭身就跑，也不搭理大人們對她的噓寒問暖，更不理睬昔日的夥伴。她回去報恩，就像是去施捨，大人感情上難以結束，只有孩子們高興。好多嘴饞的孩子盼望慧仙回來，但也有人堅決不接受她的糖衣炮彈，比如櫻桃，每次她弟弟去撿慧仙的糖，她都一把搶過來，惡狠狠地扔到河裡去，說，有什麼了不起的？她忘恩負義，我們不吃她的臭糖。

大家知道櫻桃嫉妒慧仙，櫻桃的母親也跟著嫉妒，她常常當眾嘮叨她家櫻桃也是有機會上岸的，只不過櫻桃不會和宋老師打交道，白白斷送了自己的前程。她一嘮叨話就沒輕沒重，說慧仙這孩子也是奇怪，小小年紀怎麼就知道和男人打交道了呢，會不會是小狐狸精轉世呢？德盛女人聽不得她說慧仙壞話，用怪話回敬她的閒話，櫻桃他媽你就別提什麼狐狸精了，做狐狸精也要條件的，一個閨女一個命，只怪你家櫻桃沒有做狐狸精的條件。孫喜明女人一針見血，用血統論維護慧仙，順帶著攻擊了櫻桃母親，龍生龍鳳生鳳，誰讓櫻桃是你肚子裡生出來的呢？船上生的閨女留在船上，岸上生的閨女回到岸上，這有什麼不對？人家在船上吃這麼多年百家飯，是沒有辦法，那叫落難，落難你懂嗎？你再罵人狐狸精，晚上走船小心點，小心落水鬼，小心慧仙她媽來拽你的腿啊。

2

慧仙住進了綜合大樓。

她和婦聯主任冷秋雲共住一間宿舍，是組織安排的，她認冷秋雲作乾媽，則是雙方自願的選擇。有領導關照冷秋雲，照顧好小鐵梅，也要培養好小鐵梅。冷秋雲是軍屬，自己沒有孩子，對慧仙這個孤女，起初是熱心的，也是盡力的。她給慧仙制定了學習計畫，每天要讀報紙給慧仙聽，但是慧仙根本聽不進去，冷秋雲讀報，她嗑瓜子。冷秋雲就很生氣，說她最起碼的道理都不懂，不尊重人。慧仙說，我聽著呢，聽是用耳朵，又不用嘴，我嗑點瓜子又不影響你讀報，怎麼就不尊重你了？冷秋雲發現這個女孩子很難管，以她的身世，她不該任性，偏偏她很任性，她不該驕橫，偏偏她很驕橫，比起同齡的女孩子，有時候她老練的出奇，有時候又幼稚得荒唐。她看不慣慧仙，敵意就慢慢地戰勝了理性，打量起慧仙來，目光都是斜著的。後來她乾脆去找趙春堂彙報，彙報了慧仙平時的表現，也彙報了自己對她的看法，她原本還要卸掉身上的職責，不想管慧仙了，但趙春堂不同意。趙春堂說，你不管她不行啊，這是上面安排下來的任務，你看不出來？她就是個貴重行李，現在寄存在油坊鎮，以後要交還給上面的！別人愈是渲染慧仙的未來不可估量，冷秋雲愈是抵觸，她對趙春堂發牢騷說，你們男同志呀，就重視個女孩子的外貌，這種女孩子，好吃懶做，政治覺悟也低，怎麼培養？為什麼要培養她？你們信我的嘴吧，她沒有前途的！

大家都知道趙春堂是慧仙的保護傘，這把保護傘，小心翼翼地撐在慧仙頭上，隨時在等待著什麼信號，但是一年過去了，信號閃閃爍爍的，並不確定，又是一年過去了，那信號依然模糊，然後是地縣兩級幹部人事大調動，一條人脈的鏈條斷了，一張棋盤不見了，慧仙這枚棋子不知該往哪兒放，趙春堂陷入了僵局。上面曾經下過一個通知，點名送慧仙去省城的青年婦女幹部學習班培訓，沒幾天又來個通知，說學習班的人選有變化，原通知作廢了。慧仙收拾過幾次行李，最後哪兒都沒去成。她成了個閒人，天天守在綜合大樓的門廊前，一邊眺望著碼頭方向，一邊嗑瓜子，也許是閒出來的毛病，她不知道跟誰學來了嗑瓜子的技巧，小嘴一抿，啪地一聲，瓜子殼兒分成兩瓣吐出來，整整齊齊的，她停留過的地方，地上會微微隆起一堆瓜子殼的小山。

柳部長的孫子小柳來過，名義上是出差，實際上是來看慧仙。小柳瘦瘦高高的，白臉，長頭髮，花襯衫，三十多歲的人，身上還是散發著大地方青年的時尚氣息。那氣息對慧仙是有吸引力的。慧仙去四樓的小會議室送茶，事先做了準備，她對著小圓鏡子整理了頭髮和衣領，還往臉上撲了一點點粉霜。她進去送兩杯茶，一杯給趙春堂，另一杯給小柳，那小柳不接茶杯，盯著慧仙看，先看她的臉，慧仙端著杯子讓他看，小柳平時一定是放肆慣了的，目光往下墜，落到一半處又不動了，慧仙堅持不住了，一下捂住自己的胸部，說，你眼睛往哪兒看？她舉了一下茶杯，似乎要砸，最終沒有勇氣，脹紅了臉把茶杯塞到了趙春堂手裡，自己一陣風似地跑出了會議室。

這樣，所有的準備都白費功夫了。慧仙跑到走廊上，看見幾個女幹部從辦公室裡探出半個頭朝她看，她不甘心這樣離去，整了整衣服，裝作若無其事的回去，隔著玻璃門正好聽見小柳那一句髒話，慧仙簡直不相信自己的耳朵，小柳對趙春堂說，這小騷×，果然是船上百家飯餵大的，狗肉上不了桌啊！趙春堂無言以對，婉轉地請小柳具體評價慧仙的外貌和氣質，小柳也不客氣，說，臉盤倒是不錯，八十五分，身材也算勻稱，給七十分，屁股馬馬虎虎，算她六十五分，我最重視胸部，她沒有胸嘛，這個胸，最多評個三十分！

慧仙氣暈了，對著玻璃門罵了句流氓，掉頭就跑。她沒有想到柳部長的孫子是這麼個人，他是來看她，還是來看一頭牲口的？慧仙氣暈了，她能夠應付各個級別的幹部，也能應付各個地方的群眾，獨獨是小柳這樣的紈絝子弟，她應付不了，小柳那麼無恥，無恥得光明磊落，小柳那麼下流，下流的方式卻是居高臨下。慧仙氣暈了，她在走廊上失魂落魄地踱步，一個女幹部從辦公室裡出來，好奇地觀察她的表情，小鐵梅你怎麼不去招待小柳，在外面走來走去幹什麼？沒事進去給他倒點水呀。慧仙把一肚子氣撒到了那女幹部頭上，你愛招待他你進去，我才不給他倒什麼水，要倒就倒一杯大糞！

小柳來去匆匆，趙春堂用吉普車送走他，回來推開慧仙的宿舍門，看見慧仙坐在床上，還在生氣。趙春堂把一個塑膠皮的筆記本扔到她床上，你還在生人家的氣？人家也在生你的氣，趕了一天的路來看你，結果你這個態度，狗肉上不了席！慧仙嚷嚷起來，什麼叫狗肉上不了席？我是狗肉他是流氓，你沒見他眼珠子往哪兒瞄，他是個小流氓呀！趙春堂站在門邊用譴責的目光瞪著她，你別流氓流氓的叫人家小柳，給我注意影響，他是小流氓柳部長是什麼？柳部長是老流氓？趙春堂這麼一發火，慧仙癟癟嘴，不敢吭聲了。她的火氣下去了，趙春堂的火氣上來了，他說，你好歹也吃過幾口文藝飯的，怎麼就那麼金貴，看一眼都不行？以為自己是什麼金枝玉葉大小姐呢，這下好了，以後再也別提你那個柳爺爺了，你得罪了小柳，也沒有那個柳爺爺了，沒了柳爺爺罩著你，看你還有什麼狗屁前途！

慧仙讓趙春堂訓得呆坐在床上，拿起那個塑膠皮筆記本蓋住了自己的臉。筆記本是柳部長送給慧仙的禮物，趙春堂聲稱小柳自己準備的一大包禮物，都原封不動帶回去了。她嘴上說不稀罕他的禮物，心裡卻在猜想自己錯過的會是什麼禮物，長筒絲襪？雪花膏？連衣裙？會不會是一只上海牌手錶呢？趙春堂離開宿舍後，她打開柳部長送的筆記本，一眼看見扉頁上寫著幾個蒼涼的毛筆字，慧仙同志，祝你學習進步，工作進步。進步，她知道這是沒用的，只是一個問候。她知道小柳的來訪很重要，她的表現更重要，但她怎麼也不明白自己錯在哪裡，為什麼他罵她是狗肉上不了桌？還有她的胸部，為什麼只有三十分？他憑什麼打三十分？難道她平時含著胸含錯了？難道一個女孩子家應該挺著乳房走路嗎？

小柳走就走了，她對他沒有留下一點好印象，只是他這一走，她的模糊的未來變得更模糊了。她坐在宿舍裡，看著窗外暮色初降，很想哭一場，卻怕冷秋雲回來讓她笑話，為這個小柳哭，不值得。為她的前途哭，還沒到時候。她注視著柳部長的禮物，忽然想起要報復這個微不足道的禮物，就拿起一枝鉛筆，在進步後面加了一個字，屁。報復過後她心情好了一些，想起了胸部的事情，她走到鏡子前觀察自己，挺起胸試了試，嘴裡說，多少分？五十分還是六十分？又含起胸檢測一下，說，三十分，這樣只有三十分？突然之間，她放不下這個問題了，決定要徹底探究自己的胸部，她插上門，對著鏡子撩開自己的衣服，仔細地打量起自己的身體來。

為什麼挺著胸的姑娘才是美麗動人的？之前她一無所知。現在她第一次對著鏡子觀察自己的身體，發現自己的乳房不大也不小，挺起來嬌豔動人，一點也不可恥。挺起來比隱藏它好看多了。她站在鏡子前面，站立，走動，從側面正面分析自己身體曲線的變化，她無法確定怎樣的曲線是最完美的。都怪她沒有母親沒有姊妹，沒有要好的朋友，得不到任何評判和建議，她不知道什麼樣的胸部可以得八十分，甚至九十分一百分。她竭力回憶在城裡的女浴室裡見過的那些時髦女人，他們乳房的大小形狀如何，她從來沒有留意過，但是她突然想起來，那些女人都是戴乳罩的！疑雲散開，她恍然大悟了。為什麼她的乳房只有三十分？她沒有乳罩嘛。為什麼她沒有乳罩？她是在向陽船隊長大的，船上的姑娘媳婦都不戴乳罩嘛。她在宿舍裡焦灼地思考著，靈機一動，打開了冷秋雲的抽屜。她拿出冷秋雲的三個乳罩，依次戴上試了一遍。她發現了新大陸，三個白色的乳罩大同小異，每一個都輕鬆地裝扮了她的胸部，鏡子裡的那個身體有了乳罩，便有了誇張的曲線，也有了一絲令人不安的氣息，那氣息是騷動的，嬌媚的，帶著一種幽香。尤其是那個海綿襯墊的乳罩，她戴著很滿意，給自己打了一個很高的分數，八十五分。

慧仙決定戴乳罩。買乳罩是少女們掩人耳目的祕密，是母親們的事，慧仙沒有母親，她有好幾個乾媽，都鬧僵了，他們不會管這件事，所以她決定自己去買。她去人民街的百貨店買乳罩，臉上帶著一種激烈的殉難似的表情。乳罩在油坊鎮上不是什麼暢銷品，營業員把它們堆在貨架的角落裡，她看不清楚，伏在櫃檯上一遍遍地使喚人家，拿這個看看，那個也拿來看看！乳罩的品種顏色本來就不多，她一口氣選了五六個，女營業員感到很震驚，脫口而出，你買這麼多乳罩回去幹什麼？派什麼用場？慧仙坦然地瞪著她反問，你說幹什麼？當襪子穿腳上，當袖套戴手臂上嘛！

她染上了一個奇怪的毛病，喜歡打量別的姑娘媳婦的胸部，打量過後還悄悄評分，六十分，七十分。幸好別人不知道她嘴裡在嘀咕什麼。冷秋雲和她一間宿舍，首當其害，儘管慧仙的眼神是好奇的，沒有惡意，但正統保守的冷秋雲還是感到了一種挑釁和侵犯。冷秋雲換衣服總是換得慌慌張張，被慧仙盯得發毛了，就捂住自己的胸部大聲喝斥她，往哪裡看？你是女流氓啊！慧仙捂著嘴吃吃地笑，我又不是男的，女的看女的，怎麼是流氓？看一眼怎麼的？冷秋雲羞惱地說，不是男的，也不准往這地方看，我看你思想不健康，你腦子裡到底在想什麼鬼名堂？慧仙就拿趙春堂的話回敬過去，什麼健康不健康的，你怎麼就那麼金貴，看一眼都不行？

冷秋雲肩上承擔了教育慧仙的責任，她有權檢查慧仙的私人物品，趁慧仙不在宿舍，背地裡打開她的箱子，看見一堆乳罩隱藏在裡面，顏色款式都囂張，散發著令人擔憂的性的氣息。冷秋雲認為那是一個墮落的證據，卻又不好意思拿這東西去趙春堂那裡告狀，就把這事告訴了其他部門的女幹部，有女幹部為慧仙辯護，這有什麼大不了的？她買再多的乳罩，都是穿在衣服裡面，別人又看不見。冷秋雲鼻孔裡哼了一聲，說，防微杜漸！你們忘了防微杜漸了！現在別人是看不見，遲早要看見的。你們看吧，她再這麼發展下去，不定什麼時候就要穿女流氓的超短裙了，不定什麼時候，她要出事的！

慧仙借助一堆乳罩告別了懵懂的少女時代，她自己也不知道，為什麼一條康莊大道，被她走成了歪歪扭扭的歧路。她還那麼年輕，回想起花車遊行的日子卻已經恍若隔世。廢棄的節日花車堆在農具廠的倉庫裡，五顏六色的裝飾物都發黑了，履帶失蹤，輪子散落一地，宋老師當年親手攝影的《紅燈記》花車組的宣傳照還掛在牆上，照片裡的革命家庭隱居牆壁，祖孫三代目睹滿地舊物，在一片虛無中緬懷著昔日的風光。照片深鎖冷宮，招不來觀眾了，招來的是黴菌灰塵和蜘蛛網，李玉和李奶奶的面孔早就被塵埃所遮蔽，只剩下李鐵梅雙腮緋紅，瞪著一雙亮晶晶的大眼睛，頑強地高舉紅燈，與蜘蛛周旋，與灰塵抗爭。慧仙路過農具廠的倉庫，總是要爬到高高的窗臺上，透過窗玻璃朝那宣傳照張望一眼，她關注著牆上的李鐵梅的命運，就像在對比自己的前途一樣，有一次她蹲在窗臺上哭了，因為她看見宣傳畫上的自己變成了陰陽臉，半個面孔蒙了一層黑灰，而她手裡的那盞紅燈的光芒，最終不敵一隻小小的蜘蛛，那蜘蛛正在紅燈四周放肆地織網。她蹲在窗臺上，越哭越傷心，引起了農具廠工人的注意，他們驚訝地問她，你不是那個小鐵梅嗎，你爬在窗臺上面幹什麼？她沒法解釋，擦乾眼淚，慌慌張張地跳下窗臺逃走了。農具廠的倉庫讓她心酸，其實，那堆東西不看也罷，她心裡是清楚的，都結束了，李鐵梅永遠卸下了妝，她的榮耀來得突然，去的也匆忙，一切都結束了。

她不是李鐵梅了，她僅僅是江慧仙了。

3

解決了胸部的問題後，如何拾掇那根垂腰長辮，成了慧仙的心病。慧仙先是把又粗又長的獨辮子打散，梳成兩根辮子，過了一陣，她嫌拖著兩根長辮子土氣，又把辮子盤回去，不甘心盤以前老套的圓髻，這次盤成一個高髻，頂在頭上，看上去人高了一塊，很時髦，也很突兀。她的新髮型在綜合大樓引起了爭議，儘管幹部們一致認為那髻子狀如馬糞，但誰都不能否認，慧仙在擺脫了李鐵梅的造型之後，仍然引人注目，她突然煥發的光彩，有點豔俗，有點輕佻，但是屬於她自己的光彩了。頭頂高髻的慧仙出沒在綜合大樓裡，她的青春鮮嫩欲滴，像一隻孔雀，旁若無人地開屏，引起的是一些人的讚歎，一些人的非議，而趙春堂則被那個馬糞般的大髻子惹怒了。

趙春堂極其討厭慧仙的新髮型，有一次他在綜合大樓的樓梯上發現那堆「馬糞」在前面漂浮，一下怒不可遏，操起牆角的一把長桿竹帚，用掃帚桿子去捅慧仙頭頂的「馬糞」，放下來，把你頭上那堆馬糞放下來，你在這大樓裡臭美什麼？慧仙驚叫著躲開了掃帚桿子，站在樓梯上拍心口，給自己壓驚。趙春堂順勢把掃帚扔到了慧仙的腳下，他說你不肯穿鐵梅的衣服，我沒跟你計較，別以為我對你放任自流了，你是李鐵梅，不是少奶奶，好好的一條辮子，不准堆得那麼高！慧仙對趙春堂懼怕三分，踢走了掃帚，噘著嘴拿下七八個髮卡，一點一點地把辮子放下來，放得不甘心，嘴裡忍不住埋怨起來，你一個男人家，美不美的你懂什麼？我的辮子又不是公共財產，你天天管著我的辮子幹什麼呀？趙春堂先是一愣，繼而冷笑一聲，你還討厭我管你？哪天我不管你了，你不要哭鼻子！

誰都看得出來，趙春堂對慧仙的寵愛已經大打折扣。這也不奇怪，國際國內風雲變幻，培養慧仙的計畫漸漸地成了一個無頭案，趙春堂為她打保護傘的手酸了，要放下了。綜合大樓裡有慧仙的一張課桌，最初是給她學習用的，桌上曾經堆滿了書和作業本，後來作業本先消失了，再後來連一本書也沒有了，慧仙在桌子上擺了她的一張照片，抽屜裡放了些亂七八糟的東西，鏡子，擦臉油，頭箍，襪子和草紙，還有好多糖紙。那課桌曾經在四層樓上擺了很長時間，面對趙春堂的辦公室，與機要室檔案室小會議室為鄰，可見當時培養她的決心有多大。馬糞髻事件後，有一天趙春堂在辦公室抽菸，發現菸灰缸沒有了，他向女打字員打聽菸灰缸的下落，女打字員說，是讓慧仙拿去的，她拿菸灰缸裝瓜子殼呢。趙春堂看慧仙的桌子上沒有菸灰缸，打開課桌抽屜，一抽屜的瓜子殼洩落在他的鞋子上，菸灰缸從瓜子殼裡俯衝出來，掉到了地上。趙春堂氣得七竅生煙，拿起桌子上慧仙的照片，重重地砸在地上，嘴裡大喊起來，後勤科，後勤科快來人，把這桌子搬走，馬上給我搬走！

那課桌當場就被人搬到了三層，原來要放到婦聯去，但冷秋雲說現在不准搬進來，不是要培養她嘛，等她什麼時候做了婦聯主任，我就讓她的桌子進來。結果後勤科的人抬著桌子站在走廊裡，不知道怎麼辦好，恰好這時候慧仙上樓來了，站在樓梯上木然地看著自己的桌子，過了一會兒，她在樓梯上閃開了一條路，對後勤科的人說，你們愣在那裡幹什麼？搬呀，往下搬，我又不怪你們。她沒有跟搬桌子的人糾纏，也沒有上樓跟趙春堂鬧，但是冷秋雲從婦聯辦公室探出頭來時，她找到了發洩的目標，冷秋雲你探頭探腦幹什麼？毛主席說的，要光明正大，不要搞陰謀詭計！冷秋雲也許考慮到和一個女孩子鬥嘴影響不好，裝作沒聽見，砰地一聲撞上了辦公室的門。慧仙做了個輕蔑的鬼臉，對後勤科的人說，以為她那婦聯是什麼好單位呢，整天管的都是什麼閒事，噁心死了！跟她一個宿舍我是沒辦法，誰要跟她一個辦公室？她求我我也不去，你們搬呀，給我往下搬，哪兒熱鬧搬哪兒，你們後勤科熱鬧，乾脆搬你們那兒去！

慧仙的桌子最後搬到後勤科去了。那是綜合大樓最忙亂最不體面的辦公室，人來人往，堆滿了雜物，所謂的幹部專管跑腿打雜的事情，沒有什麼前途，沒前途工作作風就很隨便，平時主要是下棋打牌大侃山海經。桌子搬到這麼個地方，慧仙倒是有興趣坐下來了。似乎是她知趣，也似乎是不知趣，她認定後勤科是自己的地盤，很快擺出一副主人的姿態。她很喜歡打撲克，無奈牌藝粗陋，打不好，大家都不帶她，讓她在旁邊觀摩，她不肯，占了位置抓了牌就不肯下去，別人只好在她後面垂簾聽政，一招一式的教她，偏偏她是自我中心的，對別人的好意指點，一不領情二不虛心，有個什麼差錯，都埋怨別人。開始大家抹不開面子，都讓著她，時間一長就想開了，她不再是小鐵梅了，她都從四樓搬到二樓了，寵她愛護她憑的什麼呢？於是就都攆她，她一到牌桌邊他們就揮手說，走，走，你哪裡會打撲克？誰跟你搭夥誰倒楣，給我們做後勤，倒點茶來！

慧仙畢竟是聰明的，她察覺到後勤科那些人不買她的帳了，撒嬌沒用，耍潑沒用，為他們倒茶是不可能的，她選擇走開，自己一個人去玩撲克。她知趣了，輪到別人不領情，有人把一箱燈泡有意無意地放到慧仙的課桌上，一放放了好幾天。慧仙要人把那箱燈泡搬走，沒人過來搬，她千仇百恨湧上心頭，自己搬起紙箱來重重地砸到地上，一聲很脆很尖利的巨響，就像一枚炸彈爆炸，這一響把周圍的人都引過來了，七嘴八舌地批評她，說你這個丫頭無法無天了，敢故意打碎一箱燈泡，要賠的，很多錢！你這丫頭，怎麼培養你也沒用，天生是船上的野孩子，野慣了，沒有規矩的！還有人乾脆指著慧仙的鼻子說，你還以為你是小鐵梅呢？現在你算老幾？這綜合大樓裡，沒你耍潑的地方了。

慧仙受到了群情激憤的圍攻，一下傻眼了，她一張嘴吵不過十幾張嘴，跑到趙春堂辦公室去搬救星，已經遲了。有人先拿著碎燈泡在那裡告狀，趙春堂虎著臉把她關在門外，說，不准進來，你還有臉跑我這兒來？回去寫檢討，寫一份深刻的檢討，馬上給我交來！

她坐在四樓的樓梯上哭，哭也沒用，那份檢討磨磨蹭蹭寫了三天，最後還是交出去了，貼在綜合大樓門廳的牆上。她每天去食堂吃飯要從門廳那裡經過，像罪犯低著個頭。對於綜合大樓這個忽熱忽冷的家，她開始有了一點畏懼，除了一日三餐，終日躲在宿舍裡，哪兒也不去了。那幾天她嘗試過學習，各種書籍都找出來隆重地放在枕邊，從《實踐論》到《絨線編織法》，可惜一本也看不下去，她就俯在窗臺上看外面的風景，看著風景，忍不住地要嗑瓜子，愈苦悶愈想嗑，她的苦痛，最後依舊化作了窗臺上的一大堆瓜子殼。

她開始反思自己的人際關係，與冷秋雲為敵，對她很不利，慧仙心裡是清楚的。她一廂情願地要和冷秋雲改善關係，在冷秋雲的桌上放了南瓜子，床上放了盒餅乾，枕頭下面塞了一雙卡普龍絲襪，可惜這種努力來得太遲了，冷秋雲對著那禮物冷笑，拿這東西來收買我？收買我幹什麼？我不是你的柳爺爺，也不是你的趙叔叔！她拿起瓜子和餅乾從窗口扔下來，正好顧瘸子在樓下走過，結果南瓜子和餅乾全都落在顧瘸子身上，顧瘸子把瓜子掃到垃圾箱裡，把餅乾拿走了。

油坊鎮是慧仙的天堂，也是她的地獄。好多地方她不敢去，好多地方她不屑於去，好多地方她一去，就被人指指點點的，一去就後悔了。有一天她嗑著瓜子往碼頭上走，走到駁岸上，看見向陽船隊的十一條船正好停泊在岸邊卸油料，這一瞬間時光倒流，她鬼使神差的往一號船的跳板上跨，剛跨上去，人還沒站穩，孫喜明女人看見了她，啊呀慧仙，慧仙你總算知道回來了！這驚喜的喊聲粗聲大嗓，反而把慧仙嚇了一跳，她一慌把手裡的一紙包瓜子扔進河裡去了，船民們聞聲出來，看見她正歪著身子站在一號船跳板上，扭頭看河裡漂浮的一堆瓜子，幾條船上的呼喚聲此起彼伏響起來，慧仙，到我家來，慧仙，上我家的船，來吃飯！孫家的小兒子小福怕慧仙被別人搶去，衝到跳板上來拉慧仙，姐姐快過來，快走過來啊，上我家吃飯！跳板一晃，慧仙驚叫起來，她平衡著身子抬起臉，臉色竟然是煞白煞白的，暈，怎麼這麼暈呢？她指指自己的額頭，朝小福勉強地笑了笑，姐姐頭暈呢，我不會走跳板啦，下次再過來看你們。說完她朝孫家人揮揮手，一扭身跑了。

慧仙的回家之旅走了一半就取消了，是她自己取消的，這讓向陽船隊的船民們感到有點傷心。她不惦記船隊，船隊的人惦記她，她不關心向陽船隊，船民們卻四處打聽她的前途和未來。她的事情反正也不算什麼機密，很快大家就打聽清楚了，慧仙在綜合大樓失了寵，前途很渺茫，未來很模糊。這結局是誰也沒料到的，船民們都想知道她以後會怎樣，去問孫喜明，孫喜明果然知道一點內情，他唉聲嘆氣地說，你們有誰聽說過人有「掛」命的？慧仙這孩子，就是個「掛」命——小時候「掛」了那麼多年，才出息沒幾天，聽說最近又被趙春堂「掛」起來啦。

人民理髮店

那一陣子，慧仙天天到人民理髮店去。

人民理髮店是油坊鎮的時尚中心，俊男靚女都去那裡，自以為是俊男靚女的，也要去那裡。這一批人以理髮師老崔為中心形成一個小圈子，理髮店的店堂便成了一個公共小沙龍，每天都有人來，不一定來理髮，主要來交流服飾髮型方面的最新情報，偶爾也要討論一下文學電影和戲曲。這個地方的人見多識廣，不以成功論英雄，反而有點以貌取人。他們是接受慧仙的，也是歡迎慧仙的。慧仙喜歡理髮店的熱鬧，理髮師老崔他們欣賞她的名氣和美貌，他們在一起志趣相投，她坐到人民理髮店去，像一條魚回到了水裡，理髮店接納她，也像一條河收留一條孤單的魚，正好是兩全齊美。

她總算獲得了安寧。理髮店裡鏡子多，四處反射出她的倩影，她百無聊賴，一邊在鏡子裡打量自己，一邊看理髮師給時髦女人們做頭髮。也許是從別人的髮型裡發現了自由之光，突然有一天，她決定讓自己的頭髮投奔自由。她坐在椅子上把頭上的髮卡一個一個地摘掉，拆掉了高髻，對鏡端詳了半天，最後抓著自己的長辮子走到理髮師老崔面前，老崔，把我的辮子剪了，我煩了，再也不想要這根辮子了。

老崔哪裡敢剪這條辮子？他不肯剪，慧仙自己去抓剪子，對著鏡子要動手，老崔大叫道，別動，李鐵梅的辮子呀，那麼好的辮子怎麼捨得剪？剪子下去，你就不是李鐵梅啦。慧仙尖利地嚷嚷著，我煩死了這根辮子，我煩死李鐵梅了！她怒目圓睜跟老崔搶一把剪子，那眼神和動作都是破壞性的，老崔有點害怕，他說小鐵梅你的辮子是公共財產呢，要剪，一定要請示趙春堂。慧仙跺腳道，不准再叫我小鐵梅，我不是小鐵梅，是江慧仙！我的辮子歸我管，愛剪就剪，你去請示趙春堂，我就自己剪！

最終還是老崔屈服了。辮子要剪，剪什麼也是個大問題。他和慧仙探討了一番大地方流行的幾種髮型，決定開風氣之先，為慧仙做一個《杜鵑山》裡女英雄柯湘的髮型，也就是時尚圈子裡談論的「柯湘頭」。也許是出於壓力，剪辮子的時候老崔的剪刀抖得厲害，自己不敢下手，讓小陳過來幹這粗活。小陳年輕，有點沒心沒肺的，嘴裡一聲咔嚓，抓過辮子就是一剪刀，那條粗黑的長辮子墜落在地上，竟然發出了悶悶的迴響，慧仙尖叫了一聲。老崔以為小陳剪到了她耳朵，問她怎麼回事，慧仙白著臉搖頭，沒怎麼，就是頭上突然輕了，空空的不習慣。老崔看她用眼睛瞟著地上那條辮子，提醒她說，現在後悔也來不及了，你自己不聽勸，辮子剪了接不回去的。慧仙說，誰後悔？老崔你門縫裡看人呢，我做事從來不後悔。她側臉盯著地上的那條長辮子，看上去嘴角是笑著的，眼睛裡卻閃出了一絲淚光，她說，你們看，這辮子還會爬呢，像不像一條蛇？理髮店裡鴉雀無聲，大家瞪著地上的辮子，沒有人發現那辮子有爬行的功能，也沒有人認為那辮子像一條蛇，只有一個女顧客想到了辮子與錢的關係，慧仙，你快把辮子收起來，可以賣給收購站的，這麼好一條辮子，起碼七八兩重，值很多錢呀。

誰稀罕，賣給收購站的東西，能值錢嗎？她冷笑一聲轉過頭去，義無反顧地看著鏡子，對老崔說，還磨蹭什麼，來，來做「柯湘頭」呀！

李鐵梅變柯湘，變的是髮型，這事在油坊鎮上並沒有引起轟動。慧仙長大了，失去轟動效應了。她留著「柯湘頭」在理髮店一坐坐了大半年，早晨離開綜合大樓，晚上回到大樓裡的宿舍，就像上下班一樣，趙春堂不管她，她也主動割斷了與綜合大樓糾纏不清的關係。理髮店裡的人都說她把綜合大樓當了旅館。但是那旅館終究也出了問題，有一天冷秋雲私自換了宿舍的門鎖，她回去開不了門，就把門砸開，跟冷秋雲大吵了一場。第二天再回宿舍，門鎖又換了，糾紛也升級了，慧仙看見她的箱子鋪蓋被扔到走廊上，那盞鐵皮做的紅燈放在箱子蓋上，她在走廊上大叫大嚷起來，冷秋雲不知躲到哪裡去了，高掛免戰牌，旁邊宿舍的人出來勸她不要衝動，說冷秋雲也有難處，她丈夫要來探親了，你住裡面，他們夫妻不方便的。慧仙說，她不方便，我還不方便呢，這是我們兩個人的宿舍，一人一半，我不同意，她丈夫就不能住進來！人家說你不同意有什麼用，這是集體宿舍，書記同意了，你就得讓宿舍，冷秋雲問過趙春堂了，讓你住到三樓小會議室去呢。慧仙驚叫起來，把我當什麼了？桌子椅子才住會議室，我不是桌子，不是椅子，我不住會議室！

慧仙氣白了臉，一件件查看走廊上的東西，越看越氣，一跺腳嘴裡便罵起了髒話，冷秋雲，你這個茄子貨，敲，敲，敲死你，看我敲不死你個茄子貨！旁邊的幹部知道茄子貨的意思，更知道敲的意思，那都是向陽船隊罵人的髒話，他們先是目瞪口呆，很快反應過來，群情激憤地對她進行了圍剿，小鐵梅你該死呀，組織上白教育你了，白培養你了？怎麼一下子就墮落成這個樣子？同志之間有矛盾，再怎麼也不能像船上的潑婦那樣滿嘴髒話呀！慧仙意識到自己犯了眾怒，你們為什麼都幫她說話？她活該挨罵，人不犯我我不犯人，人若犯我我必犯人，毛主席說的！她竟然引用毛主席語錄為自己辯解，旁邊的幹部們都又好氣又好笑，有個女幹部尖刻地說，你們聽聽，誰說她不愛學習？她也學的，都學到歪門邪道上去了。

她提著那盞紅燈去四樓找趙春堂。趙春堂一向知道她和冷秋雲的糾紛，以前有糾紛，大多是慧仙的錯，他袒護慧仙，站在慧仙一邊，這次明明是冷秋雲扔她的東西，趙春堂卻怪罪了慧仙。她人還沒進趙春堂的辦公室，就聽見趙春堂先發制人的聲音，你是什麼資產階級的嬌小姐？啊？你還有臉來告狀？人家夫妻團聚，你怎麼就不能在會議室將就幾天？

慧仙提著紅燈站在門口，不識時務地嚷嚷，你偏心，我好欺負呀？憑什麼我要住會議室，為什麼他們不去住會議室？

他們一個是軍人，一個是軍屬，組織規定要優先照顧，你是什麼？我照顧你照顧得還不夠？趙春堂斜睨著慧仙手裡的紅燈，掩飾不住鄙夷的口氣，你還提著那盞紅燈幹什麼？看看你現在的樣子，還有資格舉紅燈嗎？自己去拿個鏡子照一照，你身上現在還有沒有一點李鐵梅的影子！

慧仙提起手裡的紅燈看了看，放下來，拿紅燈輕輕撞著自己的腿，我為什麼非要像李鐵梅？我不是李鐵梅，難道就不能住宿舍了嗎？

趙春堂說，你不是李鐵梅，就什麼都不是，什麼都不是，就給我靠邊站一下，請你照顧一下軍屬，住會議室去。

靠邊站就靠邊站，靠邊站也不照顧她！她今天扔我的箱子，我明天去扔她的被子！

你敢去扔她的被子，我就把你人扔了，扔回向陽船隊去，你信不信？趙春堂拍拍桌子，嫌厭地逼視著慧仙，向陽船隊去不去？啊？不願意回船上去了？不願意，就聽我的安排，住到會議室去。

為什麼非要讓我住會議室？還有三間女宿舍呢，我都願意住的。

你願意，人家不願意！趙春堂說，你以為自己群眾關係很好嗎？你早不是當年的小鐵梅了，現在誰還喜歡你？一共四間女宿舍，我都問過了，沒一間歡迎你！

他們不歡迎我，我還不待見他們呢。慧仙悻悻地說，反正我不住會議室，我一個女孩子家，住那兒不安全，也不方便。

什麼叫不安全？什麼叫不方便？你是嬌氣，任性，麻煩多！趙春堂不耐煩了，他轉頭朝窗外的街道掃了一眼，眼睛裡突然閃過一道決絕的寒光，別跟我鬧了，你乾脆從綜合大樓搬出去，住人民理髮店去，你不是天天泡在理髮店嗎，你不是最喜歡研究資產階級生活方式嗎，乾脆住那兒，那兒對你最安全，也最方便！

慧仙愣住了，她沒有料到趙春堂會這麼逼她。這種逼迫先是讓她震驚，很快震驚轉變成了憤怒，她的嘴唇顫抖起來，把紅燈往地上一扔，去就去，我要寫信告訴地區的領導，你是怎樣培養我的，等什麼時候柳部長問起我來，你別後悔！

趙春堂這時候冷笑起來，小姑娘也學會耍政治手段了，拿柳部長壓我呢？過來，給你看一樣東西。他從桌上拿起一份報紙，打開了對準慧仙，來，來看看，你不看報不學習，什麼都不知道，你的柳爺爺前幾天心肌梗塞，去馬克思那兒報到啦。

慧仙走過去便看見了報紙下端的訃告，一個熟悉的銀髮老人，以前在餐桌上慈祥地注視她，在舞臺的後臺慈祥地注視她，現在他變成一小塊黑白照片，躲在報紙上看著她，目光裡仍然充滿了慈愛和溫情。

柳爺爺你別死，別死！她大叫一聲，人一下蹲在地上，捂著臉哭起來了。

那天傍晚她提著箱子和一盞紅燈走進人民理髮店，還是淚痕滿面的，一進去，自作主張地把停止營業的牌子掛到了玻璃門上。幸虧臨近打烊時間，理髮店的顧客都已散去，沒人看見慧仙狼狽的模樣。老崔看看她的淚臉，看看她的行李，嚇了一跳，擺手說搬不得搬不得，你跟幹部怎麼鬧都行，我們不敢摻和，千萬別往我們理髮店搬家，你好好的一個小鐵梅住在理髮店，算怎麼回事呢？

慧仙打了老崔一下，嘴裡叫起來，不准你叫我小鐵梅，你偏叫！現在我是江慧仙，是野狗，是野貓，就配住理髮店了。

老崔說，慧仙你千萬不能使性子，你把行李往哪兒搬都行，就是不能搬出綜合大樓，你跟冷秋雲處不來，就換一間宿舍好了，那麼大一幢綜合大樓，還怕騰不出一間宿舍？

誰稀罕住那綜合大樓？我跟誰都處不來，那樓裡一窩豺狼，沒一個好人！慧仙看老崔和小陳態度消極，突然意識到什麼，嘴裡便嚷嚷起來，老崔，小陳，連你們也不歡迎我嗎？我把你們當朋友，我在岸上就你們兩個好朋友，難道我又瞎了眼睛？

不是我們不歡迎你，是不敢歡迎！老崔急了，一急說話就不顧情面了，江慧仙，你使性子也要看個天時地利，做人誰不受點氣？你這麼任性，這樣破罐子破摔，自做孽不可饒啊，這樣下去你的前途就毀了，前途，前途！前途你到底懂不懂？

老崔這一句話把慧仙問哭了，她抬腳踩住箱子，先是仰著臉哭，然後又悶著頭哭，她一邊抹眼淚一邊朝老崔嚷嚷，前途，前途，前途個屁呀！柳部長死了，何爺爺調走了，趙春堂跟我翻臉了，我一個關係也沒了，再也沒有人培養我了，我還有什麼前途！

理髮師們最終拗不過慧仙，臨時安排慧仙住在後面的小鍋爐屋裡，這也是螺螄殼裡做道場，好在天氣冷，靠著鍋爐還可以取暖。老崔招呼小陳把兩張顧客坐的長椅拼起來，做了一張床，朋友畢竟是朋友，兩個理髮師努力把鍋爐間改造成慧仙的臨時宿舍，一邊忙碌一邊耳語，反正是臨時的，讓她湊合幾天，我們也湊合幾天，她畢竟是趙春堂的一張牌，趙春堂不會不管她的。

他們在鍋爐邊整理床鋪，慧仙從店堂裡進來了，抱著幾件白大褂，要把白大褂掛在窗子上。老崔叫道，你把白大褂做窗簾，我們明天穿什麼剃頭？慧仙回頭不滿地瞪著老崔，說，你的工作服重要還是我的名譽重要？睡覺不掛窗簾怎麼行？你們不知道這鎮上情況很複雜？有人表面上假正經，暗地裡不幹正經事，喜歡偷看我的！

也不知道她在說誰，老崔他們沒有心思多問。理髮店接收慧仙，畢竟是權宜之計，這姑娘的離奇身世，油坊鎮人人都聽說過，她像一只神祕的包裹，不時地更換寄存處，現在不過是寄存到理髮店來了，老崔他們認為一切都是臨時的。過了好幾天，只見慧仙出去，不見綜合大樓來人，老崔才知道情況不妙，他差遣小陳去綜合大樓打聽情況，小陳去大樓裡轉了幾個辦公室，回來向老崔彙報說，打聽不到什麼消息，誰也沒興致談慧仙的事嘛，那樓裡，好像沒人管她的事了。

大約是在四天以後，趙春堂來到了人民理髮店。他一來，理髮店裡的人一下都站起來了，唯有慧仙坐在長椅上一動不動，只用眼角的餘光瞄了瞄趙春堂。老崔不知道他此行是來理髮，還是來挽救慧仙的，看趙春堂往轉椅上一坐，趕緊拿著梳子剪子過去，趙書記是來理髮，還是來找慧仙的？趙春堂擺擺手說，什麼都不是，你先幫我把頭髮修一修。老崔莫名地感到心驚，小心翼翼修著趙春堂的頭髮，側臉對慧仙使眼色，要慧仙趁機過來搭訕幾句，慧仙一扭頭，裝作沒看見，拿了把指甲刀沙沙地銼她的手指甲。老崔放下梳子又去拿剃刀，趙書記要不要刮刮鬍子？趙春堂沒表態，這次慧仙膽大包天，竟然在那邊說起怪話來了，喊，趙書記又沒鬍子，刮什麼鬍子？老崔感覺到趙春堂的身體動了動，他慌了，差點去按住趙春堂，但趙春堂只是欠起身子朝店堂裡的人看了看，群眾能不能先暫時回避一下？老崔和慧仙留下，我們談點工作，幾分鐘就好。

幾個顧客不情願，但最後都跟著理髮師小陳出去了，他們頭髮剃得不三不四的，身上還圍著罩布，站在門外探討，那麼三個人在一起，牛頭不對馬嘴的，他們會談什麼樣的工作？也就過了幾分鐘，老崔來開門了，是給趙春堂開門，趙春堂帶著一股鳳凰牌潤髮油的香味走出理髮店，表情有點輕鬆，又有點悲傷。顧客們目送趙春堂的背影離去，湧進了店堂，看見那慧仙脹紅了臉高舉著一把梳子和一把推剪，左手的梳子不停敲擊右手的推剪，啪啪啪。啪啪啪。她嘴裡一疊聲地叫喊，誰要剃頭，誰要我剃頭？給點面子，我給你們來剃頭！

他們聽出慧仙的聲音歇斯底里的，外面的人不知裡面談話的內容，也就不知道慧仙為什麼一下如此衝動。老崔過來搶奪下慧仙手裡的東西，把她推進鍋爐間去，慧仙你冷靜一點，注意影響！他大喊一聲撞上門，把她反鎖在裡面了。店堂裡的人都七嘴八舌地向老崔打聽，你們開的什麼會？慧仙到底出什麼事了？老崔不願意多嘴，只是一聲聲地嘟噥，這算什麼任命？什麼組織決定呀，理髮店這堆事，也就是剪洗刮吹那一套，有什麼好培養的？有什麼好鍛鍊的？培養好了鍛鍊好了，能進中南海給中央領導剃頭去？

老崔不肯把話說清楚。是慧仙自己在鍋爐間裡大喊大叫，老崔啊，小陳啊，從明天開始，我們三個人就是一條戰壕裡的戰友啦！理髮師小陳不相信自己的耳朵，瞪著老崔說，開玩笑？讓她來我們店裡了？她再怎麼失寵，也不至於這麼安排她吧！老崔說，你瞪著我幹什麼？這麼大的事情，誰有心思開玩笑？趙春堂一亮底牌，我也不相信自己的耳朵呀，誰想得到這小鐵梅風光一場，最後成了個女剃頭的！

關於慧仙的消息總是跑得比馬還快。第二天向陽船隊的人都聽說了，慧仙下放到人民理髮店，做了個女剃頭的！之前各家的船上都還在猜測慧仙的去向呢，猜什麼地方的都有，縣城地區甚至省城，猜什麼職業的都有，廣播站宣傳隊婦聯團委甚至縣委領導班子，船民們都往好地方猜，往高處猜，誰會猜到人民理髮店去呢？慧仙，慧仙，向陽船隊的驕傲，從此以後，她驕傲的身影將站在人民理髮店的玻璃櫥窗後面，繼續接受大眾的檢閱，從此以後，她驕傲的雙手將回報油坊鎮人民，回報養育她的向陽船隊，慧仙，慧仙，我祕密的向日葵，從此以後，她要為人民服務了，她要為大家刮鬍剃鬚剪頭髮啦。

那一年，慧仙剛滿十九歲。

理髮

河上十三年，最後一年我的心留在了岸上。

我到人民理髮店去，走到門邊，看見理髮店的兩側牆壁被打穿了，改造成兩個玻璃櫥窗，左邊的一個擺放了三個塑膠頭模，都代表女人，分別披掛著波浪形的假髮，三塊小牌子，標示很清楚，長波浪，中波浪，短波浪。我搞不清楚，又不是金雀河的河水，又沒有大風，為什麼女人們都要把頭髮搞成各種波浪？我去看右邊的櫥窗，看見裡面張貼了好多畫報上撕下來的劇照，畫質模糊，很多來歷不明的城市女郎頂著各種新奇古怪的頭髮，在櫥窗裡爭奇鬥妍，有一張照片卻是特別清晰熟悉的，那是慧仙自己，她舉賢不避親，把自己也陳列在裡面了，照片上的慧仙側著身子，明眸閃亮，注視著側前方，她的頭上頂著一堆古怪的髮捲，像是頂著一堆油炸麻花。

我研究著她新奇的頭髮，沒有覺得那髮型好看，也沒覺得醜陋，腦子裡想起我在工作手冊上抄下的格言，向日葵的腦袋偏離了太陽，花盤就低垂下來，沒有未來了。我知道慧仙這朵向日葵已經偏離了太陽。她離開綜合大樓，讓我覺得親近，可是這不代表我有了親近她的機會，她做了女理髮師，仍然有人對她眾星捧月，鎮上那個時尚小圈子的人有機會親近她，理髮店的老崔和小陳天天和她一起吃飯一起工作，好多垂涎女色的大膽之徒沒有機會創造機會去親近她，我既沒有那樣的無恥，也沒有那樣的膽量，如果不剃頭，我怎麼也不敢走進理髮店去。

我的頭髮不長，我的頭髮長得很慢，這是我的一個大煩惱。我坐在人民理髮店的斜對面，坐在一家彈棉花的作坊門口。我必須坐著，把旅行包放在腳邊，這是代表我在歇腳，坐得光明磊落。作坊裡的工人彈棉花彈得很賣力，嘣，嘣，嘣，嘣，鋼絲弦彈擊棉花的噪音有點像我的心跳。我不能在理髮店門口徘徊，徘徊容易引起注意，我更不能趴在理髮店的玻璃門上向裡面張望，白癡才做那樣的傻事。我必須坐在斜對面，我坐著，看見人們從玻璃門裡進進出出的，無論是熟人還是陌生人，我對他們都有一種本能的妒意。治安小組的王小改來得很勤，看得出來，他對慧仙心懷鬼胎，可是小改就有這樣的本事，明明心懷鬼胎，卻能一本正經地走進去，談笑風生地走出來。船隊的船民中，數德盛女人最愛跑理髮店，德盛女人愛美，德盛又寵她，別人都省錢，去街頭攤子上剪頭，她捨得花錢，要趕潮流，偏偏又與慧仙親密，坐到理髮店，既要和慧仙說話，又要做頭髮，還要東張西望觀察鎮上時髦女人的打扮，她一心三用，一時半會兒是不會走的。德盛女人一來，我就只好鑽進棉花作坊去，去看工人彈棉花，德盛女人什麼都好，就是愛管閒事不好，如果她問我怎麼天天坐在這個地方歇腳，我怎麼回答好呢？

我坐在那裡，心裡懷著祕密，身體有時候發熱，有時候卻又冷又僵。理髮店是公共場所，為什麼我不能像別人一樣大大方方地進出埋髮店呢？其實我自己也說不清楚。為了慧仙，我坐在那裡，比所有人想像的更溫柔，也比所有人想像的更陰冷。我被父親監督了十三年，只有在岸上，我才能徹底擺脫父親雷達般嚴酷而靈敏的目光，這是我最自由的時光，我卻利用這寶貴的時光來監督慧仙——不，也許不是監督，是守護——也許不是守護，是監視。無論是守護還是監視，那都不是我的權利，我只是莫名其妙地養成了這個習慣。

進出理髮店的男人很多，誰心裡有鬼，我都看得出來。我心裡有鬼嗎？也許有。也許我心裡有鬼。每次上岸我都穿上兩條內褲，防止不合時宜的勃起，害怕勃起，證明我心裡有鬼，兩條內褲就是罪證。我心裡有鬼，這使我膽怯，也使我緊張不安。透過人民理髮店的玻璃窗，有時候能僥倖看見慧仙的身影固定在轉椅邊，更多的時候，她白色的身影是在晃動的，我離慧仙很近，也很遠，那距離恰好在誘惑我想像慧仙，這是我最害怕的事，也是我最享受的事。隔著幾米遠的距離我想像慧仙，想像她和店堂裡每一個人的談話，想像她一顰一笑的起因，想像她為什麼對張三親熱對李四冷淡，她保持靜止，我想像她的內心，她偶爾走動，我想像她的腿和臀部的曲線，她的推子剪子在別人頭上反覆耕作，我想像她的手指如何靈巧地運動。我不允許自己想像她的身體，可有時候我控制不了自己，我把想像範圍局限在她的脖頸以上膝蓋以下，一旦越過界線，我會強迫自己去看路邊的垃圾箱，不知什麼人在垃圾箱上寫了兩個字，**空屁**。我懷疑那是對我發出的警告，對於我來說那是一種靈驗的祕方，我對著垃圾箱連續念叨三遍，**空屁空屁空屁**，我性腺內的溫度就降下來了，那種令人難堪的衝動便神奇地消失了。

五月裡春暖花開，油坊鎮上街邊牆腳的月季花雞冠花晚飯花都開了，人民理髮店店堂門口的向日葵也開花了，我從店堂門口走過去，那碩大的金黃色花朵竟然在我的腿上撞了一下，就是那麼輕輕一撞，讓我想起了多少往事，是一朵向日葵在撞我，不是暗示就是邀請，我怎麼能無動於衷？勇氣突然從天而降，我提著旅行包推開了那扇玻璃門，走進去了。

店堂裡坐滿了人。我進去的時候並沒有誰注意我。幾個男理髮師都在忙，沒人招呼我，慧仙背對著門，正在給一個女顧客洗頭，她的臉倒映在鏡子裡，我的目光在鏡子裡與她不期而遇，她的眼睛一亮，只是一瞬間，又暗淡下去，身子側過來一點，似乎要仔細看看我，又放棄了，慢慢地扭回去。她也許認出了我，也許錯認了我。我不知道她是怎麼回事。我注意到店堂裡有一個報架，一份幾天前的《人民日報》被翻閱得皺巴巴的，精疲力竭地從架子上垂下來，我立刻決定利用這份報紙做我的掩體。我坐在角落裡，一直在調整我的腦袋與報紙的距離和落差，怎麼調整也不穩妥。一定是我心虛的原因，我總覺得慧仙在鏡子裡看我，我愈是想表現得坦蕩，就愈是坐立不安。其實我不知如何與慧仙相處，過去不懂，現在還是不懂。我甚至不知道怎樣跟她打招呼，以前在船隊的時候，我從來不叫她的名字，也不敢叫她向日葵，我叫她「喂」，我一叫「喂」，她就過來了，知道我有零食給她吃。現在她變了，我也變了，更不知道該怎麼和她說話了。我想來想去，還是決定聽天由命，如果慧仙先跟我說話，算我走運，如果她不願意搭理我，也沒什麼大不了的，說到底，我不是來跟她說話套近乎的，我是來監督她的。

女人饒舌，到理髮店裡來做頭髮的時尚女人更饒舌。他們對慧仙的手藝好奇，對她一落千丈的現狀更好奇。慧仙的打扮乍看像個醫生，穿白大褂，戴一副醫用橡膠手套，她倒提起女治安隊員臘梅花的一把頭髮，搓羊毛似的搓她的頭髮。臘梅花的腦袋埋在水盆上，滿頭肥皂沫子，嘴不肯閒著，東一句西一句地盤問慧仙，你不是要去省裡學習的嘛？大名鼎鼎的小鐵梅呀，怎麼到理髮店來幹這行？慧仙應付這樣的問題，顯然已經很老練了，她說，還小鐵梅呢，早就是老鐵梅了，理髮店怎麼啦，低人一等？到哪兒不都是為人民服務嘛。臘梅花擺出一副見多識廣的樣子，鼻孔裡哼了一聲，你們這些吃文藝飯的，嘴裡就是沒一句真話。我可是了解你們這些人的，整天跳啊唱啊化妝啊卸妝啊，你們是種過一株稻子還是造過一顆螺帽？什麼為人民服務？是人民為你們服務！慧仙說，你這話說別人去，跟我沒關係，我早不吃文藝飯了。現在是我給你洗頭吧？是你坐著我站著吧？你自己說，我們誰在為誰服務？臘梅花一時語塞，過了一會兒突然抬起頭，眼睛裡閃閃爍爍的瞥一眼慧仙，小鐵梅你別唱高調了，你不會甘心為我們這些人服務的，我知道你為什麼在理髮店啦，一定是在鍛鍊你的技術，要派你去給高級領導剃頭理髮吧？慧仙說，你還真能瞎編呢，高級領導我也不是沒見過，人家有炊事員，有警衛員，還有祕書，沒聽說有女理髮師的。臘梅花的鼻孔裡又哼哼了一下，說，別以為你見過世面，你還嫩著呢，我告訴你一句話，女人靠自己的勞動吃飯，只能喝稀飯，女人憑姿色吃飯，憑靠山吃飯，才能吃香的喝辣的！慧仙說，說得對呀，我沒有姿色，也沒有靠山，只能為你服務了。臘梅花嘴裡嘖嘖地響了幾下，思考著什麼，突然說，也奇怪了，聽說你有好多靠山的呀，鎮上有趙春堂，縣裡有何書記，地區還有個柳部長，那麼多靠山，怎麼一下都不管你了呢？慧仙惱了，冷冷地說，你是來做頭髮還是來造謠呢，什麼靠山靠水的？我連爹媽都沒有，哪來的靠山？你們稀罕靠山，我不稀罕！臘梅花被搶白了一通，嘴巴安靜了，腦子沒停，過了一會兒她終於還是沒管住自己的舌頭，小鐵梅呀，我知道你為什麼在這裡了，是「掛」基層吧？「掛」半年？一年兩年？我勸你跟領導要個期限，聽我這句話，再年輕的女孩子，也有人老珠黃的一天，老了醜了，就沒有前途啦！這下慧仙不耐煩了，我看見她面露怒容雙目含恨，兩隻手在臘梅花的頭髮上粗暴地揉了幾下，隨手從架子上抽了塊毛巾，拍在臘梅花的頭上，嘴裡說，「掛」多久是多久，「掛」一輩子也不怕，要你操什麼心？我從小就被「掛」慣了，不怕「掛」！

也不知道為什麼，這時我的腦袋再也藏不住了，我收起報紙，忍不住朝臘梅花惡狠狠地瞪了一眼，茄子貨，不說話會憋死你！我這麼小聲地嘀咕了一句，被罵的沒聽見，理髮師小陳聽見了我的聲音，回頭盯著我說，你罵誰茄子貨呢，你要憋死誰？人家婦女拌嘴，你個大小夥子多什麼嘴？

我一慌，連忙矢口否認道，我什麼都沒說，我在看報紙。

小陳說，你會湊熱鬧呢，這麼多人在店堂裡，你還擠進來看報紙？這兒是理髮店，又不是公共閱報欄。

小陳說話嗓門大，他嗓門一大我更慌亂，一亂就前言不搭後語了，我不是來看報紙的。我說，誰不知道這兒是理髮店？我是來剃頭的。

你到底是來看報還是剃頭？小陳說，我看你不是來看報紙的，也不是來剃頭的，你鬼鬼祟祟的像個美蔣特務，你什麼人，是從哪兒來的？

這麼一來，理髮店裡的人都注意到我了，我看見慧仙的目光投過來，餘怒未消，懶懶的，很散漫的，突然雙眸一亮，她似乎認出了我，用一把梳子指著我說，是你呀，你是那個——那個什麼亮嘛。

她對我莞爾一笑，驚喜的表情中夾雜著困惑。我看著她絞盡腦汁回憶我名字的樣子，心裡沮喪極了，怎麼也沒想到，她竟然記不起我的名字了，不管是庫東亮，還是東亮哥哥，哪怕是我的綽號空屁，她至少應該說出來一個吧？她的蘭花手指朝我翹了半天，終於放下來了，臉上流露出歉意來，看我這什麼爛記性，我明明記得的，怎麼說忘就忘了？什麼亮？你是向陽船隊七號船的？我記得的，你們家船艙裡有一張沙發！你別那麼怪裡怪氣地看著我嘛，不過是一時想不起你的名字來了。她一定是注意到了我失望的表情，內疚地笑著，轉身環顧店堂裡的人，他叫什麼？你們誰快提醒我一下呀，說一個字就行，我肯定能記起來的。

店堂裡有個穿花格子襯衫的青年，是碼頭上開吊機的小錢，他認識我，一直在那邊怪笑，這時捏著嗓子說了一個字——空。

什麼空，你少搗亂，哪兒有姓空的？慧仙說，他姓空，你姓滿啊？

小錢說，你不是說只要一個字嗎？我就知道他綽號，叫空屁嘛。

慧仙啊呀一聲恍然大悟，不知是出於羞愧，還是出於敏感，我注意到她的臉頰上風雲變幻，升起了兩朵紅暈，她捲起白圍兜對著我肩膀打了一下，然後用白圍兜蒙住臉癡癡地笑，看我這爛記性，你不是庫東亮嘛，小時候我吃了你不少零食呢。說時遲那時快，我聽見耳邊刷地一聲，一陣輕風襲來，帶著光榮牌肥皂的清香，她已經把白圍兜對準我抖開了，用一種命令般的口吻說，庫東亮，來，我來給你剃頭！

我本能地抱住了頭，頭髮不長，今天不剃，我馬上就回船上去了。

你怕我剃不好？我現在技術很好，不信你問他們。她的手朝店堂裡潦草地一指，眼睛審視著我的頭髮，嘴裡咿咿呀呀叫起來，你梳頭用梳子還是用掃帚呀？這算什麼頭髮，是個鳥窩嘛，留著它幹什麼，下蛋呀？來，剃了！

她揮動白圍兜，啪啪地清掃著轉椅上的碎髮，坐上去，客氣什麼？快坐上去呀。我左右為難，看見她對準轉椅踢了一腳，轉椅自動轉了一圈，轉出了風，風把她的白色大褂吹開了，我看見她裡面穿的是一條齊膝的藍裙子，裙子也揚起來了，露出了她的兩個膝蓋。膝蓋，膝蓋，兩個饅頭般可愛的膝蓋，兩個新鮮水果一樣誘人的膝蓋。一瞬間時光倒流。我條件反射，趕緊低下了頭。我低下了頭，耳邊依然響起一聲嚴厲的警告，小心，給我小心。好像是我父親的聲音，也好像是我自己的聲音。我低著頭，眼睛不知該往哪裡看。目光是危險的，目光最容易洩露天機，每當這種危險降臨的時候，我就提醒自己，脖頸以上，膝蓋以下。可是我不敢看她的脖頸以上，也不敢看她的膝蓋以下，我只能往店堂的水泥地上看。這樣，我看見了地上一堆堆黑色的長長短短的碎髮，慧仙的腳正踩在一堆碎髮上，就像踩著一座不潔的黑色小島，她穿一雙白色的半高跟皮鞋，肉色的卡普龍絲襪，一縷黑頭髮不知是男客還是女客的，正悄悄地伏在她的絲襪上。

你怎麼啦？看你失魂落魄的，是剛偷過東西，還是剛殺過人？她狐疑地盯著我的臉，一邊跟我打趣，幾年不見了，你怎麼還是怪裡怪氣的？不剃頭，你跑理髮店幹什麼？

我被她問得啞口無言。她不過是要給我剃個頭而已，我為什麼這麼害怕呢？我到底在怕什麼？我覺得自己心裡有鬼，心裡有鬼嘴裡就支支吾吾起來，今天剃頭來不及了，我爹身體不好，得回去給他做飯了。

她哦了一聲，大概想起了我父親和他著名的下半身故事，突然想笑，不好意思笑，趕緊捂住嘴，巧妙地打了個岔，我乾爹我乾媽怎麼樣？我讓德盛嬸嬸捎了好幾次口信了，讓他們來理髮，他們就是不肯來，是對我有意見吧？

她有時候無情有時候有義，全憑心血來潮，我知道這是問候孫喜明夫婦了，就替他們打圓場，他們對你哪來的什麼意見？是嫌你們這兒理髮貴，他們節約慣了，捨不得錢吧。

貴什麼？人民的理髮店，能貴到哪兒去？回去告訴他們，他們一家來，洗剪吹燙，我都給他們免費，我現在就是為人民服務的。

我嘴裡應承著，到角落裡去拿我的旅行包。店堂裡的人都好奇地瞪著我，每個人的表情看上去不一樣，但都若有所思。這裡的人明顯是有門第觀念的，慧仙對我的熱絡引起了幾個人的反感，他們覺得我不配，尤其是花格子襯衫小錢，他坐在椅子上，一隻腳挑釁地伸出來踢我的旅行包，空屁，你的包裡到底藏了什麼鬼東西？每次上岸都帶著個包，鬼鬼祟祟的，我要是治安小組，一定要好好查一查你的包。我打開了旅行包的拉鏈，針鋒相對地瞪著他，你要不要查我的包？我讓你查，看你敢不敢查？小錢朝我包裡掃了一眼，沒來得及說什麼，旁邊的理髮師小陳粗魯地推起我肩膀，走吧走吧，都別在這裡耍威風，以後不剃頭的禁止進來，我們這兒是理髮店，不是公園。

那小陳對待我的態度最惡劣，看在他是慧仙同事的分上，我不便發作。我拿起旅行包走到門口，慧仙跟過來為她的朋友們開脫，她說，別怪他們反感你，我們這裡的人，都很時髦的，你看看你這行頭，土八路進村，一個大小夥子上岸，也不知道拾掇一下自己。她拍著我的旅行包，手在包上東捏一下西捏一下。這個動作我熟悉，長這麼大了，她居然還改不掉這個習慣，喜歡捏別人的包。我的包裡裝滿了罎罎罐罐，她摸得出來，不感興趣，手縮回去伸進自己的白大褂口袋，摸出一顆泡泡糖，舉高了，鄭重其事地交給我，你替我帶給小福，我上次在街上碰到他，他跟我要泡泡糖吹呢，我答應送他一顆，說話一定要算話。

我剛把泡泡糖扔進包裡，又聽見她問，櫻桃呢，她怎麼樣了，要嫁人了吧？櫻桃是她的冤家，我的名字她記不住，冤家的名字她倒不忘記。我有點生氣了，你還惦著她？我不知道她的事，她嫁不嫁人，不關我什麼事。

隨便問問的，你緊張什麼呀？她俏皮地指了指我鼻子，我又不給你們說媒，我讓你給她捎話呢。看起來她與櫻桃的嫌隙還在，我等著她捎的話，她斟酌了一下說，回去替我轉告櫻桃，讓她別在背後說我閒話了，我現在什麼也不是，一個女剃頭的，沒什麼值得她嫉妒了，還說我什麼閒話？

我走出理髮店時心情複雜，這次相遇，我不知道是幸運還是不幸。她對我的態度比想像中的熱情，那熱情坦坦蕩蕩的，讓我感到三分溫暖，卻有七分不滿。她為什麼會忘了我的名字？她問這問那，為什麼不問問我的情況？我站在街上，回頭瞥見那只垃圾箱上的塗鴉，忽然感到一種深深的哀傷。空屁。我在她的眼裡是空屁？空屁。我對她的思念是空屁？我思念慧仙思念了這麼多年，記了這麼多文字，吃了這麼多苦，那一切都是空屁？

河上十三年，最後一年我頻頻上岸到油坊鎮去。

我不知道著了什麼魔，旅行包裡明明裝著父親的信，必須盡早投進郵筒，可是經過郵局時我的腿邁向了人民理髮店的方向。船上的柴米油鹽都是我負責採購，可是路過菜市場的時候我總是安慰自己，不急不急，排隊人這麼多，等會兒再來沒關係。我急著到人民理髮店去。我的魂丟在人民理髮店了。也許是為了讓慧仙記住我，也許是為了強迫自己遺忘慧仙，我懷著一半愛意一半仇恨，枯坐在理髮店的店堂裡，一坐就是半天。我強行闖入那個時尚的小沙龍，有時候我像一個啞巴沉默不語，只觀察不說話，有時候我像一個盲人，坐在角落裡閉著眼睛曬太陽，只傾聽不抬眼。我的行為酷似侵略者的行為，起初是幾個理髮師想方設法驅逐我，我自巋然不動，後來連慧仙也討厭我了，她討厭我自己不好意思說，竟然繞個圈子讓德盛女人來轉告。

有一天德盛女人悄悄地把我喊到船尾，她站在八號船船頭凝視著我，目光很古怪，你今天又去理髮店了？我說，我又不是反革命，行動自由，我去理髮店犯法嗎？她冷笑一聲說，不犯法，犯噁心，慧仙說你去監視她呢！然後德盛女人就劈頭蓋臉譴責起我來，東亮，你究竟在動什麼糊塗心思？慧仙是你什麼人？你是她什麼人？大老遠的，你憑什麼跑去監視她？你再這樣監視她，我告訴你爹去！

監視。德盛女人一語道破天機。儘管嘴上不認帳，我心裡承認，她們沒有冤枉我，我是在開始監視慧仙了。河上十三年，最後一年我成了慧仙的監視者。

一天

1

不知道德盛女人是否向我父親打過小報告，也不知道父親從船民們嘴裡聽到了什麼閒話，有一天我上岸前突然被父親叫住了，他手裡拿了一張紙說，東亮，我給你制定了上岸日程表，你好好看看，從今天起，你每次上岸都要按照日程表上的規定，不准延時，不准到岸上幹不三不四的事情！

我接過紙一看，果然是一張上岸日程表的表格，內容大致如下：上岸時間總計兩小時，購置船上生活用品限制在四十分鐘之內，洗澡理髮上廁所不得超過三十分鐘，去郵局寄信去醫院配藥之類雜事二十分鐘，剩餘時間用於步行或機動。我拿著日程表心裡就涼了，對父親嚷道，我不是犯人，犯人放風才規定放風時間呢！父親說，我再不嚴加管教，你離監牢也不遠了。別以為我在船上什麼都不知道，告訴你，你在油坊鎮上放一個屁，我都聽得見！

我心裡有鬼，只好忍氣吞聲。上岸之前我先拾掇旅行包，然後我精心修飾了一番自己的儀表，父親在旁邊不滿地瞪著我，頭髮抹那麼多油幹什麼？皮鞋擦得那麼亮有什麼意義？外表不重要，心靈美才是美你懂不懂？他指著艙裡的鬧鐘重申他的規定，我在船上看著鬧鐘呢，兩個小時，你千萬別忘了，超過一分鐘，我也不會饒了你。我提上旅行包爬出後艙，走到艙門口，聽見父親的又一道命令，站住，還有一條規定我忘了說，從今天起，你每次上岸前都要向你奶奶宣誓！我迷惑地看著他，今天又不是九月二十七日，我上岸去買油買米，宣的什麼誓？他拉拽住我的胳膊，抬起我的下巴，讓我仰望著艙棚上懸掛的鄧少香烈士遺照，你不會宣誓我教你，宣誓不一定背誦什麼豪言壯語，看著你奶奶的照片，看一分鐘！我就那麼被父親托著下巴，站了一分鐘，一分鐘過後我聽見了父親嚴肅而沉重的聲音，記住，你可以欺騙我，不可以欺騙你奶奶，不該去的地方千萬別去，不該幹的事情千萬別幹。岸上現在風氣不好，你幹什麼都要想一想，你是誰的後代，千萬別給你奶奶的英魂抹黑！

這麼多年了，我們家光榮的血統已經命若游絲，父親卻依舊守護著那圈血統的光輝。我對我的血統其實很迷惘，父親為一張烈屬證申訴了十三年，我的迷惘卻無處申訴。我是庫東亮，庫東亮是庫文軒的兒子，如果庫文軒不是鄧少香的兒子，那我就不是鄧少香的孫子了，不是鄧少香的孫子我就是一個空屁，如果我是一個空屁，我與鄧少香烈士有什麼關係呢，一個空屁怎麼會抹黑鄧少香烈士的英魂呢？

我上岸的時候看見王六指的女兒大鳳和二鳳在船舷上曬雪裡蕻，大鳳抱著一棵雪裡蕻，眼睛火辣辣地盯著我，她說庫東亮你打扮得那麼講究，去相親呢？我不理大鳳，大鳳沒怎樣，她妹妹二鳳為姐姐打抱不平了，她惡狠狠地說，大鳳你怎麼就那麼賤，沒事不能去跟河水說話？你跟他說什麼屁話？誰不知道他上岸去幹什麼？到人民理髮店去，癩蛤蟆吃天鵝肉去！也不知道二鳳是不是故意嚇唬我，她還特意朝我家的七號船瞟了一眼，嘴裡說，也真是的，船隊這麼多嚼舌頭的，他這麼不學好，怎麼就沒有人告訴他爹去？我加快了腳步穿越大鳳姐妹倆的視線，就像通過一個危險的雷區。穿過駁岸跑過油泵房，我聽見油泵房裡傳來李菊花朗誦詩歌的聲音，青春啊青春，你是一團火，為了共產主義，燃燒，燃燒！我急著趕路，看見李菊花自己也像一團火從油泵房裡閃出來，差點和我撞個滿懷。她撞了我一副又羞又氣的樣子，你這人，走路走這麼快幹什麼，救火去呀？我對她說，你普通話這麼差，朗誦了詩歌幹什麼？她不介意我對她的挖苦，擺弄著兩根辮子說，庫東亮，你替我去雜貨店買兩根牛皮筋好嗎，我的牛皮筋快斷了。我說我沒有空，哪兒有時間去雜貨店買牛皮筋。她鼻孔裡發出輕蔑的笑聲，庫東亮你會沒有空？你沒空跑理髮店一坐坐半天？我都不好意思說你呀，你難得上岸，時間寶貴，就不能去看看報紙打打籃球，做點健康向上的事？理髮店裡有馬戲團啊？你天天去理髮店，讓人說閒話呢！

父親的日程表讓我惜時如金。那天我一路小跑，跑進人民理髮店的時候不免有點喘。我一進去就聽見店堂四周的聲音，又來了，他又來了，跑得直喘氣！我假裝沒聽見，坐在老崔的轉椅上說，剃個頭！他們都不理我，有個婦女頂著滿頭捲髮器斜眼看我，說，今天他聰明，剃個頭，就有藉口在這裡泡蘑菇了。老崔拿著推子剪子過來，不知怎麼我覺得他氣勢洶洶的，似乎是提著殺豬刀過來了。我剃頭是被迫，他為我剃頭不情願，不時地扳正我的腦袋，說，你坐好，坐好，眼睛別亂看，這兒是理髮店，不是電影院。我眼睛看著鏡子，目光像向日葵一樣朝向慧仙站立的方向，這樣我的眼睛看上去就是斜眼，老崔從鏡子裡發現我的目光，手在我肩膀上粗暴地拍了一下，空屁，你看電影也該正眼看，老是斜著眼睛看什麼呢？眼珠子都快掉出來啦。我發現鏡子洩露我的祕密，就去拿了張報紙，準備用報紙掩蓋我的眼睛，老崔不耐煩了，搶過報紙扔到椅子上，你又不是大幹部，剃頭看什麼報紙？是我自己要剃頭的，我只好自認倒楣。那老崔給女人做理髮一律溫柔體貼，對我卻粗暴無禮，他把我的頭部當一塊荒涼的黑土地了，剪子推子一起上，像耙犁一樣犁我的頭皮，像聯合收割機一樣收割我的頭髮，我還不能喊疼，一喊疼，他就停下，一臉不快地對慧仙說，慧仙你來，你招來的人都歸你，你來給他理。

慧仙不願意擔待這個罪名，當場洗清了自己，怎麼是我招來的？這兒不是誰家的地盤，是理髮店呀，他是顧客我們是理髮師，他有權利進來，我們沒權利趕他走嘛。慧仙的立場聽上去不偏不倚，但我琢磨不透她的心思，我發現了一個新的怪現象，當初她要替我剃頭，我不敢，現在我盼望她過來，是她不敢了。她說，老崔呀你是服務標兵，不能對顧客耍態度，你手藝好，就替他理吧，他又不肯讓我理的。

她已經學得巧舌如簧。我不知道她為什麼不肯過來，是怕我還是厭惡我，是厭惡我的頭髮還是厭惡我的身體，是怕我的身體還是怕我的心？她對我一次冷淡過一次，我不怨她，幻想終歸是幻想，我不迷戀幻想。我坐在轉椅上，有時候腦子裡會浮現出一些卑賤的念頭，我情願是理髮店裡的一張轉椅，天天與慧仙朝夕相處，我情願是慧仙手上的那把推剪，天天可以看見她，看見她的每一個顧客。我對自己的身分愈來愈清醒了，我什麼也不是，我是一個監視者。慧仙的一舉一動都將被我記錄在案，店堂裡這個小圈子更值得我觀察研究，小圈子裡到底都是什麼人？他們來理髮店到底是什麼動機？為什麼有人磨磨蹭蹭地專門等慧仙，是約定還是一廂情願？他們不著邊際談天說地，是聊天還是調情？我都要監視。我的眼睛是為慧仙特製的照相機，我的耳朵是為慧仙設置的留聲機，依我對這個小圈子的觀察，起碼有五個青年人一個中年人對慧仙有非分之想，但我不知道慧仙心儀的對象是誰，她似乎在等，肯定不是等我，我不知道她在等誰。

那天不巧，我的頭髮剪了一半，趙春美和醫院藥房的金阿姨結伴駕到，扭著腰肢走進了人民理髮店。這兩個女人徐娘半老風韻還在，都穿了雙白色高跟鞋，提著個白包包，一人坐一張轉椅，都要等老崔做頭髮。也許我在店堂裡的形象顯得突兀，趙春美一眼認出了我，眉眼間的嫵媚立刻煙消雲散，我聽見她尖聲叫起來，這個人來幹什麼？什麼人都來，這兒還是人民理髮店嗎？

老崔咕噥道，你問我我問誰去？誰讓這兒是人民理髮店，他是人民，來理髮嘛。

他是什麼人民？他算人民就沒有階級敵人了。趙春美說，你們知道不知道啊？他喜歡寫反標的，經常寫我哥哥的反標！

冤家路窄。我一看見趙春美和金阿姨就抬不起頭來了。這是我從小到大的祕密，一看見父親敲過的女人，我就會臉紅心慌，原因不宜陳述。我記得那幾個女人的名單曾經對我進行了性的啟蒙，如今他們的名字仍然像一個隱祕的春夢，肉欲而性感，帶著悲劇的陰影。幾年不見，趙春美愈來愈瘦，金阿姨愈來愈胖，他們鬆弛的面孔上堆滿了脂粉，兩個人都穿著收腰的列寧式女裝，一件杏黃，一件墨綠，凸顯出一個臃腫肥胖的腰肢，還有一個憤怒上翹的臀部。青春期的記憶讓我感到窒息，耳邊依稀響起父親的喊叫，小心，小心！我悄悄做了一個小動作，雙手緊緊地掖緊白色的兜布，把自己的身體全面隱藏起來了。

我聽見了慧仙為我辯護的聲音，趙春美你不要上綱上線嘛，反對毛主席反對共產黨才算反標，他反對的是趙書記，趙書記也就是個科級幹部嘛，寫他的標語，不算反標的。

趙春美嘴裡喊地一聲，立刻把矛頭對準了慧仙，你個小鐵梅倒跳出來替他辯護了？你算他什麼人，他是你什麼人？我哥哥白疼你一場啊，你的立場跑哪裡去了？

那金阿姨在旁邊為趙春美幫腔，怪笑道，春美你是犯糊塗囉，他們本來就是一個立場，都是向陽船隊的，都是船上人的立場嘛。

慧仙的臉上幡然變色，把手裡的剪子往桌上一拍，走到裡面的鍋爐間去了，邊走邊說，好，我是船上人，你們是岸上人，惹不起你們還躲不起你們？今天我休息了，嫌煩！

我看著慧仙進了鍋爐間，她一走，理髮店明亮的店堂就暗淡了，蕭瑟了，寒意逼人，她一走我感到四面楚歌，也急著要走，老崔卻扔下我去侍弄趙春美的頭髮了，我對老崔喊，老崔，我這裡剃到一半，你怎麼能走？我還有急事呢！老崔說，在那兒等著，你能有什麼急事？你不是我們理髮店的一把活椅子嗎，今天怎麼就那麼急？我說，我今天有急事，等不了，你把我的頭剃好再走！老崔沒來得及說什麼，那趙春美從轉椅上忿然地回過頭，向我翻了個白眼，然後對著老崔大叫道，庫文軒的狗崽子，你去理他幹什麼？他再敢這麼囂張，我就給大家透露個內幕消息！她這麼一說店堂裡所有人的眼睛都瞪著她了，什麼內幕消息？你說給我們聽，輕聲一點就行了。趙春美豪邁地一揮手，說就說，我還怕他聽見？我告訴大家，庫文軒他冒充烈屬冒充了幾十年，他不是鄧少香的兒子，是河匪丘老大的兒子呀，他媽媽不是鄧少香，是爛菜花，爛菜花是什麼人，解放前在酒船上做妓女的呀！

店堂裡一下變得死寂無聲，然後突然像是炸開了鍋，我聽見「丘老大、爛菜花、妓女」這幾個音節像一群蒼蠅在店堂上空飛旋。我朝趙春美衝過去的時候，被一隻手揪住了衣袖，是慧仙聞聲出來了，她拼命地把我往椅子上推，一邊厲聲叫起來，趙春美你瘋了？嘴裡積點德吧，就算你跟他家有天大的冤仇，也不能這麼編排人家的祖宗，小心天打雷劈！趙春美躲到一張轉椅後，嘴巴毫不示弱，我編排他家祖宗？我沒有那個閒空，也沒有那個水準，告訴你們這是內部消息，我哥哥說了，姓庫的要是再鬧事再告狀，內部消息就升級成參考消息，再告再鬧，參考消息就是公開消息了！

我再次朝趙春美衝過去的時候，是老崔和小陳死死地架住了我，這會兒他們看上去有點同情我，老崔勸我冷靜，冷靜冷靜，你別跟個婦道人家一般見識，男人跟女人打仗，男人都要吃點虧，你個男子漢去打一個女人算什麼英雄呢？小陳說反正是內部消息，是真是假還難說，就我們這幾個人聽到了，我們保證誰也不外傳。兩個理髮師把我架到了玻璃門邊，我正要推開他們自己出去，聽見那趙春美不依不饒的還在耍潑，老崔小陳你們拉他幹什麼？讓他來讓他來，我歡迎他來，正愁沒法收拾他呢，他要是敢打我，正好把他繩之以法！我一氣之下心裡就盤算起來，如何可以殺殺趙春美的威風，也是一瞬間的選擇，我想起母親那個工作手冊上最私密的內容，嘴裡就高聲嚷嚷起來，我也給大家透露個絕密情報，大家聽好了，趙春美給庫文軒吹過喇叭！吹喇叭你們懂嗎？不懂問趙春美，她是吹喇叭專家！

趙春美一時愣在那裡，老崔他們眨巴著眼睛瞪著我，那個金阿姨大概預感到了牽連的危險，抓過一把梳子朝我扔過來，下流，下流死了，你們快把這小流氓攆出去啊！

金阿姨反而引火焚身了，我在氣頭上，毫不留情地抖出了她的隱私，金麗麗你少裝蒜，你也不乾淨，你主動替庫文軒吹喇叭，一個月吹過五次，一九七〇年六月，吹了五次，你承認不承認？

店堂裡炸開了鍋，這回是兩個女人要衝過來和我拼命。我站在門口沒有躲，隨著仇恨以一種酣暢淋漓的方式發洩出來，我渾身戰慄，眼淚都快掉出來了。我就站在那裡等，報復招惹報復，報復者等待報復者，這是公平交易。老崔和小陳他們都掩飾了不正經的笑意，去拉拽兩個女人，嘴裡忙不迭地安慰他們。我聽見趙春美在尖叫，拿刀來，我要捅死庫文軒的狗崽子！金阿姨悽楚地嚎哭起來，一邊哭一邊埋怨，是哪個糊塗領導把庫文軒下放船隊的？他們父子應該去充軍，去大西北勞教，應該槍斃，永遠別到油坊鎮來！

慧仙拿著個草帽三步兩步出來了，她把草帽塞到我手裡，一邊拼命把我往門外推，快走快走，庫東亮你也不是好東西，這麼下流的事，虧你說得出口！我一時說不出話來，指了指我的陰陽頭。她拍拍草帽說，不給你草帽了嗎，你怎麼這麼笨？戴著草帽走吧，快走，冤冤相報沒盡頭，這兩個女人你惹不起的！

是該走了。我還記得父親制定的日程表。時間愈是珍貴，我愈是掌握不好，半個小時浪費在理髮店裡，我只收獲了一腔怒火，還有腦袋上剃了一半的陰陽頭。我把慧仙的草帽戴在頭上，那草帽傳遞了一份溫情，也幫助我恢復了冷靜。這時間我應該去糧油站買油買麵，我朝糧油站方向走，走了沒幾步發現我的旅行包丟在了理髮店裡，沒有油壺我拿什麼買油，沒有麵袋我拿什麼買麵粉？我應該回去拿我的旅行包，可是我不敢回去，趙春美和金阿姨也許還在理髮店裡。

我走過了街角的工農浴室，站在門口猶豫，要不要趁這功夫進去洗個澡呢？一抬眼我看見文具店的老尹腋下夾著一包衣褲從浴室裡面出來了，他說東亮你怎麼戴個草帽來洗澡？你們船隊好多人在裡面洗呢，快進去找他們吧。他這麼一說就打消了我的念頭，從小養成的習慣改不了，我從來不跟船民一起洗澡。我看著老尹紅光滿面的面孔，突然想起他是油坊鎮的消息靈通人士，趙春美披露的那件駭人的醜聞是真是假，至少應該向他了解一下。我就說老尹我不是來洗澡的，是來問你一件事的。老尹嘴裡哎呀一聲，似笑非笑地看著我，你有什麼事儘管問，就怕你問的事情太難，我也答不上來。我原來想直接求證趙春美的說法，話到嘴邊又沒了勇氣，我問他，老尹你知道丘老大是什麼人嗎？老尹說怎麼不知道？不知道他我還研究什麼地方誌？丘老大是解放前金雀河河匪頭子！我問他，那你知道爛菜花叫什麼名字，她是幹什麼的？老尹說，爛菜花姓藍，又叫藍姑娘，她幹什麼的——這職業對你們年輕人還真不好說。我說，有什麼不好說的？不就是妓女嗎。老尹叫起來，你知道還故意問我，東亮你到底是什麼意思？我終於憋不住了，一跺腳說，老尹你行行好，請你告訴我，我爹他到底是誰的兒子？老尹一驚，用古怪的目光注視了我一眼，突然搬過浴室門口的一張凳子，兀自整理著他換下的衣褲，整理好了衣褲，他突然對我說，別去管你爹的出身了，管好你自己就行，東亮我勸你一句話，千萬要記住，歷史是個謎，歷史是個謎啊。

我和老尹在浴室門口分了手，他朝文具店走，我朝菜市場走。也怪老尹的話故弄玄虛，我一聽到歷史這個字眼，就忍不住朝棋亭方向的天空看，對於我來說，歷史就在棋亭的上空飄揚，歷史之謎也隱藏在棋亭的地下。我仰著頭走了沒多遠，聽見身後有自行車呼嘯而來，沒等我看清周圍的動靜，我頭上的草帽就不見了。我的草帽被人掀到了地上，兩個十六七歲的中學生騎著自行車朝我撞過來，一個手裡高舉著一把鏈條鎖，另一個正看著我的陰陽頭傻笑。我認出那個舉鏈條鎖的是金阿姨的兒子張計畫，空屁你吃了豹子膽了，敢欺負我媽！張計畫高喊一聲，旋著那鏈條鎖就朝我甩過來，我下意識地躲開了鏈條鎖，衝過去撿那只草帽，另一個中學生敏捷地把自行車騎過來，車輪子準確地碾住了草帽。我去推車輪子推不動，兩個中學生跳下車來，我們三個人剛剛扭打在一起，聽見街對面湧出一群人，一個中年男人的吼聲率先響起來，李民張計畫，你們吃了豹子膽了，曠課跑到大街上打架來了？兩個中學生聞聲推上自行車，飛一樣跑了，我回頭一看，街對面竟然就是油坊鎮中學的新址，校門口站著一排衣冠楚楚的人，不是教師就是校工，那中年男人我認識，是顧校長，他也曾經是我的政治老師，我發現顧校長瞇著眼睛打量我，怕他認出我來，迫不得已之下，我也像那兩個中學生一樣，飛一樣地跑了。

總算是一場虛驚，可恨那個張計畫臨走還使壞，他把我的草帽拿走了。那是慧仙給我的草帽，我很心疼。我捂著腦袋走了一段路，發現路人都好奇地打量我手掌下的腦袋，沒有辦法，我只能到花布巷去買一頂新草帽。

花布巷一帶陽光燦爛，有幾個老漢在巷口的老虎灶外擺了張桌子，一人一個小竹凳，坐在一起喝茶閒聊。老漢們大多認識我，壓低聲音議論著，這就是那個庫公子呀，小時候是太上皇，到哪兒都耀武揚威，現在沒辦法，受人欺負囉，你們看，還給人剃了陰陽頭！

我買了草帽走出花布巷，聽見那些老漢正在爭論兒子好還是女兒好的問題。那個脖子上長了大瘊子的老漢是五癩子的父親，以前開鐵匠鋪的，他不停地咳嗽吐痰，吐一口用鞋底踩碾一下，他說女兒好啊，我養那麼多兒子，抵不上一個女兒，每年過年，七個兒子送我七瓶酒，一個女兒就送了八瓶酒來。戴軍帽的老漢我也認得，他是理髮師小陳的父親，原來在澡堂工作，擅長掏耳屎修雞眼，我記得以前他經常帶著一只木箱子上門為我父親服務的，沒想到他對養兒養女的看法還有點水準，什麼兒子好女兒好的，只要他們自己有出息，兒子女兒都好，要是沒出息，兒子女兒都不好，做絕育手術最好！我注視著那幾個老漢其樂融融的樣子，想起船艙裡孤獨的父親，不由得百感交集。河上的父親未老先衰，岸上的老漢看上去卻返老還童了，岸上就是比水上好。岸上的老漢們很好，他們的兒子也很好。我忽然冒出一個古怪的念頭，如果所有人的血緣都容許更改，那該多麼有趣啊，如果我不是庫文軒的兒子，如果那老鐵匠是我父親，如果那掏耳屎的老頭是我父親，我會成為五癩子和小陳那樣的人嗎？如果我是五癩子我是小陳，好不好呢？我站在那裡思考了很久，被自己的心聲嚇了一跳，我竟然在羨慕五癩子那混帳東西，我竟然嚮往著和理髮師小陳調換身分，我的答案竟然是，很好！

我路過沈麻子的燒餅攤子，聞到香味，才覺得肚子餓了，我買了個燒餅，正啃著燒餅，聽見身後有一個清脆的聲音叫著我名字，是德盛女人，她大驚小怪地瞪著我，東亮你還有心思在這兒啃燒餅呢，你在理髮店到底惹了什麼事？治安小組到處找你呢！我說，治安小組找我幹什麼，我在大街上走路，破壞了什麼治安？德盛的女人神色嚴峻地看著我，你跟我犟嘴有什麼用？理髮店的人說趙春美讓你逼得去上吊了，人家剛剛把她從梁上救下來呀，你招惹誰不好，怎麼偏偏去惹她呢？

2

我再次走進人民理髮店去，店堂裡瀰漫著飯菜和光榮牌肥皂混合的氣味，理髮師們用兩張方凳拼湊成一張小桌子，正圍著一起吃午飯，他們看見我回來都驚訝，我比他們更驚訝，因為我發現治安小組的王小改在理髮店搭伙，他擠在理髮師們的中間，正夾了一只荷包蛋往嘴裡塞，而孫喜明一個人尷尬地坐在長椅上，看見我進去如遇大赦，站起來對王小改說，王小改，東亮來了，我可以走了吧？

王小改在飯桌上頭也不抬，說，不可以，你要在場，等問題解決了再走。

我不知道他們葫蘆裡賣的什麼藥。我原本是要讓理髮師們把我的頭剃完的，看店堂裡空氣不對，拿起角落裡的旅行包就要走，王小改扔下飯盒跑過來，一把奪下旅行包，你往哪裡走，惹了禍就想溜，哪兒有這麼便宜的事？

我知道他是在說趙春美的事，我說，我跟她的矛盾怎麼起來的，你了解清楚了嗎？

王小改說，你倒會說話，你都把她逼上吊了，那還叫矛盾？

我說，是她先逼我的，她在這裡說的什麼話，大家都聽見了，不信你問他們。

理髮師們這時都放下了手裡的飯盒，表情看上去很曖昧，老崔說，空屁你差點惹了人命，還要我們替你說話？我要說話就說公道話，這事開頭錯在趙春美，後面都是你的錯，千錯萬錯，大錯小錯，誰逼人上吊誰是大錯！

很明顯，老崔他們的立場最終站到了趙春美一邊。我的目光忍不住去看慧仙，慧仙卻到火爐邊用火鉗翻弄著烤架上的幾片饅頭，她也不回應我求援的眼神，拿了塊烤饅頭逕直走到孫喜明面前，強行塞到孫喜明手裡，乾爹你不吃我的飯，吃塊饅頭，就算給我個面子。孫喜明看看手裡的饅頭，又看看我，慧仙，你別操心我了，你在鎮上人頭熟，關係廣，還是幫東亮出出點子，趁早解決問題吧。慧仙沉默了一下，眼睛瞟我一眼，眼神有點虛無，她說，他那個怪脾氣，誰捉摸得透，我出點子他不愛聽呢。孫喜明對我使了個眼色，替我表態說，愛聽，你有點子，他愛聽。慧仙這時嘆了口氣，謝謝你們高看我一眼，我也不是諸葛亮，哪兒有什麼好點子？我看就讓王小改帶著庫東亮負荊請罪去吧，上門去道個歉，不管她趙春美過得去過不去，先道歉，什麼叫解決問題？走一步看一步嘛。

王小改鼻孔裡哼了哼，說得輕巧，口頭道個歉就行了？這就算解決問題了？你們把趙春美當什麼人了？

慧仙豎起了柳眉，目光炯炯地瞪著王小改，那要怎麼辦？把庫東亮殺了，拿他的人頭去向她道歉？他們庫家也死一個人，就解決問題了？

王小改一時語塞，看上去他對慧仙充滿崇拜之情，不敢開罪她，就又把目標對準我，推了推我的肩膀，你們看他聾頭聾腦的，哪兒有個道歉的樣子？不要到了人家門上再鬧起來，我的面子往哪兒擱？帶他去道歉，不是不可以，先讓他保證，打不還手，罵不還口。

王小改這一番話把我氣壞了，嘴裡就嚷起來，王小改你放屁，我憑什麼打不還手罵不還口？要我道歉可以，趙春美也要向我爹道歉！我說完這句話就意識到自己錯了，店堂裡的人都對我做出了鄙夷的鬼臉，王小改對慧仙說，你看看，我沒說錯吧？這人狗咬呂洞賓不識好人心的，你去幫他幹什麼？孫喜明急了，低聲對我說，東亮你怎麼犯糊塗呢？你這提的什麼要求？你沒有資格呀，男子漢大丈夫的，跟女人道個歉有什麼？去就去。

孫喜明又替我表了態，他拉著我手往門邊走，嘴裡說道歉去道歉去，眼睛催促著王小改，王小改站在那兒不動，用眼神徵求慧仙的意見，事情的發展有點神奇，慧仙似乎成了事件的主宰者，不知為什麼，她扮演這角色，讓我感到安心。我也看著慧仙，慧仙的表情看上去深不可測，嘴角上浮出一點笑意來。我怎麼成了李奶奶了，這不是李玉和上刑場告別李奶奶嗎？她開了個玩笑，一隻手拿起了桌上的推剪，一下一下地試著推剪，忽然朝我勾了勾手指，來，庫東亮，上刑場前先做頭髮，你把草帽摘下來，我來替你把頭髮剪好。

我遲疑著，看見慧仙已經把白罩布打開了，用手指提起來拍打轉椅上的碎髮，來，坐下來吧。她說，李奶奶給李玉和剃個頭，你剃好再走。

我不知道她為什麼要開這個玩笑。我騎虎難下，在小改他們嘲弄的目光中向轉椅走過去，一種罕見的緊張感讓我的腳步有點踉蹌，我聽見慧仙說，你把旅行包放下。我沒放。我坐在方凳上，把旅行包安置在我的膝蓋上，慧仙說，你那旅行包裡裝了金條呢，諒你也沒有金條，怕誰偷？她的手伸過來一拎，把我的旅行包扔到一邊去了。

她站在我身後，身體與我若即若離。一種陌生的豐富的香味包圍了我，我無法描述那香味，一半來自慧仙的身體，是她臉上脂粉帶出的茉莉花香，還有一股淡淡的香味來歷不明，我懷疑那是她的體香，是向日葵花盤的清香，說出來沒有人相信，慧仙的身上真的有一股向日葵花盤的香味兒。我感到有點窒息。我聽見老崔在一邊說怪話，還是慧仙對他好呀，他們兩個有樸素的階級感情。慧仙說，老崔你說什麼怪話呢，我對誰都有樸素的階級感情，別的感情都沒有。我沉默著，我的身體卻無法保持安靜，隨著慧仙的手勢和身體的移動，有時候我緊張，有時候我躲避。慧仙說，庫東亮注意你的腦袋，你腦袋怎麼了，怎麼那麼僵硬？你端著肩膀幹什麼？把頭低下去，低下去呀。我把頭低下去，感覺到一隻手按在我的腦袋上，輕柔地抓了一把，然後她的兩根食指在我的雙耳裡緩緩地轉動了一圈，兩圈，我記得很清楚，就那麼轉了兩圈，我舊病復發了，我忘了我的艱難處境，從頭頂到腳底，我的身體完全被生理反應所俘獲了，一股神祕的強烈的電流從我的頭頂急速穿越身體，下墜，下墜，我勃起了，我又勃起了。勃起。可怕的勃起。我感到一陣窒息。危險，危險，危險。我聽見自己的頭腦嗡嗡作響，理髮店的空氣對我發出了愈來愈強烈的警告，快走，快走，快離開慧仙！

在慧仙毫無準備的情況下，我突然跳了起來，站到一邊說，好了！

慧仙詫異地說，什麼好了，還沒好呢，後面沒修，鬢腳也沒剃好。

我瞥了一眼鏡子說，差不多就行了，反正我是去趙春美家道歉，又不是去相親。

你這人，跟個怪物似的，琢磨不透你！慧仙上下打量著我，把手裡的梳剪往旁邊一扔，隨便你吧，反正是你的腦袋，你想怎樣就怎樣。

大約是午後一點鐘左右，我像一個被押的罪犯在街上走，王小改在我左邊，孫喜明在我右手，他們挾持著我帶我去繡球坊趙春美家。

趙春美家的門虛掩著，王小改先進去張望了一下，出來和孫喜明商量，人躺在床上呢，還要不要進去？孫喜明猶豫，我不想進去，人已經退到門洞外，被孫喜明拉住了，東亮來都來了，道個歉就走，不用她起床的。我被他們兩個人推搡著往裡屋走，一眼看見已故的小唐在牆上的黑鏡框裡，陰沉沉地注視著我，我想起很多往事，不知怎麼倒吸了一口涼氣。孫喜明見我腳步拖沓，猜到我有點害怕，對我耳語道，記住了，打不還手罵不還口，就幾分鐘，挺一挺就過去了。

趙春美的房間窗戶對著天井，王小改站在窗戶前敲窗，春美姐，我帶空屁來跟你負荊請罪了，你要打要罵都可以，好好出出氣。

房間裡靜了一下，突然咣的一聲，什麼東西砸到窗戶上了。裡面響起趙春美嘶啞的吼叫聲，滾開，給我滾開。

王小改說，他是要滾開的，不能讓他這麼滾開呀，太便宜他了，他要道歉，道完歉才能滾開。

窗戶後面響起了一陣窸窸窣窣的聲音，趙春美好像起來了，窗戶吱吱嘎嘎呻吟了一聲，大開了，趙春美的臉出現在一團幽暗裡，我看見一張浮腫的淚光瀲灩的臉，腦門上貼了一張膏藥。她的目光停留在我的身上，看上去不是那麼尖銳可怕，是一種冷靜幽遠的目光，帶著一點點悲傷。道歉我不稀罕，我要庫文軒的狗崽子下跪。她突然說，他要下跪，向我跪五分鐘，再去向我家小唐的遺像下跪，替庫文軒跪，跪五分鐘！

我沒有想到趙春美要我下跪，王小改和孫喜明一時也愣在窗前了。我轉身就要往外面跑，孫喜明過來死死地抱住我，東亮你別走，她是氣話，怎麼解決問題我們再商量。我聽見趙春美在窗戶那邊說，誰說是氣話？他要麼下跪，要麼滾開，沒什麼可商量的。王小改腆著臉說，時間上能不能通融一下？五分鐘加五分鐘要十分鐘，跪十分鐘怕他不肯呢。趙春美拍著窗臺尖叫起來，不肯就給我滾開，我讓趙春堂來解決這個問題！孫喜明說，趙大姐呀你能不能變通一下，出來打他罵他，狠狠打，狠狠罵，一樣出氣的，下跪太難看，他跪不下去的。趙春美冷笑一聲說，打他我怕髒了我的手，罵他我沒那麼多唾沫，我限你們一分鐘時間，不下跪就都給我滾開。

王小改和孫喜明急眼了，王小改居然按住我肩膀往下壓，嘴裡警告我說，空屁你今天要是再不聽話，別怪我手段辣，看我把你交給誰處理去！孫喜明急得在天井裡團團轉，東亮你就跪一下吧，跪一下也死不了人的，我們不看你下跪，我跟王組長到外面去，保證不看你行不行？

我一句話也說不出來，發瘋般地左右捧打，掙脫了王小改和孫喜明的四條胳膊，我朝著趙春美家的門外飛奔而去，一口氣跑出了繡球坊，依稀聽見身後王小改的喊叫，空屁你跑，跑吧，你跑得了和尚跑不了廟！

跑到人民街上，我感到一陣疲憊，突然想起父親的日程表，看看手錶，早就超過了父親規定的時間，我上岸已經三個小時了，正經事什麼都沒做，倒是惹下了一堆大麻煩。我走過雜貨店門口的臺階，看見一堆人圍在臺階上排隊買花生米，不知是誰大喊一聲，空屁，空屁來了！一支隊伍都扭過頭來看我，對我指指點點的，他們一定知道我惹下的禍了。我覺得自己像一隻過街的老鼠，趕緊避開大路走小路，我拐進了七步巷，抄小路往人民理髮店去，去拿我的旅行包。七步巷那麼僻靜那麼狹窄，我卻劈面遇到了孫喜明的兒子小福，小福一見我就對我喊起來，我爹上哪兒去了？我媽讓我來找他，找不著他啊！我不好跟小福解釋，就搪塞他說，你爹在繡球坊，自己找去！小福說，什麼繡球坊？我不認識，你帶我去找！我推開小福說，我沒空，上岸都快三個小時了，我什麼事都沒辦。小福在後面對我嚷嚷，站住，空屁你快站住，我不認識繡球坊呀，你沒良心，我爹都是為你的事忙，忙到現在還空著肚子，你還沒空？你要是個人，就帶我去繡球坊！我被纏得不耐煩了，回頭對小福喊，沒空就是沒空，我不是人，我是空屁，你們誰也別把我當人！

3

我第三次走進人民理髮店，險些沒能活著出來。

起初我沒有注意到金阿姨的弟弟三霸。我只注意慧仙，慧仙不在，老崔和小陳一個埋頭看報，一個對我擠眼睛，我也沒有留意老崔的眼色。店堂裡似有一股肅殺之氣，沒有一個女顧客，只有幾個陌生男人的身影散落在長椅上水池邊，我急著要去買米買鹽，沒有留意任何異常現象，逕直到角落裡去拿旅行包，這才發現我的旅行包被人鎖起來了，一把自行車鎖從旅行包提手上穿過去，掛在一根水管上。

一回頭我看見了三霸陰森猙獰的臉，三霸說，空屁，你好大的膽，你惹我姐姐就是惹我，你才多大，怎麼活得不耐煩了？

我倉皇地奔向理髮店的門，已經來不及了。那三個陌生的青年堵住了門，我衝了幾次沒衝出去，雙臂被他們拷到了身後，身體像一個麻袋一樣，被他們扔到了地上，我的臉恰好貼在三霸的腿邊，看見了他小腿上的那個著名的老虎刺青。三霸順勢對我的臉踢了一腳，他說，空屁，我親手修理你，傳出去丟人，你別怕我，我不動手，讓我小兄弟給你好好上一課吧。

那三個青年來者不善，像三顆陰沉沉的炸彈包圍著我，其中一個留八字鬍膀大腰圓的，人稱李莊老七，他在金雀河一帶的知名度與命案有關，少年時代捅死過人，勞教幾年出來，又捅死一個，又進去，不知怎麼又放出來了。我知道他們是三霸叫來的人，可是我不知道他們要給我上什麼課。三個人都比我年輕，也就十八九歲的樣子，統一穿著白色的大喇叭褲，色彩相仿的花格子襯衫，腕上戴著時髦的液晶電子手表，李莊老七褲子皮帶上懸著個皮套，皮套露出一點寒光，裡面是一把鋥亮的電工刀。一個青年問三霸，大哥，今天上什麼課？三霸沒說話，李莊老七罵他的同伴，蠢貨，當然是解剖課，拆他的喇叭！我注意到李莊老七的神情輕鬆而調皮，說著話還朝我擠眉弄眼，我聽懂了他們的暗語，心裡一慌，嘴裡就向老崔和小陳求援起來，老崔，小陳，你們幫幫我！小陳攤開手，一副愛莫能助的樣子，老崔則向門外指了指，我循著他的手勢往門外一看，看見還有一個穿白色喇叭褲的青年在外面晃蕩，很明顯是在望風，我懂老崔的意思，三霸嚴密部署了這堂「課」，他們都愛莫能助了。

很奇怪，我在絕望之下想起了慧仙，忍不住喊了一聲，慧仙！慧仙不在。她不知跑哪兒去了。我聽不見她的回應。三霸嘴裡嘻笑著，眼睛卻兇惡地瞪著我，你喊慧仙幹什麼？慧仙是你什麼人？你是慧仙什麼人？這會兒誰也救不了你，上課鈴響了。

一個青年模擬起上課鈴聲，叮鈴鈴，叮鈴鈴。李莊老七朝手心吐了口唾沫，掏出電工刀來，在我的褲襠裡點了一下。我下意識地大叫起來，李莊老七獰笑道，你叫什麼，不過是拆掉你喇叭，不疼的，聽說你爹喜歡吹喇叭，吹剩了半截喇叭，我們來替你圓一個孝道，讓你向你爹學習，讓你向你爹致敬！我用雙手護住下身，拼命掙扎著站起來，朝店門外跑，門外那個青年身手矯健，迅速把玻璃門拉上了。我的頭正好撞在玻璃門上，我的腰被李莊老七箍住了，腿也被另外兩個青年絆住了，我精疲力竭，覺得自己像一張紙一樣被他們攤在地上，他們解我皮帶時我聽見了自己的叫聲，爹，爹！我自己都不相信，那是我的呼救聲，我不知道為什麼會向我父親呼救，也許他是我在這世界上唯一的親人了。我這麼一喊，三霸對著我冷笑起來，你個沒出息的空屁，喊你爹幹什麼？要不是你爹喇叭惹的禍，我們也不會摘你的喇叭，吹喇叭吹喇叭，我來挽救你們父子倆，讓你們一輩子吹不了喇叭。

我看見李莊老七的電工刀拖曳著一道白光，在我的下身附近巡迴，翹呀，翹起來，快翹起來，你不翹我們不好做手術！他開始當著其他人的面，用刀子挑弄我的生殖器，挑弄的饒有興致。我感到一陣尖銳的冰涼的刺痛。這個瞬間，所有的羞辱和恐懼都被我忽略了，我忘了我躺在理髮店裡，似乎是躺在我家駁船的後艙裡，躺在一個熟悉的噩夢裡，三霸他們的臉在我面前晃動，每一張臉都是模糊的，但我父親的臉在他們的身後時隱時現，眼角的皺紋和下顎的痴癬清晰可辨，他的眼睛裡噙滿了淚水，蒼老的臉上卻浮現出一絲欣慰的笑容，我依稀聽見了父親勸解的聲音，東亮別犟，別犟，忍一下就過去了，讓他們剪，剪了也好，剪了就解脫了，剪了我對你就放心了。

外面響起了一陣尖利的哨聲，店堂裡靜了一下，我感覺到鎖著我身體的所有手和腿有所鬆動，從三霸的腿縫間我看見了玻璃門外的動靜，我的救星來了，是王小改和五癩子，他們站在門外跟慧仙說著什麼話，那個負責望風的青年已經轉移到店堂內，對三霸說，肯定是那小鐵梅去報信的，這小騷貨，膽子還挺大！

治安小組和三霸他們在玻璃門邊對峙，三霸說，王小改你們手裡抓的什麼東西，接力棒啊？別拿這棍子來嚇我，空屁他把我姐姐氣得犯了心臟病，你說我能不能饒他？我來私了，你給我個面子，等五分鐘再進來。王小改說，三霸你也給我個面子，你要私了，千萬別在這裡，這裡鬧出事情來是我的責任，換個地方，誰管你的閒事誰是小狗。

兩撥人堵著門談判的時候，慧仙在外面喊老崔和小陳的名字，兩個理髮師都不敢答應，慧仙就要往理髮店裡闖，兩個小青年上去截住了她，李莊老七嘻皮笑臉地說，小鐵梅你小心啊，你袒護空屁，就得罪我們大哥了，你不讓我們拆空屁的喇叭，我們就讓你幫我們吹喇叭。一句下流話把慧仙惹急了，她啪地打了李莊老七一個耳光，你們別以為我落到這一步，就由你們欺負了？欺負我的人還沒有生出來！我認得你們，現在讓你們囂張，明天我一個電話打給地區人武部，讓王部長派人來，帶槍來收拾你們！

他們對慧仙還算客氣，慧仙終於從三霸他們的人牆裡擠了進來，抓起一把掃帚走近我，在我身上打了一下，你自作自受啊，活該，還不爬起來？我掙扎了幾下，身體散了架似的，怎麼也爬不起來，慧仙的手伸過來，還是沒法把我拽起來，一跺腳對著老崔小陳嚷起來，老崔小陳你們是不是人？都什麼時候了，還在看熱鬧？快過來幫幫忙，把他送出去！

老崔和小陳把我送到了門邊，趁著三霸他們隊形混亂，我跑到理髮店門外。李莊老七先追上來，朝我腰間踢了一腳，我躲閃不及，被他踢中了，另一個青年抓過理髮店的剃鬚刀追出來，拿剃鬚刀做飛鏢，朝我的脖子飛，刀子從我的耳邊掠過去了。我跑到街上，聽見三霸在我身後大聲叫喊，空屁我讓你跑，岸上你能跑，水上我看你往哪兒跑？我可記得你家的船，向陽船隊七號船對不對？你回船上等著我！

4

我拼命地奔跑。

我驚魂未定，身體各個部位都疼痛難忍，但我一直堅持在跑。恍惚中我覺得自己這樣奔跑了很多年了。我從不練習跑步，可是我從小到大一直在經歷各種各樣的險情，必須拼命奔跑，不跑不行。奔跑途中我瞥見一個穿醬紅色毛衣的女人從雜貨店的臺階上走下來，那個高眺勻稱的身影在我的左前方忽隱忽現，從背後看酷似我母親喬麗敏。我從街路的右側跑到了左側，彷彿一條垂死的魚追逐最後一滴水，我尾隨著那個女人，突然強烈地思念起我母親來了，我拼命地逃跑，心裡軟弱到了極點，明明知道我是在尾隨一個母親的幻影，但我仍然緊追不捨。我跑過雜貨店，撞見一支排隊買白色田徑鞋的隊伍，隊伍裡混雜了幾個青少年，他們好奇地看著我，目光都沉在我的下身部位，有個愣頭青衝出隊伍追逐我，嘴裡喊，空屁，空屁，三霸給你上的什麼課？三霸拆你的喇叭了？我哪兒顧得上跟他們糾纏，折返到街道的右側繼續奔跑，我必須跑，不跑不行。經過一排宣傳櫥窗的時候，我瞥見了櫥窗裡「只生一個好」的計畫生育宣傳畫，畫上那個懷抱嬰孩的年輕婦女再次讓我想起了母親喬麗敏，那張鮮豔而失真的面孔似乎臨摹了我母親的青年時代，一樣燦爛的微笑，一樣空洞的幸福，臨摹得惟妙惟肖。我跑到街道的右側，街道左側母親的幻影就消失了，我回頭一望，恍惚中看見我母親的幻影在後面監視我，她躲在梧桐樹的樹蔭下，用一只塑膠拖鞋不停地拍打樹幹，不成器的兒子呀，看著我幹什麼？現在想起我來了？已經遲啦！

我從棉花倉庫邊的小路穿出去，下意識地折向碼頭方向，一抬眼看見母親的影子又出現在小路上，她從倉庫幽暗的門洞裡閃出來，舉著拖鞋對我說，你往哪兒跑？別去船上，三霸他們會追來的。我揮手驅趕那個幻影，聽見母親的聲音說，你還要攆我呢？這世上只有我會救你了，東亮你快回家去，回家去！我倉皇地停下了腳步，很奇怪，我停下腳步，母親的幻影也消失了，她尖利的敦促和警告聲也消失了。回家。我想回家。可是我的家在哪兒呢？我身心交瘁，頭腦卻很清醒，我的家在向陽船隊的駁船上，我在油坊鎮上沒有家了，上船十三年，我在岸上早就沒有家了。這麼熟悉的街道，這麼熟悉的房屋，這麼多的門洞和窗子，都是別人的家，沒有我的家。我無處可去，在棉花倉庫附近躑躅了一會兒，正要朝路邊的水泥管子裡鑽，聽見西北方向傳來了學校放學的鈴聲，那鈴聲悠然迴盪，讓我回憶起了十三年前的放學之路，我恍恍惚惚地翻越了一大片堆放建築垃圾的小山，我要回家去。這條通往工農街的捷徑上綴滿了我少年時期的足跡，時光在廢墟中逆向流淌，我在滿地報廢的鐵皮油桶和貨箱中間穿梭包抄，有時候小心翼翼，有時候健步如飛，也就是三五分鐘過後，一條熟悉的小街豁然在目，我看見了工農街九號，看見了我十三年前的家。

暮色掩映著油坊鎮最幽靜的心臟地區，工農街名不副實，街上的普通居民都已搬遷，只剩下了幹部之家，街口停放的一輛吉普車、一輛上海牌小轎車顯示了這地段的高貴，石子路剛剛鋪上了瀝青，所有人家門扉緊閉，掩映在梧桐樹的濃蔭裡，顯得門第森嚴。工農街九號的房頂院牆幾經翻修，清除了鳥窩，斬掉了瓦簷草，嶄新的紅瓦和雪白的院牆在暮色中閃著潔淨而溫暖的光芒。

是我小時候的家。房子幾經易主，新主人是綜合大樓的紀主任，據說是副團級幹部，去年剛剛轉業，他有一個欣欣向榮令人羨慕的大家庭，兩個兒子在部隊，一個是海軍，一個是空軍。我站在兩扇綠漆大門前，看見一大片茂盛的絲瓜藤葉從院子裡爬到了門楣上，門上釘了好幾塊小牌子，五好家庭。光榮軍屬。優秀黨員之家。我注意到紀主任家的信箱，還是我們家用過的舊鐵皮信箱，刷了一遍奶黃色的油漆。我瞪著那信箱上隱隱泛出的「庫」字，心裡一陣酸楚，說不出是溫情還是哀傷。抬頭一看，院子裡的棗樹還在，一片棗樹葉子落在我頭上，我甩了甩頭，樹葉掉到了我的肩上，我摘下那片樹葉，心裡想房屋比人還健忘，看起來只剩下這片棗樹葉記得我了。好多年沒來工農街，悠閒的時候不來，心情好的時候不來，偏偏這個時候來了，我覺得自己像一條喪家犬，在狗窩的廢墟上流連。

有個男孩滾著鐵箍從我身邊經過，瞪著一雙圓溜溜的眼睛盯著我，你是來送禮的？紀主任家人都上班去了，晚上才有人。我說，我不送禮，我是房管所的，來看看這房子。

十三年後，這個家對我只剩下憑弔的意義了。我沿著院牆走，看見牆根處我當年壘的兔子窩還在，紀家的人現在把它改做了垃圾箱。我走到東面的窗子前，窗子緊閉著，新加了一排鐵柵欄，窗後掛了一條花窗簾，裡面黑漆漆的看不清楚。那窗子後面曾經是我的小房間。我的鐵床就放在窗下。我在窗邊徘徊，注意到窗玻璃上貼著一對蝴蝶窗花，我換了幾個角度，試圖看清楚房間現在的布局，突然我被自己的舉動嚇了一跳，那一定是紀主任女兒的閨房呀，看不得。看不得！姑娘家的窗下，過去是我的禁地，現在仍然是，我一貓腰，從紀主任家的窗下走開了。

小街的另一側有一棵大梧桐樹，我打量著大樹的樹幹和濃蔭，靈機一動，對我來說那是我藏身的好地方，不僅安全，也便於登高觀望我從前的家。我爬上了樹，視線豁然開朗，院子裡老棗樹還在成長，整個院子被棗樹的樹冠覆蓋了一半，另一半到處架著晾桿和繩子，紀主任家不知從哪兒弄來這麼多的雞鴨魚肉，一時吃不掉，雞和鴨，豬頭和魚，都分門別類地醃過，晾在院子裡。那不是我家的院子了。憑我的記憶，棗樹下應該有個花壇，花壇裡有一叢月季花，我母親栽了很多年月季，別人的月季都開花，母親栽的不開花，花事為我們一家的命運埋下了伏筆，我們搬出工農街的那年春天，月季花正好開了幾朵，是第一次開花，粉紅色的花骨朵小小的，瘦瘦的，我現在還記得半夜裡起來撒尿，看見月光下母親坐在花壇邊，對著那叢月季花總結自己的人生，她對我說，這是我的命呀，都是你爹作的孽，月季花總算開了，我卻要滾蛋了，看不見花了！

我在梧桐樹上看見了母親最後的幻影。我進不了工農街九號，母親的幻影卻順利地進去了，我看見母親穿著醬紅色的毛衣站在棗樹下，她的目光越過院牆，恨鐵不成鋼地怒視著我，不准爬樹，快下來，回家，回家！我的頭腦很清醒，幻影的指令是聽不得的，這個家近在咫尺，可惜不是我的家了。我坐在樹上，感到腰部漸漸地疼痛起來，我知道李莊老七那一腳很厲害，也許會給我留下禍害，我坐在樹上揉著我的腰，忽然百感交集，這是第一次，我在反思自己的人生，父親和母親，我為什麼選擇父親呢？如果當初我不從母親身邊逃走，我的前途會不會好一點？父親和母親，誰的教育對我好一點，誰更有資格把我培養成人？如果跟著母親，我會失去駁船，失去河流，但至少在岸上有一個家。河上岸上，哪一種生活對我好一點？我思考不出什麼結果，然後我聽見了自己心裡絕望的回答，都是空屁，是空屁，哪一種生活都不好！河上岸上都一樣，我還不如在這棵樹上住一輩子呢。

我爬在樹上，對著梧桐樹的枝杈和樹葉發呆，街上的一條黃狗首先注意到了我，黃狗悄悄跑到樹下，猛地對我吠叫起來，我嚇了一跳，以為是李莊老七他們追來了，我向更高的樹杈上攀登，憑高一望，工農街上靜悄悄的，有一戶人家的門打開，探出來一個花白的腦袋，四下張望一番，又縮回去了。狗吠引來了那個滾鐵箍的男孩，男孩來到樹下，大驚小怪地朝我叫道，你那麼大的人還爬樹？你爬在樹上幹什麼？我說，不幹什麼，我累了，在樹上睡覺呢。男孩說，騙人，鳥才在樹上睡覺呢，你是人，怎麼在樹上睡覺？我說，我是人鳥，我的家在樹上，人鳥累了都睡樹上啊。男孩狐疑地觀察著我，突然又叫道，騙人，哪來什麼人鳥？你不是說你是房管所嗎，房管所修房子，不修樹，你爬在樹上幹什麼，是不是要偷東西？你一定是小偷吧！這下我有點急了，我說，爬在樹上就是小偷？你個小雜種也狗眼看人低？我告訴你，我在這兒住的時候，你還沒從你媽肚子裡鑽出來呢。

男孩收起他的鐵箍，風風火火往東邊一個門洞跑，我怕他要去叫大人，趕緊從高處往下轉移。我看了看手表，按照父親的規定，我的上岸時間已經超過六個小時了，不管三霸和李莊老七他們是不是已經守在船上，躲在樹上總不是長遠之計，我心急如焚，毅然跳下了樹。跳下樹我才意識到自己兩手空空，我的旅行包沒了，我的旅行包忘在理髮店裡，上岸大半天，我都幹了些什麼呀？倒楣事接二連三，麵粉沒有買，菜油沒有買，糧油站卻要關門了。

我左顧右盼地趕到了人民理髮店門口，為了預防埋伏，我四下觀察了很久，沒有什麼異常，只是在附近的垃圾堆裡，出現了一大堆閃亮的玻璃碎片，我能夠分辨出哪些是鏡子的殘骸，哪些是橘子水瓶的殘骸，但我不知道我逃走後理髮店裡發生了什麼樣的衝突。人民理髮店提前打烊了，門口的波紋燈停止了轉動，花壇裡那兩朵向日葵似乎受了驚嚇，蔫蔫地躲在肥大的葉片裡，不再亮相。理髮店門窗緊閉，人已散去，玻璃門上新貼的一張告示引起了我的好奇，我過去一看告示，馬上屏住了呼吸，告示上的每個字都像一顆子彈射入了我的胸膛。

即日起禁止向陽船隊庫東亮進入本店。

人民理髮店全體職工

他們禁止我進入理髮店了。他們沒有禁止三霸和李莊老七進入理髮店，禁止的是我！我有什麼錯，他們憑什麼禁止我進入公共場所？我的肺氣炸了。我用手去撞那扇玻璃門，裡面沒人，撞門聲驚動了對面彈棉花的浙江人，夫婦倆都一頭棉絮地出來了，男的手裡提著我的旅行包，女的拿著一捆白花花的新棉被。男的嘴裡嘖嘖地替我慶幸，對我說，你跑得很及時哦，三霸其實叫來了四個人呢，幸虧大閻王去買香煙了，否則你今天就吃大苦頭了，大閻王你聽說過嗎，他比李莊老七厲害多了，最愛砍人胳膊，在鳳凰鎮一口氣砍過四條人胳膊，我親眼看見的！女的推開丈夫，急著把旅行包和棉被交給我，這棉被是慧仙送給你爹的，說是還她小時候欠下的人情。她強行把那條新棉被塞到我的懷裡，拿上東西快點走吧，你看見對面那布告了吧？慧仙讓我轉告你呢，說是集體意見，你以後理髮去別處理，他們不歡迎你進人民理髮店了。

我猜得出慧仙的心思，這是要跟我劃清界線了，這個結果是在情理之中，卻在我的意料之外。我抱著那條棉被，抱了一下，又塞回到那女人手裡，我說，一床棉被我不稀罕，她要還人情，讓她還到別人家去！我拿過旅行包，心裡突然升起一種不祥的預感，馬上伸手去夾層裡摸，沒有摸到我的工作手冊，這應了船民們常說的一句話，怕丟什麼丟什麼，包裡的罈罈罐罐一樣不少，偏偏那本工作手冊沒有了。我幾乎驚叫起來，工作手冊呢？誰拿了我的工作手冊？我驚恐的樣子把那對夫婦嚇著了，男的一臉狐疑蹲下來，幫著我一起在包裡翻查，女的不樂意了，撇著嘴牢騷滿腹地往作坊裡走，嘴裡大聲說，這船上人就是難纏，你好心替他保管個包包，他賴你拿他東西呢，我們再窮也窮不到那分上，誰要拿你一個本子？我以前開小店賣過本子的，一個本子只賣五分錢呀！

懲罰

超時那麼久，父親的懲罰在所難免。

不僅是超時的後果，一定是誰聽說了我在人民理髮店的醜事，或者是看見了玻璃門上的告示，反正有人管不住自己的嘴，告訴了我父親，我人還沒回到船上，父親就知道我在岸上闖了大禍，他一反常態地鑽出了船艙，左手拿著擀麵杖，右手拿著一圈繩子，像一尊別出心裁的復仇者的雕像。

別人看他站到船頭上公開亮相，都去跟他搭訕，老庫你怎麼氣成那副樣子，你拿繩子擀麵杖幹什麼？他說，不幹什麼，我在等東亮，你們看見他了嗎？大家都說沒看見。父親說，沒看見就算了，其實我知道他在哪裡。別人又問，你拿個擀麵杖到底要幹什麼，要打東亮？他勉強扔掉了擀麵杖，不是不是，我等著他麵粉擀麵呢，等了一天，沒等來他的麵粉！德盛女人聽說他沒飯吃，端了一碗飯菜過來，安慰他，老庫你別性急，東亮馬上就回來給你做飯了，你先吃點墊個肚子。他拒絕了德盛女人的好意，又對她說了一半真話，我氣都氣飽了，吃不下飯，我不是為了飯，他膽大包天了，一去不回呀，他一定在岸上戳穿天了。德盛女人說，東亮那麼大的人了，岸上一定有什麼事耽誤他了，說不定會對象去呢，早點回晚點回，他都要回來，有什麼大不了的，再怎樣你也不至於拿繩子捆人吧？我父親說，德盛家的你不知道啊，聽說他去岸上幹下流事了，國有國法家有家法，他思想品德有問題，動不了國法動家法，不捆不行！

我提著旅行包走到駁岸上，一眼看見了父親手裡的那圈繩子。船隊的人有的幸災樂禍地看我，有的好心地朝我擺手，讓我不要上船。父親的憤怒在我的想像之中，我不吃驚。我做了他最不可容忍的事情，我和趙春美金阿姨莫名其妙地攪和在一起，我準備承受相應的懲罰，也許是五個耳光，也許是下跪五個小時，也許是寫一篇五千字的檢討書，這取決於我的悔改態度。我萬萬沒想到他翻出了那根繩子站在船頭，居然要捆我！我二十六歲了，王六指的幾個女兒都看著我，春生的妹妹也看著我，碼頭上的李菊花也許正在油泵房裡悄悄地注意著我，我怎麼能讓他捆？我的腰痛得厲害，我剛剛逃脫了三霸的追剿，累得像一條狗，我的父親，我的親生父親，他竟然要捆我！我在岸上已經沒法混了，如果被他當眾綁起來，我在船上也沒法混了，我還怎麼活下去，怎麼追求幸福的明天？

我決定留在駁岸上，等父親消了氣放下那根繩子。小福不計前嫌，跑過來幫我的忙了，我讓他把旅行包放到船上去，轉念一想，萬一父親今天不准我上船，萬一我要在駁岸上過夜，萬一我被父親趕下船來，我要快刀斬亂麻，痛痛快快在岸上開始新的生活，坐火車坐汽車，旅途離不開旅行包，這個旅行包暫時要留下。我把瓶瓶罐罐從包裡一樣樣拿出來交給小福，小福聰明地將這些東西分了類，先把醬油瓶子醋瓶子抱上船去，放在我父親的腳下，父親很禮貌地對小福說，謝謝你小福，你是個好孩子。我看他對小福和顏悅色，以為他氣消了呢，沒想到小福剛一轉身，父親就把醬油瓶子扔到岸上來了，他說庫東亮你個孬種，你沒有腿了，還是沒有膽了？讓人家一個孩子做你的搬運工？

醬油瓶子在我腳下碎裂，一瓶醬油都濺到了我褲管上。我擦拭著褲子，火氣也冒到了頭頂，你也有腿，你也有膽，不是要綁我嗎？你到岸上來，來呀，上岸來綁我。

我說完就後悔了，這種激將法損人不利己。父親的臉色氣得發綠了，他說，好，你真的以為我不敢上岸？我兩條腿好好的，怎麼就不敢上岸？我就上岸，上岸來綁你。

多年不上岸，父親不會走跳板了。他勇敢地走到跳板前，一隻腳試探了一下跳板的韌性，另一隻腳小心地跟進，卻不敢往前跨了。父親以一種怪異的立正姿態，顫顫巍巍站在板頭上，我不由得喊了一聲，小心，小心！他竭力保持著身體的平衡，上氣不接下氣，用手指著我說，小心什麼？別來這一套，我知道你的陰謀，我掉到河裡淹死了，你就自由了！可惜我沒那麼容易死，我只要有一口氣，就要管著你，我跟你同歸於盡！

德盛跳到七號船上去了，過去把我父親拉下了跳板，老庫你別衝動，千萬別上去了，你這是暈板，硬撐著走，會掉到水裡去的。

我父親抓住德盛說，怎麼會暈板呢？我以前走慣的，扛著一麻袋大米都能走的。

德盛說，這不奇怪，老庫你多少年不上岸了？你這樣下去，別說暈板，就是不暈板上了岸，你還會暈岸呢。

我父親緊張地瞪著德盛，眼睛裡有掩飾不住的恐懼，怎麼暈岸？你在矇騙我吧，暈岸是怎麼回事？

德盛左右搖晃著身體，手抱腦袋，模擬著暈岸的樣子，暈岸跟暈船一個道理，從來不坐船的人容易暈船，從來不上岸的船民就容易暈岸，你老是躲在艙裡，躲出毛病來了，你把船當了地面，把地面當了船，所以就暈岸啦。

德盛這一席話把我父親說得有點走神，他惶恐地巡視著河岸，眼睛一眨一眨的，似乎在思考德盛的理論，然後他的目光猛然一跳，跳到我身上，憤怒重歸他的臉上，你還不上來？等我暈板還是等我暈岸呢？他用手指絞著繩子，對我高喊道，你好大的膽子，惹了這麼大的禍，還在負隅頑抗？

我說你要捆我，我就負隅頑抗，你把繩子交給德盛，我就上來。

交給德盛幹什麼？他不是專政機關，也不是你爹，我是你爹，什麼叫繩之以法你忘了？今天你犯下了滔天大罪，我要對你繩之以法。

我們父子倆隔岸對峙著，德盛女人也上了七號船，勸我父親把手裡的繩子交給她，說東亮那麼大的人了，自己都到了做爹的年齡了，船上岸上這麼多人看熱鬧呢，他力氣比你大，怎麼能讓你綁？你就算綁住他，那是他孝順，順了你，自己就沒臉面了，傳出去他以後怎麼做人？德順女人說的話既得體也在理，周圍看熱鬧的船民聽了直點頭，只有我父親搖頭，他說，德盛家的，我不是要他孝順，是要他進步，你們不知道，讓他進步比登天還難呀，我教育他他不進步，我放鬆教育他就退步，我最近對他鬆了一點，他就到岸上違法亂紀去呀，他是賤骨頭，他不要寬大，我就對他專政。

德盛女人撇嘴說，什麼進步退步，船上用不了這些的。不就是過日子嘛，日子太平就好。我去跟他說說，讓他上船認個錯，以後不要惹你生氣了？

父親說，他認錯沒用的，他天天認錯天天不改，他就是屢教不改的典型呀。

德盛女人第一個注意到我反常的面色和痛苦的表情，她指著駁岸說，你看看東亮，那臉色煞白煞白的，他好歹算個孝子，把你氣成這樣，自己也不好受呢。老庫你快放下繩子吧，要不你拿著繩子進艙裡，家法國法隨便你用？東亮他是要個臉面，沒人看見不丟臉，你先讓他上了船再說吧。

德盛配合著他女人，在一邊試探地抽了一下我父親的繩子，父親警惕地把繩子攥緊了，嘴裡說，什麼孝子？你們不知道的，他是個孽子！繩子沒鬆手，父親臉上的憤怒出現了鬆動的跡象，德盛發現了，又用力抽一下，這次，他成功地把繩子抽出來了。

父親的臉上出現了疲憊而厭倦的神情，好，看在大家的面子上，我不捆他了，他今天也不要上船了，到岸上去，讓他腐化墮落去，尋釁鬧事去，違法亂紀去，我不用家法，自然有人用國法，他這樣下去，遲早要嘗到無產階級專政的滋味。

我以為父親讓步了，剛走到跳板上，一根擀麵杖迎面飛過來，誰讓你上船的？要上船先跪下！跪下！父親對我喊道，你不肯跪？不肯跪就滾回岸上去！我身體一閃，閃過了擀麵杖，腰上的傷痛卻因此加劇了。我的腰痛愈是厲害，委屈就愈是強烈，委屈愈是強烈，憤怒愈是無法遏制，我突然用手指著父親，向他發出了最後的通牒，你今天到底讓不讓我上船？告訴你，今天不讓我上船，我就永遠不上這條船了。

你敢用手指我鼻子？你敢威脅我？我還怕你的威脅？父親揮舞著手對我吼起來，你滾，滾到岸上去，從今往後，我沒有你這個兒子。

一股熱血沖上我的頭頂，惡向膽邊生，剎那間無數惡毒的語言從我的嘴裡傾瀉出來，猶如洶湧的洪水向我父親奔湧而去，誰稀罕做你的兒子，誰稀罕你這個爹？庫文軒你脫下褲子給大家看看，誰稀罕你這個爹？別人的爹都有一根雞巴，為什麼你只剩半截雞巴？半截雞巴，還有什麼臉教育我？半截雞巴你還有什麼臉綁我？庫文軒我告訴你，我落到今天這個地步，都怪你的雞巴！

我這麼一嚷，聽見船隊十一條船上訇地一響，船民們嘴裡同時發出了驚嘆聲，東亮造反了，造反了！我看見父親面色慘白，身體在船上搖晃，他注視我的目光像最後一根繩子，倉促地拋過來，沒有套住我，自己散開了，斷了。他的眼神與其說是驚恐，不如說是絕望，一口痰嗆到了他的喉嚨，他吐痰，吐不出來，引發了一陣劇烈的咳嗽。

德盛夫婦還在船上，他們過去攙扶住我父親，扶著他往艙棚裡走，德盛邊走邊瞪著我，說，東亮你今天是鬼魔附身了？你爹是你的階級敵人，你往他死裡打？別人貶損他的髒話，我們都說不出口，今天都讓你說光了！德盛女人一邊拍打我父親的肩膀，一邊對他說，千萬別介意，最近有人在鎮上大白天撞見鬼，白天見鬼會丟魂，東亮一定是在鎮上丟了魂啦。

我沿著駁岸朝碼頭奔跑，雙腿發軟，肩膀莫名地顫抖，我知道這是我生命中最累的一天，偏偏又是必須奔跑的一天，我必須跑，不跑不行了。

孫喜明夫婦倆在駁岸上堵住了我，他們注視我的表情不一樣，男人看上去很焦急，女人的眼神躲躲閃閃，掩藏不住她的內疚，從那眼神裡我一下就猜到她是告密者。孫喜明一把抓住我的胳膊說，東亮你往哪裡走？你敢走？你到底要去哪裡？

我一時沒有目標，掙脫著他的胳膊往前走，別管我去哪裡，地球那麼大，我就不信沒有我去的地方。

孫喜明緊追不捨地攆著我走，一把抓住了我的旅行包喊道，地球是很大，可地球不歸你，歸黨歸社會主義的！

孫喜明女人在後面拍手跺腳，東亮你到底要往哪裡走啊？大家都說你這不好那不好，我說他們都瞎了眼睛，東亮幹活好，又是個大孝子呀，馬上船隊要評選光榮船了，我們都說要評你們七號船，你這一走，還怎麼給你戴光榮花呢？

我對她本來就沒好氣呢，回頭對她喊，我不稀罕光榮花，送給你戴去，你告密有功！孫喜明的手在我的旅行包上狠狠地拍了一下，東亮，你別撒不出尿來怪夜壺！小福他媽是好心辦壞事，怕你爹擔心才給他透了點底！你爹不是趙春美，他怎麼打你罵你你也得認，不准跑，你跑了讓他怎麼辦？我又對著孫喜明叫喊起來，再不跑我還算個人嗎？我受夠他的罪了，他不缺胳膊不缺腿，以後讓他自己管自己。孫喜明說，好，好，你算個人，你管不管你爹是你們家私事，我管不了，運輸生產我要管，你一走駁船怎麼辦？明天艙裡要裝油料了，船上的事你爹什麼也不懂，你不能影響生產呀。我說我什麼也不管了，從今天開始，我跟向陽船隊一刀兩斷，我要到岸上去旅行，去北京，去上海，還要去廣州，去哈爾濱！

我跑了一陣，好不容易擺脫了孫喜明夫婦的糾纏，船隊幾個男孩子腿快，不知怎麼追到我前面來了。小福問我，五癩子說你的雞巴今天差點讓人剪了，差點就跟你爹一樣了，是不是真的？春耕鬼頭鬼腦地盯著我的褲襠，說，你是畏罪潛逃吧，王小改說你一天到理髮店去三次，說你去對慧仙耍流氓，你敲過她了？怎麼敲的呀？我被他們說惱了，又無心跟這幫孩子計較，就用力踹了春耕一腳，悶著頭向前跑。我把春耕踹痛了，他抱著膝蓋在後面嗷嗷大叫，一邊叫一邊罵我，庫東亮你這個花癡，癩蛤蟆敲天鵝，剪你雞巴是活該！

路過碼頭油泵房，一個紙團從裡面飛出來，落在我腳下。我下意識地停住腳步，看見李菊花一身藍色工裝，倚在門口看我，她看我的神情不同以往，眼神嚴峻，嘴角上浮現出一絲譏嘲的冷笑。我說，李菊花我怎麼得罪你了，你對我到底有什麼意見？她說，你沒得罪我，我就是在想呢，知人知面不知心，看你的外表儀表堂堂，怎麼心裡這麼骯髒呢？我愕然地瞪著她，李菊花你把話說清楚，我心裡怎麼骯髒了？她撣撣身上工裝的袖子，說，我沒那個胃口說，你自己做的事，還用我說？她看我一臉茫然的樣子，鄙夷地說，裝傻呢？還要我提醒你，你在理髮店對小鐵梅幹什麼了？那種事，王小改說得出口，我說不出口！我突然明白了，一個可怕的謠言以訛傳訛，正像細菌一樣在碼頭四周擴散。我一時愣怔在油泵房門口，氣得手腳冰涼，耳朵裡隱隱聽見李菊花的嘟囔聲，隨你墮落去，反正不關我的事，你也不是我什麼人，你墮落到監獄去也不關我的事。

我沒必要向李菊花申訴我的冤屈，逕直朝治安小組辦公室奔去，我滿腔怒火去找王小改算帳，跑到窗邊一看，王小改不在辦公室，雜亂的屋子裡只有陳禿子和五癩子在下棋，兩個人頭頂頭，嘴裡都罵罵咧咧的，我注意到他們頭頂上掛著一塊黑板，我的名字赫然在目：

今日治安狀況通報

向陽船隊船民庫東亮在人民理髮店調戲婦女。

那一行歪歪扭扭的粉筆字看得我眼冒金星，我一時失控，忘了門在哪裡，撞開窗子就要往裡面跳，屋子裡的兩個人聞聲回過頭，竟然都發出一聲怪叫，五癩子敏捷地抓起了桌上的治安棍，先朝我撲過來，好呀，你個空屁，你今天把油坊鎮攪得六缸水渾，我們這個月的工資要扣光了，正愁沒空收拾你，你倒自己送上門來了！

我搬起一張小凳子朝五癩子砸過去，五癩子閃了一下，陳禿子衝上來了，我看見陳禿子懷裡的東西就傻眼了，他不知從哪個角落裡悄悄抱出來一桿步槍！步槍上了刺刀，刀尖閃著寒光，陳禿子抱著那桿步槍，眨巴著眼睛，威風凜凜地向我一步一步逼來，空屁，今天我讓你看看治安小組的厲害！

也不知道是出於理智還是膽怯，看見那步槍我就跳下了窗臺，雞蛋不撞石頭，我拼命地跑，不跑不行，今天到底是個什麼樣的日子啊，陳禿子竟然向我亮出了一桿步槍！我一口氣跑到棉花倉庫那裡，回頭一看，陳禿子站在辦公室門外，舉起槍對我瞄準，嘴裡模擬著子彈出膛的聲音，砰，砰，砰！我知道他沒有子彈，但那刺刀狹長而刺眼的光令我膽寒，我不敢再去惹他們了。在棉花倉庫的門口，我作了一次短暫而重要的調整，拿起看門人遺忘在小凳子上的搪瓷杯，喝了一口茶水，還撿起他的破毛巾擦了一把臉，然後我抬眼看了看東邊棋亭的方向，棋亭上空漂浮著幾片蒼老的晚霞，我一看見晚霞映照的棋亭，立刻想起了歷史這個深沉的字眼，棋亭啊棋亭，它是鄧少香烈士生命的終點，卻將成為我生命的起點，我要到棋亭去，我要出發了！

眾所周知，棋亭附近是一個類似黑市的陸路交通樞紐，從公路上來的油罐車卸下油料後，司機會在棋亭邊滯留一會兒，順便拉上幾個搭順風車的客人，交五毛錢，你就可以坐上汽車去很遠的地方了。

多日不見，棋亭的外觀讓我吃了一驚，我發現古老的六角棋亭只剩下三個角，青龍飛簷不見了，亭柱被彩條塑膠布包圍起來，六根石柱子從塑膠布裡勉強地探出頭，提醒過往的人們，這裡曾經是油坊鎮最莊嚴的地方。岸上發生了這麼大一件事，我卻不知道。這是誰幹的？一定是趙春堂啊，他到底要幹什麼？我的注意力被毀壞的棋亭轉移了，匆匆跑過去，看見兩個很邋遢的工人蹲在地上，就著一缸茶水吃饅頭，腳邊扔了一堆大鎚子小榔頭和千斤頂之類的工具。

我指著那工人說你們好大的膽子，怎麼敢拆棋亭，誰讓你們來拆的？一個工人嘴裡嚼著饅頭，坦然地回答，我們沒這膽子，趙春堂派我們來的！另一個工人說，趙春堂也沒這個膽子，是上面同意他拆的。我問他們上面是誰，是哪一級領導？他們說是哪一級要問趙春堂去，我問他們拆了棋亭要幹什麼，一個工人說，這地盤金貴嘛，好像是要擴建停車場，現在油坊鎮這麼多車，油罐車多，農用車，還有軍用車輛，停車沒地方啦。我一氣之下就大聲質問起他來，你們豬腦子啊，是停車重要還是紀念革命烈士重要？那工人被我問得一愣，推託說，你別問我，問領導去！他們再也不肯理睬我，我換了和緩的口氣問他們一個關鍵問題，拆了棋亭，紀念碑怎麼辦？你們準備把紀念碑豎到哪裡去？這問題問了好幾遍，兩個工人都不願意回答，我給他們一人敬了一支香菸，一個工人才開了金口，就這麼一塊石碑嘛，地下還有個衣冠塚，移址很容易，說是移到縣城的革命歷史博物館去。

另一個工人看我情緒衝動，有點好奇我的來頭，目光忽上忽下，研究著我身上的旅行包和衣服皮鞋，終究搞不清我的身分，小心地問我，這位同志，你是什麼人？我差點脫口而出，鄧少香烈士的孫子！話到嘴邊人忽然清醒過來，想起這個光榮的身分已經煙消雲散，三十年河東三十年河西，現在我還不知道是誰的孫子呢。我只好對著棋亭嘆了口氣，非要是什麼人嗎？我什麼人也不是，是群眾，隨便問問！

鬧了半天你是群眾？那工人頓時舒了口氣，輕蔑地瞟了我一眼，那你對我們發什麼火？你是群眾我們也是群眾，你有什麼火氣向領導發去。

事關烈士紀念碑，都是各級領導的決定，我確實沒有資格指手畫腳。我走到棋亭邊撩開塑膠布朝裡面看，一股酒氣襲來，原來拆亭子的人馬來了不少。還有兩個工人躺在裡面，四仰八叉地睡覺，一張舊報紙上陳列著他們的殘羹剩飯，幾隻大白鵝在飯盒和酒瓶間漫步。鵝來得蹊蹺，引起了我的注意，大白鵝在哪裡，傻子扁金就在哪裡，我再朝亭子裡側細細一看，果然發現了傻子扁金的身影，他懷裡抱著一隻小鵝，正坐在角落裡吃工人的剩飯呢。

我不知道傻子扁金為什麼要到棋亭來。看見傻子我就會想起他的屁股，想起他的屁股我就會聯想我父親的屁股。魚形胎記。屁股上的一條魚。我父親在血緣上與一個傻子競爭，已經競爭了好幾年了，這場奇怪的競爭讓我感到屈辱。我不願意和傻子扁金在一起。幾乎是一種條件反射，我害怕人們比較的目光，岸上船上的很多糊塗人，他們一看見我和傻子碰到一起，就興致勃勃地議論我們各自的長相血緣，庫家父子，傻子扁金，到底誰是鄧少香的後代？船上的人大多傾向我們父子，岸上的人卻採取不欺負弱者的態度，堅持說傻子屁股上的魚形胎記最像一條魚，還有人慷慨激昂地表示過，他們情願烈士的後代是個傻子，也不願意庫文軒這樣的腐化墮落分子來給烈士的英魂抹黑。

我站在棋亭外揣摩傻子扁金的來意，不遠處的茶攤邊有幾個鎮上人在觀察我，他們竟然為我和傻子扁金的相遇雀躍起來，看啊，傻子在這兒，庫東亮也在這兒呢！他們七嘴八舌地爭論著什麼，不知怎麼話題集中在我的屁股上了，幾個人的眼睛都懷著探求的欲望，火辣辣地盯著我的屁股，陳禿子的堂哥陳四眼看上去有文化有教養，還戴個眼鏡，可他竟然上來拉扯我，提出了一個非分的要求，空屁你來得正巧，你爹天天窩在船上，他的屁股我們沒機會看，你把屁股亮出來跟傻子比一比，你們誰是鄧少香的子孫，讓我們群眾先來評個公道！陳四眼是找死，要動嘴要動手他都不是我對手，但我沒有心情和這幫人糾纏，陳四眼你滾開，讓你老婆來，我前面後面都給她看，你沒得看！我嘴上回敬著陳四眼，腳步卻對他退避三舍，匆匆地跑向了停車場。

棋亭上空的晚霞中迴旋著一股不祥的寒流，我感到渾身不適，從碼頭到棋亭，到處都是我的是非之地，我要走，愈快愈好。我注意到停車場上停著幾輛油罐車，有一輛車已經發動了，司機發現我要搭車的樣子，從駕駛室裡朝我招手，你去哪裡？快點，快點上車。我朝油罐車跑去，腳都踩到駕駛室的臺階上了，聽見司機在裡面說，我的車去幸福，你順不順路？順路先交五毛錢！我不知道司機說的幸福在哪裡，是鄉下還是集鎮？管它在哪裡呢，幸福，這地名聽上去多好，我去，我就去幸福。

司機打開駕駛室的門，一隻手朝我攤開，五毛錢，先交錢後上車。我剛要掏錢，聽見耳邊掠過一陣奇異的人聲，不遠處的路口一片嘈雜，有人在輪番叫喊我的名字，庫東亮，站住，你不准走，庫東亮，你不准走！那不是幻覺，一群孩子呼喊著我的名字，從碼頭方向湧過來了，是向陽船隊的一群孩子，他們像胡蜂一樣朝我嗡嗡地包圍上來，有人抱住了我的腿，有人奪下我的旅行包，小福像個老婦女一樣跺著腳，對我叫嚷道，庫東亮，你還在這裡遊手好閒，你爹出事了，他喝了農藥，送到醫院搶救去啦！

噩耗來得無情，卻又自然而然，我打了個冷顫，跳下卡車就往醫院方向跑。我擺動雙臂，以為自己跑得很快，可我的腰痛發作了，腿是軟的，胸口喘不過氣來，怎麼跑也跑不快。小福在我的左前方，邊跑邊訓斥我，還不快跑，你爹在醫院裡搶救，你還慢吞吞地跑，你是人還是畜牲？春耕在我的右面，他也學著小福的樣子罵我，都是你惹的禍，好漢做事好漢當，你算什麼好漢，現在害怕了？把自己親爹氣得喝農藥，自己做了縮頭烏龜，你跑得比烏龜還慢！春耕的妹妹四丫頭跑在最後督陣，她竟然拿了一根樹枝來打我屁股，就像打一頭消極怠工的老牛屁股，還不快跑？你要趕緊去立功贖罪！她一邊喘氣一邊控訴我，庫東亮你罪大惡極，自己的親爹再不好也是親爹，每個人只有一個親爹一個親媽，死了就沒有了——你把自己的親爹扔下就跑，沒良心——要不是我媽喝過農藥，要不是我爹鼻子靈，你爹死在艙裡都沒人知道呀！

我聽見四丫頭的話，再也忍不住了，一邊跑一邊嗚嗚地哭起來。孩子們從來沒見過我哭，我一哭，他們都停下來慌張地看我的臉。我捂住臉，不讓他們看我的眼淚，我捂住臉在街上踉蹌著跑，孩子們以為是他們把我罵哭了，攆哭了，有點心軟，不再罵我攆我了。四丫頭說，別哭別哭了，我們不罵你就是了，這次犯了錯誤，以後記得要改正啊。春耕皺著眉頭說，空屁你丟人呢，婦女都知道坐下來哭，你邊跑邊咧著個大嘴哭，還不如婦女！街上有過路人好奇地看著我們這支奔跑的隊伍，喂，你們跑什麼？船隊死了人啦？四丫頭尖聲說，我們船隊從來不死人，你們鎮上才經常死人！小福推搡開那些好管閒事的路人，我們跑步呢，關你們什麼事？閃開，都閃開，你們沒見過長跑比賽啊？

德盛女人和孫喜明女人站在油坊鎮醫院的門口迎候我們，兩個女人交流了欣慰的眼神，一個說，還好，東亮沒走成。一個說，我家小福真能幹，真的把東亮帶來了。看見那兩個女人，我有了主心骨，人反崩潰了，我爹沒事吧？我這麼喊了一聲，身體一軟就癱倒在他們身邊了。我站不起來，感覺到兩個女人在拉拽我的手，一人拉一條胳膊，我把胳膊交給了他們，但我的身體以及靈魂都恐懼地賴在地上，不肯起來。哪來的農藥？誰給他的農藥？我們家沒有農藥的。我渾身瑟瑟發抖，嘴裡機械地重複著幾句話。德盛女人說，現在追究不了這件事，先要追你爹的一條命，你站起來，快站起來呀。孫喜明女人用手指點著我腦袋，嘴裡不停地數落我，現在知道害怕了？剛才跟你說道理，你怎麼就不肯聽？岸上的人你不信，我們的話你也不信？哪兒有你這樣造反的？你差點反掉你爹一條命呀。

他們逕直把我帶進了急診室。一別數年，我不記得這急診室的格局和設施了，卻清楚地記得房子裡特殊的氣味，腳臭味兒血腥味兒還有碘酒氣味和飯菜香味混雜在一起，聞到這股氣味，我就犯噁心。河上十三年，這間急診室竟然成了父親與油坊鎮土地的唯一聯繫。上一次來，是為了縫合父親的陰莖，這一次，是為了救父親的生命，每一次我都罪責難逃。我也是謀害父親的兇手。我是兇手。兇手再怎麼跑也沒用，我跑不掉了。我站在門口，感到一陣強烈的反胃，我怕自己會吐出來，就蹲在一只痰盂前，遲遲不敢站起來。孫喜明女人說，東亮你怎麼回事，你爹在角落裡躺著呢，你怎麼蹲在這兒？我揉著自己的腹部說，等一下，等一下。德盛女人看看我的臉色，又看看孫喜明女人，那就等一下吧，這一天東亮過的什麼日子啊？他一定是想吐，不是餓出來的，就是嚇出來的。

我蹲在痰盂邊，目光努力地抬起來搜尋父親。我看見急診室幾張正規的病床上都躺著人，父親躺在角落裡的一張長椅上，被氧氣瓶輸液架和人群包圍著。兩個女護士圍著他跳來跳去，一個男醫生正在給他洗胃，忙亂中有個聲音在喊，按住，按住，按住腿，按住肚子！撬開，撬開，把他的嘴撬開，把他的舌頭撬開！父親像一頭衰弱而倔強的老牛，拒絕屠宰加工，他不合作的態度引起了女護士的不滿，女護士不便向病人發作，厲聲呵斥著旁邊的幾個船民，你們怎麼這麼笨？這麼多男人這麼大的力氣，弄不住一個老頭，看他又噴了我一身！船民們在長椅邊倉皇地穿梭，終於各就各位，王六指按住了父親掙扎的身體，孫喜明和德盛守在長椅兩側，一個人手裡端著痰盂，一個人舉著一只輸液瓶。然後孫喜明突然發現了我，眼睛一瞪，來不及罵人，最終給我下了一道命令，你還愣在那裡幹什麼？趕緊過來幫幫王六指，按住他的肚子，你不知道你爹有多犟，他不想搶救，不肯洗胃！

我什麼也顧不上了，衝過去按住了父親的腹部。父親的眼睛瞪著我，瞪得比銅鈴還大，他想說什麼，無奈嘴裡塞滿了管子，一句話也說不出來，他想用手來推我，偏偏他的雙手都被王六指死死地扣在椅子上了，動彈不得。我知道父親的痛苦，父親不知道我的痛苦，我的痛苦不比他輕，腦袋頭疼欲裂，胃裡翻江倒海，嘔吐已經憋不住了。我知道我不能吐，應該讓父親先吐。我拼命按住他的肚子，爹，快吐，快吐啊，吐出來就好了。父親還在犟，嘴巴一吐一吸，試圖把嘴裡的橡皮管子吐出去，我用手掌牢牢地保護住那些橡皮管子，爹，快吐，不是吐管子，快把農藥吐出來，吐出來就好了。

父親憋了一口氣，憤怒的眼神突然變得輕鬆了，一股腥臭發黑的污水從他嘴裡飛出來，濺到了我的臉上，我沒有躲閃，很奇怪，父親一吐，我再也憋不住了，我也吐。吐。吐。父親吐到了我臉上，我吐到了他的身上。

孤船

父親出院的時候，向陽船隊已經離岸走了。

我背著父親走到碼頭上，遠遠看見七號船孤零零地停在駁岸邊，一條被遺棄的駁船，似乎停靠在世界的盡頭。河上十三年，七號船第一次脫離了向陽船隊，成為一條孤船，我突然覺得駁船變得那麼陌生，河岸變得那麼陌生，甚至金雀河水也變得陌生了，平時河水流得那麼匆忙，隔得很遠就可以聽到水流的聲音，河面上到處可見彩色或銀灰色的油污，上游沖下來的枯枝敗葉，還有淹死的小動物腐爛的屍體，那天下午的金雀河上沒有任何漂浮物，潔淨得令人生疑，寬闊的河面像一匹暗藍色的舊綢緞在我眼前鋪展，靜止不動，看上去很美，可是，美得荒涼。

醫院三日，父親的身體已經很臭了，我一路背著他，先後聞見他嘴裡的氣味，頭髮上的汗臭味，還有來自他衣褲的酸餿味，所有氣味集合起來，竟然是一股強烈的魚腥。我很困惑，父親為什麼這麼腥？我背著他回家，就像背著一條巨大的空癟的醃魚回家。

父親早已經清醒，但一路上他拒絕跟我說話，沉默是他最後的威嚴，他保持沉默便保持了懲罰我的姿態。除了偶爾晃動的兩隻腳，我看不見背上的父親，看不見他的眼睛，可是我知道他的眼神已經沒有了仇恨，那眼神空洞，虛無，帶著一點痛苦，類似魚的眼神。出院時醫生建議我和父親多說話，說很多輕生的老人存活之後，會併發老年癡呆症，我想和他多說話，卻不知道怎樣開頭，更不知道怎樣結束，與父親交談，仍然是考驗我的難題。父親乾枯的身體緊貼著我的後背，我們父子的心，卻已經遠隔千里。我看不見父親的嘴巴，看見的是他嘴裡吹出來的一個個泡泡，不知是醫生的醫療事故，還是我父親的生理原因，經過了幾次全面的腸胃清洗之後，他的嘴裡開始間歇性地吐泡，起初他吐出的泡泡是褐色的，淺棕色的，吐到後來那些泡泡的品質改變了，它們變得晶瑩透明，看上去惹人喜愛。我背著父親走到碼頭上，陽光從河面上折射過來，秋風吹拂父親的臉，吹下他嘴邊最後一個泡泡，那泡泡先落在我的肩上，然後慢慢地滾落在我的身前，我驚喜地發現那個泡泡變色了，它先是呈現金色，繼而閃爍出彩虹般的七彩之光。

裝卸區站著三個抽煙的碼頭工人。那個劉師傅對我喊，空屁，你們家出了什麼事？別的船都走光了，你家的船怎麼還在岸邊？他們很快發現我背上馱著個老頭，庫文軒出來了！劉師傅這麼叫了一聲，三個人一下子鴉雀無聲，很快我聽見了他們小聲的商議，去看一眼，去看一眼。我知道工人們對我父親很好奇，但他們的態度我接受不了，我父親又不是什麼稀有動物，為什麼要說看一眼呢？我拼命朝劉師傅搖頭，三個人不管不顧，逕直衝到我們面前，過來研究我父親的臉和身體，我用腦袋撞開了他們，三個人不得已退到了一台起重機下，紛紛發表觀感，一個小夥子嗤地一笑，說，果然是個怪人，他的嘴裡還會吹泡泡呢，跟一條魚似的！劉師傅的聲音聽上去充滿同情心，感嘆道，也就十幾年沒見，他怎麼老成這樣了？這個人的人生，好坎坷啊！第三個碼頭工人自作聰明，見到了我父親馬上質問劉師傅，你說他就是鄧少香的兒子？虧你相信這套鬼話，這老頭子明擺著是冒牌貨嘛，你們算一算鄧少香犧牲的時間，那籮筐裡的嬰兒現在也頂多四五十歲吧，看看老頭那張臉，他起碼七十歲了，怎麼可能是鄧少香的兒子！

父親在我背上動了一下，一股腥味撲入我鼻孔，他的嘴巴又張開了。我以為這次他要為自己的年齡辯護，結果他把別人的錯誤歸到了我的頭上。你安的什麼心？這麼寬敞的路，你非要往人前走，快繞過去往船上走啊！父親在我的大腿上蹬了一腳，手在我的脖子上掐了一把，他說，不情願背你別背啊，要背你就好好背，你背不了幾步路了，把我放到船上你就可以走了，我再也懶得管你，我把自由還給你。

一隻野貓正蹲在我家的船頭俯瞰著河水的動靜，那野貓長年在碼頭一帶流浪，也許認識我，發現主人回來便自覺地撤離駁船，從我腳邊一溜煙地逃走了。我背著父親小心地走過跳板，看見野貓在船頭給我們留下了紀念品，一堆貓屎，外加一條柳條魚精緻的骨骸。前艙的艙板不知被什麼人拉開了一半，偌大的前艙是空的，一半沐浴著陽光，一半沉在暗影裡，無油可運，空置的船艙嗡嗡地蒐集著河水的回聲。我對河水的聲音是如此敏感，走過舷板的時候，我聽見前艙忠實地複製著河水的聲音，下來，下來。很明顯，河水之聲被放大了，父親也聽見了什麼，他的腦袋在我的肩膀上無力地抬起來，前艙裡是什麼聲音，他們在輸油嗎？我說，我們的船不輸油了，爹，前艙是空的，什麼也沒有。

我把父親背進後艙，安置在他的沙發上，他頹然地躺下去，嘴裡發出了一聲滿足的輕嘆。我說，爹，我們到家了，到家就好了。父親說，是我的家，不是你的家，你把我送到家，我要謝謝你，你不是要到岸上去到處流竄嗎？現在可以去了，去流竄吧！我說我走不了，你身上髒了，還要給你燒水洗澡呢，他猶豫了一下，說，那就再謝謝你，再謝一次，我是該洗個澡，洗好澡你就可以走了。

那天下午的金雀河躁動不安，我起身拿了吊桶去河裡吊水，吊桶投進河中，蒐集起一片河水的祕語，河水在吊桶裡說，下來，下來，下來。我在灶上支鍋燒水，河水煮開了仍舊不依不饒，河水的祕語在鐵鍋裡沸騰，下來，下來，下來。我坐在船頭守著火灶，心裡充滿了莫名的恐懼，我不知道河水的祕語是贈送給誰的，是給我還是給我的父親？

向陽船隊的船民都清楚，我父親洗澡麻煩多，需要一級戒備。我把大木盆搬進艙裡，小心地把舷窗都關上了，這是防止窺視的常規手段。我父親也許是金雀河兩岸最特殊的男人，別的男人光著身子跳大神，也沒人稀罕，我父親的裸體，始終是人們爭相偷窺的對象。他的裸體不同凡響，正面背面都極具觀賞價值。倘若你有幸窺見他的正面裸體，便可看見傳說中的半截雞巴，那是我父親的羞恥。倘若你有機會看見他的背面裸體，也就看見了他屁股上的魚形胎記，那是父親的榮耀。這幾乎是一場漫長的防禦戰，父親悉心保護他的光榮，也全力地掩藏他的羞恥。即使是我，也沒有機會正眼面對父親的裸體，每當父親在後艙洗澡，我的任務是掩護和狙擊，我沿著舷板巡邏，負責驅趕那些前來窺望的孩子。那天下午本來是父親最好的沐浴時機，駁岸上沒有人，岸邊只剩下我們一條船，不需要我出艙巡邏了。我關上窗，發現父親的目光還是很膽怯，他左顧右盼地說，外面誰在吵，我耳朵裡嗡嗡的，是什麼人在岸上？我說，船隊早走了，岸上沒有人，沒人來偷看你，你放心洗吧。他警惕地瞪著艙門和舷窗，說，小心為好，我覺得外面有人，不安全，你把艙門也關上吧。

關上艙門，艙裡一下變得很悶熱。我把熱水灌進大木盆裡，替父親脫下了酸臭的衣服，脫到褲衩了，他說，褲衩不脫，到盆裡自己脫。我把他扶進盆裡，看他歪斜著身子慢慢地往水裡坐，那樣子似乎有點半身不遂。你不要看我，有什麼好看的？他皺著眉頭對我說，把毛巾給我，背過身去，背過身去你就可以走了。

我順從地背過身去，可是我不能走。我看著艙壁上鄧少香烈士的遺像，剎那間我產生了一個奇異的幻覺，似乎看見鄧少香烈士沉睡的靈魂甦醒過來，從牆上偏過頭打量著木盆裡的那個裸體，目光幽遠，充滿憂傷。庫文軒，你真是我的兒子嗎？庫文軒，你到底是誰的兒子？我身後響起了斷斷續續的潑水聲，聽起來有氣無力，我不敢回頭，爹，你洗得動嗎？洗澡很累的，要不要我來幫你洗？他說，我還有一口氣呢，前面我能自己洗，後面你幫我洗。我正要轉身，聽見父親喊，別過來，現在別過來，再等一會兒。我只好等，等了一會兒，父親終於允許我轉身了，他說我的後背一定髒死了，天天都很癢，我不是故意要拖住你，你幫我洗了後背就可以走了，抹上肥皂沖洗乾淨，你就可以走了。

我蹲到木盆邊，一眼看見父親臀部上那個魚形胎記，魚的頭部和身體已經褪色，幾乎辨認不出了，只剩下一個魚尾巴，還頑強地留在鬆弛蒼白的皮膚上。我大驚失色，忍不住叫起來，爹，你的胎記怎麼回事，怎麼都褪了？就剩下一個魚尾巴啦！

父親在木盆裡打了個寒噤，什麼魚尾巴，你胡說什麼？他的脖子艱難地向左下方轉動，轉不過來，你嚇唬我呢？我的胎記跟別人不一樣，我的胎記不會褪的。

真的褪了，爹。原來是一條魚，現在只剩下個魚尾巴了。

父親的腦袋轉向右下方，還是轉不過去，他急眼了，身體扭來扭去，一隻手在我身上狂亂地拍打著，你是故意在騙我？我不信你的鬼話，你讓我看，讓我自己看。

爹，你糊塗了，胎記長在屁股上，你自己看不見的，是褪了，我不騙你，這麼大的事情，我怎麼敢騙你？

父親坐在木盆裡一動不動，他濕漉漉的身體不停戰慄，枯槁的臉上老淚縱橫，眼睛裡燃燒起一股猜忌的怒火。我知道了，是醫生給我洗掉的。怪不得最近那兒很疼很癢，好呀，好一個陰謀，藉著救死扶傷的名義害人，他們銷毀我的胎記，就是在銷毀證據，他們要割斷我和你奶奶的聯繫呀！

爹，你別賴到醫生頭上，我天天在醫院看著他們呢，醫生給你洗了三次胃腸，沒見他們洗你的胎記。

你幼稚！幼稚！你看得見他們洗我的胃，看不見他們迫害我的陰謀。岸上都是趙春堂的人，醫院裡都是趙春堂的人，他們早就串通好了。你們為什麼要送我去洗胃？你們也沒安好心，為什麼送我去岸上？送我上他們的手術臺，不如直接把我推到太平間去啊！

父親的臉已經完全扭曲了，隨著情緒的波動，他嘴裡頻頻孕育出大大小小的泡泡，一串串泡泡瘋狂地向我飄來，帶著濃重的魚腥味兒。我又惹了大禍。我後悔莫及。為什麼我就管不住自己的嘴巴呢？剛度過一劫，還沒得到父親的寬恕，我又惹禍了。我手足無措，努力尋找著莫須有的理由安慰他，爹，那魚尾巴好歹還在呢，就算魚尾巴也沒有了，你還是鄧少香的兒子！真的假不了，假的真不了，搞陰謀的人，搬起石頭砸自己的腳——我昨天在醫院聽說，地區工作組又要下來了，要給你翻案來啦。

翻案？你聽誰說的？他的眼睛一亮，亮了又暗淡下去，又來誆騙我？你不用撒這個謊了，現在我想通了，不用他們為我翻案，只要給我頒發一張烈屬證，我把烈屬證留給你，就可以去見馬克思了。父親坐在木盆裡，突然像個孩子一樣嗚咽起來，想想我這輩子，我不甘心，我能甘心嗎？他攥緊我的手，一邊嗚咽一邊問我，我堅持了十三年了，等了十三年，我等到了什麼好消息？我等到的都是壞消息啊，謠言，誹謗，還有陰謀！父親突然抹抹眼淚，指著我鼻子說，還有你，也要怪你不爭氣，我只有你這麼一個兒子，我辛辛苦苦教育你，教育了十三年，可我得到了什麼回報？天天都聽到你墮落的消息啊！

爹，我以後會為你爭氣的，你要堅持，堅持下去，遲早會等到好消息。

我不是鐵人，恐怕再也堅持不住啦。父親慢慢止住了哭泣，也許是體力透支的原因，他的腦袋突然後仰，撞在我的肩膀上，他的聲音變得疲憊而沙啞，東亮，你告訴我，你一定要說實話，我活著還有什麼意義？你是不是盼著我死？我是不是該去死了？

我什麼也說不出來，情不自禁地抱緊了父親乾瘦的身體，父親下意識地掙扎，他愈掙扎我把他抱得更緊。我的眼淚奪眶而出。絕望的父親被我抱在懷裡，我覺得他像我的兒子。這個身體已經接近一條風乾的醃魚，魚脊般的脊柱又脆又薄，背部長滿了來由不明的銀色的斑片，就像一片片魚鱗。光榮牌肥皂的氣味已經掩不住父親身上奇特的腥味，我抱著父親的身體，忽然覺得父親的來歷疑雲重重，歷史是個謎，他也是一個謎。父親，我的父親，你到底從哪兒來，你會到哪裡去？我感到茫然，目光投向鄧少香烈士的遺照，女烈士躲開了我熱忱的目光，她在牆上飛快地轉過臉去，只給我留下一個模糊的背影。我頹然低下頭，這一低頭的瞬間，我看見了父親背上的那個金色光斑，那光斑來得如此神奇，它有頭有尾，微微擺動，看起來是一條活靈活現的金色鯉魚！起初我不知道那光斑來自何處，四下一看，終於發現它來自緊閉的舷窗，窗子已經被風推開了一條縫，在一釐米的窗縫間，我看見了歷史的金色光束，金色的歷史降落在河面上，半個世紀之前的金雀河水向我奔湧而來，蒼蒼茫茫，我看見鄧少香烈士遺留的竹編籮筐隨波逐流，一個嬰孩和一條魚乘著籮筐隨波逐流，我看見浩蕩的河水淹沒了嬰孩，一條魚跳出了籮筐。魚。一條魚。是一條魚。我為自己的發現感到恐懼，那是歷史的謎底嗎？我父親如果不是那個籮筐裡的嬰孩，是那條魚嗎？

外面很吵啊。父親在我的懷裡閉了一會兒眼睛，突然又睜開，東亮你還沒走？外面為什麼這麼吵？不是人的聲音啊，是河水在說話？今天河水怎麼說起話來了呢？

我驚訝於父親靈敏的耳朵，他的身體如此羸弱，竟然聽見了河水的祕語，我試探地問，爹，你聽見什麼了？河水在說什麼？

他屏息聽著，茫然地說，是河水在對我說話，下來，下來，下來。

我感到震驚，原來以為只有我聽得懂河水的祕語，現在我父親也聽見了，這不是什麼好兆頭。我看著父親沉默不語，我不知道那天下午的金雀河出了什麼事。河水一旦洩露所有的祕密，駁船為什麼還要停在河水之中呢？我感到鐵殼駁船在搖晃，我父親的生命在搖晃，我的水上之家也在搖晃。下來，下來。父親的聽覺很敏銳，河水的祕語越來越清晰。我沒有辦法跳下河去捂著河水的嘴巴，河水呀河水，你為什麼這樣性急，你是在呼喚我父親，還是在呼喚一條魚回到你的懷抱？

我抱著父親走投無路，無意間瞥見鐵床下扔著一團繩子，我盯著繩子，心裡突然萌生了一個大膽的主意。我的心跳加劇，匆匆地把父親從木盆裡抱起來，放到我的鐵床上。父親在我懷裡叫起來，錯了，我不上你的床，把我放到沙發上去，放到沙發上你就可以走了。我不敢說話，默默地替父親換上乾淨的衣服，趁著給他換襪子，我自然地蹲了下來，從行軍床下悄悄抽出了一截繩頭，開始在父親的腳上纏繞第一圈繩子，起初他並沒有察覺，是我的手不爭氣，一直不停地顫抖，引起了他的注意，父親突然尖叫起來，雙腳拼命地蹬踏，你幹什麼？你在用繩子捆我？兒子捆老子啊，你瘋了，你這是要報復我嗎？

爹，不是報復，我要救你。我一著急，不分青紅皂白地加大了捆綁的速度，爹，你忍著點，一會兒就捆好了，今天河上很危險，我不准你下去，不准下去，有我在，我絕不能讓你下去！

父親沒什麼力氣，掙扎了一會兒就放棄了。捆吧，你捆吧，我養你這麼大，教育你這麼多年，最後就落了這麼個下場。他的眼睛裡滲出一點淚光，一個晶瑩的泡泡從他嘴裡不自覺地吹出來，掉在木盆裡不見了，父親含淚凝視著我，他說，遲了，河水都在催我下去了，不管你做孝子還是做孽子，現在都遲了，我捆你沒用，你捆我也沒用，現在什麼都遲了。

父親的絕望令我害怕，也讓我傷心，我覺得一股熱血朝我的頭頂湧，不遲，不遲，爹，你等著！我一邊向父親發誓，一邊開始把他的手綁在鐵床架上，爹，你別犟，別犟啊，你等著，我馬上上岸去，今天非要讓趙春堂那狗雜種上船來，給你道歉，給你送烈屬證來！

我父親叫起來，不准做蠢事，也不全是他的錯，強迫的道歉不算道歉，逼來的烈屬證不是烈屬證，我不要。你不准去岸上，不准去，你要去，把我扔到河裡再去！

我決心已定，被束縛的父親阻止不了我的計畫了。我抱著大木盆出去，潑掉了盆裡的污水。為了不讓父親的皮肉受苦，我還檢查了所有的繩結，不能太緊，也不能太鬆。我準備了兩個饅頭一杯水，放在父親的腦袋旁，爹，我出去不知多久回來，你餓了自己吃饅頭，渴了就喝口水。我手裡還提著一只夜壺，準備放在他的屁股下，轉念一想，父親的手腳都捆著，怎麼小便呢？我去解父親的褲子，父親的身體蜷縮起來，他怒吼著朝我臉上啐了一口，我知道我觸犯了他的禁忌，只好與他商量，爹，不脫不行呀，要是你想小便怎麼辦呢？你愛乾淨，總不願意尿在褲子上吧？父親停止了無謂的抗爭，他的眼睛裡淌出兩行渾濁的淚水，大約僵持了兩分鐘以後，父親背過臉去，我聽見他說，脫吧，你不要看，答應我，你不要看。

我答應了父親，但是脫下他短褲的一瞬間，我無法克制地朝那裡看了一眼，父親的陰莖把我嚇著了，它像一只廢棄的蠶繭，小心翼翼地躲藏在毛叢裡，它的形狀超出了我的想像，比我想像的更醜陋更卑瑣，散發著一種淒苦的氣息。我下意識地蒙住了眼睛，我蒙著眼睛往艙門口走，走上木梯我才放下了雙手，我不知道我哭了，當我鬆開手，覺得手上濕漉漉的，我看見我的兩隻手，手掌心和指縫間都是淚水。

紀念碑

我上岸去了。

上岸的時候金雀河盡頭的晚霞已經暗淡下去，繽紛斑斕的雲朵越來越少，一眨眼就變成了虛無的灰色雲團。晚上七點鐘，平時這應該是我從岸上回船的時辰，但這個黃昏不一般，我有計畫，我上岸去了。

碼頭上的照明設施已經提前亮了，有一片探照燈的燈光守護著油泵房，雪白的光束穿過碼頭上的貨堆和空地，蔓延到駁岸上，我看見我家的船被照亮了一半，還有一半則消沉地浸在水裡，看上去滿腹心事。我一下船，那隻流浪的野貓不知從哪兒竄出來，又跑到了我家的船頭上去了，我沒去驅趕牠，野貓上去也好，父親一個人在艙裡，無人託付，只好讓野貓暫時守護他了。

晚風吹過來，被汗水濕透的棉毛衫貼著我的身體，我感到有點冷。碼頭的水泥地面不久前鋪過瀝青，軟軟的有點黏腳，有點溫暖，我發現了瀝青的溫柔和憐憫，才意識到自己忘了穿鞋子。從駁岸到裝卸區一路平安，四周空無一人。白天積存的所有貨物都已卸空，碼頭看上去空曠得出奇，也安靜得出奇。油泵房裡隆隆的機器停止了運轉，李菊花和她的同事都下班了，裝卸作業區的工人也走光了，一台龍門吊和幾台輕型塔吊都安靜地匍匐在夜色中，抬眼仰望著高大巍峨的圓形儲油塔，儲油塔塔頂亮著一排藍色的小彩燈，看上去像藍色緞帶拴著一個巨人的脖子。

我不相信安靜，太安靜了就有鬼。我走過治安小組辦公室，果然，那裡面還亮著昏黃的燈光，窗子裡有人在朗誦什麼詩歌或者散文，突然朗誦停止，傳來幾個人放肆快樂的笑聲，陳禿子和五癩子笑得響亮，那個女治安員臘梅花笑得喘不過氣來，一邊笑一邊求饒似的喊道，別念了別念了，要笑死人了，我的腸子快要笑斷啦。

我悄悄站到窗邊，警覺地聽著裡面的動靜，他們笑了一會兒，小改又開始朗誦了，這次我清晰地聽見了一個熟悉的句子。**啊，水葫蘆愛著向日葵，海枯石爛不變心！**

我頭腦裡嗡地響了一聲，一下就用手捂住了耳朵，沒有人比我更熟悉那個抒情的句子，**啊，水葫蘆愛著向日葵，海枯石爛不變心！**工作手冊，五十四頁或者五十五頁，寫於慧仙在地區金雀劇團的日子。我不知道這是怎麼回事，我的工作手冊為什麼會落到王小改的手裡？他們為什麼要朗誦我的日記？我正要往治安辦公室裡闖，聽見臘梅花說，小改你怎麼不念了，再念點有意思的，讓我們聽聽啊。王小改說，我就搶到了這幾頁，老崔拿了幾頁，小陳也撕了幾頁，其他的，都讓人家慧仙拿走了，我們也不好跟她爭，她是向日葵嘛！臘梅花嘴裡嘖嘖地響著說，其實這空屁也很可憐的，他不是癡漢等老婆嗎？

臘梅花那一句話讓我愣在門口，半天緩不過神來，我為自己的日記而羞愧。我很後悔，可是事到如今，後悔有什麼用呢？我每次上岸都把工作手冊藏在旅行包夾層裡，是為了提防父親翻看我的日記，結果我防住了父親，日記卻落到了這些人的手裡！我站在治安辦公室門口猶豫了半天，終究沒有勇氣衝進去，只聽見自己嘴裡的嘟囔聲，秋後算帳，秋後算帳。其實我不知道要找誰秋後算帳，是小改，老崔，小陳，還是慧仙？或者是要找三霸和李莊老七報仇？我抬頭看了看黃昏的天空，回頭看看河岸，七號船孤零零地停泊在一片暮色中。我很快清醒了，父親現在比我重要，父親的一條命比我的工作手冊更重要，今天夜裡我誰也不找，我要去找趙春堂。

我直奔綜合大樓，到了大樓前才意識到我的計畫是一廂情願，我來晚了，幹部們都已經下班。除了傳達室和零星的幾個窗子亮了燈，四層樓的大部分窗口都是黑的。我搜尋著趙春堂的專車，那輛曾經風光一時的吉普車看來已經被閒置，委屈地棲息在角落裡，原先停吉普車的地方，現在停了一輛蘇聯產的伏爾加轎車，黑色的，嶄新的，看上去很氣派。

司機小賈拖了一根水管，認真地沖洗著伏爾加轎車，沖得遍地污水。我繞過了一灘灘水潭，去向小賈打探趙春堂的行蹤，你在等趙春堂下班嗎？趙春堂在不在樓上？司機小賈斜著眼睛看我，你算老幾，打聽這幹什麼？我說，不幹什麼，我有要緊的事情向他反映。小賈還是對我橫眉冷對的，手裡繼續沖水，嘴裡傲慢地說，你有什麼事情先向我反映，看看值不值得向書記反映，你能有什麼要緊事情？又是為個烈屬證來鬧事吧？

在油坊鎮上辦事要先敬菸，我給小賈遞了一根香菸，他勉強接過去，看了看香菸上的徽標說，飛馬牌的？不抽。我只抽大前門。他把香菸扔到駕駛座上，鼻孔裡哼了一聲，都什麼時代了，只有你們船上人還把飛馬牌當個好菸。看他的臉色稍微和緩了一點，我對小賈說，我不是找趙春堂鬧事的，是讓他去救一個人，你告訴我他在哪裡，我下次送你一條大前門香菸，不送就是畜牲！小賈皺起了眉頭，一條大前門香菸算個屁啊，好意思說！你鬼鬼祟祟的找趙書記到底幹什麼，他又不是醫生，救什麼人？我被小賈逼急了，乾脆對他和盤托出，我不是求他救人，是求他救命，我爹要尋短見，今天趙春堂一定要到我家船上走一趟！小賈冷冷地一笑，你爹剛出醫院，怎麼又要尋短見了？你們家的事我可是清楚的，你爹尋死覓活，都是讓你氣的，只有你救得了他，趙書記去也沒用，救不了他！

我放棄了小賈，到綜合大樓的傳達室打聽趙春堂的下落，幸虧傳達室裡的女人是新來的，不認識我，看我火急火燎的樣子，她倒是向我透露了一個有用的資訊，趙書記今天很忙的，來了三批檢查團，夜裡還要陪客人吃飯呢！我特意繞到大樓的側面，朝食堂的窗子一望，小餐廳裡黑燈瞎火的很冷清，只有兩個陌生的幹部模樣的人對坐在窗邊，不知在吃飯還是在說話。我跑到窗邊向那兩個幹部打聽，你們是不是檢查團，趙春堂今天陪你們吃飯了嗎？一個女幹部打量了我一眼，臉上露出曖昧的笑容，我們是計畫生育檢查團，趙書記不陪我們吃飯，陪別人吃飯去了。我又問，趙書記陪誰吃飯去了，在哪兒吃飯？另一個男幹部掩飾不住酸溜溜的心情說，陪誰吃飯我們不清楚，光是聽說他們去吃螃蟹，客人有級別，餐館也有級別，哪兒有級別高的餐廳，你就去哪兒找嘛。

我突然記起來春風旅社的閣樓最近改造成了一個豪華大包間，那個曾經隔離我父親的閣樓，聽說成了趙春堂宴請貴賓的祕密場所。我朝春風旅社的方向匆匆地走去。路上遇見一個瘦高條的竹竿似的少年，戴個眼鏡，聳著肩膀，書包夾在腋下，他從學校的方向過來，與我擦肩而過。我知道那是理髮師老崔的孫子，油坊鎮中學的尖子生，老崔在理髮店多次吹噓這個孫子學習如何拔尖，如何有前途，有前途的人一般不和沒前途的說話，我沒準備和他交談，這男孩從我身邊傲慢地過去了，突然折返回來，追著我邊走邊問，你是庫東亮吧，我問你一個歷史問題，毛主席他老人家什麼時候到過油坊鎮的？我敏感地意識到這突兀的問題與工作手冊有關，便裝作沒聽見，加快了腳步，沒想到這個討厭的高中生居然不依不饒地追上來了，他喘著氣對我說，你跑什麼？我向你請教問題呢，毛主席不接見油坊鎮的人民群眾，怎麼偏偏去接見一朵向日葵呢？偉大領袖接見一種農作物，怎麼可能？庫東亮，你為什麼隨便編造歷史啊？

很明顯，我的日記快變成大眾讀物了，老崔的孫子一定看到了我的日記，也許是三十頁，也許還有三十一頁三十二頁，這個書呆子少年怎麼會懂得我的祕密呢？我沒有興趣跟他探討歷史，更沒有義務透露我青春期的祕密，我瞪著眼睛對他大吼一聲，歷史是個謎！你個狗屁孩子懂什麼歷史，給我滾！

攆走了那少年，我有點心虛，走在黃昏的油坊鎮上，彷彿看見自己的隱私像一盞盞路燈，慷慨地照耀著這個小鎮，照亮了小鎮人寂寞的生活。我懷疑好多人家窗子裡傳來的笑聲與我有關，與那本工作手冊有關。我沿著街道的陰影線朝春風旅社走，一路小心地避開所有行人，一個沉重的謎團始終壓著我的心，我的工作手冊還剩下多少頁了，剩下的日記還在慧仙的手上嗎？

在春風旅社的門口，我停下了腳步。旅社門口還掛著歡慶五一的燈籠，周圍冷冷清清，沒有車馬的痕跡。我抬頭朝旅社的窗子張望，三層樓的水泥樓房，包括頂樓那個神祕的隔離室，每個窗子都拉上了紫紅色的窗簾，我無法判斷工作組檢查組是否在此入駐，我吸緊鼻子，聞不到炒菜的香味兒，屏息傾聽，聽不見杯盤觥籌的聲音。我的心沉了下去，走到旅社大門邊去推門，門反鎖著，從門玻璃上可以看到有個人趴在服務台後面打瞌睡，我敲玻璃，敲了幾下，服務台後的腦袋沒有抬起來，一個懶洋洋的女人的聲音傳出來，誰？住宿要證明，先去派出所開證明。我在門外說，我不住宿，我來找人。裡面的女人說，找誰？找人也要登記，你是什麼人？你找什麼人？我沒有透露自己的名字，說，你們這裡有個豪華包間嗎，趙春堂在不在裡面陪客人吃飯？女人睡眼惺忪地站起來，努力朝外面張望，聲音聽上去充滿戒備，你到底是誰？你聽誰說我們這兒有豪華包間的？我想了想，耍了個小聰明，是趙書記啊，趙書記讓我上這兒來找他。那女人還是不肯開門，瞇著眼睛朝門玻璃張望，我不認識你，你不是什麼幹部嘛。她的腦袋很快地沉到服務台後面去，惡聲惡氣地說，找書記去綜合大樓，我們這裡沒有書記，只有旅客。

我撲了個空，這也怪不得別人，怪我捕風捉影，我至少應該去趙春堂家裡看看的。我轉身朝紅旗街走，走到紅旗街上，看見滿街的殘垣斷壁豎立在夜色裡，狀如怪物，這才想起來趙春堂的家拆遷了，他早就搬了家，我不知道他家搬到哪兒去了。我洩了氣，一屁股坐到了一只破板凳上，我覺得自己疲憊到了極點，人累過了頭，傷患就作怪，我的腰部疼得厲害，坐在板凳上怎麼也站不起來了。

紅旗街街口還聳立著一座孤零零的石頭房子，是李麻子的豆腐作坊，作坊裡亮起了燈，門裡門外堆著一袋袋黃豆，這麼晚了，李麻子夫婦還在燈下忙碌，呼拉呼啦地推著石磨磨豆子。父親很喜歡吃他家磨的豆腐，李麻子的豆腐不要券，我想機會難得，應該帶幾塊豆腐回去給他補補身體。於是我坐在板凳上朝豆腐作坊喊了起來，兩塊豆腐，兩塊豆腐！李麻子的女人在裡面應一聲，手上托了兩塊豆腐出來，看門外沒人，怪叫起來，遇到鬼了，是誰喊買豆腐的？我朝她招招手，這兒，這兒買豆腐。她看我坐在一片廢墟上，先是嚇了一跳，看清楚我的臉，嘴裡又叫起來，黑燈瞎火的你坐在那裡買豆腐？你是存心嚇唬人呢！我試著站起來，突然想起這豆腐買不得，我拿了兩塊豆腐滿世界去找趙春堂，算怎麼回事呢？我就朝李麻子的女人擺擺手說，算了，不買豆腐了，我喊著玩呢。她惱了，嘴裡咿咿呀呀地叫起來，你拿我們尋開心呢，這紅旗街上現在拆得鬼氣森森的，你坐在黑處買豆腐，買了又不要，我真要把你當鬼魂的！我站起身來到亮處，對她含含糊糊表達了歉意，大嫂呀，我是來找人的，你知道趙春堂家搬到哪裡去了嗎？

這一問提醒了她什麼，她沒有回答我的問題，托著兩塊豆腐，眼睛閃閃爍爍地直視著我，嘴裡又是哎呀一聲，我認識你的，你不是那庫文軒的兒子嗎？我知道你找趙春堂幹什麼，要烈屬證吧？你找趙春堂沒用，找誰都要不到烈屬證了，鄧少香烈士的兒子找到啦，不是你爹，不是傻子扁金，五福鎮的蔣老師才是真命天子，人家本來就是中學校長，現在已經提拔成教育局長啦。李麻子的女人說到一半，注意到我臉上的表情起了變化，她誇張的聲音突然變得膽怯了，唉呀呀，你這小夥子怎麼這麼瞪著我呢？要吃人呢？吃我？又不是我讓你們家當不成烈屬的，我是聽綜合大樓的王阿姨說的，王阿姨是聽人家工作組的同志說的。

李麻子紮了個圍裙氣勢洶洶地出來了，他看也沒看我一眼，一出來就劈頭蓋臉地把女人訓了一頓，你這個長舌婦在這兒賣豆腐，還是在賣情報？你就是做間諜賣情報，也要問問什麼價錢，也要問問賣給誰吧？什麼狗記性，你忘了他爹以前派人來割我們的資本主義尾巴？一共就三袋子黃豆，都沒收了，連石磨都充公了，你忘了那天你怎麼鬼哭狼嚎的，現在好了傷疤就忘了疼啦？他要問什麼，先還我們三袋黃豆來！

我沒想到李麻子對我父親這麼記仇，更不知道父親在岸上樹敵無數，其中還包括磨豆腐的李麻子夫婦。紅旗街也不宜久留，我頂著李麻子夫婦敵對的目光向前走，咬著牙跑出了他們的視線。來到了人民街上，我終於鬆了一口氣。天色已經黑下來了，路燈亮了，油坊鎮的街道在燈光下半掩半露，乾淨的主街看起來更乾淨了，骯髒的小巷則更顯骯髒了。空氣裡殘留著路邊人家晚餐的氣味，有的是豬肉誘人的香味，有的是炒醃菜辛辣刺激的味道，我饑腸轆轆心急如焚，卻不知道該去哪裡，李麻子女人透露的那個消息，雖然無從考證真偽，但這消息一定傳開了，鄧少香烈士的後代有了新人選！我知道父親漫長的等待將在崩潰中結束，他不會相信，他不相信，他不相信也沒用了。

剎那間的絕望讓我改變了上岸的路線，我喪失了尋找趙春堂的勇氣。我到棋亭去，起初並沒有什麼非分之想，那裡人多嘴雜，小道消息滿天飛，我想去找人證實五福鎮蔣老師的消息。走到棋亭那裡，我意外地發現四周人影寥寥，擺茶攤的方寡婦撤了攤，平時聚在茶攤前的人也就不見了。停車場上倒是停著幾輛油罐車和卡車，幾個外地司機鋪了張塑膠布在地上，聚在一起打撲克，有個滿臉落腮鬍子的司機坐在駕駛室裡，看見我便朝我揮手，搭便車的？快上來，我馬上開車了，五毛錢送你到**幸福**！

五毛錢去**幸福**。到**幸福**去。那麼好的地方，那麼便宜，可惜我去不了了。

我在棋亭旁邊徘徊，看見路燈下自己的影子忽長忽短，游移不定。我突然開始懷疑我上岸的意義了，空屁，空屁，我對父親的誓言是空屁。我上岸幹什麼來了？我什麼也做不了，我什麼用也沒有，我什麼也不是，我是空屁，空屁。我對著棋亭自怨自艾，看見夜色中的棋亭還是岌岌可危的破敗樣子，一陣風吹來，圍擋著棋亭的塑膠布被風吹開了，吹開一角，亭子裡鑽出一片奇異的三角形的幽光，刺痛了我的眼睛，我記得自己就是被那片幽光所吸引，鬼使神差地鑽進去了。

棋亭裡面亂七八糟地堆放著工人們留下的工具，鎚子，鐵鎬，還有一個小型的千斤頂，沒有工人，傻子扁金也不在，我看見他的兩隻鵝，一隻鵝調皮地站在一把鎚子上，另一隻鵝不可原諒地蹲在烈士碑上，拉了一灘噁心的鵝屎。

是鄧少香烈士的紀念碑在向我散發那道幽光，給了我人生中最大的一個靈感。我看見那塊石碑平躺在地上，石碑四周都捆上了粗麻繩，看起來搬運工作已經準備就緒，也許是明天，也許是後天，石碑要搬走了，鄧少香烈士的英魂要遷徙了，她是遷往河上游的鳳凰，還是遷到四十里路以外的五福鎮？剎那間我腦子裡靈光一閃，熱血沸騰，一個輝煌而瘋狂的念頭誕生了，我不能空手而歸，我要留下紀念碑，我要搬走紀念碑，我要把紀念碑帶回家，我要把鄧少香烈士的英魂還給我父親！

事不宜遲說幹就幹，我一腳踢飛傻子扁金的大白鵝，擦乾淨烈士碑上的鵝屎。在搬運開始前，我沒有忘記向石碑恭敬地鞠上一躬。搬運重物對於一個船民來說是尋常的工作，我用雙手扣緊石碑上的繩子，努力地提拉，沉重的石碑溫順地站立起來，站成了一個適宜的角度，配合著我的手臂和腰腹的力量，慢慢地在地上滑動。我感覺到石碑的重量起碼超過兩百斤，以我的經驗，一個人的人力拖不動它，但是石碑給了我一個巨大的驚喜，它在配合我，它在表達對我的善意和憐憫，那麼沉重的碑體，在水泥地上滑動得如此流暢，移動乾脆，絕不遲疑。我喜出望外，很快就把石碑拉出了棋亭，人不知鬼不覺，只有傻子的兩隻鵝目睹了這個奇蹟，牠們追趕著我，發出了驚惶的叫聲。鵝叫聲引起了對面停車場上司機們的注意，他們以為我是小偷，有個司機站起來咧著嘴笑，揮著撲克牌對我喊，我就知道你有三隻手，在那兒踩點踩半天了，就為偷塊石料呀？要石頭幹什麼，回家蓋新房娶新娘？

算我僥倖過了一關，那幫司機是外地人，不管油坊鎮的閒事，只是他們的譏笑聲把我驚出了一身冷汗。這是油坊鎮，到處都有群眾雪亮的眼睛，我的冒險隨時可能半途而廢，一定要快，要快，快。我對自己不停地吆喝著，快，快，快呀。我催促著石碑，快點，走快點！我的催促似乎冒犯了石碑，它漸漸地向我顯現它的尊嚴和重量，我拖著石碑走，就像拖著一座山走，手臂越拖越麻木。拖到棉花倉庫那邊的小路上，我覺得兩隻胳膊快斷了，胸口喘不過氣來了。我被迫停下來，本來是想歇口氣，回頭一望，第一批追蹤者已經趕上來了，是兩隻大白鵝和三隻鴨子，牠們一路搖擺著嘎嘎地叫著，沿途拉響警報，然後我看見了第二個追蹤者的身影，是鵝鴨的主人傻子扁金，他的手裡揮舞著一根鴨哨，庫東亮，站住，空屁，你給我站住！他憤怒的叫喊驚雷般地響徹夜空，空屁你好大的膽，你手裡拖著什麼東西？快站住，你還敢跑，你往哪裡跑？

傻子扁金的鴨哨一響，更多的鵝鴨聞風而動，從碼頭的四面八方向主人跑來，一轉眼，我陷入了傻子扁金和鵝群鴨群的包圍之中。人和鵝鴨都在嚷嚷，我聽不懂鵝鴨對我的抗議，只聽見傻子激憤的喊叫聲，好你個庫東亮，我還以為有人要偷鎚子偷鐵鎬呢，沒想到鎚子鐵鎬沒人偷，是石碑讓你偷了，你膽大包天，敢偷鄧少香烈士的英魂！

我說傻子你別胡說，我不是偷英魂，我是把紀念碑拖到我爹那兒去，給他看一看，我爹病得很嚴重，看見這塊碑，他的病就會好了。

你才是傻子！紀念碑又不是靈丹仙藥，怎麼給你爹治病？傻子扁金一手扠腰，一手指著我鼻子，空屁你知道你這是什麼行為？是現行反革命，要槍斃的！

我說傻子你是個傻子，跟你傻子說不清楚，槍斃我是我死，不關你的事，你給我滾開。我踢走擋道的一隻鵝兩隻鴨，兀自拉著石碑朝駁岸那裡走，感覺傻子扁金在拽我的衣角，你往哪裡走？棋亭裡的每樣東西，都歸我保管，我怎麼能讓你走？

我不僅低估了傻子的智商，也低估了他的身手，他突然縱身一躍，跳到了石碑上，我的胳膊差點被那股突然增加的重量折斷，手一下就鬆開了繩扣。看我丟下石碑，傻子扁金要上來控制繩子，我和他的手一起伸向石碑上的繩子，兩雙手糾纏在一起，兩顆腦袋也撞在一起了，嘭的一聲，我覺得眼前直冒金星。我克制不住心頭的怒火，一把揪著傻子的破襯衫，把他往路邊推，傻子，好狗不擋道，你要是一條好狗，就別擋我的道，你要擋我的道，我擰掉你的狗頭！這次我是低估了傻子的勇氣和膽量，他竟然真的把腦袋往我懷裡鑽，說，你來擰，我讓你擰，你要擰不下來，你就是一條狗！

怎麼想得到呢，我竟然和傻子扁金扭打在一起，打得難解難分！這是一場嚴峻的戰役，起初我一心要搶佔制高點，大多數時候我佔領著石碑，結果證明這戰術藐視了敵人，我無法制服傻子扁金，根本就挪動不了紀念碑。後來我乾脆丟下石碑，一心對付傻子扁金，我從後面撲到他身上，擒住他的身體和雙臂，死死地壓著他，他畢竟年歲大了，一時動彈不得，不停地蹬著腿，嘴裡一邊喊疼一邊尖叫起來，來人，來抓庫東亮，來抓反革命！

尖叫聲引來了棉花倉庫的守夜人老邱，老邱端著個飯盒跑過來，看清是我和傻子扁金，連拉架的興趣也沒有，失望地端起飯盒，往嘴裡扒了一口飯，說，是你們兩個人鬧呢，抓什麼反革命？一個傻子，一個空屁，做反革命你們誰也不夠級別，我不管！

傻子焦急地叫道，他偷烈士紀念碑就是反革命，現行反革命，你快去報告派出所！

老邱沒搭理傻子扁金，他端著飯盒過來察看著石碑，又疑惑地看看我，空屁你拉這紀念碑上船幹什麼？給你爹做紀念去？其實就是塊石頭嘛，拖來拖去也不嫌累贅，我看你爹腦子裡都是漿糊，是烈屬怎麼樣，不是烈屬怎麼樣？過日子才要緊，健康才要緊嘛。

老邱的話我聽不進去，傻子扁金也聽不進去，他抬起頭對著老邱嚷嚷，老邱你不去報告派出所，還站在這裡說烈士的閒話，你是包庇犯，你是教唆犯，包庇犯教唆犯也要判刑的，三到五年有期徒刑！

老邱氣得朝傻子屁股上踹了一腳，你個臭傻子，我教你數數，教你幾十年都學不會，數六隻鵝，你還要扳手指頭，三年徒刑五年徒刑的，你倒比法官都清楚！老邱氣不過，對準傻子扁金的屁股又補上了一腳，這一腳把傻子扁金踢傻了，他慘叫了一聲，一隻手急躁地拍打著地面，人呢？人都到死到哪兒去了，革命群眾都到哪裡去了？他的聲音帶著哭腔了，我趁勢拎起他的衣領，發現他的身體是軟綿綿的，我以為傻子扁金放棄了，剛要放開他，棉花倉庫屋後有兩個人影一閃，傻子扁金見到了救星，又高聲叫喊起來，來人啊，快來抓反革命，立了功要發獎狀的！

那是一對青年男女，躲在倉庫後面不知道在幹什麼。傻子一喊，男的過來了，女的一閃就不見了。那男青年二十多歲樣子，濃眉大眼，精心修飾過的分頭，中山裝口袋裡一口氣插了三支鋼筆，那模樣似曾相識，我叫不出他的名字，他對我和傻子卻都熟悉，看看地上的石碑，看看我們兩個人，忽然一笑，是你們兩個人啊，你們爭這石碑幹什麼？一個爭鄧少香的兒子，一個爭鄧少香的孫子？你們不用爭了，誰也不是！我一邊喘著粗氣，一邊向他核實李麻子女人的說法，你知道五福鎮的蔣校長是怎麼回事？他立刻明白過來，揮揮手說，都是謠傳，五福鎮的蔣校長也是冒牌貨！我的最新研究成果馬上要上內部資料了，我告訴你們，不得外傳，鄧少香雖然已婚，但她和丈夫感情不合，根本沒生育，那籮筐裡的嬰孩不是她兒子，是向別人借來的，借來做掩護的！

女青年的身影在岔路上又閃了一閃，年輕幹部身在曹營心在漢，倉促地透露了這個消息後就跑了。他一走，我才記起來那是綜合大樓新分配來的大學生，專門研究革命歷史的。他的驚人之語使我和傻子扁金一時都愣住了，半天回過神來，我對著那背影說，放屁！傻子扁金也目送著那個背影，咬牙切齒地喊，你造謠，你敢污蔑烈士無後啊？

我和傻子難得有一致的立場，可惜這未能讓我們化敵為友，兩個人都堅守石碑，一個蹲一個跪，雙方虎視眈眈。很快，我們開始重新爭奪石碑上的繩扣。我說，傻子你還跟我搶？你聽清楚沒有？鄧少香沒兒子，我爹不是，你也不是，別做那個白日夢了，你沒資格攔我，再攔我就對你不客氣了！傻子說，我不管那麼多，我誓死保衛烈士碑，拋頭顱灑熱血！你來對我不客氣呀，快點，我看你能不能打死我？你打死我就把碑拖走，打不死我你就跟我去派出所自首。我說，傻子你別逼我，我不稀罕打你，打一個傻子，打死你也不光榮。傻子竟然先踹了我一腳，踹了就跑，眼睛寧死不屈地瞪著我，嘴裡喊，打呀，來打我，我不怕拋頭顱灑熱血，你把我打死了，你槍斃，我是烈士，我光榮！

我抬頭看了一眼駁岸的方向，看得見夜色中閃亮的河水，看不見我家駁船的燈火，想起父親還被縛在鐵床上，想起他望穿雙眼等我回船，我卻兩手空空，被一個傻子困在岸上，心中不由得怒火萬丈。我的拳頭舉在空中，晚風吹拂我的拳頭，拳頭像火把，晚風像火種，我的拳頭被風點燃了，像一個火把熊熊地燃燒。打，打他，打死他，他是傻子，打他是白打。晚風吹來一個神祕而陰險的聲音，那聲音摧毀了我的理智，我明明知道打人不打臉，別人打人都挑隱蔽的地方下手，我卻決定先打他的臉。我抓住扁金的襯衣領子，把他的臉托舉起來，他的臉是扁平的，唯有鼻子突出，我就先打鼻子，為了準確，我用拳頭在扁金的鼻子上量了一下，我瞄得很準，啪的一聲，他的鼻子在我的拳頭下爆炸了，有糊狀的液體帶著血濺出來，我偏轉臉躲開傻子的鼻血，傻子，你鼻子出血了，還讓不讓路？傻子不顧我的威脅，他一定沒有感到痛，大義凜然地嚷嚷，不讓！鼻子出血算什麼？拋頭顱灑熱血我也不怕！打呀，打呀，你把我打成烈士，你自己槍斃，一命抵一命，我不吃虧！

我不敢看傻子扁金鼻子裡流出的那道血線，我覺得他快把我逼哭了，風吹我的拳頭，我又聽見了風中陰險的低語，打就打，打呀，反正他是孤兒，沒爹沒娘沒朋友，打死他也沒人管。我覺得那低語聲蹊蹺而邪惡，那聲音在不停地逼迫我，快把我逼哭了，我的拳頭在扁金的臉上遊走，發現那張臉像一個孩子，骯髒，瘦小，無辜，帶著孤兒們天然的淒苦表情，淒苦中流露出不知所云的純潔。我的拳頭在他凸起的顴骨處停了下來，算了，算了，算了。我說，傻子你也是可憐蟲，打你我下不了手，打死你都沒人替你收屍。傻子扁金不領我的情，他惡狠狠地嚷了一聲，你算我不算，你不打我我就打你，我跟你秋後算帳，秋後算帳！

秋後算帳——這一聲威脅就像一根火柴，點著了我心頭積聚十三年的無名大火，新仇舊恨一齊湧上心頭，我的拳頭似乎被一股神聖的力量舉高了，秋後算帳，秋後算帳！我怒吼著，拳頭暴雨般地打向傻子扁金的臉，秋後算帳就秋後算帳！你們岸上的人，都欠我爹的債，都欠我的債，老帳新債都讓你個傻子來償還，這就叫秋後算帳！

我聽見了扁金淒厲的慘叫聲，我的眼睛，你打到我眼睛了！因為驚恐到了極點，他說話有點口齒不清，別打眼睛，不准打眼睛！要麼你打死我，要麼打別的地方，你打瞎我眼睛，讓我以後怎麼放鵝？你打瞎我的眼睛，我的鵝怎麼辦我的鴨子怎麼辦？我注意到扁金捂住眼睛的雙手，指縫裡有血流出來，我如夢初醒，鬆開手，看見扁金的腦袋痛苦地垂下去，他終於給我讓了一條路，人從石碑上滾到地上，捂著眼睛哭泣起來。

微弱的路燈光下，有人拿著棍子朝我們這邊奔跑而來。誰在打架？碼頭上不准打架！治安小組終於來人了，遠遠看見一顆發亮的腦袋，我知道來的是陳禿子。陳禿子按照執法慣例，揮起治安棍，不由分說各打五十大板，他朝我肩上打了一棍，朝傻子胳膊上也打了一棍，這一棍下去，傻子捂住胳膊張大嘴巴，像個委屈的孩子嚎啕大哭起來，你打我？你怎麼打我？你們治安小組也敵我不分啊？

看見傻子滿臉是血，陳禿子大吃一驚。空屁，是你把他打成這樣的？你他媽的出息大了，別人欺負你，你就欺負個傻子？他蹲下來察看著傻子扁金的傷勢，一眼看見了鼻梁骨的傷勢，不好，打到鼻梁骨了，空屁你闖禍了，你把他鼻梁骨打斷了！

我說他活該，打斷鼻梁骨，我賠他鼻梁骨。

傻子扁金鬆開手讓陳禿子查看他的眼睛，你看看我的眼珠子還在不在，我的眼睛看不見了，他把我的眼睛打瞎了。陳禿子用治安棍抬起傻子的下巴，檢查他的眼睛，嘴裡又驚聲大叫，空屁你闖大禍了，你比法西斯還毒辣呢，怎麼打他眼睛，你把他眼睛打瞎了怎麼辦？

我說他活該，打瞎他眼睛，我賠他眼睛。

賠，賠，你還嘴硬，你他媽的有幾隻眼睛可以賠他？陳禿子掏出一塊骯髒的手絹蓋在傻子的眼睛上，一邊用治安棍捅我，空屁你中了什麼邪了？惹了這麼大的禍，你還愣在那裡幹什麼？還不趕緊把他送到醫院去？萬一出了人命，你擔待不起！

我說我不去，是他要一命抵一命的，反正我和他命都不值錢，他死了，我償他的命。說到這兒我滿眼的淚水終於掉出了眼眶，我的身體也堅持不住了，慢慢地跪倒在石碑邊。我的臉正好貼著石碑，一種尖銳的涼意襲來，臉頰上冰涼冰涼的，似乎有一股清水潸然流過，我不知道那是我自己的淚水，還是鄧少香烈士的淚水。我哭了，烈士之魂在審判我，烈士在向我顯靈。我先是對傻子扁金感到深深的愧疚，為了懲罰自己喪盡天良，我揮起手在自己臉上打了一巴掌，一巴掌解脫不了我的罪惡感，帶來的是更多的自憐更多的哀傷，為了懲罰自己的哀傷和自憐，我又狠狠打了自己一記耳光，這個耳光異常響亮，我的臉頰一下失去了知覺，於是我捂住自己的臉嗚嗚地哭起來了。

我對著石碑盡情哭泣，陳禿子的治安棍在旁邊不停地捅我，他說，你還有臉哭呢，負責打人就要負責送人去醫院，快把他送到醫院去掛急診呀，哭有個屁用？你打的人，還要我負責送醫院嗎？我坐在那裡捂著臉哭，語無倫次地回答他，明天，明天再去。陳禿子叫起來，這還能等明天？你也不看看他的傷勢，明天他的眼睛就保不住了。我任憑陳禿子捅我拉我，跪在地上再也不願起來。淚眼矇矓中我看見陳禿子拽著傻子扁金往醫院方向走，一群鴨子也跟著他們去了，兩隻大白鵝卻留了下來，牠們留下來為主人復仇，一隻進攻我的左腳，一隻進攻我的右腳，左右夾攻我的雙腳。

夜色濃烈了，空氣裡瀰漫著一股古怪的腥味兒，不是魚腥，不是水草腐爛的氣味兒，也不是碼頭上廢銅爛鐵特有的鐵腥味，更不是河對岸楓楊樹鄉村飄來的化肥氣味，那股奇怪的腥味轉移了我的注意力，我止住了哭泣，嗅緊鼻子追尋腥味的源頭，首先發現我的右手有血，右手指縫裡留下了一道乾涸的血痕，就像一片桑樹葉那麼大，我的衣袖上也有血，像一片紅色的柳葉沾住了衣袖，還有褲子膝蓋處，也有凌亂的血跡。我的身上到處是傻子扁金的血，怪不得那麼腥呢。我回憶起很多年前父親留在後艙裡的血跡，覺得傻子扁金的血比父親的血腥多了。我注意了一下紀念碑，碑上也沾了傻子扁金的血，傻子的臉部停留過的地方，都凝結了一灘圓潤的血污，血污在夜色中閃爍著微微的紅光。我感到深深的惶恐，趕緊撿了半張舊報紙，擦了好幾遍，勉強把石碑擦乾淨了。

他們走了，我也哭過了，身心經過一番調整，終於復歸冷靜。我看見那塊烈士紀念碑安詳地躺在地上，躺在月光下。我看一眼石碑，石碑也看我一眼。我不想放棄它，卻不知道它是否會遺棄我，我試著抓住紀念碑上的繩扣，向前拉了一步，石碑遲疑了一下，還是移動了，恍惚間我覺得石碑昂起頭，朝七號船張望了一眼，然後它便開始移動了。一個奇蹟。是一個奇蹟。我忽然相信這石碑有一雙看不見的腿，有一顆深不可測的愛心，不是我偷，不是我搶，是石碑要去船上探望我父親。這一定是個奇蹟。我朝四周看看，碼頭上很靜，一切猶如夢境，油泵房的探照燈恰好照亮駁岸的一角，我看見我家的駁船還靜靜地靠在岸邊，河水與岸，船和父親，都整齊地沉在一個幸福的夢境裡。我積聚了最後的力量，拖著紀念碑朝駁岸走，聽見石碑在水泥地上沙沙地滑動，走，走，走啊。一直走到駁船邊，我回頭一看，看見一個明亮清淨的碼頭，靜得離奇，月光和探照燈輪流巡視，獨獨放過了我，月光不追我，燈光不追我，也沒有人來追我，只有那隻野貓在黑暗中匍匐，目光炯炯地注視著我。

我來不及思考這一夜為什麼苦盡甘來，為什麼我如此幸運，因為我突然發愁了，這麼大這麼沉的石碑，該怎麼把它拖上船奉獻給父親呢？一塊跳板是不夠的，借不到別人的跳板，怎麼辦，再搭一把竹梯行不行？我腦子裡緊張地考慮著搬運的技巧，嘴裡已經好大喜功地叫起來，爹，我回來了，回來了，你來看啊，我把什麼東西給你帶回來了？

下去

河上十三年，回顧我和父親共同度過的時光，我最大的遺憾是我捆綁過父親。我至今記得那夜把他從繩索裡解放出來時，他說，輕一點，輕一點，你弄疼我了。他注視我的眼睛布滿血絲，眼神疲憊，卻充滿罕見的慈父的恩典，他寬恕了我。我領著父親穿過舢板去看駁岸上的紀念碑，他拉著我的衣角，顫顫巍巍地跟著我，像我馴順的兒子。我知道父親有點害怕，但是看見鄧少香的紀念碑，他的靈魂似乎被一片神靈之光照耀了，疑慮和恐懼煙消雲散，我看見他對著石碑微笑，他說，好，這樣也好，乾脆把你奶奶帶回家吧。

我沒有辦法把石碑運上船，只好借用駁岸上的吊機，趁著四周無人，我卸下吊機房的一塊玻璃鑽了進去。之前我從來不知道如何操控吊機房裡的儀表板，但那天夜裡我如有神助，順利完成一次裝卸作業，並沒有費太多的周折。吊臂抓起石碑在夜空中作了一次驚險的亮相，然後就平穩移動，從半空中慢慢地降落到船頭，父親站在船頭向著石碑張開了他的懷抱，小心點，小心點，我聽見了他興奮的聲音，不知道他是在囑咐我，還是在囑咐石碑小心。

這塊沉重的紀念碑，是我送給父親的唯一一件禮物。按照父親的意願，他是要把石碑放進後艙，豎在他的沙發邊上，坐北朝南。可是後艙門太狹窄了，無法實現他的這個願望，父親拖著衰弱的身子，在下面親自指揮我，石碑還是下不去，半個碑身卡在艙門上，父親不得已放棄了他的主張。他爬出艙門，坐在艙棚裡，一遍遍地撫摸著石碑，那你就在上面吧，在上面也好，艙裡太悶了。他說，上面空氣好，風景也好，媽媽你看看河上的風景吧。

夜已經很深，金雀河上灑著一片皎潔的月光。我把船上的所有油燈都點亮了，一共四盞燈掛在艙棚裡，溫暖的燈光照耀著父親和他的烈士碑。父親起初面對石碑正面的悼詞，看了很久，他要看碑後的那幅浮雕，我用力將石碑轉過去，讓浮雕對著父親，很快我聽見了父親那一聲恐怖的驚叫，沒有了，我沒有了！

我被嚇了一跳，一時反應不過來，聽見父親又叫了一聲，我沒有了，又沒有了！父親的手絕望地停留在浮雕的籮筐上方，不停地顫抖，我順著他的手看過去，一下明白過來，是籮筐上方那嬰兒的腦袋不見了。

這籮筐怎麼空了？小腦袋呢，我的腦袋怎麼沒有了？

爹，你一定是眼花了，石頭上雕刻的東西，怎麼會沒有了呢？我慌忙摘了一盞油燈，湊上去檢查，結果讓我大吃一驚，在油燈的燈光下，浮雕上籮筐的竹紋還清晰可見，那探出籮筐的嬰孩小腦袋，果然看不見了。

這是怎麼回事，他們把我消滅了？父親說，我的胎記沒有了，我的腦袋也沒有了。

我仔細搜尋浮雕上斧鑿的痕跡，什麼也沒有發現，似乎不是人為的破壞。憑藉著手指的觸覺，我僥倖摸到籮筐上方微微隆起的一塊圓形，應該是嬰孩的小腦袋所在的位置，我仔細地觸摸那個位置，感到手指上冰涼冰涼的，爹，你來摸，那顆小腦袋，圓鼓鼓的，用手摸，還是摸得出來呀。

父親已經絕望地轉過臉去，看著夜色中的河水。我抓過他的手，強行把他的手指按在浮雕上面，爹，你自己來摸呀，還摸得出來，你還在上面呢。父親閉起眼睛，任憑我擺弄他的手指，過了一會兒，他開始轉動手指，輕輕揉搓那個模糊的小腦袋。只剩這麼一點點了？是那顆小腦袋嗎？不是。這不是我。我已經不在上面了。父親的臉上掠過一片恐懼的陰影，我離開岸上才十三年，就算用毛筆寫用顏料畫，十三年也不一定褪光，這是石碑呀，好好的一個小腦袋藏在籮筐裡，怎麼就看不見了呢？

父親的手從石碑上無力地滑落，最後垂在他的膝蓋上，還在顫抖。我注意到那隻手在油燈光下散發出一道濕潤而蒼白的光芒。父親累了，閉上了眼睛，我想讓他休息，試探著去扶他，爹，可能天黑看不清呢，明天再看，這麼晚了，你該下艙睡覺了。他把臉貼在碑上，沒有動彈。我又去拉他，爹，別把臉貼著石碑，寒氣太重，你會受涼的。父親從石碑上抬起臉來，灰白色的臉上已經老淚縱橫。我聽見了，聽見你奶奶的聲音了。父親說，我再也不怪趙春堂了，我都聽見了，是你奶奶嫌棄我，改造十三年，沒有用，我沒有得到你奶奶的原諒，是你奶奶不要我了。

我抱住了父親枯槁的身體，那身體像一段頑強的朽木頂風冒雨，站立十三年，終於在一陣暴風中倒伏下來，我想安慰他，可是我自己的眼淚也在眼眶裡打轉，喉頭哽咽，說不出一句話來，看著石碑上鄧少香烈士永垂不朽那一行字，我突然有點害怕，我辛辛苦苦運上船的紀念碑，到底是給父親帶來了福音，還是災難？

金雀河黑暗的盡頭已經漸漸泛出一道螢光，我看著那道河上最早的曙色，看看岸上沉睡中的油坊鎮，匆匆地朝船頭奔去，我知道天一亮會有人來，天一亮紀念碑就不屬於我們父子了，我準備連夜起錨，帶著碑離開油坊鎮。我在船尾起錨的時候還有力氣，一切正常，可是當我跑到船頭的纜樁邊，一圈一圈解著纜繩，我的手突然軟了，我的眼睛怎麼也睜不開了，一陣沉重的睡意襲來，我趴在纜樁上，竟然睡過去了。

不知過了多久，父親過來搖醒了我，我迷迷糊糊地站起來收船纜，一邊收纜一邊說，爹，我們去河上，河上是我們的地盤。

父親說，不，不去河上了，河上漂了十三年沒有用，我們跑到天邊也沒有用，哪兒也不去了，我們就在這兒，東亮，你去睡，我守著碑。

我拗不過父親，更敵不過那陣極度的疲憊和睡意，被父親推下了後艙。河上十三年，這一夜我第一次沐浴了父親難得的慈愛，他替我鋪好了床，一條舊毯子平平整整地蓋在行軍床上，掀開一個角。我恍然覺得那是父親封閉多年的懷抱，在最後一刻向我豁然打開，那懷抱堅硬毛糙，線條平整，呈現出一個尖銳而規則的三角形。我躺進了父親三角形的懷抱，先感到一陣奇異的刺痛，然後溫暖蕩漾開來，父親的恩情把我包裹起來了。我想把父親也喊下艙睡覺，但是這一天來我太累太睏了，幾乎是在一瞬間，我就沉入了夢鄉。

黎明時分我在夢裡，在夢裡看見了河流與船。我清晰地聽見船後潑刺刺的水聲，半明半暗的河面上泛起一片輕盈的水泡，鐵錨嗒嗒地敲擊船壁，嗒，嗒，嗒，一，二，三，河面爆裂之處，一個舊時代的女人從水下鑽出來，她的短髮上滴落著晶瑩的水珠，面孔沾著模糊的水光，眼神裡的悲傷清晰可見，她輕啟紅唇吐出河水的祕語，下來，下來，快下來吧。即使在夢裡，我對她仍然充滿敬畏。我屏息傾聽，聽見她說，下來，下來，快下來吧。女烈士的手緊緊地抓著鐵錨搖晃，駁船也隨之搖晃起來，下來，快下來，下來了你們就得救了。她離我那麼近，我甚至看清了她手背上凝結的一片青苔，我崇敬地注視她的臉，看她甩動齊耳短髮，臉上的水珠像珍珠一樣瀉落在河裡，露出一張焦灼的慈母的面孔。

我驚醒了，睜眼一看艙裡已經灌滿淡藍的曙色。天快亮了，我爬起來朝艙門上方張望，父親還在船棚裡守著紀念碑，掛在棚梁上的四盞油燈，已經熄滅了兩盞，父親身上濃烈的魚腥味兒撲鼻而來，他的頭倚靠在石碑上，額頭停留著一片來歷不明的陰影，膝蓋上放著一個用三夾板自製的象棋棋盤，棋盤上還留著幾顆棋子，其他的都散落在地板上了。

我去撿起散落的棋子，聽見父親在身後說，東亮，我沒睡，我一直在聽河水說話，你聽見河水說話了嗎？

河水夜裡不說話，爹，你耳朵不好了，那是鐵錨打船的聲音。

不，不是鐵錨打船，河水夜裡也說話，它說了一整夜，我聽了一整夜。

我把父親架起來，強迫他到艙裡去睡覺，父親一遍遍地甩開我的手。沒時間睡了，他們快來了。他對我指點著碼頭上開始流動的人影，嘴角上浮出一絲古怪的微笑，天亮了，他們快來了，紀念碑保衛戰要打響了。

父親的言語如此輕鬆，讓我有點意外，也有點害怕。我不知道這個不眠之夜，他是在回憶過去，還是在盤算未來。天確實亮了，油坊鎮碼頭開始甦醒，高音喇叭訇然一響，一支歌頌勞動者的大合唱奔湧而出，歌聲慷慨激昂，**咱們工人有力量，每天每夜工作忙！**從煤山到油泵房，沉睡一夜的機器甦醒過來，隆隆轟鳴，裝卸區的起重機吱吱嘎嘎地呻吟起來，翻斗車裡的貨物傾倒在空地上，水泥包落下來聲音很悶，黃沙落地像一片雨聲，煤矸石傾瀉下來，像一群女人尖利細碎的吵嘴聲，大青石落下來，發出天崩地裂的吼叫，像一道道晴空霹靂。我看見碼頭上的圓形儲油塔在晨光中肩披霞光，遠看酷似一座藍色的鋼鐵舞臺，舞臺上鳥聲啁啾，不知道什麼原因，從金雀河對岸的楓楊樹鄉村飛來了無數麻雀，牠們大膽地聚集在塔頂，發出了鳥類神祕而尖利的大合唱，對抗著高音喇叭裡的音樂。

碼頭醒了，岸上來人了。

先來了四個人。是治安小組的王小改，五癩子和陳禿子，他們還帶來了油坊鎮派出所的肖所長，四個人肅殺地出現在駁岸上。我又看見了陳禿子懷裡的那桿步槍，刺刀已經上膛，閃著一條狹長的寒光。我飛奔出去抽掉了搭在駁岸上的跳板，五癩子第一個反應過來，他拼命朝駁船跑過來，一隻腳試圖踩住跳板的板頭，踩了個空，嘴裡便罵起來，空屁你是瘋了還是傻了，你偷什麼我都信，怎麼偷起烈士紀念碑來了？你他媽的怎麼不到北京去，怎麼不到天安門廣場去，去偷人民英雄紀念碑？

我顧不上說話，提著斧子跑到纜樁邊，一斧頭劈斷了纜索，三十六計走為上，船必須離開碼頭。我對著船棚裡的父親匆匆喊了一句，爹，我們走，到河上去！我從舷板的鐵扣裡拉出了多年不用的撐竿，這是迫不得已，沒有拖輪只能用人力，我只能撐著船走了。駁船離開岸有四五米遠，駁岸上的四個人看著船乾瞪眼，七嘴八舌地爭論著上船的方法，五癩子帶頭脫了鞋子，捲起褲腿沿著臺階走到水裡，準備涉水追船，他站在水裡嫌水冷，嘴裡嘶嘶地叫，水怎麼這麼冷？好像還有漩渦呢。王小改在岸上說，你瞎說，金雀河裡哪兒來的漩渦？你勇敢點，往前走呀，河邊的水都很淺的。五癩子不肯往前走了，他說，淺個屁，這兒水很冷很深，還像氣泵一樣吸我的腿呢，王小改你勇敢你下來，你他媽的快下來追呀。

王小改自己不肯下水，他指揮不動五癩子就去指揮陳禿子，陳禿子你裝什麼蒜，你他媽的拿桿槍做魚竿的？開槍，快開槍呀！聽王小改這麼一喊我有點害怕，蹲下了身子，但是蹲了半天什麼也沒有發生，我聽到陳禿子在岸上抱怨，開什麼槍？哪來的子彈，你就領了一桿槍，又沒領到子彈。

王小改開始在岸上對我高聲地威脅，空屁你就逃吧，逃到河上有個屁用，金雀河不是你家的河，你撐個破竹竿能把船撐哪兒去？你撐一天還在油坊鎮轄區，你逃一個月，逃出金雀河也沒用，一個電話緊急聯防，你還是要落在我們手上，你逃吧，你逃得到太平洋上去？逃得到大西洋上去？你能逃到美帝國主義那兒去？你逃到美國也沒用，我們發射一個導彈就把你們炸成碎片！

派出所的肖所長比他們冷靜，也有政策水準，他拿本雜誌捲起來做了個簡易的喇叭，站在岸上對河上喊話，七號船的老庫和小庫，你們注意了，侵佔革命歷史文物是犯法的，你們不要犯法，回頭是岸，回頭是岸。

我們沒法回頭了，回頭是他們的岸，不是我們父子的岸。保衛紀念碑的戰役打響了，我心急如焚。河上十三年，都是那艘大火輪牽引著駁船在河上來來往往，我幾乎不會撐船。我拼命地用撐竿頭抵住肩部，竿尖抵住河底，把身體彎成一張弓，別人都是這樣撐船的，我也這麼撐，可是鐵殼駁船不聽我的話，我讓船往前走，船卻犟頭犟腦橫在河中央，似乎要跟我賭氣，我聽見父親在船棚裡喊，到右邊去，快到右邊去！我拖著撐竿跑到了右邊舷板，不幸的父親也不懂行船，純屬瞎指揮，我跑到右舷上撐船，這次船動得快了，竟然向駁岸一側自投羅網去了，父親又在船棚裡叫起來，回到左邊去，去左邊。我在船的兩側舷板上跑來跑去，狼狽不堪，聽見小改五癲子他們在駁岸上的狂笑聲，小改對我高喊著，空屁你別白費功夫了，水上糾察隊馬上到了，汽艇一到，我們駿馬追烏龜，看你們這破船能跑到哪兒去？

我心急如焚，在舷板上跟鐵殼駁船較上勁兒了，我沒空去照看艙棚裡的父親和紀念碑，艙棚裡的動靜，我一點也不知道。遠遠的河上傳來了水上糾察隊汽艇的馬達聲，駁岸那邊先是響起了歡呼聲，突然歡呼聲沉寂下去，注意艙棚，注意庫文軒！王小改他們開始追著駁船跑，嘴裡互相提醒著什麼，我回頭一看，岸上已經一片騷動，派出所又來了好幾個員警，碼頭上的裝卸工人也跑來看熱鬧了，他們所有人的身體都歪斜著，腦袋歪斜著，朝船上的艙棚裡翹首張望，那個肖所長已經站到了一只油桶上，高高舉起雜誌做的喇叭，他的喊話聲變得很急促很嚴峻，庫文軒同志，請你冷靜請你冷靜，你做事要考慮後果要考慮後果啊！然後他突然對我罵起髒話來了，空屁你他媽個白癡，你還撐你還撐，快去船棚，快去攔住你爹呀！

我丟下撐竿跑到船棚裡的時候，正好看見父親馱碑投河的最後一幕，我不相信自己的眼睛，我不相信他有這麼大的力氣，我不相信紀念碑保衛戰以這種方式結束了，我的父親，我的父親庫文軒，他用繩子將自己的身體和紀念碑捆綁在一起了，他馱著紀念碑在船板上爬！他的身體被石碑壓住了，我看不見他的頭部和身體，只看見他的兩隻腳，左腳蹬一下，右腳蹬一下，人和碑一起向船邊爬，父親的左腳是赤腳，右腳上還穿著一只海棉拖鞋，我撲過去，只抓住了父親的一只海棉拖鞋，我撲過去，只聽見了父親對我的最後一聲叮囑，東亮，我下去了，你好好守著船，等著船隊回來！

這是一個奇蹟。我父親生命的最後一刻和紀念碑捆在一起，成為了一個巨人。我拉不住他。一個巨人投奔河流，我拉不住他。然後我的眼前突然一片虛無，金雀河河面上響起爆炸似的一聲巨響，水花四濺，岸上一片驚呼，我父親不見了，紀念碑不見了，巨人也不見了。我沒有留住父親，只留住了父親的一只海棉拖鞋。

魚或尾聲

連續幾天，我都在金雀河裡尋找父親。

河底也是一片茫茫世界，亂石在思念河上游遙遠的山坡，破碗殘瓷在思念舊日主人的廚房，廢銅爛鐵在思念舊時的農具和機器，斷櫓和纜繩在思念河面上的船隻，一條發呆的魚在思念另一條游走的魚，一片發暗的水域在思念另一片陽光燦爛的水面，只有我在河底來來往往，我在思念父親，我在尋找我的父親。

世上有幾隻馱碑遠行的烏龜，都被供奉在廟堂裡，那是民間的傳說，世上也許只有一個馱碑投河的人，那不是傳說，是我的父親庫文軒，廟堂不要他，金雀河的河底收留了他。

第三天我找到了那塊石碑，依稀看見石碑下有個人影，我憋不了那麼長一口氣，再潛下去，石碑下的人影子已經不見了，我把手探到碑下，感覺到一個冰涼的寬闊的縫隙，裡面似有生命，我的手背被輕柔地啄了一下，一條魚從碑下游出來，我看不清那是一條鯉魚還是草魚，它的游姿輕盈而歡快，嗖地一下，就從我眼前游走了，我去追那條魚，很快就失去了方向，我不是一條魚，怎麼追得上一條魚呢？就這樣，我眼睜睜地看著它游走了，我覺得那是我父親，那一定就是父親，父親消失在河水深處了。

父親下去了，我還在船上。很奇怪，父親下去之後我再也聽不見河水的祕語。父親下去了，河水緘默不語，既不向我致哀，也沒有向我祝賀。我不知道這是怎麼回事。第三天我濕漉漉地坐在船頭，看見船頭上陽光燦爛，陽光照耀著船頭上的水跡，劈啪有聲，一會兒大灘的水跡便凝結成幾顆水滴了。我對著那幾顆水滴說，空屁。那餘下的水滴很快也消失了。空屁。我對著船板上的陽光說，空屁，空屁。陽光比水固執，它沒有消失，更加熱情地照著我的臉和身體，照著我的駁船，我被陽光照得渾身暖洋洋的，眼睛開始朝岸上張望，我突然意識到我的悲傷就像那片水跡，已經被陽光曬乾了，我不知道這是怎麼回事，父親才去世三天，我就又想到岸上去了。

我到碼頭西側的船運辦公室去，去看船訊公告，黑板上的公告說向陽船隊從五福鎮起航，三天后到岸。我站在船運辦公室門口對著告示牌發呆，心裡想著怎麼度過這三天的時間，突然聽見有人喊我的名字，空屁，空屁，你跟我來一趟。陳禿子捧著個水杯從船運辦公室裡面出來，拉著我胳膊就往治安辦公室那邊走，我問他為什麼拉我，他說，你慌什麼？我受人之託，給你一件東西。我被陳禿子一直拽到了治安辦公室門口，站在門口，看著陳禿子開門進去又開櫃子，一串鑰匙叮噹叮噹地響。我以為是我母親喬麗敏來過了，我以為是我母親的包裹，等了一會兒，陳禿子拿著一個包裹出來了，我接過包裹在手上掂了一下，覺得包裹裡的東西有點奇怪，不像母親的包裹，不知為什麼，我不敢拆。陳禿子說，你怕什麼？又不是炸彈，誰給你的，你打開就知道了。

我小心地打開包裹外面的藍花布，一眼看見了那盞鐵皮紅燈。

我沒有想到，是慧仙的紅燈，慧仙把她的紅燈送給了我。

她為什麼要給我這件東西？我問陳禿子。

是交換麼，她的紅燈換你的日記，她的寶貝換你的寶貝，公平了吧？陳禿子觀察著我的表情，我的表情讓他感到意外，他叫起來，你別不知足，你那日記就一堆烏七八糟的字，不值錢的，人家的紅燈是李鐵梅的紅燈，革命傳家寶呀，空屁，你賺啦！

她為什麼要把紅燈換給我？我問陳禿子。

哪來這麼多為什麼？陳禿子不耐煩地嚷嚷起來，你是十萬個為什麼呀？這麼好的寶貝，你不要給我，慧仙要走了，嫁人去，嫁給縣文化館的小朱！

我提起那盞紅燈，想起過去的往事，鼻子一酸，差點落淚，我怕當著陳禿子的面丟臉，提著紅燈就跑。我跑得有點慌張，就像帶著一件價值連城的贓物，就像帶著一件失而復得的信物，帶著安慰，也帶著傷痛。我提著紅燈朝船上奔跑時，看見燈罩裡飄出來一張泡泡糖的糖紙，我撿起糖紙，看見那紅白兩色的糖紙上有一個年輕姑娘的頭像，燙了誇張的波浪形捲髮，正咧著嘴笑呢，那是代表泡泡糖帶來幸福生活的意思吧？嚼泡泡糖為什麼會帶來幸福呢？莫名其妙，我不知道這是怎麼回事。

第三天下午陽光燦爛，我在船頭一遍遍地擦拭慧仙的紅燈，擦到紅燈的鐵皮泛亮了，紅色的塑膠罩片在陽光下反射出一道絢麗的紅光，我終於滿意了。我把紅燈掛在船棚裡，聽見船頭那裡響起了奇怪的聲音，探頭出去一望，我突然發現搭在駁岸上的跳板沒有了，進艙就那麼一會兒功夫，跳板怎麼會沒有了呢？猛然間我聽到岸上響起鵝和鴨子嘎嘎咕咕的吵嚷聲，然後一個人晴空霹靂般的怒吼在我耳邊響起來，秋後算帳，秋後算帳！我一抬頭，看見傻子扁金正站在駁岸上，他穿著一件藍白條的病號服，一隻眼睛蒙著塊眼罩子，另一隻眼睛裡射出一道復仇者的寒光，他的額頭有瘀傷，他的鼻子最古怪，鼻梁被雪白的紗布貼出了一個「手」字。

是傻子扁金出院了，找我秋後算帳來了。他的手腳活動自如，一隻腳牢牢地踩著我家的跳板，他的兩隻手，正抓住一塊流動告示牌，滿地搜尋著告示牌的支點。

起初我看不清那塊告示牌的內容，等到傻子扁金放棄了地面的支點，乾脆對著我高高舉起牌子，我才看清楚，那告示牌上不是船運消息，不知道是誰替傻子扁金寫了一幅告示，告示的措辭是模仿人民理髮店的，其內容卻比人民理髮店嚴厲了一百倍。

六號公告

即日起禁止向陽船隊船民庫東亮上岸活動！

國家圖書館出版品預行編目資料

河岸 / 蘇童作. -- 初版. -- 臺北市 : 麥田出版 : 家庭傳媒城邦分公司發行, 2009.11
面 ; 公分. -- (麥田文學 ; 228)

ISBN 978-986-173-569-6(平裝)

857.7 98017955

麥田文學 228

河岸

作　　者　蘇童
責任編輯　林秀梅　莊文松

版　　權　吳玲緯　蔡傳宜
行　　銷　艾青荷　蘇莞婷　黃家瑜
業　　務　李再星　陳玫潾　陳美燕　馮逸華
副總編輯　林秀梅
編輯總監　劉麗真
總 經 理　陳逸瑛
發 行 人　凃玉雲

出　　版　麥田出版
104台北市民生東路二段141號5樓
電話：(886)2-2500-7696　傳真：(886)2-2500-1967
發　　行　英屬蓋曼群島商家庭傳媒股份有限公司城邦分公司
104台北市民生東路二段141號11樓
書虫客服服務專線：(886)2-2500-7718、2500-7719
24小時傳真服務：(886)2-2500-1990、2500-1991
服務時間：週一至週五09:30-12:00・13:30-17:00
郵撥帳號：19863813　戶名：書虫股份有限公司
讀者服務信箱E-mail：service@readingclub.com.tw
麥田部落格：http://blog.pixnet.net/ryefield
麥田出版Facebook：https://www.facebook.com/RyeField.Cite/

香港發行所　城邦（香港）出版集團有限公司
香港灣仔駱克道193號東超商業中心1樓
電話：(852) 2508-6231　傳真：(852) 2578-9337
E-mail：hkcite@biznetvigator.com

馬新發行所　城邦（馬新）出版集團【Cite(M) Sdn. Bhd. (458372U)】
41, Jalan Radin Anum, Bandar Baru Sri Petaling,
57000 Kuala Lumpur, Malaysia.
電話：(603)9057-8822
傳真：(603)9057-6622
E-mail：cite@cite.com.my

設　　計　蔡南昇
印　　刷　前進彩藝有限公司

初版一刷　2009年11月10日
初版七刷　2018年05月31日
定價／350元
ISBN：978-986-173-569-6